L'envie d'écrire tenaille **Daniel Dupuy** *depuis l'âge de dix-sept ans. Fort d'un premier succès avec* Fontcouverte, *publié dans la collection « Terre de poche » et qui a obtenu le prix Charles Exbrayat 2007, il signe son septième roman aux éditions De Borée.*

L'Enfant de Lumières

DU MÊME AUTEUR

Aux éditions De Borée

Fontcouverte
Le Mystère Fontbrune
Le Pont du diable
Les Quatre Jeudis
Un brin de bonheur
Une saison enivrante

Autres éditeurs

L'Empreinte de l'oubli

45, rue du Clos-Four – 63056 Clermont-Ferrand Cedex 2

DANIEL DUPUY

L'ENFANT DE LUMIÈRES

de Borée

1

Lumières

Notre-Dame-de-Lumières, hameau rattaché à Goult, massif du Luberon, Vaucluse, le 6 mai 1967

ADAM VENAIT DE GRAVIR le long et ardu escalier extérieur qui serpentait à flanc de montagne et conduisait au confortable logis de ses parents. Perché tout en haut d'une trentaine de marches étroites et biscornues, ce nid douillet original, situé en plein centre du village, était construit en partie dans la roche anfractueuse et dure de la montagne, comme une grotte que l'on aurait agrandie. Ce logement était un anachronisme. Une espèce de refuge troglodytique doté d'une copieuse esplanade en saillie qui tenait lieu de terrasse et qui offrait un panorama digne d'un donjon sur l'immense plaine fertile où coule le Calavon, rivière nourricière encadrée au nord et au sud par les deux versants abrupts et nerveux du Luberon et des Monts de Vaucluse.

Adam décrocha les volets et ouvrit en grand les deux baies vitrées de la grande pièce à vivre pour aérer et faire entrer la lumière. Cette pièce principale était le lieu de vie de cet étrange logis. Deux autres pièces, nettement plus enserrées, jouxtaient cette salle à tout faire. Une chambre, relativement spacieuse, celle de Maurice et Lucie, et un grand débarras qui était devenu le coin d'Adam et que Lucie avait affectueusement ordonné pour cet enfant désiré. Un gros poêle stationnait contre le mur de séparation et le tuyau fixé au plafond traversait toute la pièce pour diffuser, jour et nuit, un maximum de chaleur partout. Impossible de construire une cheminée dans ce lieu : fortement déconseillé car trop dangereux.

Adam se souvint de la corvée de bois ou de charbon pour nourrir le poêle. Une épreuve quotidienne et pénible en hiver. Il fallait descendre tout en bas de l'escalier où, sous les premières marches, se trouvait une espèce de cagibi à lapins ; c'est là que les boulets de charbon et autres bidons d'huile étaient entreposés. Le charbonnier refusait de gravir les marches. Maurice, pendant très longtemps, à temps perdu, a monté des seaux et des seaux de charbon jusque dans un coin de la terrasse où il avait construit un genre de petite réserve entre quatre murets de rondins. « C'est pour soulager Lucie en mon absence, disait-il. Comme ça, elle n'attrape pas froid dans l'escalier avec, en plus, le poids de la charge. » Dans un coin, à l'extérieur, côté montagne (au nord), s'étalait une étroite bande de terre battue où Maurice avait implanté une petite réserve de bûches courtes mais épaisses, pour quand le charbon faisait défaut. Ce logis que Lucie avait surnommé « le Rocail ». (Sobriquet qui s'était diffusé peu à peu dans tout le hameau et qui était même devenu son adresse officielle pour les PTT de Goult-Lumières. Son courrier libellé avec la seule mention « le Rocail, Notre-Dame-de-Lumières » lui parvenait sans aucun problème.)

Adam avança jusqu'au bord de l'à-pic de la terrasse (côté sud). Ce promontoire exceptionnel ne dévoilait pas tous ses secrets instantanément. Il fallait apprendre à le connaître pour le maîtriser. C'est ici, sur cette plateforme, que Lucie avait planté quelques légumes, parce qu'on y trouvait la « pile[1] ». Quelques plants de tomate, des haricots séchés par le vent et des calebasses squelettiques tentaient de survivre. Lucie nommait ce petit coin son jardinet. Depuis quelques mois, il était à l'abandon.

1. *Pile : en Provence, évier en pierre brute de pays muni d'un point d'eau situé à l'extérieur, le plus souvent dans un garage ou une remise.*

Adam revint sur ses pas et enjamba la large main courante qui borde la terrasse, dont les volutes de la balustrade, sculptées dans la pierre de pays, donnent, vues d'en bas, un air de noblesse à ce lieu ; il s'assit, les jambes pendantes dans le vide. Quand il était encore môme, il adorait se poser ainsi et regarder au loin. Ses parents le lui interdisaient formellement, de peur qu'il tombe et s'écrase une douzaine de mètres plus bas. À présent, Lucie et Maurice n'étaient plus de ce monde et il pouvait s'adonner sans crainte à ses caprices sans risquer l'engueulade.

Tout au bout de la pointe de ses pieds s'étalait le petit bourg. L'étroit hameau de Lumières s'étirait tout en longueur, coincé entre le Calavon et l'à-pic de la montagne. Adam, depuis sa position stratégique, avait l'impression d'être le roi du village et de régner sur ses sujets. Cet agréable ressenti datait de l'époque où, vers l'âge de huit, neuf ans, il avait commencé par enjamber la balustrade et s'était installé à califourchon sur son trône. Petit à petit, la deuxième jambe avait rejoint la première de l'autre côté de la rambarde ; Adam se rendit compte qu'avec les deux jambes dans le vide, le sentiment de puissance n'en était que plus fort. Contempler les toits par-dessus les toits, c'était comme un exploit, et apercevoir les gens aller et venir dans leur intérieur, c'était comme entrer dans leur vie sans effraction. À cette hauteur, il voyait le monde autrement. Il n'enviait plus les oiseaux, il était un oiseau.

Aujourd'hui, plus de vingt années après, hissé sur la rampe, il éprouva une sensation identique. L'impression d'être le maître du monde. Et cette fois, personne ne lui dirait de descendre.

Il contempla face à lui le triste mur gris sale de la gendarmerie qui s'élevait sur trois étages et jouxtait, d'un côté, le garage automobile station-service, autrefois atelier de réparations pour motocycles et engins agricoles, appartenant toujours à la famille Pichadot, et, de l'autre côté, le café, hôtel, restaurant, épicerie, tabac, PMU, cadeaux, souvenirs, papeterie, presse, etc., aux mains de la famille Tricot-Boucicot depuis la nuit des temps. Par-derrière ce commerce, en contrebas, une vaste salle voûtée qui, autrefois, servait d'écurie et de relais de diligence, et qui, à présent, avait été transformée en salle de bal pour les jours de fête ainsi qu'en lieu de réunion publique pour les lotos familiaux lors des saisons d'hiver ou pour les rarissimes mariages se déroulant à Lumières.

Adam tourna la tête sur la gauche, côté est ; sur la ligne d'horizon, la ville la plus proche : Apt, et ses fabriques de fruits confits. Tout près de lui, simplement en baissant les yeux, il admira la canopée bien verte des platanes qui masquaient une partie du clocher de l'église du couvent dédié à Notre-Dame de Lumières et, enfin, un peu plus loin, les méandres du Calavon qui, après avoir reçu les basses eaux de l'Imergue, serpentait dans cette plaine fertile ; enfin, toujours vers l'est, par-delà le petit bois du riche quartier de « La Californie », il distingua nettement l'imposante toiture d'ardoise grise et luisante du « château ».

Ce que l'on appelait « le château », en réalité, n'en était pas vraiment un au sens noble du terme. Il s'agissait en fait d'une majestueuse maison de maître sur trois niveaux, parfaitement entretenue et entourée d'un jardin « à la française » tiré à quatre épingles. Un gigantesque double portail implanté en bordure de la nationale, constitué d'épais barreaux sculptés dans la fonte, semblait protéger ce lieu paradisiaque. Quiconque passait devant regardait instinctivement et furtivement vers la façade rosée de cette somptueuse bâtisse. Rien que poser son regard à travers les barreaux du portail donnait l'envie de pénétrer dans cet endroit, de contempler le jardin où la variété des couleurs des roses, en toute saison, composait une véritable palette d'artiste peintre. Adam se souvint que, tout gosse, il avait fortement saisi les barreaux du portail avec ses deux mains et pris le temps d'admirer ce spectacle avec envie et ravissement ; comme s'il avait devant lui la manifestation du bonheur suprême. Un bonheur que les barreaux rendaient inaccessible. C'est alors qu'en levant les yeux il avait aperçu l'écriteau apposé sur le sommet de l'un des piliers : sur une plaque de cuivre, on avait gravé « Les Mille Roses ». C'est vrai que ça sentait bon jusqu'à la route, avait constaté ce jour-là Adam, qui s'était empli les yeux et les narines de ce lieu comme une merveille. Même le bruit de l'eau qui surgissait de la bouche d'une statue en forme de sirène plantée au milieu d'une vaste fontaine en aval d'un imposant perron semblait gazouiller de bonheur. Il avait pensé très fort que ça devait être formidable d'habiter pareil endroit. « Impossible d'être malheureux quand on vit ici. C'est tellement beau ! » avait-il murmuré à voix basse.

Soudain, toujours assis dangereusement sur la balustrade, il se remémora la question qu'il avait osé poser à Marie-Chantal, alias Macha. Il devait avoir dans les neuf, dix ans et il fréquentait l'école de Goult, sise à un bon gros kilomètre en amont de Lumières sur la pente du Luberon. Les filles et les garçons empruntaient le même porche étroit pour pénétrer dans l'établissement, mais la communauté s'arrêtait là. Passé le portique, sur la droite, c'était le domaine des filles, et sur la gauche celui des garçons. Au milieu, un mur marquait la séparation des sexes, du préau, des classes, des cours de récré et même du réfectoire. Impossible de se mélanger, même à la récré les jours de pluie. Avec ses amis Jean-Yves et Saucisse (en réalité, son vrai prénom, c'était Marc, mais on le surnommait Saucisse car, quand il y avait des saucisses aux lentilles à la cantine, il les réclamait à tout le monde, se faufilant subrepticement de table en table, allant jusqu'à les payer avec les sous qu'il gardait – au lieu de les déposer dans le panier d'osier lors de la quête à l'église – ou les échanger contre des billes), ils avaient construit une super cabane avec des planches, des bambous et des lianes qu'ils avaient recouverts de lierre et d'épais branchages. Adam avait pris la peine d'installer un petit portillon mobile, fabriqué avec des chutes de vieux chevrons qu'il avait précautionneusement attachées avec du fil de fer, et qui s'ouvrait et se fermait comme une vraie porte. Summum de l'ouvrage, il avait dérobé une vieille descente de lit à Lucie pour la transformer en tapis de sol. Un vrai chef-d'œuvre. Une cabane aussi belle que celle que des scouts de passage au couvent avaient réalisée sur les bords de l'Imergue, petit ru qui longeait le parc boisé du couvent et tenait lieu de frontière avec la cave coopérative vinicole. Adam se souvint que c'était en fin de journée mais que le soleil brillait encore bien haut dans le ciel ; ce jour-là, Macha était restée à l'étude du soir. Adam avait sauté sur l'occasion et, sitôt le porche de la sortie de l'école franchi, il l'avait bravement interpellée, faisant un gros effort pour vaincre sa timidité :

— Ça te dirait de venir visiter ma cabane ? C'est pas loin.

Macha avait stoppé net, elle s'était retournée, l'avait regardé deux secondes dans les yeux et avait poursuivi son chemin sans ouvrir la bouche. Adam l'avait regardée s'éloigner et descendre les quelques marches de l'esplanade des écoliers ; soudain il avait vu un cabriolet Traction Avant Citroën d'un blanc plus beau que neuf s'approcher lentement. Une femme blonde se tenait derrière le volant, Macha avait ouvert la portière du passager avant et avait sauté sur le siège.

Il avait eu comme un flash, il se souvenait avoir déjà entrevu une voiture identique devant le perron des « Mille Roses ». Adam aurait donné tout l'or du monde pour que Macha accepte de venir voir sa cabane. Il avait mesuré l'immensité du ridicule de cette situation et l'audace déplacée de sa requête. Qu'aurait-elle fait de tout l'or du monde ? Elle possédait déjà beaucoup plus. Quant à la fragilité de sa modeste cabane de trappeur américain… à côté de l'imposante robustesse du « château », la comparaison était comique.

« Quand on habite un château, on ne s'abaisse pas à visiter une case », avait conclu Adam, désabusé.

Telle aurait pu être la réponse de Macha, qui l'avait complètement ignoré : humilié. Ce soir-là, après s'être mis au lit, il s'était remémoré l'épisode de la cabane et la réaction de Macha. Il avait fourré son visage sous les draps et essuyé ses larmes.

Dans la cour de l'école, il avait dû faire preuve d'ingéniosité pour connaître le prénom de cette fille qui lui plaisait, mais ça n'avait pas suffi. Il n'avait pas été assez curieux. Il s'était juré que cette catastrophe lui servirait de leçon. Ce soir-là, il avait compris que les filles, c'est comme un exercice de calcul ; si tu ne connais pas tous les éléments de l'énoncé, tu ne trouveras jamais la solution. À l'avenir et dans tous les domaines, Adam veilla à appliquer scrupuleusement ce principe. Jamais il ne prit une décision sans avoir analysé dans tous les sens l'énoncé de la situation pour prendre la décision la plus judicieuse.

Entre le château, sis sur la route d'Apt (la nationale 100), et le couvent, véritable épicentre de Lumières, il y avait un petit kilomètre parsemé de villas cossues implantées de part et d'autre de la nationale 100 planquées dans le fond de jardins judicieusement arborés. C'est cette partie du hameau qu'on appelait « La Californie ». Quand Adam en avait demandé le pourquoi à Lucie, elle lui avait simplement répondu :

— Parce que ceux qui l'habitent sont des nouveaux riches. Ils se prennent pour des Américains.

Lucie avait expédié un gros clin d'œil à Maurice, son compagnon aimé.

— Alors, c'est pas demain qu'on va habiter « La Californie » ! s'était exclamé l'enfant.

— Tu n'es pas bien, ici ? avait demandé Maurice.

— Je suis super bien. C'est la plus belle caverne de tout Lumières. Quand t'es sur la terrasse, t'as l'impression d'être en plein ciel. Le plus dur, c'est l'escalier, le soir, en rentrant de l'école, surtout l'hiver, quand il fait nuit. T'as vite fait de louper une marche, et patatras !

Adam n'exagérait pas, car les premiers mètres de la montée se faisaient sans garde-corps.

C'est ce kaléidoscope de souvenirs qui habitait l'esprit d'Adam, mal assis sur la main courante du garde-corps de pierre en ce triste après-midi de printemps. Tout était tellement frais et clair dans sa mémoire qu'il n'avait même pas à consulter les albums photo que Lucie s'était décarcassée à étoffer et qu'elle rangeait soigneusement dans un tiroir de la commode de sa chambre.

— Pour plus tard, quand on sera plus là avec Maurice. Au moins, il te restera nos meilleurs moments et tu n'oublieras pas nos têtes...

Qu'est-ce qu'ils en avaient connu, des bons moments, tous les trois ! Adam s'était senti encore plus aimé au sein de ce couple d'amants adoptifs qu'au milieu d'une vraie famille. Que du bonheur ! Simple mais succulent. Les paroles que Maurice déclamait quand il était heureux lui revinrent en mémoire, il les prononça à voix haute :

— Toutes ces années avec vous ont été un agréable voyage d'amour et de tendresse.

Un relent de nostalgie le fit saliver.

Il sentit comme un air frais lui traverser les os, en même temps la clarté du jour diminua, comme si quelqu'un avait baissé la lumière. Il leva les yeux, une cohorte d'épais nuages venait d'emprisonner les rayons du soleil.

D'où il se trouvait, seul un côté du hameau demeurait invisible : la face nord. C'est là que se dresse la montagne dont un pan ensevelit et abrite à la fois une partie du « Rocail », puisqu'il lui tient lieu de toit. Ce morceau du village où démarre, après le pont qui enjambe l'Imergue et l'immense cave coopérative, la petite route sinueuse qui monte jusqu'à l'école d'abord, puis jusqu'à Goult, où trône la mairie en plein centre du maître-bourg. C'est quelque part sur cette route, au lieu-dit « Le Berceau », là où le relief dessine un large faux plat ceint comme une forteresse et planté de hauts cyprès, qu'on a installé le cimetière. Pourquoi avoir donné le nom de « Berceau » à cette partie du territoire de la commune ? Personne n'en sait rien. C'est ainsi depuis toujours. Tant et si bien qu'on peut dire qu'à Goult-Lumières les morts s'en retournent au Berceau. Comme une seconde vie.

Adam avait passé la fin de cette matinée au Berceau. Il avait accompagné, au premier rang (et au coude à coude avec le frère bûcheron de Lucie), derrière le corbillard, la dépouille de Lucie, sa maman « adoptive ». Derrière lui, une vingtaine de personnes tout au plus. Adam avait remarqué qu'on a le cortège de son âge. La longueur est inversement proportionnelle au nombre des années. Lucie s'en était allée tout juste quelques mois après que son inséparable Maurice eut quitté cette terre. Elle venait de fêter ses soixante-dix ans.

Deux choses intriguaient Adam : les dernières paroles, des onomatopées plutôt que des mots, que Lucie avait prononcées avant d'expirer, et l'étrange présence d'un inconnu aux obsèques.

Lucie s'en était allée en fin de journée, le temps que le soleil disparaisse au fond de l'horizon. Sans avertir qui que ce soit. Après avoir péniblement gravi une énième et dernière fois l'escalier qui conduit à son Rocail, elle s'était allongée sur sa couche et ne s'était plus relevée. C'est là qu'Adam la découvrit semi-inconsciente, juste avant la nuit.

Il s'empressa de téléphoner au toubib de Lumières, puis il installa des coussins sous la tête de Lucie et lui ventila le visage aussi vite qu'il le pouvait avec le journal du jour en guise d'éventail. La vieille dame avait de plus en plus de difficultés pour respirer, Adam la tourna sur le côté, espérant faciliter son souffle. Apparemment, cette position convenait mieux à Lucie, qui entrouvrit les yeux, posa une main sur le genou d'Adam et parvint difficilement à articuler :

— Fils… Ange… Ange…

Puis elle réussit péniblement à pointer l'index de sa main droite vers la commode de la chambre et ferma les yeux, une espèce de bave gluante submergea ses lèvres. Dans un dernier sursaut de vie, elle ânonna :

— Nous… toi.

Adam pensait que Lucie désignait la vieille commode de chêne où siégeait en pièce maîtresse, dans un cadre grand format en ivoire laiteux, une photo en noir et blanc qui les rassemblait tous les trois : Maurice, Lucie et Adam, prise le jour de sa première communion. Un moment exceptionnel de joie intense. C'est sans doute avec cette image dans la tête que Lucie s'en était allée :

« Nous trois et le bonheur. »

Le bras de Lucie quitta le genou d'Adam et s'effondra sur le bord du lit. Le jeune homme comprit que sa mère venait de rendre l'âme. À ce moment-là, le médecin pénétra en trombe dans la chambre et ouvrit sa serviette. Il effectua aussitôt une piqûre dans le bras de Lucie, qu'il avait pris soin de replier, et s'assit sur le lit, à côté d'elle.

— Je pense qu'elle ne se réveillera plus, Adam. Elle a succombé à une embolie pulmonaire. Je ne sens plus le pouls, le cœur s'est arrêté. Elle est morte d'un manque d'oxygène. Elle s'est étouffée. Je suis venu aussitôt que ma femme m'a transmis ton appel, j'étais chez les Bernon, à un quart d'heure à peine. De toute façon, nous n'aurions rien pu faire de plus, même l'ambulance de Goult serait arrivée trop tard.

Le Dr Philibert lâcha la main de Lucie et saisit celle d'Adam.

— Je perds une vieille amie, et quand je dis une amie, c'est au sens le plus noble du mot.

Il était au bord des larmes, il se releva, quitta la chambre et s'installa dans la cuisine pour établir le certificat de décès.

— Décidément, elle aura travaillé jusqu'au dernier jour. Je l'ai vue hier chez les Girard, elle ramassait les asperges en plein champ. C'était midi passé.

Adam le rejoignit et sortit une vieille carafe du buffet ainsi que deux petits verres à liqueur.

— C'est quoi, du pastis pur ? demanda le toubib, apeuré.

— Ne vous inquiétez pas, docteur, c'était la fabrication secrète de Maurice. Un goût bizarre, quelque chose entre la carthagène, la quinine, le génépi et le vin de noix ; goûtez, ça ne peut vous faire que du bien et à moi aussi.

Le toubib avala une gorgée, secoua la tête et fit la grimace.

— Nom de Dieu, c'est plus fort que l'alcool de poire ! Y a quoi là-dedans, au juste ?

— De la poire, vous avez raison, mais aussi de la violette, de l'armoise, du fenouil, de la badiane... après, je ne me souviens plus. Une cinquantaine de plantes que Maurice faisait macérer avec du marc de raisin à la cave coopérative avec Oswaldo, son inséparable collègue. Ils en faisaient deux litres chaque année, un pour chacun. Il n'a jamais donné la recette.

— Un verre suffira, Adam. Je n'ai pas fini mes visites.

— Oswaldo, le caviste, racontait qu'en 1916 nos soldats en buvaient cinq volumes avant de quitter la tranchée pour aller au casse-pipe.

Le médecin, une fois son verre vide, s'empara de sa sacoche et tendit la main.

— Tu restes ici quelques jours ou tu retournes à Apt ?

— Jusqu'aux obsèques, ma chambre de gamin est toujours en l'état. Je ne venais pas très souvent, mais maman l'avait conservée uniquement pour mes trop rares visites.

Adam ressortit sur la terrasse et regarda le toubib descendre très prudemment l'escalier mal éclairé. La nuit ensevelissait peu à peu les toits du village. Les fenêtres s'illuminaient une à une. Il se retourna, par-dessus les tuiles du Rocail il devina la masse obscure du Luberon et distingua à peine les premiers pins et le maquis. S'il avait gravi l'étroit sentier qui démarre derrière le logis jusqu'au sommet de la colline, comme quand il était minot, il aurait vu, à l'est, le clocher massif de l'église de Roussillon et, à l'ouest, les fières et épaisses murailles du château fort de Gordes.

Adam descendit chez Boucicot, dont les trois longues vitrines éclairaient la route nationale ; quelques villageois buvaient le pastis accoudés au comptoir et le reconnurent. Adam serra des mains et refusa les coups à boire, il se contenta d'annoncer la mauvaise nouvelle. Lucie venait de mourir. Unanimement estimée au pays, ce mauvais communiqué en plein bistrot serait tout aussi efficace que le faire-part dans le journal du lendemain que seuls quelques privilégiés achetaient quotidiennement. Dès les premières heures du jour, toute la contrée serait au courant.

Quand il quitta le bistrot, il gravit encore une fois l'escalier menant au Rocail. Il se dit que plus jamais sa chère maman ne monterait ces marches qu'elle abhorrait et qu'elle affectionnait à la fois. Il remit au lendemain matin sa visite au père abbé du couvent pour convenir de la date et de l'heure de la messe des obsèques. Le prêtre était un ami fidèle de Lucie et de Maurice. Lui aussi serait affecté par cette brutale disparition.

Dès qu'il eut refermé les volets du logis, il ouvrit la porte basse du buffet et s'empara d'un cierge neuf qu'il alluma. Il laissa quelques filets de cire engluer le fond d'une soucoupe pour le fixer et s'en alla dans la chambre où Lucie reposait. Il déposa la chandelle sur la commode, embrassa Lucie sur le front, lui entortilla son chapelet entre les doigts et referma la porte.

Ce n'est que quand il fut allongé dans son lit de gosse et que la pièce fut plongée dans le noir que les derniers mots de Lucie hantèrent son esprit. Son ultime effort avant de sombrer dans le sommeil fut la reconstitution de l'énoncé du puzzle que Lucie lui avait légué en mourant ; un chapelet de mots totalement incompréhensibles qu'il allait devoir raccommoder. Sans doute avait-elle pris la décision de lui raconter un jour toutes ces cachotteries qui attisaient la curiosité d'Adam depuis qu'il était devenu un homme, mais ce que Lucie n'avait pas prévu, c'est qu'elle quitterait ce monde subitement, sans prévenir, et surtout sans conter à son petit Adam toutes ces choses qu'elle gardait sur le cœur. Des tas de questions sans réponse affluèrent dans sa tête, pire qu'un somnifère.

Il se demanda s'il parviendrait un jour à découvrir tous ces secrets envolés avec Lucie, à commencer par celui de sa naissance.

L'enveloppe arriva par la poste le lendemain des obsèques. Grand format, l'enveloppe, comme celle de l'Administration ou des notaires. Adam la décacheta avec précaution à l'aide d'un couteau de cuisine. À l'intérieur, une seconde enveloppe apparut, d'un format nettement inférieur. Il utilisa une nouvelle fois le couteau. Cette fois, il sortit trois feuillets manuscrits, recto verso, extraits d'un cahier d'écolier. Il reconnut la calligraphie appliquée et déliée de Lucie. Ce courrier était cosigné par Lucie et Maurice. Il sortit sur la terrasse et s'assit à califourchon sur la main courante. Un doux soleil de printemps lui réchauffait la peau. Il entama la lecture de l'histoire qui va suivre... Son histoire.

2

La tomate rieuse

Retour en arrière, trente ans plus tôt
Fin 1937-début 1938

Maurizio, alias M. Maurice, se mit en quête d'un travail quelques mois après son arrivée en France ; il n'était pas question que Lucie subvînt à ses besoins. Il était en pleine forme et heureux comme un gagnant à la loterie, à la différence qu'il n'avait plus un sou. Avec Lucie, qui était sa meilleure rencontre depuis des lustres, c'était l'amour profond et sincère mais intelligent et lucide. L'amour adulte. Tous deux étaient conscients que l'amour fou, on le vit à vingt ans. En revanche, à quarante ans passés, les sentiments n'ont plus cet incommensurable parfum de folie ; les années érodent le bruit du coup de foudre. Il avait vérifié le vieil adage qui stipule que si l'argent ne fait pas le bonheur, il fait tout le reste.

C'est à ce reste qu'il devait se consacrer sans tarder. Trouver un boulot vite fait. La période n'était pas propice pour se mettre en quête d'un job, Maurice était conscient que Lumières n'offrait qu'un choix très limité d'emplois. Excepté se transformer en ouvrier agricole, il ne fallait pas espérer dénicher quoi que ce soit dans les petits commerces du village qui, tous, étaient des affaires familiales, certaines à la limite de la rentabilité. Il devait se rabattre sur Goult ou plutôt Apt, la petite sous-préfecture du Vaucluse, distante d'une grosse dizaine de kilomètres, voire Cavaillon qui, avec plus de quinze mille habitants, faisait figure de capitale régionale, à une bonne quinzaine de kilomètres. Quitter Lumières, c'était quitter Lucie, et il ne pouvait s'y résoudre. Lucie, de son côté, ne souhaitait pas qu'il parte. Quelque chose comme un drôle mais puissant et agréable sentiment s'était installé dans ce couple (en apparence) désassorti. Jamais Lucie n'avait fait allusion à l'inactivité de Maurice, qui par ailleurs avait effectué tout un tas de petits travaux dans et hors du Rocail. Maurice était un manuel doté d'une cervelle (de ceux qui pensent avant de bricoler et non l'inverse), il était même descendu jusqu'au couvent à la rencontre du père abbé (rendez-vous organisé par Lucie, qui avait vanté les qualités professionnelles de son compagnon), qui supportait mal des problèmes de dysfonctionnement du réseau électrique dans la crypte de l'église depuis fort longtemps. À la grande satisfaction de l'ecclésiastique, Maurice avait réglé le problème en une matinée et refusé le billet qu'on lui tendait pour ce service. Il fit preuve d'humour et de générosité à la fois. En souriant, il prononça ces mots :

— Je ne veux rien, mon père, mettez cette offrande en acompte sur mon salut éternel.

Le gros problème de Maurice, c'est qu'il ne disposait d'aucun moyen de locomotion, et Lumières, malgré la pertinence de son implantation, était un trou perdu. Excepté les deux allers-retours des autocars à l'enseigne des Rapides de la Durance, qui stoppaient quelques minutes devant le couvent quatre fois par jour avec des horaires difficilement compatibles, rien. La gare était à plus d'un kilomètre et proposait un seul train le matin dans le sens Apt-Cavaillon. Il s'ouvrit de son désir à Lucie, qui sollicita ses connaissances à Goult et dans tout le voisinage et fit passer le mot. En vain. Aucun écho favorable. Pas de travail pour son ami Maurice avant les travaux de printemps dans les champs.

Un beau matin, Maurice se décida et monta dans le premier autobus qui reliait Cavaillon à Digne, *via* Apt. Il était 7 heures, c'était au mois de janvier, il faisait froid et encore nuit. Une drôle de journée pour s'en aller à la recherche d'un boulot ; et une drôle d'idée. Il n'avait plus un sou, même plus de quoi acheter son paquet de tabac à rouler.

Il arpenta toute la matinée les rues de la petite ville et frappa à plus d'une dizaine de portes d'ateliers, de commerces et même de bureaux. En vain. Il mesura l'importance de la fabrique et de la vente de confiseries dans cette cité. À midi, il fit une pause sur un banc du jardin public pour manger le morceau de pain et le bout de fromage de chèvre qu'il avait eu la sagesse d'emporter. (Parfois, Lucie ramenait discrètement à la maison des restes de mets ou de victuailles des repas servis à la cantine. Ces apports agrémentaient la pitance du couple.)

Maurice, pour se désaltérer, avait repéré le bec verseur alimentant l'eau froide d'une fontaine. Grâce à sa mine débonnaire, il lia facilement conversation avec un employé municipal chargé de l'entretien des jardins ; un homme d'une bonne cinquantaine d'années, malingre et voûté sous un béret basque, allait et venait sans ordre apparent, tenant un balai dans une main, une pelle dans l'autre. Au quatrième passage, Maurice l'interpella. L'homme releva la tête, s'approcha et le fixa avec des yeux à demi fermés, tel un myope qui aurait oublié ses lunettes. Son visage était blanc comme neige et une moustache touffue masquait sa lèvre supérieure et envahissait ses narines.

— Je trouve qu'il y a beaucoup de bonbons dans cette ville, vous devez être plus gourmands qu'ailleurs.

L'autre, qui ne demandait qu'à faire une pause, embraya aussitôt :

— Diable ! Les confiseries, voulez-vous dire ? Les fruits confits plus exactement, c'est même ce qui fait la richesse d'Apt. Vous êtes pas d'ici, ça se voit.

— Je viens de Lumières.

— Avec un accent pareil, vous devez venir d'un peu plus loin que Lumières !

— Effectivement, je suis originaire d'Italie, mais je vis à Lumières.

— Et vous savez pas qu'Apt est la capitale mondiale du fruit confit ? C'est une honte !

— Pardonnez-moi, monsieur, mais je viens d'arriver au pays.

— C'est bien ce que je me disais, à cause de votre accent style rossignol effarouché. Sachez, pour votre gouverne, monsieur l'étranger, qu'ici on fabrique des fruits confits depuis la nuit des temps. Déjà, en 1348, le pape Clément VI, à qui on avait fait goûter des fruits confits enrobés dans du papier d'argent et suspendus aux branches d'un rameau habillé d'or, en resta bouche bée. À tel point qu'il donna le titre solennel d'écuyer en confiseries au confiseur Auzias, qui tenait commerce de fruits confits dans notre cité, derrière notre église, et officiait durant le repas. Depuis, les enfants portent un petit arbre couvert de fruits confits pour aller à la messe le dimanche des Rameaux et le curé les bénit. Ça perpétue le souvenir.

— Vous en savez des choses ! Je vous félicite.

— J'ai pas à faire d'effort, c'est tout écrit sur des grands panneaux dans le hall de la mairie, je les vois deux fois par jour. Je les connais par cœur, mieux que les récitations à l'école. Je peux même vous préciser que les fruits confits, c'est un sacré dessert, et qu'Apt en expédie dans le monde entier tellement ils sont réputés. J'ai pas toujours été employé de mairie, pendant vingt-cinq ans j'ai travaillé chez Jussaume, un petit artisan qui en fabriquait de sublimes. Chaque fabricant a sa méthode secrète qu'il garde précieusement. En réalité, à part quelques ingrédients qui diffèrent, ils ont tous la même formule. Ce vieux Jussaume avait son atelier du côté de la route qui monte à Saignon. C'est à cause de mon genou que j'ai dû arrêter. Trop pénible. Jussaume, il était maître confiseur, c'était un monsieur dans la profession. Il m'a tout appris. Hélas, il est mort il y a quelques années, il s'en est allé avec son secret. C'est Vallon qui l'a racheté. Les temps sont difficiles, avec cette Allemagne qui joue au chat et à la souris avec nous.

— Si je vous comprends bien, les fruits confits, c'est un peu le résultat d'un tour de magie et c'est le trésor de votre ville.

— Vous pouviez pas mieux dire. C'est pire que de la magie. C'est plus pas facile que ce que c'est compliqué, en fait. Tellement qu'on a créé un mot exprès. Ça s'appelle « l'al-chimie ». Ça veut dire que c'est le mariage de la magie et de la chimie. Il s'agit de faire sortir « confidencieusement » l'eau des fruits pour la remplacer par du sucre et ainsi conserver les fruits très longtemps, mais surtout conserver le goût naturel sucré. J'invente rien, c'est écrit dans le hall de la mairie, vous pouvez vérifier si vous me croyez pas.

— « Confidencieusement », vous avez dit, ça serait pas plutôt « confidentiellement » ?

— Pas du tout, monsieur l'étranger. (En employant sciemment le mot « étranger », l'employé municipal rabaissait volontairement Maurice.) « Confidencieusement », c'est la conjonction de « confidentiel » et d'« ingénieusement ». C'est donc le mot juste. C'est aussi nous que nous l'avons inventé. Je vous conseille d'apprendre notre langue. Ça veut dire sans abîmer le fruit naturel ; bien entendu, le tout avec une dextérité digne d'un maître en horlogerie. Vous sauriez, vous, retirer le noyau d'une cerise sans laisser de trace ?

Cette fois, Maurice se contenta de regarder le balayeur en ouvrant connement grands les yeux. Puis il ajouta :

— Je comprends. Ça doit être très difficile. Donc vous enlevez l'eau et vous bourrez le fruit de sucre. C'est ça, l'alchimie ?

— Affirmatif. Sauf que c'est plus facile à dire qu'à faire. Le type qu'a eu le premier cette idée, c'est un génie, faites-moi confiance !

— J'en conviens. Il fallait y penser. Et la queue, vous en faites quoi ?

— Quoi ? Quelle queue ? s'exclama l'autre, hébété.

— La queue de la cerise. Vous la recollez ou vous la jetez ?

— Vous me prenez pour un imbécile, monsieur l'étranger ?

L'employé se cabra sur son balai et parut vexé dans tout son être. Le blanc neigeux de ses joues vira au blanc sale. Aussitôt, Maurice prit le contre-pied et le conforta dans sa science ès fruits confits.

— Je pensais que vous réutilisiez les queues.

— Pas du tout, les queues, c'est immangeable. On les jette.

— Et les fruits confits, ça sert à quoi, finalement ? demanda Maurice.

— Comment ça ? répondit le fonctionnaire, l'air outré et un tantinet énervé. Vous n'avez rien compris ou vous vous foutez de moi ? Je vous l'ai déjà dit. Ça sert de dessert, bien sûr ! Tous les fruits de la région peuvent être confits : la poire, la cerise, le melon, la pastèque, etc. C'est une gâterie, une sucrerie qu'on déguste et qu'on offre aux amis et à la famille en toutes circonstances, mais surtout aux fêtes religieuses. Un bigarreau bien confit, y a rien de meilleur.

— C'est quoi, un bigarreau ?

— Des bigarreaux, ce sont des grosses cerises de pays, pardi ! Celles cultivées et ramassées exprès pour les confire. C'est délicieux. Faudra que vous goûtiez ça avant de retourner en Italie. J'ai l'impression que vous connaissez pas grand-chose sur notre ville, vous devriez vous y mettre sans tarder si vous voulez leur raconter quelque chose, à vos collègues, en retournant au pays.

— Mais j'habite ici ! Je ne suis pas un touriste, je cherche du travail.

Le simple fait que Maurice soit un demandeur d'emploi le rendit sympathique à l'employé municipal qui reconnut en lui l'un des siens.

— Ah bon ! s'exclama, étonné, le vaillant balayeur. Et vous cherchez quoi ?

— N'importe quoi. En Italie, j'étais... (Maurice cherchait le mot équivalent, il finit par trouver.) « Bricoliste varié », mais ici je suis prêt à tout accepter pour gagner un petit quelque chose.

Le balayeur demeura debout, les deux mains solidement ancrées sur la tête du balai, les yeux fermés et le nez pointé vers le ciel. Il réfléchissait très, très fort. Sans le balai, Rodin l'aurait sans nul doute sculpté en direct. Il lâcha enfin son arme, qu'il laissa tomber à terre, prit place à côté de Maurice et se pencha vers lui.

— Écoutez-moi, le rossignol transalpin, un bricoliste varié ou avarié, je sais pas ce que c'est. Faut pas confondre docteur et dentiste, fumeur et fumiste, et mon beau-frère, il est mineur, il est pas ministre. J'ignore de quelle science relève la « bricolisterie », mais en ce moment vous ne trouverez pas de boulot ici, ça débauche de partout. Il faut attendre les premières cultures. Ici, on vit tous de la terre, vous l'avez sans doute remarqué, il n'y a pas d'usine... excepté les fabriques de fruits confits et les ocres de Roussillon, qui se portent mal.

— C'est quoi les ocres ?

— De la terre rouge qu'on trouve dans un village voisin qui s'appelle Roussillon. Ça sert pour des tas de choses, mais c'est en voie de disparition tellement qu'on a saccagé les falaises d'ocres. Maintenant, on fabrique de la teinture synthétique. C'est le progrès.

— En tout cas, vous connaissez bien votre région, le félicita Maurice.

— Il suffit de regarder, monsieur le merle chanteur. Je vais vous donner un conseil de vieux couillon qui, avant de jouer la danse du balai dans les ruelles d'Apt, a bourlingué. Disons un conseil d'ancien plutôt, car je ne suis pas si vieux que ça. C'est mon genou foutu qui m'handicape, et peut-être... (Il marqua un temps d'arrêt.) Un petit penchant pour l'oisiveté.

— L'oisi... quoi ? Je connais pas. Excusez.

— L'art de se tourner les pouces.

— Ça, je comprends. La « faignasserie », vous voulez parler.

L'employé acquiesça et reprit la parole :

— Vous m'avez l'air d'un brave homme et de quelqu'un de résolu. Je vous disais qu'ici on vit de la terre, mais on a la chance d'avoir le Luberon. Vous connaissez le Luberon ?

— Bien sûr, c'est la montagne.

— Et qu'est-ce qu'on trouve dans la montagne ?

— ... Des champignons ?

— Oui. Certes. Mais encore, et quel que soit le temps ?

— Des fruits sauvages, des arbres ?

— Oui, des arbres. Des pins surtout. Vous avez raison... et les pins, c'est du pain. Vous comprenez ?

— ?

— Oui. Du bois de pin ! Il fait froid et le prix du bois vient encore d'augmenter. Les vieux n'ont plus la force ou le courage d'aller en chercher dans les bois, de le couper et de le transporter chez eux. Débrouillez-vous de trouver un vélo et une remorque, vous avez la chance d'habiter Lumières, vous êtes entouré de forêts partout. Allez couper du bois et livrez-le aux personnes âgées à un bon prix. Vous leur rendrez service, et vous, vous gagnerez un petit pécule. Faites-le discrètement, n'attirez pas l'attention du revendeur de Goult. Lui, ce qui l'intéresse en premier, c'est de vendre son charbon.

Maurice réfléchit à son tour avant de répondre :

— Effectivement, votre idée est excellente. Il y a quelques vieux retraités, et même des gens seuls, qui ne sont pas équipés pour aller couper du bois. Ça peut les aider, et moi aussi du coup.

— Suffit de pas vous faire repérer. Discret, discret. Livrez le matin de bonne heure ou à la nuit tombée. Trouvez deux, trois clients, puis le bouche-à-bouche fera le reste.

— Le bouche-à-oreille, vous voulez dire ?

— Appelez-le comme vous voulez.

— Mince. J'habite pratiquement en face la gendarmerie, fit remarquer Maurice, l'air désolé.

La réponse du fonctionnaire l'estomaqua.

— Tant mieux. Ils seront vos premiers clients et ils ne diront rien.

— Comment pouvez-vous en être sûr ?

— Parce que j'ai pratiqué le boulot pendant près de vingt ans en plus de mon travail à la fabrique, et je livrais tous les flics de la brigade d'Apt. L'État leur donne un quota de charbon, mais c'est nettement insuffisant, car ils ont deux voire trois poêles à alimenter, selon le nombre d'enfants et de pièces occupées. Bon, c'est pas le tout, mais faut que je me remette au travail. (Il leva la tête et fixa l'horloge de l'église.) Plus que trois heures et j'ai fini. Ça fait deux fois que je balaie le jardin public aujourd'hui, et demain je recommence.

— Vous faites que ça ? s'étonna Maurice.

— Normalement, je devrais balayer les ruelles du centre-ville, mais ici, je sais pas pourquoi, je me sens bien. Même les poils de mon balai apprécient ce coin.

— Normal, c'est l'hiver, il n'y a personne, donc pratiquement rien à balayer ni massifs de fleurs à arroser.

— C'est pas une raison suffisante. Justement, c'est parce qu'il est désert, notre jardin, que je m'en occupe. Ça lui fait une petite visite, sinon il s'emmerde tout seul. Vous comprenez ?

— Je comprends, un peu comme un fils rendrait visite à sa mère isolée. Votre nom, c'est comment, monsieur, si, je l'espère, nous devons nous revoir ? demanda Maurice.

— Mon nom ne vous sera d'aucune utilité. Sachez que, depuis que je suis gamin, on me surnomme « la Castagne ».

— Qu'est-ce que ça veut dire ?

— La châtaigne… (Il montra son poing.) La bagarre si vous préférez. Du temps où mon genou allait bien, fallait pas me chatouiller longtemps. D'abord je cognais, ensuite on discutait.

— C'est, je l'avoue, une sage philosophie. Vous avez le sens du dialogue.

L'humour pince-sans-rire de Maurice ne vexa pas l'employé de mairie. Au contraire.

— Vous avez de la chance que mon genou me retienne, sinon y a belle lurette que je vous aurais arrangé le portrait.

— Je vous en remercie sincèrement, monsieur la Castagne.

— Remarquez, vous avez une bonne bouille. Avec votre air rougeaud, vous ressemblez à une tomate, une tomate rieuse. On vous l'a jamais dit ?

— J'avoue que non. Mais ça ne me déplaît pas. C'est vrai que je suis un peu rouge de figure. C'est de famille.

— Quand vous êtes enrhumé, on doit croire à un départ de feu !

— Je vois que vous aussi, vous maniez l'humour cinglant, monsieur la Castagne. Bravo !

— Chez nous, on appelle ça l'humour confiture.

— Alors, à tous les deux on embaume la rose.

— Et pourquoi ça ? demanda le balayeur, l'œil ahuri.

— Moi avec ma tronche de tomate rieuse et vous avec votre mine de lavabo fané, ça fait une moyenne.

Maurice avait touché le point faible de l'employé, qui ignora la remarque et changea de sujet.

— Au fait, en français, on dit « bricoleur » ; « bricoliste » n'existe pas, tâchez de vous en souvenir. En patois de chez nous, c'est « *bricolaïre* ». Bricoleur, ça fait pas sérieux, c'est quelqu'un qui soi-disant sait tout faire, mais en réalité, c'est un bon à rien. Ça fait « faignasserie », comme vous dites en Italie. Dites plutôt que vous êtes ouvrier tâcheron. Ça fait plus sérieux.

Le balayeur se releva, s'empara de son instrument et s'éloigna tranquillement. Maurice n'eut même pas le temps de le saluer.

Il resta encore quelques instants assis sur le banc, la tête dans les nuages. Quand il se mit debout, il se dirigea directement vers la gare routière prendre le prochain autobus pour Lumières. Il avait fait le tour des offres d'emploi potentielles de la ville d'Apt. Le résultat était nul.

C'est ainsi qu'il apprit de la bouche du fonctionnaire que la ville d'Apt jouissait d'une immense notoriété mondiale en matière de fabrication de fruits confits et que, grâce au généreux Luberon, il allait pouvoir se sortir de cette mauvaise passe. Finalement, il n'avait pas perdu son temps lors de cette escapade au pays des fruits confits. Il revenait bredouille, mais il se languissait de raconter cette drôle d'histoire à Lucie et, surtout, de recueillir son avis quant à cette nouvelle activité illicite mais rentable selon le balayeur de rues.

3

Le bonheur de Maurice

1938-1939

QUAND MAURICE EUT GRAVI le raide escalier, il trouva la porte du Rocail ouverte, signe que Lucie était déjà revenue de la cantine scolaire et qu'après une courte pause elle allait se rendre à droite ou à gauche, commencer une deuxième journée de travail dans les champs. Elle fut ravie de voir Maurice passer la porte.

— Tu as l'air fourbu, veux-tu une tasse de café ? Je viens de le faire.

— Je veux bien. Cet autobus est infernal, il stoppe tous les kilomètres pour déposer ou prendre quelqu'un sur le bord de la route. Les arrêts durent plus que la course. C'est insupportable.

Ils s'assirent tous deux dans le coin cuisine, autour d'une petite table ronde dont Lucie était fière. Elle était en noyer et lui venait de ses parents. Elle l'entretenait comme un objet précieux avec une cire d'abeille supérieure qu'elle achetait chez le menuisier de Lumières. Il en était de même pour la commode de la chambre.

Maurice savait pertinemment que Lucie ne lui poserait aucune question sur le résultat de ses recherches d'emploi. Il n'était pas dans la nature de la cantinière de faire montre d'indiscrétion ou de fouiner dans la vie des autres. Maurice se mit donc à table.

— J'ai rien trouvé, rien de rien. Bien au contraire, ça débaucherait plutôt un peu partout. Avec cette histoire de guerre qui survole l'air...

— Qui plane dans l'air, rectifia Lucie.

— Oui. Excuse-moi. En revanche, j'ai rencontré le balayeur du jardin public en mangeant mon casse-croûte. On a beaucoup parlé et il m'a donné une idée.

Maurice l'exposa avec force détails à Lucie, allant jusqu'à enjoliver l'opportunité d'une telle activité compte tenu de la situation critique du chauffage au bois en France.

— Et même si tu dégotes quelques clients, il reste le problème du bois, de la coupe et du transport. Autrement dit, tu n'as rien, tu n'as qu'une idée inapplicable, il te manque tout. Je ne veux pas être défaitiste, Maurice, mais je vois mal l'aboutissement de ce projet.

— T'inquiète pas, laisse faire l'al-chimie. Je vais réussir. Il le faut.

— Laisse faire quoi ?

— L'al-chimie, c'est une opération hautement scientifique inventée par un génie qui est arrivé à remplacer l'eau par du sucre. Un peu comme Jésus a changé l'eau en vin.

Un voile de scepticisme mêlé d'inquiétude recouvrit le visage de Lucie. Ses prunelles s'ouvrirent et fixèrent Maurice, telle une chouette en plein jour. Elle baissa la voix, lui prit les mains et posa la question suivante :

— Maurice, tu es fatigué ? Tu te sens pas bien ? Veux-tu que j'appelle Philibert ?

— Alors toi aussi, tu trouves que je ressemble à une tomate rieuse ? Je te parle d'un travail, et toi, tu veux appeler le toubib ! Ce n'est pas parce que j'ai les joues rouges que ça veut dire que je suis malade. Je suis né comme ça.

— C'est pas tes joues qui m'inquiètent, c'est ta cervelle et le fait que par une opération du Saint-Esprit que t'appelles la chi... l'alchi... je ne sais quoi, tu vas te transformer en génie du bois de chauffage. Je trouve que t'as les mains brûlantes, je crois que tu devrais prendre ta température, je vais chercher le thermomètre. Après, on appellera ce brave Philibert

Maurice éclata de rire.

— Mais non, laisse-moi faire. Tu verras. Je vais réussir. Tu t'inquiètes pour rien.

C'est ainsi que, dès le lendemain, Maurice descendit du Rocail et se présenta chez Pichadot, le garagiste mécanicien spécialiste tout véhicule et toute marque. Du vélo au camion en passant par les voitures et les tracteurs agricoles. La mécanique n'avait aucun secret pour lui. Apparemment, car il passait la plupart de son temps à feuilleter des modes d'emploi et des notices explicatives dans un coin mal éclairé de son atelier qui lui servait de bureau. Il avait un fils de dix-sept ans qui l'aidait dans sa tâche, une sorte d'apprenti pompiste, toute la journée.

Quand un client stoppait sur le terre-plein où s'élevaient les trois volucompteurs, le gosse déclamait :

— Essence, rouge ou deux-temps ?

Ça, ce n'était que le début. Il tournait ensuite tout autour du véhicule et finissait par demander au chauffeur :

— Il est où, le trou ?

— Quel trou ? Le réservoir ?

— Oui, monsieur.

Le client était contraint de quitter le véhicule et d'aller ouvrir la trappe. Ce même client savait qu'au prochain passage l'opération se déroulerait de la même façon.

Le reste du temps, le gamin placardait des rustines sur des chambres à air de vélos crevées. Le père Pichadot lui avait montré le coup des bulles dans une bassine d'eau pour repérer le trou à obturer. Depuis, Séraphin était passé maître dans l'art du repérage des bulles, jusqu'à planter son pif dans l'eau quand il ne trouvait pas du premier coup.

— Sérarien ! hurlait son père en l'apercevant. Pas de sous-l'eau, je t'ai dit ! La chambre à air peut t'exploser à la figure. C'est dangereux.

— Mais papa, c'est pas de l'essence, c'est de la flotte. Ça explose pas, la flotte.

— On ne sait jamais. Sois prudent.

Séraphin avait échoué trois fois de suite au certificat d'études primaires. La troisième fois, il y était retourné sur ordre de son père, parce que si ça n'avait tenu qu'à lui, tellement il avait honte, il se serait abstenu. Il dépassait tous les autres d'une bonne tête.

— Papa, je te dis que ça sert à rien. Je l'aurai pas.

— Dis pas que ça sert à rien, je suis sûr que pour plus te voir ils vont finir par te le donner, ce certificat. Faut jamais dire que quelque chose sert à rien.

Séraphin avait encore échoué. Je jour des résultats, il avait déclaré à son père, la larme à l'œil :

— Tu vois que même une troisième fois, ça sert à rien.

— T'as raison, Sérarien, puisque c'est comme ça, tu vas devenir mon assistant au garage et tu passeras ton brevet de mécanique. Leur certificat primaire, à côté, c'est de la gnognotte à sous-off.

— C'est quoi de la gnognotte à sous-off, papa, ça sert à quoi ?

— C'est rien, ça sert à rien, mon fils. C'est une impression anglaise.

Depuis ce jour, son père le surnomma gentiment Sérarien, le village suivit. Séraphin ne s'en offusqua d'aucune manière, parce qu'il savait que, quand quelqu'un l'appelait Sérarien, ce n'était pas à lui que s'adressait cette offense, c'était au certificat.

Maurice pénétra dans l'atelier et se dirigea tout au fond du garage, plongé dans la pénombre. Le local possédait trois murs aveugles, seul le double portail d'entrée, en partie vitré, éclairait le garage. En été, c'était l'idéal, mais en hiver le père Pichadot gonflait un vieux poêle, tenait le portail fermé et travaillait sous le capot des voitures avec une simple baladeuse. Une ampoule nue pendait au bout d'un fil fixé au plafond dans son coin bureau, où gisait sur une table un bordel innommable autour d'un téléphone à manivelle noir de chez noir dont personne n'aurait voulu saisir le combiné, au risque de rester collé à la crasse et au cambouis.

Maurice lui expliqua très brièvement son idée et sollicita le prêt amical d'un vieux vélo.

— Écoutez, mister Maurice, je comprends votre besoin impérial.

— Impérieux, voulez-vous dire ?

— Impérial, je sais ce que je dis, c'est une impression anglaise.

Maurice se tut. Mieux valait ne point exciter le garagiste, car il en avait besoin. Pichadot l'emmena dans le fond du local et souleva une bâche souffreteuse recouverte de poussière et de débris de plâtre.

— Je vous propose cette vieille Triumph 1920, c'est une cinq cents centimètres cubes… si vous arrivez à la réparer.

— Qu'est-ce qu'elle a, cette motocyclette, monsieur Pichadot ?

— Pensez bien que si je le savais, elle serait partie depuis longtemps. Y a bientôt deux ans qu'elle gît chez moi. C'est le vieux Brémond qui me l'a déposée, il est mort. Un de ces quatre, son *son* va bien finir par se manifester. J'ignore ce que je vais lui servir comme bobard.

— Parce qu'en plus vous allez lui offrir à dîner, monsieur Pichadot ?

Pichadot éclata de rire.

— Mister Maurice, vous n'y êtes pas du tout, servir un bobard, ça veut dire raconter des salades. Dire des couillonnades.

— Ah bon, je l'ignorais, monsieur Pichadot.

— Normal, c'est une impression d'origine anglaise.

— J'ai l'impression que vous en savez des choses, monsieur Pichadot.

— Arrêtez un peu avec votre monsieur Pichadot à tout bout de champ ! Appelez-moi Franck.

— D'accord, monsieur Franck. C'est d'impression…

Maurice n'eut pas le temps de terminer sa phrase.

— Oui ! hurla le mécano.

Maurice calma aussitôt la situation qui allait déraper.

— Je n'ai pas les moyens d'entretenir un vélomoteur, c'est un vélo que je recherche. Ce qu'il y a de plus simple. Si vous pouviez m'en louer un quelque temps.

— Pour quoi faire ?

— Pour aller chercher du bois dans la montagne.

— Je loue *no engine*.

— C'est une expression d'origine anglaise ?

— J'en ai l'impression, *mister Morris*.

Le garagiste partit dans le fond opposé du garage et fit signe à Maurice de rappliquer. Des vieilles bicyclettes entassées les unes sur les autres dormaient sur une porte de cave qui tenait lieu d'étagère.

— Attrapez la plus haute bécane, vous qu'êtes grand.

Maurice descendit un cadavre couvert de toiles d'araignée. Un vélo d'homme anormalement grand équipé d'une barre anormalement haute. Les jantes et le guidon étaient picotés de rouille, les pneus dégonflés et le cadre fendu.

— Si vous parvenez à le remettre en état, je vous le donne. C'était le vélo du grand Bert, mais un soir, il y a quelques années, en descendant de Goult, il est allé tout droit dans un virage.

— À cause des freins, monsieur Franck ?

— *No, mister.* À cause des pastis. Résultat, deux fendaisons : le crâne du grand Bert et le cadre du vélo.

Maurice ne releva pas le terme « fendaison » dans la bouche de Pichadot, ce devait être encore un terme d'impression anglaise. Il demanda :

— Avez-vous un fer à souder, monsieur Franck ?

— Je dois pouvoir vous trouver ça quelque part.

D'un coup, un hurlement immense résonna dans le local et même au-delà :

— Sérarien !

Le gamin arriva au petit trop.

— *Yes, father.*

— Sérarien, sais-tu où se trouve notre fer à souder ?

— La dernière fois, c'est *zeu mozer* qui s'en est servi *for zeu* tuyau *of* évier *of* cuisine qui fuyait.

— Va chercher.

— Quoi ? La *mozer* ou le fer à souder ?

— Le fer et le masque. Laisse ta *mozer in zeu kichèn*.

Le visage de Pichadot afficha une mine catastrophée et, à voix basse, il susurra :

— Quand je dis que ce *boy* sert à rien… Je me demande de qui il tient !

Séraphin revint avec le matériel au complet, qu'il tendit à son père.

— Tenez, *mister Morris*. Démerdez-vous. Pour les pneus, s'ils sont crevés, adressez-vous à *my son*, ici présent, *this is zeu spécialist'* en *richerch'* of fuite. Vous pouvez vous installer à l'établi et utiliser *all my* outils, je n'en ai pas besoin pour l'instant. J'attends le camion de livraison. *Zeu* cuves *are* presque à sec.

— Merci, monsieur Franck, je vais me débrouiller.

— Au fait, *mister Morris*, j'y pense. Pour votre transport de boué, avec un vélo vous allez comment faire ?

— ?

— Comment expliqu' *to you*... Avec le vélo, comment *you transport' zeu* boué ?

— Je vais faire des fagots et les attacher sur mon dos. Je vais surtout proposer du petit bois aux personnes âgées ou seules.

— Bonne idée, mais *it must one carriol'*.

— Oui, vous avez raison, monsieur Franck.

— *You* pouvez trouver *one coach with* Oswaldo, *zeu* pinard *cave man*.

— Le caviste ?

Dans un grand sourire, le mécanicien s'exclama :

— *Yes, mister Morris ! You have understand me. It is formideïbeul !*

Maurice s'empara du fer à souder et s'attela aussitôt à la réparation du cadre du vélo du grand Bert. La cassure se situait au milieu de la barre transversale, Maurice trouva ça bizarre et se demanda, tant la brisure était franche, si un ennemi du grand Bert n'avait pas tenté de l'expédier chez saint Pierre. Le travail lui prit du temps, mais il parvint à réaliser une soudure de vrai professionnel. Il remit le vélo debout et gonfla les deux pneus. L'horloge du hangar marquait midi quand il salua M. Franck.

— Je m'en vais, je reviendrai cet après-midi vérifier si ça tient et finir quelques bricoles. Bon appétit, monsieur Franck, et encore merci.

— *Thank you, mister Morris. To see you this after... after... this* aprem'.

Ce vélo faisait l'affaire de Maurice et ce drôle de mécano, quoi qu'en dise la population, était certes un brin fada, mais c'était un brave type.

Après une courte sieste, Maurice se rendit à nouveau au garage pour vérifier sa soudure et l'état des pneumatiques de la bicyclette. À peine arrivé, il constata que les pneus étaient encore gonflés à fond. C'était la preuve qu'ils étaient en état. Aucun problème non plus avec la soudure, qui lui donna satisfaction. Même le mécano vint constater son travail et, agréablement surpris, il le félicita :

— *You very good* soudeur *man*. Si *OK, you can* venir *help mi*.

— Écoutez, monsieur Franck, franchement, je ne comprends rien à ce que vous dites. Je suis italien et je viens tout juste d'apprendre le français, alors l'anglais, on verra plus tard.

Le garagiste rectifia la position et pointa le menton.

— Je vous disais, monsieur Maurice, que je vous ai regardé travailler. Vous m'avez l'air assez adroit et compétent. Verriez-vous un inconvénient à venir m'aider si besoin, contre rémunération bien entendu ? Par ailleurs, je ne suis pas opposé à ce que vous me livriez du bois, même des grosses bûches si vous en trouvez, pour le poêle du garage.

Maurice resta bouche bée devant l'élocution parfaite du garagiste, qui poursuivit son monologue :

— Par ailleurs, je pense qu'Oswaldo le caviste vous prêtera sa remorque, car l'hiver il ne s'en sert pas. Ça vous évitera de vous casser le dos. Je vous conseille également de rendre visite à nos commerçants qui jettent leurs cageots vides, ainsi qu'à nos cultivateurs qui balancent dans le Calavon leurs vieux emballages et leurs caisses en tout genre. Enfin, je vous signale qu'après le pont du Calavon, situé sur la route qui mène à Lacoste, il y a un gros tas de traverses de chemin de fer qui stationne depuis bien longtemps. Pour être complet, je vous précise que je dispose de deux bonnes scies à bois ainsi que d'une hache et que contre quelques heures de boulot au garage ou quelques bûches, je vous le répète… on pourrait s'entendre. *It's OK, my dear ?*

Il s'arrêta enfin de parler. Maurice lui sauta dans les bras, la larme à l'œil.

— *Lei è per me un preciozo benefattore*[1] !

— Ça veut dire quoi ?

— C'est une impression anglaise, répondit Maurice du tac au tac.

Ils rirent franchement de conserve.

Maurice termina d'astiquer son vélo en sifflant, gai comme un pinson italien. Il retira deux maillons pour retendre la chaîne et, compte tenu du triste état de la selle, il procéda discrètement à un échange standard pur et simple avec celle, pratiquement neuve, qui équipait une bicyclette que Pichadot avait remisée sur l'étagère des rebuts. Il fit de même avec les patins des freins, qui avaient disparu.

Sur le coup des 16 heures, il surgit du fond du garage, à califourchon sur son grand vélo. La pointe de son pied effleurait à peine le sol et l'empêchait de tomber.

À la vue du spectacle, Pichadot père et fils applaudirent conjointement.

— Il lui manque que la casquette et l'écharpe rouge, on dirait le grand Bert ! s'exclama Séraphin.

— Permettez que j'aille le montrer à Lucie.

— Faites, *mister Morris, it's your* bécan'.

Maurice, ivre de joie, se hissa sur son immense vélo, regarda des deux côtés de la nationale avant de traverser et pédala quelques dizaines de mètres jusqu'au bas de l'escalier qui conduit au Rocail. La famille Pichadot le regardait s'éloigner, heureux comme un gamin le matin de Noël.

Du haut de la terrasse, il guettait l'arrivée de Lucie ; quand il la vit longer la haute muraille du couvent, il descendit les marches à fond de train. Ils arrivèrent ensemble au bas de l'escalier. Maurice exhiba son engin, fier de lui. Les joues en feu. Il souriait en fixant Lucie, on ne voyait que le blanc immaculé de ses dents.

— Il est magnifique ! s'exclama la cantinière en étreignant Maurice. Je suis contente pour toi. Qui te l'a prêté ?

---

1. *« Vous êtes mon inestimable bienfaiteur ! »*

— On ne me l'a pas prêté, on me l'a donné.

— Donné !

— Pichadot lui-même.

— Tu m'étonnes, y a pas plus radin ! Radin en tout : en fric, en paroles, en gentillesse, en essence. Dans la famille, ils sont tous timbrés. Le gosse a loupé quatre fois le certificat. Il serait un peu retardé.

— Figure-toi que c'est faux. Certes, le fils a l'air un peu demeuré et le père s'échine à parler une espèce d'anglais primitif, mais...

Lucie appuya sa bicyclette contre l'appentis situé sous les premières marches de l'escalier et elle entama la montée.

— Monte avec moi, on va se faire un bon café, après je dois aller aider la mère Chambon à nourrir ses bêtes et à les traire, son mari est à l'hôpital.

C'est ainsi qu'en guère plus de quinze minutes passées avec Lucie devant une tasse de café chaud, Maurice apprit qu'un couple d'Anglais s'était arrêté chez Pichadot l'été dernier pour faire le plein et solliciter la réparation d'une roue crevée de leur Jaguar décapotable. Le mécanicien n'avait jamais vu en vrai pareille automobile, aussi élégante et avec le volant de l'autre côté (excepté dans un catalogue). Il manifesta ostentatoirement son admiration devant le conducteur et fit plusieurs fois le tour de la voiture. Impressionné comme un nouveau-né. Il lui fallut tout l'après-midi, retenant son client plusieurs heures, pour enfin parvenir à ses fins (sans aucun mode d'emploi ni manuel).

L'étranger, un homme d'une cinquantaine d'années, coiffé d'une casquette à longue visière en tissu écossais et vêtu comme un tennisman, s'en était étonné à plusieurs reprises.

— Mais enfin, *sir mecanics*, que fesez-vous tout ce temps ?

— J'avance, j'avance, *sir*. (Prononcé « sœur ».)

Pichadot feuilleta toutes les documentations et les notices en sa possession contenant un chapitre « Pneumatiques », même les plus vieilles, défraîchies et barbouillées de cambouis et de graisse. Il farfouilla dans tous les endroits de son bureau, il fit même un saut aux chiottes où, parfois, il laissait traîner quelques réclames et fiches techniques. Rien. Aucun guide concernant le montage des pneus anglais et, pour corser la sauce, sur une jante à rayons spécialement fragile. Il se dit qu'il devrait sans faute, un de ces jours prochains, effectuer un sérieux classement de sa documentation. Tout était mélangé et il était impossible de retrouver quoi que ce soit dans ce désordre. Cette recherche l'occupa une bonne partie de l'après-midi. Rien qui ne concernât le montage des pneus d'une Jaguar. C'est alors que l'idée lui vint de consulter le guide du véhicule fourni par le constructeur. Il réussit à mettre la main dessus dans le fouillis de la boîte à gants de la Jaguar, mais malheureusement tout était écrit en anglais. Il allait renoncer quand il trouva enfin la solution. Une idée de génie. En fixant depuis le fond du hangar le pare-brise de la Jaguar en plein soleil, il aperçut le conducteur assis côté passager. Autrement dit à droite de la voiture.

— Bon Dieu, mais c'est bien sûr ! Ces cons d'Anglais font tout à l'envers ! Ils roulent à gauche, le volant est à droite, pour les pneus, ça doit être pareil. Ils les installent à l'envers. Faut que je les attaque en fixant les démonte-pneus à l'extérieur et non à l'intérieur du pneu comme en France. Putain ! Pouvait pas me le dire, cet Engliche !

Pichadot était fier de lui.

Pendant ce temps, la dame qui accompagnait le sujet de Sa Majesté, sans doute son épouse, à force de cuire en plein soleil, s'était réfugiée dans la cuisine de Mme Pichadot munie de son dictionnaire anglais-français pour réviser son vocabulaire. Elle avait fini par s'endormir sur la chaise, tant et si bien que, quand son mari l'appela une fois l'opération enfin terminée, dans sa hâte, elle en avait oublié son dictionnaire.

De son côté, Pichadot, tel un guerrier, livrait combat contre la jante de la Jaguar sous le regard fasciné de l'Engliche, qui avait étendu son mouchoir sur un vieux cageot avant d'y déposer prudemment ses fesses. Il regardait sagement le mécano œuvrer contre son pneu. Une véritable conversation finit par s'engager entre eux. Une conversation sérieuse, en franglais, style petit nègre tamisé. Pichadot, depuis qu'il avait trouvé la solution, affichait un air satisfait et même supérieur. Au début, il se laissa aller à quelques forfanteries à la limite de l'incorrection. Il demanda à son client si pour tourner à gauche en Angleterre il fallait actionner le clignotant droit et inversement. En fait, l'Engliche se contentait de sourire et de dire « *Yes, sir !* », à quoi Pichadot répondait aux formulations de phrases incompréhensibles de l'anglais par : « Oui, sire. » Vu de l'extérieur, on eût cru qu'une relation de maître à domestique s'était s'installée. Le mécanicien ne comprit pas grand-chose des propos de son client, mais il retint l'essentiel des prémonitions du Britannique. En fait, l'Anglais, au fil de l'entretien, avoua être un Écossais. Il expliqua les différences énormes entre ces deux peuples. Le garagiste ne comprit pas grand-chose. Néanmoins, Pichadot sauta sur cette annonce pour lui demander s'il cultivait, lui aussi, les fameux haricots dans son jardin. L'autre ne comprit pas ce que venait faire cette histoire de haricots à ce stade de l'entretien, il se contenta de sourire bêtement, d'acquiescer d'un signe de tête et d'ajouter « *Yes, sir !* » par politesse. C'est depuis ce mémorable après-midi que le comportement du garagiste changea du tout au tout. Depuis ce jour, Pichadot avait décidé d'apprendre la langue de Shakespeare en utilisant, à l'envers bien sûr, le fameux dictionnaire oublié par l'Anglaise. Pichadot, ce n'était plus un secret pour personne en cette période troublée, divulguait à qui voulait l'entendre le secret de l'Écossais. Il pratiquait même le prosélytisme avec ses clients à la pompe. Il partait du postulat (il employait ce mot savant à chaque fois) que l'Écossais lui avait enfoncé dans le crâne : « Vous les Français, vous êtes coincés entre les canons de trois fous furieux : Franco, Mussolini et Hitler, vous n'aurez d'autre choix que de vous mettre à l'abri chez les Anglais si vous ne voulez pas y laisser votre peau. Tel est mon postulat. »

En prévision de cette invasion imminente, Pichadot révisait donc quotidiennement cette langue étrangère, l'imposant à femme et enfant. (Ce en quoi l'avenir prouvera qu'il n'avait pas tout à fait tort.) Il entrevit, dans l'oubli de ce dictionnaire, comme un présage. Quand Chantal Boucicot, la fille de l'épicier, qui était infirmière à Apt, vint faire son plein en fin de semaine et apprit la terrible prémonition, elle lui demanda si son Écossais ne s'appelait pas Nostradamus ; Pichadot s'étonna de cette question.

— J'en sais rien, j'ai oublié de lui demander son nom, il m'a donné les sous et il est parti comme s'il avait le feu au cul.

— Comment il était, cet Écossais ?

— Grand, la cinquantaine, un peu maigrichon, une casquette écossaise et tout habillé de blanc.

— Tout en blanc et fin comme un haricot, alors ça devait être Nostradamus. C'est même certain.

— Pourquoi, il est connu ce type ?

— Diable !

Depuis, Pichadot colporte dans tout le village que le célèbre Nostradamus lui a rendu visite et qu'ils ont eu un long et sérieux entretien duquel il est ressorti qu'il y allait avoir la guerre générale dans toute l'Europe continentale parce que nos ennemis voisins allaient nous envahir et qu'on devait se réfugier en Angleterre si on voulait éviter de se faire massacrer. À ce jour, personne ne l'a encore détrompé.

En cette fin d'après-midi, la deuxième remarque de Lucie porta sur l'immensité du vélo que Pichadot lui avait donné. Maurice avait coutume d'écouter sa compagne pieusement ; d'abord parce qu'elle était douée pour narrer les histoires et parce qu'elle décrivait un maximum de détails, donnant une tonalité picaresque à son récit. Maurice adorait ce trait de sa personnalité.

— À qui voulais-tu qu'il le vende ? Il est d'une hauteur anormale ce vélo. Faut faire deux mètres comme toi ou le grand Bert pour grimper sur la selle, ou alors repérer un escalier ou un muret au départ et en prévoir un autre à l'arrivée pour descendre, sinon c'est le gadin assuré. À part te le donner, je vois pas ce qu'il aurait pu en faire. Surtout si le cadre, comme tu m'as raconté, était fendu. Ça lui fait une ruine de moins dans son atelier.

— Et ce grand Bert, il est devenu quoi ?

— En tombant, il s'est donné un coup à la tête. Il est resté à moitié fada. Ses enfants l'ont gardé un moment puis, comme y avait plus rien à faire, ils l'ont mis à l'hospice à Apt. D'après ce qui se dirait, il aurait complètement perdu le ciboulot. Il a même oublié qu'il était secrétaire régional du Parti communiste. Il ne quittait jamais son écharpe et sa casquette rouges et, quand il croisait le curé ou les pères du couvent, il les saluait d'un signe de tête mais il restait couvert.

— D'après Pichadot, il était saoul quand il a chuté.

— C'est exact. Ça a étonné tout le monde, parce qu'il buvait pratiquement jamais, à cause d'une maladie des reins. Ce qui est vrai, c'est que cette année-là il était candidat à la mairie. Cet accident a fait le bonheur de ses adversaires. On disait qu'il avait ses chances.

— Il n'y a pas eu d'enquête de gendarmerie ?

— Ça aurait servi à quoi ? Tout le monde l'a vu picoler à la terrasse du bistrot de Goult. Ils auraient dû l'empêcher de partir avec son vélo, ça descend tout le long ; quand il est arrivé au grand virage, il devait facilement rouler à soixante voire soixante et dix kilomètres à l'heure. J'y passe tous les jours, je sais ce que je dis. C'est pire que dangereux. Sans freins, c'est mortel.

— Sais-tu le plus étrange dans cette histoire, Lucie ?

— ?

— C'est que les freins n'avaient plus du tout de patins. J'ai dû en piquer sur d'autres vélos. Même pas des patins usés. Aucun patin égale aucun frein. Avoue que c'est bizarre, quand même. Sauf si Franck les a piqués pour les placer sur une autre bicyclette.

— C'est qui ce Franck ?

— Pichadot, bien sûr !

— Il s'appelle Francis. Franck est un prénom dont il s'est affublé pour jouer à l'Anglais. Les gendarmes sont en face, t'as qu'à aller leur demander pour le grand Bert. Mais vu l'heure, tu devrais aller chez Oswaldo si tu veux le choper avant qu'il se couche. L'hiver, il ne fait pas grand-chose, à 17 heures il boit un bouillon de soupe et il se met au lit.

4
L'Auvergnate

1937-1939

Clémence Massard-Notin était un produit importé. Certes, un produit de premier choix, mais importé tout de même.

Son nom n'appartenait pas à la vieille et altière bourgeoisie aptésienne. Le patriciat. Au vrai monde du fruit confit. À l'unique. Au terroir historique ; celui qui depuis la papauté d'Avignon, au XIIIe siècle, régnait sur l'alchimie de la fabrication du fruit confit… Depuis la nuit des temps.

Au début du XXe siècle, la fabrication des fruits confits, dont Apt s'était imposée comme la capitale mondiale, était aux mains d'une petite dizaine de familles. C'était le temps de l'artisanat heureux et prolifique. La noblesse de leur métier et les secrets de fabrication que chacun d'eux détenait hissaient leur profession au rang d'un art véritable. Ces petits fabricants, de par la science qu'ils détenaient, l'argent qu'ils gagnaient et les emplois qu'ils offraient à la population, représentaient la haute bourgeoisie locale. L'incarnation de la réussite sociale et financière. Jusqu'à la Seconde Guerre mondiale, ce secteur d'activité ne cessa de croître et de se développer. Les ennuis, au fur et à mesure de l'évolution des techniques, de l'élargissement des échanges internationaux et donc de la concurrence, se crispa. Ils durent se remettre en question. De simples petits artisans, les fabricants aptésiens se transformèrent par obligation en industriels. Malheureusement, les mentalités de ces nouveaux chefs d'entreprise n'avaient pas évolué dans cette nouvelle dimension avec la même dextérité. Une lente évolution mêlée d'une euphorie communicative qui conduira ces petits patrons vers les sommets de la gloire durant la décennie des années 1960, pour les précipiter, la décade suivante, dans le gouffre de la faillite.

Au début de ce siècle, à plusieurs reprises, le gouvernement augmenta considérablement le prix du sucre en multipliant les taxes. Une denrée indispensable dans la fabrication du fruit confit. Les patrons aptésiens, tout aussi futés que ceux d'aujourd'hui, décidèrent de délocaliser leur production. Vers où ?

Vers l'Italie qui, en plus de la proximité, offrait un prix du sucre nettement abordable et une main-d'œuvre nombreuse et bon marché. Quant au savoir-faire indispensable, les Aptésiens étaient assez rusés pour l'exporter. C'est ainsi que des usines naquirent à Gênes, Naples, Savone… toutes aux mains des industriels aptésiens qui avaient délégué sur place qui un frère, qui un cousin, qui un beau-frère. Par ailleurs, le Piémont et la Lombardie surtout, mais tout le nord de l'Italie regorgeait d'arbres fruitiers, en particulier des cerisiers produisant les célèbres bigarreaux, véritable matière première de choix pour les confiseurs.

Ces implantations à l'étranger, dont certains établissements faisaient plus de dix mille mètres carrés, voire quinze mille à Naples, étaient plus rentables que les vieilles structures historiquement enclavées sur les rives du Calavon, à l'ombre du Luberon, dans des hangars malsains du centre-ville. Depuis les ports italiens, les empaquetages de fruits confits partaient directement à moindres frais d'acheminement par bateau vers les îles Britanniques, l'Allemagne et les pays scandinaves, ainsi que, depuis quelque temps, vers l'Amérique du Nord, nouveau débouché de plus en plus important. Le temps du fourneau et du poêlon était révolu.

Clémence Massard-Notin était issue de l'autre pays du fruit confit. Le mot « pays » est ainsi employé dans le sens de terroir, parce que l'autre pays, c'était Clermont-Ferrand et l'Auvergne. Bien entendu, Apt l'orgueilleuse dédaignait les fruits confits d'Auvergne et faisait semblant de les ignorer, comme s'il s'était agi d'une marchandise de bas aloi qui ne méritait même pas qu'on en parlât.

« Pourtant, depuis le XVIe siècle, les maîtres confiseurs auvergnats perpétuaient une tradition dont la renommée avait, en son temps, conquis la cour des rois de France. Au siècle des Lumières, les pâtes d'abricot ont fait la joie des marquises et les fruits confits ont accompagné les heures de gloire de l'histoire de France[1]. »

À Clermont-Ferrand, quelques artisans ont porté très haut, en son temps, la mystérieuse alchimie du fruit confit. La technique du confisage est extrêmement contraignante et la qualité du fruit est primordiale. Le cycle peut durer trois mois pour atteindre l'osmose entre le fruit et le sucre. Le summum de l'opération est de conserver la saveur naturelle du fruit sans utiliser aucun conservateur chimique. N'atteint pas la perfection qui veut.

Cela explique que la Castagne, le balayeur du jardin public d'Apt, a employé le vocable de « génie » quand il a donné ses explications à M. Maurice à propos de celui qui a découvert la formule pour fabriquer du fruit confit. N'est pas confiseur le premier couillon venu. En tout cas, la Castagne a omis de préciser que le métier est risqué pour le patron et très pénible physiquement pour les travailleurs, hommes ou femmes.

En ce temps-là, il se disait en Apt que les fruits confits de Clermont-Ferrand n'étaient que de pâles copies sans arôme ni saveur et que les Auvergnats devaient s'entraîner encore quelques siècles avant de prétendre rivaliser avec leur marchandise. Pour parfaire leur mauvaise foi, les Aptésiens clamaient haut et fort que les spécialités des Clermontois, c'était plutôt le chocolat, un

1. *Extrait du très célèbre quotidien auvergnat* La Montagne, *édition du 19 décembre 1989.*

peu les pâtes de fruits et surtout les biscuits. Leur unique réussite en matière de fruit confit consistait en la fabrication d'écorces d'orange, dont les vertus aromatiques avaient convaincu les maîtres chocolatiers. Il faut reconnaître qu'un brin de jalousie était cause de ce comportement partisan, et qu'en Apt le chauvinisme soufflait encore plus fort que les bourrasques du mistral.

L'insulte suprême qui circulait dans les foires de pays et derrière les comptoirs de bistrots se résumait ainsi : « Qu'est-ce qu'ils croient, ces Auvergnats, on rattrape pas trois siècles de retard comme ça ! C'est pas demain la veille qu'ils nous arriveront à la cheville. »

En réalité, les fruits confits de Clermont-Ferrand (où, certes, il y a moins de vergers qu'en Vaucluse, reconnaissons-le) étaient tout aussi délicieux que ceux qui sortaient des ateliers aptésiens.

Ça, c'est Fernand Notin qui l'avait affirmé haut et fort en 1938 dans tous les lieux publics de la sous-préfecture vauclusienne, au risque de prendre une sérieuse branlée.

En fait, Fernand Notin, la quarantaine opulente et ventripotente, maître confiseur de père en fils depuis six générations, implanté place du Postel, en plein centre d'Apt, avait surtout déclamé cette crétinerie dans tous les cafés, endroits qu'il fréquentait assidûment comme son père avant lui. La mine rougeaude et l'œil vitreux comme un ciel neigeux, Fernand Notin avait table ouverte dans tous les débits de boissons de la ville. Son pauvre père, Hyacinthe, cloué dans un fauteuil depuis des années, parvenait encore à écluser ses trois litres de vin rouge par jour qu'Albertine, la bonne à tout faire de la maisonnée, s'en allait tirer des tonneaux empilés à la cave et précautionneusement remis à flot chaque hiver avec le vin nouveau.

Fernand Notin n'était pas revenu seul de Clermont-Ferrand. Il s'en était allé, l'année précédente, rendre visite à un Auvergnat fabricant de fruits confits qu'il avait rencontré à la foire de Toulouse et avec qui il avait festoyé. Ce brave homme, comme lui, éprouvait un réel penchant pour le rouge qui désaltère et ils avaient lié conversation d'abord puis amitié ensuite. L'Auvergnat avait lancé l'invitation, le Vauclusien s'était exécuté au printemps suivant. Il avait profité d'une livraison à Saint-Étienne pour pousser jusqu'à Clermont. La visite s'était prolongée plus que prévu et Fernand avait jeté son dévolu sur la fille de son hôte. Cette demoiselle à peine âgée de vingt ans en avait vingt-deux de moins que lui.

Bien faite physiquement comme une femme, elle affichait encore un visage d'adolescente, et une blonde queue-de-cheval dansait sur ses épaules. Les pommettes bien dessinées et les yeux d'un vert glacé, elle parlait peu, mais elle possédait déjà un caractère de maîtresse femme. Seul son rarissime sourire illuminait parfois son visage qu'une espèce de chagrin naturel envahissait dès le matin.

Elle répondait au nom de Clémence.

Fernand Notin avait promis un prochain mariage à son acolyte et avait descendu Clémence dans ses bagages de retour. La petite, encore mineure, avait dû se plier au désir de son père, satisfait et heureux de confier sa progéniture à un riche et célèbre maître confiseur d'Apt.

Clémence avait donc débarqué en pays inconnu à vingt ans. C'était au printemps 1937. Juste pour la cueillette des cerises.

Loin des siens, elle s'était d'abord repliée sur elle-même puis, insensiblement, elle s'était rapprochée de Fernand, car, pour elle, il représentait comme un phare, un asile et son unique point d'appui dans cette petite ville où tout le monde connaissait tout le monde et où, dès qu'elle mettait les pieds dehors, elle sentait les flèches hostiles d'une multitude de regards lui transpercer la chair. Pour tous, elle était et demeurait l'étrangère, pour les Notin elle était la « pièce rapportée » d'on ne sait où.

L'entreprise Notin et Fils employait sept personnes. Son atelier trop exigu et mal éclairé respirait le mauvais air et une chaleur étouffante asséchait le gosier. Des murs délavés par l'humidité qui suintait partout n'avaient pas connu une couche de peinture depuis des décennies. Seule une porte cochère donnant dans une ruelle venait ventiler les locaux les jours de mistral. Fernand Notin assumait le travail de la matinée jusqu'à 10 heures. Ensuite, il donnait ses recommandations et il s'esquivait sans prendre la peine de saluer qui que ce soit. La première tournée des bistrots commençait. La seconde débuterait vers 18 heures, après une bonne sieste et un court arrêt à la fabrique.

Clémence avait trouvé sa voie dans l'atelier. Son « homme », comme elle disait en parlant de Fernand, car ils n'étaient toujours pas mariés, ce qui expliquait qu'elle avait gardé une double identité en prenant soin de faire précéder le nom de Notin par son patronyme, Massard ; son « homme » s'était contenté d'enregistrer cette décision et il avait docilement fermé sa gueule. À peine débarquée d'Auvergne, la saison des cerises démarra et les bigarreautiers[1] donnèrent encore plus que l'année précédente. Ne sachant comment employer ses journées et ne connaissant personne, hormis le vieux Hyacinthe, parcouru par une toux de bronchitique et des râles d'agonie entre deux verres de vin, ainsi qu'Albertine, qui vaquait tête baissée du matin au soir dans la maison à ses tâches domestiques, Clémence se réfugia dans la fabrique de fruits confits Notin et Fils. Un domaine qu'elle connaissait bien pour avoir fréquenté celui de son père dès l'âge de quatorze ans.

Ici, Clémence se sentit aussitôt à l'aise et elle trouva dans le personnel des alliés imprévus.

Ce qui la surprit, au début, ce fut la façon de travailler des Aptésiens. « Les patrons fabricants chargeaient une carriole tractée par un âne et s'en allaient à travers les rues étroites de la ville distribuer les bigarreaux aux femmes qui se tenaient sur les trottoirs assises sur des chaises basses protégées par des tabliers de grosse toile qui descendaient jusqu'à terre. Elles équeutaient et dénoyautaient les cerises à l'aide d'une “broque”. Elles travaillaient à prix fait : 1 franc les dix kilos. Une femme parvenait à équeuter et dénoyauter en moyenne cinquante kilos par jour, mais les plus habiles arrivaient à cent kilos[2]. »

La fabrique, appelée usine, disposait d'une haute cheminée de briques rouges d'où s'échappait la fumée noire de la chaudière. La vapeur permettait de mettre en mouvement les machines et

1. *Bigarreautier : espèce très répandue de cerisier dans la région d'Apt qui donne des fruits de couleurs rouge et blanche, d'où le nom de bigarreau (bigarré), à la chair ferme et sucrée.*
2. *Extrait du livre d'Élie-Marcel Gaillard* Les Fruits confits d'Apt, *Éditions A. Barthélemy.*

de chauffer les bacs. Clémence constata que les bassines étaient en aluminium, contrairement aux confiseurs de Clermont-Ferrand qui employaient des bassines en cuivre.

Elle posa la question à Fernand, qui lui répondit que le cuivre était interdit depuis plusieurs années par le préfet, car il contenait des substances vénéneuses et surtout du sulfate de cuivre. Elle découvrit également le rôle primordial des cuves de stockage permettant de conserver les fruits dans l'eau soufrée en attendant de les confire. Ce système ingénieux permettait à l'entreprise de travailler toute l'année et de mettre fin à l'activité saisonnière et par là même au chômage saisonnier. Cette activité atteignit le niveau industriel classique.

Clémence, outre la récolte des fruits et le stockage, retrouva les différentes étapes du secret du confisage. La phase dite de la blanchie, qui consiste à plonger les fruits dans l'eau bouillante avant de les rafraîchir dans des bains d'eau claire. Vient ensuite le confisage : les fruits sont plongés dans un sirop dont la teneur en sucre augmente au fur et à mesure que le temps s'écoule. C'est lors de cette phase capitale que l'alchimie se produit : le sucre remplace peu à peu l'eau contenue dans le fruit. Cette opération dure entre deux et trois semaines. Prendre le temps est le secret d'un bon confisage. Vient ensuite l'égouttage, étape pendant laquelle on étale les fruits pour les séparer de leur sirop, puis la mise sur grille et, enfin, dernière étape : le glaçage, c'est-à-dire l'ennoblissement des fruits par une fine pellicule de sucre qui préserve leur craquant, leur moelleux et leur saveur originelle. Le reste n'est plus que la mise sous un emballage prometteur et alléchant. L'effet visuel, grâce à un subtil mélange des couleurs, donne l'envie d'être gourmand et d'y croquer à pleines dents.

Quand Fernand Notin était dans son assiette, autrement dit le matin avant 10 heures, il lui arrivait de partir à la recherche de Clémence dans l'usine, de se coller contre elle sans la toucher, de la sentir pour la ressentir telle qu'elle l'avait séduit à Clermont-Ferrand. Son air de fausse jeune fille prude l'avait excité. Depuis qu'elle venait à l'usine, il avait pris le soin d'admirer le travail exécuté par la jeune fille. Elle avait un doigté à nul autre pareil, elle savait mieux que personne quand le confisage atteignait son paroxysme. Fernand, dans ces moments-là, se disait qu'il avait fait bonne pioche sur tous les plans. Clémence avait tout pour elle. Elle était jeune, jolie, forte, travailleuse, et elle était une femme, une vraie ; son seul point noir, c'était ses silences. Elle causait avec les employés mais jamais avec lui, si ce n'est les banalités indispensables du quotidien. Ils pratiquaient épisodiquement l'acte sexuel (uniquement sur sollicitation de Fernand, quand il avait l'esprit clair) dans un silence de cathédrale. Comme une démarche à la sauvette expédiée en quelques minutes et ponctuée par les seuls spasmes de plaisir de Fernand. Même dans cet instant fugace où lui seul atteignait la sublimation, Clémence demeurait inerte et silencieuse telle une pierre. Ni vu ni connu. Terminé.

Un matin, à l'usine, Fernand l'appela dans le réduit qui lui tenait lieu de bureau.

— Assieds-toi, ma belle, j'ai quelque chose à te parler. Voilà : je m'aperçois que, malgré le temps qui s'est écoulé, t'as toujours rien en route. (Clémence fit non de la tête.) Il faudrait quand même que t'y penses sérieusement. Cette maison s'appelle Notin et Fils depuis bientôt deux siècles et, après moi, faudrait qu'il en arrive un autre en ce monde. Tu me comprends, petite ? (Clémence fit oui de la tête.)

Fernand poursuivit :

— Tu comprends bien que je t'ai pas fait faire cinq cents kilomètres pour confire que des fruits. Faudrait que tu penses à me confire un fils.

Cette fois, Clémence prit la parole. Son ton était aussi catégorique que son port de tête.

— Quand on sera mariés, je ferai le nécessaire. Je te l'ai dit et répété. Tu avais promis à mon père de m'épouser. C'est pour ça qu'il m'a ordonné de te suivre.

Fernand marqua un temps d'arrêt, il réfléchit et se demanda comment cette fille pouvait à ce point être sûre d'elle-même. Elle ferait un enfant après le mariage, affirmait-elle, mais comment pouvait-elle ainsi commander à la nature et maîtriser la situation ?

Prenait-elle un breuvage ou un secret élixir à son insu ? Ou bien sa semence était-elle claire et sèche ?

Il reprit la parole :

— Clémence, je n'ai rien à te reprocher. Tu es une femme parfaite, je vais honorer le serment que j'ai fait à ton père.

Il ouvrit le premier tiroir de son bureau, où régnait un bordel de chiffonnier. Il en sortit un coffret blanc et le tendit à Clémence.

— Ouvre-le, c'est pour fêter nos fiançailles.

La jeune fille souleva le couvercle de l'étui à bijou. Ce cadeau inattendu fut pour Clémence comme un ravissement. Il contenait une bague en or où scintillait un rubis, accompagnée des boucles d'oreilles assorties. C'était splendide. Elle garda le silence tant elle était émue. Au bout de quelques secondes, elle le regarda dans les yeux et parvint à murmurer :

— C'est magnifique, Fernand, mais pourquoi aujourd'hui ?

— Parce que j'ai décidé que nous allons nous marier sitôt la saison des bigarreaux terminée. Dimanche prochain, le maire donne une réception comme chaque année dans la salle des fêtes de la mairie en l'honneur des maîtres confiseurs. Tu m'accompagneras, je te présenterai à mes confrères et à tout ce que la ville compte de personnalités, et nous en profiterons pour annoncer notre mariage. Es-tu satisfaite ?

— Oui, Fernand. Je vais écrire tout de suite à mon père. Je suis si heureuse !

— Tu peux d'ores et déjà l'inviter, ainsi que tous ceux et toutes celles qu'il te plaira à venir nous rejoindre pour la cérémonie. Ce sera le dernier samedi de juin. On trouvera bien à les loger. À présent, je te conseille de te rendre chez Portal pour choisir quelque chose d'un peu présentable pour ce dimanche. Un tailleur chic et un chapeau à la mode feraient l'affaire. Tu trouveras dans cette boutique tout ce qu'il te faut. C'est là que se rendent les meilleures familles de la ville. J'ai parlé de toi à Mme Germaine, c'est la patronne, elle t'attend. Ne t'inquiète pas pour le prix, dis-lui que je passerai payer.

Clémence embrassa Fernand sur les deux joues et détala du bureau, heureuse comme une gamine le soir de Noël. Elle n'expliquait pas ce revirement brutal dans le comportement de Fernand. Elle ressentit comme la savoureuse sensation d'avoir gagné quelque chose.

Son passage à la boutique de prêt-à-porter la plus huppée de la ville dura tout un après-midi. Germaine Portal fut aux petits soins. Clémence choisit un tailleur dans un ton saumon avec la jupe hyper serrée qui mettait sa taille fine et le rebondi de ses fesses en valeur.

— Ce tailleur vous va à ravir, la jupe tombe impeccable. Pas besoin de retouche. C'est exceptionnel, chère madame. Vous portez la toilette avec beaucoup de classe.

— Je vous remercie.

Clémence opta volontairement pour des escarpins à talons hauts d'un noir verni qui ne passeraient pas inaperçus ; quant au chapeau, pour finaliser sa tenue, elle proposa à la patronne un nouveau rendez-vous, prétextant qu'elle devait, auparavant, se rendre chez la coiffeuse.

— Nous nous verrons très certainement ce dimanche pour le dîner du maire ?

— Certainement, chère madame, répondit Clémence d'une voix sûre et souveraine.

— J'en suis ravie. Vous êtes magnifique et tellement jeune ! Vous allez soulever nos montagnes.

— Vous savez, je viens d'Auvergne, je suis habituée à côtoyer les volcans.

Le lendemain matin, sur le coup de 9 heures, elle manda Albertine pour aller chercher Fernand à l'usine, qui devait s'étonner de ne point l'avoir vue. Entre-temps, elle avait pris soin d'enfiler son ensemble acheté la veille, de chausser les escarpins et d'opter pour des dessous noirs plus aguichants. Elle avait relevé ses cheveux blonds, fixé le rubis à son annulaire, et les boucles ornaient ses oreilles mieux qu'une fleur de nénuphar. Fernand s'en revint chez lui au pas de course (le plus rapidement qu'il pût), effrayé à l'idée qu'elle soit malade en cette période déterminante où la charge de travail allait croissant.

Quelle ne fut pas la surprise du maître confiseur en découvrant Clémence à contrejour dans le miroir de leur chambre ! Il se retourna pour contempler l'image en vrai et se laissa aller aux plus vieux instincts du mâle en présence d'une femelle aussi radieuse et excitante. L'exercice ne dura que quelques minutes, Fernand prit plus de temps pour recouvrer son souffle que pour conclure la chose. Il rajusta sa tenue, tira sur ses bretelles, enfila son gilet et sortit sa montre à gousset.

— Bientôt 10 heures, chérie. Faut que j'y aille. Prends ton temps, j'ai lancé une machine. Y a plus qu'à contrôler, un commis surveille.

— Fernand ?

— Oui, chérie ?

C'était la première fois qu'il lâchait ce qualificatif, que Clémence jugea déplacé. Il tendit l'oreille.

— Même après le mariage, je tiens à conserver mes deux noms. Le tien et celui de mon père, qui fut aussi celui de ma pauvre mère.

La jeune fille jouait sur la corde sensible des sentiments et de l'émotion extrême qui subsistent entre une fille et sa mère disparue très tôt. Liens indissolubles, même par l'usure du temps.

Tellement il pétait de bonheur, Fernand acquiesça aussitôt. Jamais de sa vie il n'avait tiré un coup aussi puissant, aussi… il chercha le mot juste : « foudroyant » lui vint à l'esprit. « Oui, c'est ça, foudroyant. Nom de Dieu, quel coup de fusil ! Putain ! Ça requinquerait un mort. Faut fêter ça », marmonna-t-il en sourdine.

— Aucun problème. Ce sera comme tu voudras.

Il aurait tout accepté.

Il est vrai qu'en cheminant jusqu'au centre-ville d'un pas léger, heureux comme un pape, il pensa que de toute façon il se foutait complètement qu'elle garde son nom de naissance. L'essentiel, le plus important à ses yeux, c'était que le petit, lui, ne porte qu'un seul et unique nom : le sien.

Clémence n'avait pas du tout l'intention d'aller à l'usine, pour la simple et bonne raison qu'elle avait pris rendez-vous pour 10 heures et demie chez une coiffeuse dont Mme Portal lui avait vanté les prouesses. Elle avait profité du fait que son futur mari soit encore à jeun pour en user physiquement, il pouvait à présent courir les estaminets de la ville et assouvir sa soif. Une question lui traversa l'esprit : voilà pratiquement un an qu'elle était arrivée à Apt, ils avaient eu très peu de rapports sexuels, mais quelques-uns quand même, auxquels elle avait dû se soumettre, et ses règles réapparaissaient chaque mois avec une précision suisse.

— Faudrait pas que je sois stérile, se dit-elle sans grande inquiétude, à voix basse, en se mirant fièrement dans le miroir sur pied. Elle ajouta en silence : « Ce doit être ce vieux cochon, avec tout ce qu'il ingurgite, même son jus doit être alcoolisé. »

Elle s'habilla plus chaudement et chaussa ses souliers de marche. D'un pas alerte et heureux, elle se rendit au salon de coiffure. Quand elle eut la tête farcie de bigoudis, elle ferma les yeux. Un songe l'envahit.

Il lui avait suffi de quelque mois seulement pour transformer le loup en agneau. Elle était parvenue à l'apprivoiser ; elle était parvenue à ses fins. À Clermont-Ferrand, son frère aîné faisait barrage, il était l'héritier ; avec sa sœur cadette, elles bossaient tout le jour et, le soir, le père leur mettait des bastonnades et les engueulait comme des boniches. À Clermont-Ferrand, son frère succéderait au père, elle resterait dans son ombre, mais ici tous les espoirs étaient permis. Elle serait la première femme à s'imposer comme patronne dans ce milieu de mâles misogynes.

Le souvenir de sa mère qui s'était tuée à la tâche et à qui son père avait infligé tous les outrages pendant de longues et pénibles années afflua. D'un doigt, elle écarta la naissance d'une larme au coin de ses yeux.

Bien avant le courant féministe des années 1950, Clémence se prenait à rêver. Un agréable goût de sucré lui envahit la bouche, pareil à celui d'un fruit confit glacé. Un goût d'avenir plus rose.

5

Une sacrée bécane

1938-1939

MAURICE ENJAMBA son nouveau vélo. Quand il prit place sur la selle et qu'il lança la machine, il reconnut que Lucie n'avait pas tort. Il devait tendre les jambes au maximum pour atteindre les pédales du bout du pied ; le privilège de cette position, c'est qu'il contemplait le paysage à plus de deux mètres de haut. Fallait qu'il soit prudent, car à une telle hauteur le gadin serait catastrophique. Tout en pédalant, il inventa et vécut en image la chute du grand Bert dans le grand virage. Il est vrai qu'avec de si grandes roues ce vélo était plus rapide que tous les autres ; le grand Bert a dû se présenter à près de quatre-vingts kilomètres à l'heure à l'entrée du virage meurtrier. Sans freins à la roue arrière, impossible d'éviter la casse. Même avec des freins à l'avant, c'est le plongeon assuré par-dessus le guidon. Si tel fut le cas, alors le virulent secrétaire régional du Parti communiste candidat à la mairie de Goult-Lumières a été l'objet d'une tentative d'élimination.

Cette affaire datait de plusieurs années déjà, il se proposa d'en demander la date exacte à Lucie. « Car, si ça se trouve, se dit-il, c'est le maire actuel qui est à l'initiative de cette tentative d'assassinat. » Une question en induisant une autre, Maurice se demanda si Pichadot se rappellerait avoir retiré les patins de freins du vélo du grand Bert ou si les gendarmes en avaient fait mention dans leur constat.

Maurice en arriva à conclure à haute voix :

— Grâce à la vague d'espoir provoquée par le Front populaire en France, le grand Bert serait à présent maire et peut-être même député du Parti communiste.

Il s'arrêta d'élucubrer, il venait de stopper devant la porte du logement d'Oswaldo le caviste. Il s'aperçut qu'il ignorait même le nom de famille de l'individu.

Il frappa plusieurs coups violents contre la porte en fer plein qui conduisait à l'appartement du vigneron, situé au premier étage. Les deux immenses portails de la cave étaient fermés de ces heures, d'autant qu'on était hors saison des vendanges. L'employé apparut dans l'encadrement de la fenêtre à l'étage et reconnut Maurice.

— Une minute, je descends.

Effectivement, la clef fit deux tours et la porte s'ouvrit. Oswaldo resta planté sur le seuil, faisant barrage devant l'entrée.

— Bonjour, monsieur Maurice. Qu'est-ce qui vous amène à la cave ? D'habitude, c'est Lucie qui me rend visite en descendant de Goult pour charger votre vin. Si vous venez en acheter, c'est fermé. Faudra revenir demain matin à partir de 8 heures.

— Non. C'est vous que je viens voir. J'ai hérité de ce vélo... gigantesque. (Il le montra du doigt, appuyé contre le mur.) C'est Pichadot qui m'en a fait cadeau, c'est lui aussi qui m'a parlé de votre petite remorque.

— Et alors ?

— Alors, comme je suis sans travail et sans ressources, j'ai décidé de livrer du petit bois aux gens qui en veulent mais qui ne peuvent pas se déplacer.

— C'est une bonne idée. Je suis moi-même intéressé. Faut voir vos tarifs. Cet enfoiré de Lagier, à Goult, se prend pas pour une merde. Il augmente chaque jour le prix de son charbon et si on veut du bois faut s'inscrire sur une liste d'attente pour être livré. Il profite de sa fonction de premier adjoint et de premier lèche-cul du maire, à tous les deux ils font une sacrée paire de coquins. Faut voir tout le charbon qu'il fournit à la mairie, à l'école, au dispensaire et à l'église… Tu parles ! Tout juste s'ils laissent pas les fenêtres ouvertes. C'est nous qu'on paye ! Bon, vous me disiez ?

— J'aimerais, si possible, que vous me prêtiez votre remorque ; je l'attacherais à mon vélo et je pourrais ainsi effectuer mes livraisons avec une quantité de bois substantielle.

— Substan… quoi ?

— Plus importante qu'un fagot sur le porte-bagages.

— Ah, d'accord ! J'ai compris. Vous allez concurrencer l'escroc de Goult. Sachez, monsieur Maurice, que je vous félicite chaudement pour cette superbe idée socialiste.

Maurice s'empressa de clarifier la situation.

— Monsieur Oswaldo, croyez bien qu'il n'y a rien de politique là-dessous. Je ne vais pas le faire gratuitement. Comme je vous l'ai dit, je suis sans ressources et pour l'instant je n'ai pas encore la nationalité française.

En cette période agitée où l'on commençait à parler de guerre un peu partout, Maurice n'avait même pas accompli l'ombre d'une démarche. Trop risqué en cas de conflit.

— Appelez-moi Oswaldo, c'est suffisant.

— Et moi, Maurice. Le monsieur, laissez tomber.

— C'est ainsi que tout le monde vous interpelle dans le village. Il doit y avoir une raison. Pour en revenir à ma remorque, je vous la confie, sauf le jeudi, car c'est mon jour de livraison du vin aux particuliers : bonbonnes et bouteilles. Donc, ce jour-là, impossible. Sinon, je suis d'accord. Votre action est fort généreuse, nombre de nos anciens n'ont d'autre choix que de solliciter ce voyou de Lagier. Voyez, monsieur Maurice, je vous aiderais bien volontiers, mais mes patrons, les vignerons coopérateurs de la vallée du Calavon, ils me payent pas assez à mon goût, mais c'est sur douze mois et ils me logent ; même si en réalité je ne travaille que huit mois. Il serait malvenu que je passe outre le règlement. J'en suis sincèrement désolé. Soyez là lundi à 8 heures, je vous souhaite une bonne soirée. Pardonnez-moi, c'est l'heure de la soupe, et puis « sitôt couché, au lit ».

Oswaldo Ribéro était le caviste de la coopérative vinicole de Lumières qui vinifiait des vins issus des vignobles implantés sur les rives du Calavon et sur les coteaux ensoleillés du Luberon. Dans le village, on le désignait sous le vocable de « caviste ». La plupart des gens ignoraient ses nom et prénom. Malgré un sacré travail pour améliorer la qualité du vin lors de son arrivée il y avait quelques années, la cuvée du Calavon était d'une qualité moyenne. Une vulgaire piquette, disaient certains. En tout cas, une piquette bon marché vendue uniquement dans le terroir. La vigne ne représentait pas l'activité première de ce monde paysan qui préférait nettement les arbres fruitiers et le maraîchage en tout genre, surtout les asperges primeurs, qui se vendaient hors de prix, et même les glaïeuls pour les fêtes et cérémonies, mais surtout pour les enterrements et pour garnir les autels des églises. Oswaldo était l'unique employé de la cave. Pendant le coup de feu de la saison des vendanges et de la vinification, on lui octroyait un manutentionnaire saisonnier. Le caviste vivait seul. Âgé d'une cinquantaine d'années, tout un tas de rumeurs avaient circulé sur son compte. Il serait d'origine de l'est de l'Europe, ou bien d'Arménie ou bien de Scandinavie... Bref, quelque part d'un pays européen lointain et arriéré qui justifiait son accent guttural. Il aurait massacré quelqu'un dans sa jeunesse et se serait engagé dans la Légion étrangère pour éviter la prison. Ce qui est certain, c'est qu'Oswaldo Ribéro n'était pas son vrai nom. Lors de son arrivée, le brigadier de gendarmerie, après vérification, avait alors confirmé deux points le concernant : Oswaldo Ribéro était son identité officielle, que tout légionnaire avait le droit de conserver, il était citoyen français et titulaire de plusieurs décorations acquises sur les champs de bataille en Afrique et lors de la Première Guerre mondiale. Cette mise au point avait suffi à la populace, qui avait donc toléré le caviste en son sein tout en gardant un œil sur lui.

Affublé d'épais sourcils broussailleux et d'une copieuse barbe d'un roux cuivré qui lui envahissait le visage, Oswaldo affichait une carcasse de catcheur et des mains épaisses et puissantes de bûcheron. Ce n'était pas le genre d'individu à provoquer. Malgré son âge, le caviste était célibataire. Deux choses intriguaient tous les habitants du village, mais nul n'avait osé se risquer à le questionner pour obtenir la réponse, de peur de prendre un aller-retour de sa grosse patte en pleine figure.

Premièrement, il montait tous les samedis (excepté pendant le pic saisonnier) dans le car de 17 heures en direction de Cavaillon, la grande ville, et ne rentrait qu'avec l'unique autobus du dimanche, qui stoppait devant le couvent à 18 heures. D'aucuns chuchotaient (fort) qu'il partait à la rencontre des femmes de mauvaise vie qui officiaient dans les bordels pour se soulager la zézette, d'autres (les plus malveillants) avançaient l'idée cruelle qu'il s'en allait étrangler une fille esseulée pour assouvir ses bas instincts de criminel sanguinaire, comme s'il avait besoin d'une proie hebdomadaire. Le Dr Philibert était à l'origine de la seconde particularité, étrange et exceptionnelle, qui suscitait la stupéfaction et l'admiration de la population envers Oswaldo. Ce brave docteur connaissait ses patients mieux qu'un prêtre croie connaître ses plus fidèles paroissiens et il maniait un humour parfois glaçant avec certains de ses patients, à tel point que son allocutaire ignorait si le dire du médecin était du lard ou du cochon. N'osant faire répéter le toubib, le patient prenait tout pour argent comptant. Cette particularité concernait le caviste et elle était de taille.

La scène s'était passée une fin d'après-midi d'hiver au comptoir de Boucicot, il faisait déjà nuit. Trois clients seulement, y compris le médecin, étaient présents. (Plus Boucicot, qui allait et venait derrière le comptoir.) La conversation vint à porter sur les bizarreries du comportement du caviste. C'est juste avant de quitter les lieux, en payant sa tournée, que le docteur lâcha sa bombe :

— Oswaldo… il est nyctalope.

Aussitôt, il disparut.

— Qu'est-ce qu'il a dit ? Oswaldo est une salope ou j'ai mal entendu ? s'étonna Boucicot, les yeux ronds comme des melons. Un tel vocabulaire salace, ce n'est pas dans les habitudes du docteur.

— T'as mal entendu. Il a dit qu'Oswaldo, il galope, affirma Fulbert, le droguiste.

Le bistrotier hurla :

— Josette ! (C'était sa fille de quatorze ans, qui vaquait dans la cuisine contiguë.) Viens ici avec ton dictionnaire.

— De toute façon, ça doit être quelque chose de grave.

La gamine fit le tour de la question et ne trouva rien. Les buveurs affichaient une mine déconfite. Ils étaient comme privés de dessert.

— Il a dû dire qu'Oswaldo nique les salopes. Ça, on le sait déjà. C'est pas nouveau, conclut le boulanger en guise de réconfort.

Soudain, Josette, qui avait docilement pris place à une table du restaurant avec son dictionnaire neuf, leva le bras bien haut.

— Ça y est, je l'ai ! Ça s'écrit avec un « y ». C'est pour ça que je trouvais pas. C'est « nyctalope ».

— Qu'est-ce qu'ils disent ?... C'est grave, c'est contagieux ? questionna le droguiste.

— Un nyctalope, c'est quelqu'un qui y voit la nuit comme en plein jour.

— Putain ! C'est pour ça qu'il n'allume jamais le phare de son vélo quand il livre le soir, souffla le boulanger, ébahi.

— Il est comme les chats ! surenchérit le droguiste.

— Moi, ça m'étonne pas, je me souviens m'être présenté à la cave un matin de très bonne heure, il faisait encore nuit, c'était à peine 6 heures. J'étais à court de vin rosé, je m'en suis allé vite fait à la coopérative chercher une bonbonne pour me dépanner. Oswaldo émergeait tout juste, il a ouvert le portail et, sans éclairer, il a disparu tout au fond de la remise. C'était un vrai trou noir. Dans les deux minutes, il était de retour avec ma bonbonne de rosé. J'ai trouvé ça bizarre, on aurait dit que, comme par magie, il l'avait préparée à l'avance.

Le boulanger en rajouta une couche :

— On croit tous qu'il se couche à 17 heures après son bouillon de soupe, mais si ça se trouve il se promène dans sa maison puisqu'il y voit sans allumer. C'est pour ça que c'est toujours éteint chez lui.

Le cafetier offrit sa tournée avant de fermer et précisa :

— Ça peut être dangereux, les amis. Ce genre de « niquesalope », il vient t'étrangler en pleine nuit, tu t'en rends même pas compte parce que tu le vois pas, mais lui, il te voit. Ça me fait froid dans le dos !

Dès que Mme Boucicot (l'épicière) fut mise au courant, la nouvelle fit le tour du village à la vitesse de la lumière. Oswaldo était un « niquesalope », comme les chats. C'est le Dr Philibert qui l'avait dit. Ça n'a plus étonné personne que le caviste se rende à Cavaillon pour, les jours de nuit sans lune, ni vu ni connu, profiter de ses yeux de chat pour étrangler les femmes isolées. Durant quelque temps, dès la tombée du jour, les rues de Lumières furent désertes.

Le docteur ne détrompa personne, trop heureux que son canular arrive en confession aux oreilles du curé, qui lui en fit aimablement le reproche.

Maurice disposait à présent du vélo et de la remorque pour attaquer sa nouvelle activité illégale de petit bûcheron. Il était temps car, depuis qu'il potassait les livres d'orthographe, de grammaire et le dictionnaire de la langue française, il en avait plus que ras le bol. Il aurait pu sans crainte se présenter au certificat d'études et le réussir. Cette période d'inactivité l'avait lessivé, et le fait d'aller dans les bois, de tailler, de couper, d'attacher et de charger les branches tombées des arbres fut comme une palingénésie. Au grand air, il retrouva le sourire, la joie de vivre et l'envie de serrer fort sa Lucie contre lui quand il rentrait à la maison après sa tournée. Les gens s'étaient vite passé le mot, les clients ne manquaient pas ; son tarif plus que compétitif par rapport à celui de Lagier, de Goult, attira de plus en plus de monde et, élément primordial : Maurice assurait la livraison dans les vingt-quatre heures. Chez Lagier, il fallait compter une bonne semaine ! Maurice avait déposé un petit carnet chez Boucicot (qui l'aida énormément au début en parlant de lui au bar et à l'épicerie) et tous ceux qui étaient intéressés venaient s'inscrire en précisant la quantité. Cette année-là, le mois de mars fut catastrophique tant la température descendit au-dessous de zéro. Maurice avait de plus en plus de boulot, il trouva une aide précieuse en la personne d'Oswaldo, qui se proposa de l'aider.

— Écoutez, monsieur Maurice. Vous vous tuez la santé à vouloir tout faire. En ce moment, j'ai pas mal de temps libre et, si ça continue à geler, pas sûr que les vignes s'en sortent. La saison des vendanges est compromise. Je pourrais vous assister, disons que moi, je prépare le bois pendant que vous faites les allers-retours pour livrer.

Il est vrai que les premiers bosquets les plus denses, composés de pins, de chênes et de hêtres, se trouvaient sur la route d'Apt, à un bon kilomètre voire deux. Il fallait que Maurice aille de plus en plus loin, car il avait ramassé le plus près. Les navettes pompaient une bonne partie de son temps. C'est bien volontiers qu'il accepta l'aide caritative du caviste. « En définitive, pensait Maurice, ce balayeur d'Apt m'a donné une sacrée bonne idée, même les flics me sollicitent, ce type avait raison. Faudra qu'un de ces jours j'aille le remercier. »

Le petit bois commença à manquer, alors Oswaldo eut l'idée des cageots, des vieilles planches et des emballages usagés à récupérer chez les paysans et dans les commerces, puis, un beau jour, Maurice, qui pédalait comme un forçat pour s'en aller rejoindre la forêt, s'aperçut que le caviste avait préparé un tas de rondins à son intention et que les bûches qu'il devait charger dans la remorque étaient uniformes et coupées bien à ras. Aussi belles que chez Lagier. Il s'en ouvrit à Oswaldo dès qu'il sortit du bosquet :

— C'est quoi ces belles branches avec les extrémités impeccablement sciées ?

— J'ai pris ma scie ce matin, ça va plus vite que votre vieille hache pour débroussailler.

— Vous appelez ça débroussailler ? Ce sont des branches vivantes sciées sur l'arbre. Ce n'est pas à moi, le terrain. J'ignore à qui est ce bois. Le proprio va se fâcher et je vais me retrouver à la gendarmerie.

— Vous inquiétez pas, monsieur Maurice, en France, les vingt mètres qui bordent la route sont à tout le monde. On peut prendre tout ce qu'on trouve, c'est la loi. Les champignons, les fleurs, le bois, les fruits, le gibier et même les cailloux. Ça date du Moyen Âge.

— Vingt mètres, ça fait beaucoup. Vous êtes sûr ?

— Diable ! J'y étais.

Maurice ferma les yeux et n'entendit plus jamais parler de rien. Ce premier hiver comme coup d'essai fut un coup de maître. Le carnet de commandes, déposé à l'épicerie chez Boucicot, s'étoffa de plus en plus au fil des jours. Il faut dire que Maurice, un peu contraint par ses clients, se mit à rendre quelques menus services pour leur venir en aide. Ce qui, au début, ne fut que de l'assistance bénévole se transforma en une petite entreprise générale. On fit appel à lui pour le moindre ennui domestique. Maurice se frotta à tous les métiers du bâtiment et acquit de plus en plus de matériel professionnel pour répondre aux diverses sollicitations. Il devint apprenti de tous les métiers manuels et se transforma au fil du temps en bricoleur multitâche expérimenté. Électricien, plombier, soudeur, ramoneur, mécanicien, livreur… Le père abbé du couvent le sollicita pour des ennuis d'éclairage mais aussi pour réparer l'orgue de la grande église. Il n'était pas rare qu'on vînt frapper au Rocail à la nuit tombée pour un dépannage urgent. Même Pichadot le supplia de jeter un œil sur la motocyclette Triumph gisant au fond du hangar qu'il parvint, à temps perdu, à remettre en état de marche. Jusqu'aux paysans qui le firent mander pour les aider à trouver la panne de leur machine à semer, à faucher, et même de leur tracteur.

Maurice ne parvint pas à satisfaire tout le monde ni à résoudre toutes les pannes, mais, chaque fois, il donna de sa personne et laissa à chacun le soin de le rétribuer en toute discrétion et selon ses moyens. Ce nouveau statut d'homme à tout faire fit de lui une personnalité incontournable du village et le préfixe de monsieur, ô combien mérité, lui fut définitivement attribué en témoignage de leur considération.

Entre Oswaldo et Maurice, des liens étroits s'étaient noués cet hiver-là. Une relation chaleureuse faite de respect et de franche camaraderie qui mutera avec le temps vers une réelle et profonde amitié. Néanmoins, comme un signe de déférence, entre eux, le vouvoiement perdura. Oswaldo, le rustre et taiseux caviste de Lumières craint par toute la population, finit par s'épancher à l'oreille de son ami Maurice. La réciproque se réalisa.

— Le problème avec les gens, c'est que quand t'es trop gentil avec eux, ils finissent par te bouffer, affirmait Oswaldo.

— Il faut savoir être proche d'eux tout en les gardant à distance, répondait Maurice avec son sourire charmeur aux lèvres qui découvrait le blanc immaculé de ses dents.

Pour Maurice, ce drôle de rythme de vie continua. Juché sur son vélo hors normes, on le vit partout. Il se fondit dans le paysage social jusqu'à en faire partie intégrante. Pourtant, professionnellement, il n'était rien, maritalement il n'y avait rien et officiellement il n'existait même pas. En tout cas, il gagnait sa vie et même plus, pour la plus grande joie de Lucie, qui regrettait de ne pas le voir aussi souvent qu'avant mais qui l'adorait encore plus. Un parfum de bonheur embaumait chaque mètre carré du Rocail. Maurice ne possédait en tout et pour tout qu'un permis de conduire italien et une carte d'identité périmée et en piteux état. Il hésitait à solliciter la nationalité française car, de ce côté des Alpes, le risque de guerre aussi tournoyait dans l'air. En Italie, un tyran psychopathe qui se prenait pour Jules César imposait ses ambitions de monomane tandis qu'en France une valse de gouvernements éphémères naviguait entre impéritie et hésitation dans l'expectative générale.

Le couperet tomba le 1er septembre 1939. Le gouvernement décréta la mobilisation générale. Tous les hommes valides de vingt à quarante-huit ans étaient mobilisés. Cette annonce glaça le sang dans les veines de quelques faux braves. Deux jours après, le Royaume-Uni et la France déclarèrent la guerre à l'Allemagne. Une guerre qui s'annonçait brève et comme une simple partie de plaisir, selon l'état-major français, qui constata néanmoins que pour cinq millions d'hommes appelés sous les drapeaux, on ne disposait que de quatre millions trois cent mille fusils !

Dans ce contexte quelque peu obscur, Maurice pensa (en toute intelligence) qu'il avait bien fait de rester dans son coin sans rien dire. Mieux valait être spectateur qu'acteur.

Dans les jours qui suivirent, depuis la terrasse du Rocail, il contempla Francis Pichadot charger sa Peugeot 202, entièrement révisée, jusqu'au toit puis clouer solidement tous les volets de sa maison, descendre le portail du garage et entasser les siens dans le peu d'espace resté libre sur la banquette arrière.

Maurice comprit que ce brave garagiste ne s'arrêterait pas à Calais (sauf pour refaire le plein) mais poursuivrait la route de l'autre côté de la Manche. L'étude de l'anglais allait s'avérer fort utile.

6

Voyage, voyage

Mai-septembre 1940

— VOUS FAITES QUOI, NOTIN ? Si vous continuez, on va finir dans les bois ou dans un champ de betteraves.

— Mon lieutenant, je suis les flèches que j'ai vues sur les panneaux au dernier carrefour.

— Le carrefour, ça fait au moins dix kilomètres qu'on l'a dépassé ; à présent, les routes deviennent de plus en plus étroites, on roule sur des chemins de campagne. Vous avez dû vous tromper, Notin. Arrêtez-vous, je vais jeter un coup d'œil à la carte, j'ai l'impression qu'on va nulle part. La nuit ne va pas tarder.

— Mon lieutenant, je vous dis que j'ai vu écrit Laon (il prononçait « La-on ») à gauche et Rethel à droite. J'ai tourné à gauche vers Laon pour ensuite aller vers Saint-Quentin rejoindre les nôtres. C'est forcément tout droit.

Ils étaient trois dans la Traction Citroën que le lieutenant avait réquisitionnée pour la circonstance. Sur la banquette arrière, le spécialiste radio, le regard figé et les lèvres pincées, restait muet comme un poisson, l'appareil de télétransmission posé sur ses genoux et solidement amarré entre ses mains. C'est lui qu'on attendait sur le théâtre des opérations, face à l'ennemi qui osait s'aventurer chez nous en violant la Belgique. L'armée belge faisait de son mieux, mais elle serait très vite submergée avant d'être décimée, au rythme où allaient les choses. Selon les dernières nouvelles, les blindés et les avions allemands débarquaient en force du côté des Ardennes. Le deuxième classe Fernand Notin, simple artilleur, le sous-lieutenant Celyan Malik et le caporal Duchemin, spécialiste en transmissions, faisaient route vers le front, sauf que la ligne de front se rapprochait plus vite qu'ils l'imaginaient. Les forces allemandes ne faisaient pas de quartier et leur efficace cruauté prenait tout le monde par surprise.

Quand le lieutenant eut déplié la carte (une vieille carte Michelin) pour tenter de faire le point, une violente lueur s'éleva dans le ciel face à lui par-dessus les bois qu'il apercevait à une petite dizaine de kilomètres. Cette lueur vira en très peu de temps au feu d'artifice illuminant l'horizon comme une boule de feu. Le sous-lieutenant crut que le jugement dernier était venu.

— Que fait-on, mon lieutenant ? demanda le confiseur d'Apt. On continue à foncer tout droit pour rejoindre les nôtres ?

— Imbécile, ce ne sont pas les nôtres qui arrivent, les bombes qui nous tombent dessus proviennent d'avions allemands, et je parie que cette fumée et ces incendies qu'on aperçoit signifient que le combat est engagé et que les Boches ont du lourd. Ils ont massé leurs panzers sur la Meuse et les Ardennes. Continuez, Notin, tant qu'on y est, essayons de nous rapprocher. Nos troupes et nos chars manquent de radios, nous devons avancer coûte que coûte pour les aider.

— Croyez pas, mon lieutenant, que c'est dangereux de s'avancer davantage ?

— La guerre n'est pas une partie de plaisir, Notin. Ça se saurait. Allez, en avant.

La voiture n'eut pas le temps de parcourir deux kilomètres. Deux avions ennemis larguèrent leur mortelle marchandise, obligeant l'équipage de la Citroën à stopper à découvert. Le sous-lieutenant Celyan Malik ajusta ses jumelles. Malgré l'obscurité naissante, il distingua, au loin, les blindés allemands qui surgissaient d'un bois rendu à l'état d'une épave en feu. C'était bien les terribles panzers par dizaines qui affichaient leur gueule de loup féroce. Les troupes françaises battaient en retraite de tous côtés et tentaient, dans ce bourbier, de s'extirper de la mitraille.

Sauve qui peut. Une pagaille comme il n'aurait jamais imaginé.

— Faites demi-tour, Notin, dépêchez-vous. On va recevoir les nôtres en pleine figure si on ne fout pas le camp aussitôt. Ça détale de partout.

— Et les Belges, qu'est-ce qu'ils font ? Ils nous aident pas ?

— Les Belges, ils sont cuits et confits.

— Mon lieutenant, cuits peut-être, mais confits, j'en doute. Le pays des fruits confits, c'est chez moi, c'est pas la Belgique.

— Notin, on s'en fout de vos fruits confits, demi-tour, vite, et direction Reims... si nous y arrivons. Nous voilà déconfits, Notin.

Cette petite sortie dans l'Aisne avait lieu mi-mai 1940, c'était le printemps. C'était quelques jours avant la débâcle de l'armée française et l'humiliation de son état-major, suivis d'un exode massif des populations civiles pour tenter de se mettre à l'abri ; les routes du Sud connurent un attrait inaccoutumé et une affluence phénoménale en cette saison. Un tourisme anticipé.

La Citroën Traction ne parcourut que quelques kilomètres ; le soldat Notin zigzaguait de son mieux sous une pluie de décombres pour éviter de prendre une bombe en pleine figure. L'aviation ennemie accentuait la pression ; le paysage changeait de topographie avec la rapidité d'un instantané. Des trous béants, des gravats, des crevasses, des cavernes à perte de vue ; des bois et des fermes en feu, des animaux libérés effrayés par un tel vacarme divaguaient comme si on les avait fait boire et des gens complètement affolés leur couraient après.

Soudain, la Citroën fit un vol plané. Elle s'envola en plein ciel. Le soldat Notin s'agrippa au volant comme à une bouée de sauvetage et prit de la hauteur ; à l'arrière, le spécialiste des transmissions reçu sa radio en pleine figure tandis que le sous-lieutenant Celyan Malik fut éjecté dans la gadoue par la portière qui s'ouvrit seule.

Un gros mois après cette boucherie, le sous-lieutenant Celyan Malik rendit visite au soldat Fernand Notin, qui croupissait toujours à l'hôpital de Reims. C'était sa troisième visite, on était le 25 juin 1940.

— Bonjour, mon lieutenant, ça me fait plaisir de vous voir. Et notre régiment, qu'est-il devenu ?

Le confiseur posait toujours la même question. Le sous-lieutenant se demandait si ce terrible accident n'avait pas aussi atteint un coin de la cervelle du soldat. Le régiment était parti à vau-l'eau, dissous dans les fumerolles du combat ; terminée la guerre. L'armistice venait d'être signé la veille. La France avait capitulé depuis le 17 juin.

— Comment va votre jambe ?

— D'après le toubib, avec une bonne rééducation, je boiterai peut-être un peu. Ce qui est sûr, c'est que je ne pourrai plus galoper, à cause du genou. Ce qui m'emmerde le plus, c'est mon nez. (Il le malaxait tout en parlant.) Il me semble qu'ils me l'ont refixé de travers et qu'il est plus gros qu'avant. Ça me fait loucher et parfois, quand j'aspire un peu fort, on entend comme un sifflement. J'ai beau me moucher cent fois par jour, rien n'y fait. Ça siffle, ça siffle.

Effectivement, à y regarder de plus près, il y avait comme un défaut dans la nouvelle silhouette du nez de Fernand Notin. Il partait vraiment en travers du visage.

— Penchez un peu la tête, Notin, dans l'axe du nez, pour que je vérifie.

— De quel côté, mon lieutenant ? À droite ou à gauche ?

— N'importe ! Essayez des deux côtés, que je puisse comparer.

Le soldat s'exécuta. Il inclina légèrement la tête et effectivement l'arête du nez se redressa. Le sous-lieutenant dut à son tour pencher la tête pour regarder l'autre de face.

— Effectivement, si vous redressez le nez, ce sont vos yeux qui semblent pencher. Inspirez très fort à présent.

— Alors ?

— C'est exact, Notin, on entend comme une espèce de chuintement bizarre, comme une porte qui grince.

— Quand je vous dis que c'est un sifflement, c'est parce que dans ma tête ça résonne comme une locomotive en rut. Le bruit s'aggrave. Le chirurgien a dû se gourer, j'ai l'impression qu'il a inversé les narines. Va falloir qu'il recommence, j'oserai pas sortir dans cet état. On va se foutre de moi. Au pays, y en a un qu'a un œil un peu plus haut que l'autre, c'est de naissance, on le surnomme « Tronche en biais ». Il rase les murs. Alors moi, avec un nez pareil, je vous laisse imaginer la honte, mon lieutenant.

— Ce n'est pas grave, Notin, tout ça va s'estomper avec le temps et rentrer dans l'ordre. Je suis heureux de constater que vous avez stoppé le pastis, ça vous a fait du bien. Comme une cure de désintoxication. Et puis vous êtes marié, vous n'avez plus à faire le beau pour trouver une femme. Regardez votre voisin…

Celyan Malik désigna du menton la pauvre victime qui gisait dans le lit d'à côté. Replié sur lui-même tel un fœtus, le visage maigre et les yeux à demi ouverts, fixes et inertes, un homme encore apparemment jeune avait sombré dans la cachexie.

— C'est vous qui le dites, mon lieutenant, ma femme a la moitié de mon âge. C'est une belle fleur, elle fabrique des envieux. Faut que je me requinque très vite, sinon elle va aller voir ailleurs. Quant au pastis, y a belle lurette que j'ai éclusé les bouteilles que j'avais emmenées et, ici, ils connaissent pas. Ils picolent au champagne.

— Vous voilà à présent rendu à la vie civile. Vous allez pouvoir vous remettre à vos fruits confits et nous régaler.

— Et vous, mon lieutenant, vous retournez chez vous, vous allez quitter la France ?

— Notin, Constantine est en Algérie, mais c'est un département français, comme le Vaucluse ou les Vosges.

— Je sais bien, mon lieutenant, mais pour nous, les Algériens, ça reste des étrangers. Des Arabes.

— Rappelez-vous que pendant longtemps les Arabes ont envahi la France et l'ont marquée de leur culture.

— Je sais bien, mon lieutenant, mais vous, on dirait pas que vous êtes un Arabe. Vous avez les yeux bleus et les cheveux plutôt clairs et vous vous appelez Celyan. C'est pas arabe comme prénom.

— Détrompez-vous, Notin, je vous ai déjà dit que je suis kabyle et que la Kabylie, au nord-est de l'Algérie, a été envahie par les Romains ; d'ailleurs, l'empereur Constantin a donné son nom à notre capitale ; ensuite, des tribus vandales et d'autres peuplades d'Aryens, de Germaniques, de Scandinaves et de Polonais, aux Xe et XIe siècles, nous ont rendu visite. C'est pourquoi nous sommes différents. D'autant que ma mère est une Française de pure souche, originaire de Clermont-Ferrand. Quant à mon prénom, il est réellement d'origine berbère. Tous les Kabyles sont des Berbères. « Celyan », en kabyle, signifie « rare, unique » ; c'était le prénom du roi de Bejaïa.

— Votre mère est auvergnate, mon lieutenant ? Je connais bien l'Auvergne, l'autre pays du fruit confit. J'y suis allé, c'est même là que j'ai trouvé Clémence, ma femme, elle y est née. Les Auvergnats, ils peuvent toujours s'accrocher pour nous arriver à la cheville avec leurs pâtes de coing améliorées. C'est pas encore demain qu'ils fabriqueront des bigarreaux comme les miens.

— Notin, ne vous énervez pas. Nous sommes vivants. Nous nous en tirons bien. Pensez au radio qui nous accompagnait et qui a quitté ce monde. Il avait à peine vingt ans.

— Vous avez raison, mon lieutenant, moi, j'en ai encore pour un moment ici, va y avoir la rééducation de ma jambe, puis direction la maison. Je vais leur dire de me rafistoler ce nez mieux que ça, quitte à me racler la peau de l'autre fesse pour refaire le boulot, sinon, avec ce pif en biais, ma femme, elle va pas me reconnaître et on va se foutre de moi. Et vot' coude, mon lieutenant ?

— Mon bras est parfaitement remis, ma blessure n'est plus qu'un souvenir.

Le lieutenant dessina des ronds en l'air avec son bras pour attester de sa guérison.

— Quand même, vous avez eu de la chance d'être éjecté. Et notre régiment, qu'est-il devenu, mon lieutenant ? Vous allez le rejoindre où ?

— Je vous ai déjà dit, Notin, que notre régiment a été anéanti et que la guerre est officiellement terminée pour tout le monde sur le territoire. Pour ce qui me concerne, je vais rejoindre le général de Gaulle à Londres. Il organise la Résistance française. À présent, c'est lui qu'il nous faut suivre. Il a parlé à la radio la semaine dernière et lancé un appel à toutes les bonnes volontés. Je pars lundi pour l'Espagne, et de là-bas je m'embarquerai pour l'Angleterre.

— Vous êtes un peu fada, mon lieutenant. Feriez mieux de retourner à Constantine, au soleil, et d'attendre que ça passe. Le pire, c'est que je verrai jamais Maubeuge. Je me rappelle que le maître nous en a tellement parlé à l'école que je m'étais promis d'y aller. Il nous avait raconté que ça valait le déplacement tellement c'était beau. On n'était pas très loin, dommage cette attaque surprise des Boches. Au fait, mon lieutenant, et notre régiment, qu'est-il devenu ?

Celyan Malik fit ses adieux. Il s'avança et empoigna fortement la main de Fernand Notin.

— Je vous souhaite un prompt rétablissement, mon cher Fernand.

C'était la première fois que son supérieur l'appelait ainsi. Cette marque d'estime lui alla droit au cœur, une chaude émotion lui parcourut la poitrine ; Fernand Notin épongea discrètement la buée de ses yeux d'un revers de main.

— Merci encore, mon lieutenant, sans vous je serais plus de ce monde.

— Je n'ai fait que mon devoir. Vous auriez fait la même chose. Peut-être à bientôt, Notin. Qui sait ?

— Sachez que, si vous passez par Apt, il y aura toujours une boîte de fruits confits pour vous. Et les meilleurs ! Mes célèbres bigarreaux qui m'ont permis d'entrer dans la pompeuse confrérie des maîtres confiseurs.

Celyan Malik replaça son képi sur sa tête et tourna les talons. Quand il déboucha dans la cour de l'hôpital, il stoppa et contempla le ciel d'un bleu immaculé au-dessus de sa tête. Il se remémora l'averse qui avait accompagné la cérémonie de remise des diplômes dans la cour de l'ESM de Saint-Cyr, où il était arrivé cinquième de la promotion 1939 qui portait le nom prédestiné de « Promotion

Marne et Verdun ». Il se revit sous cette douce pluie de printemps, tête haute, fier de porter le casoar bleu surmonté du plumet rouge et blanc, la paume de sa main reposant délicatement sur le pommeau du sabre qui pendait le long de sa cuisse. C'était il y a tout juste un an. Jour pour jour.

Le temps était venu pour lui d'honorer le drapeau et d'appliquer la devise des saint-cyriens :

« Ils s'instruisent pour vaincre. »

Direction Londres. La guerre continuait.

Au même moment, à Notre-Dame-de-Lumières, Maurice était bien content d'être parvenu, en si peu de temps, à effacer le prénom italien de son identité. Oublié, Maurizio, pour tout le monde. En effet, l'armistice signé récemment octroyait quatre départements français à l'Italie (plus la Corse), dont l'armée guerroyait au côté de l'Allemagne : Nice, les Hautes et Basses-Alpes ainsi que la Haute-Savoie avaient rejoint l'Italie de Mussolini. Un gigantesque territoire où, désormais, la lire et la langue de Dante allaient sévir, au grand désappointement des populations concernées, mais aussi du peuple français tout entier outragé. On ne laisse pas partir les siens sans rechigner.

Maurice, qui ne risquait pas d'être appelé sous les drapeaux français, car il était toujours de nationalité italienne, ni d'être incorporé dans l'armée italienne, car il fut d'abord porté disparu avant d'être recherché comme déserteur, vaquait tranquillement aux travaux de la campagne en cet été 1940, et les travaux ne manquaient pas. Les hommes vaillants avaient quitté le pays pour rejoindre leur affectation ; restaient les vieux, les estropiés, les gosses, les femmes et lui.

Pour la première fois, dès le mois d'avril, il ramassa les asperges, travail pénible, car il faut rester courbé sur le ban toute une demi-journée et le plus souvent en plein soleil ; ensuite vint le temps des cerises et des célèbres bigarreaux à cueillir. Lucie lui trouva facilement une place chez un paysan de Roussillon qui possédait plusieurs centaines d'arbres et qui fut ravi de dénicher un homme dans la force de l'âge pour charrier les caisses de bigarreaux de vingt-cinq kilos jusqu'au bout de la parcelle pour, ensuite, les hisser sur la remorque attelée au tracteur. Les femmes cueillaient, Maurice chargeait et transportait, juché sur le tracteur, les caisses de cerises vers les usines des maîtres confiseurs d'Apt.

C'est ainsi que Maurice assista au défilé des cultures en même temps que celui des saisons. Du printemps jusqu'à la fin de l'automne : après les asperges, les fraises et les cerises vint le temps des abricots, des pêches, des poires et des pommes avec, en juillet, le feu d'artifice des melons et des pastèques. Les bras de Maurice tournaient à plein rendement, les roues de son immense vélo aussi. Maurice remerciait chaque jour, en silence, le garagiste de Lumières pour cet énorme cadeau.

Un jour de fin septembre de cette même année, sur le coup de midi, alors qu'il s'en revenait d'une livraison de pommes, confortablement assis sur le tracteur, en longeant le jardin public à la vitesse d'un escargot, il reconnut la casquette de son vieil ami la Castagne qui vacillait derrière la pointe des lauriers-amandes. Il rangea son attelage le long du trottoir, coupa le contact et pénétra dans le jardin pour aller le saluer et le remercier, avec beaucoup de retard, de ses précieux conseils.

Les retrouvailles furent chaleureuses, la Castagne sortit deux verres de sa musette et une bouteille de rouge. Au bout de dix minutes, ils étaient les plus vieux amis du monde et se tutoyaient.

— Je suis ravi de t'avoir revu et content que mon idée de livraison de petit bois t'a permis de passer ce mauvais cap. La prochaine fois, viens un peu plus tôt, on aura plus de temps pour discuter.

La Castagne se dirigea vers le bec verseur de la fontaine et rinça les verres, qu'il rangea précautionneusement dans sa musette. Ensuite, ils se firent face et se donnèrent l'accolade comme de vieux camarades. À la seconde où Maurice allait franchir le grand portail du jardin, un sifflement strident venant de l'arrière lui écorcha les oreilles. Il se retourna, la Castagne agitait le bras comme l'aile d'un moulin ; ça voulait dire : « Reviens. »

7

La confiture et le chocolat

1940

Les années de guerre furent désastreuses pour la plupart des industries, excepté la fabrication de l'armement (y compris l'automobile pour l'équipement en matériel militaire de locomotion) et quelques niches opportunes telles que l'alimentation pour nourrir le peuple (un peu) et surtout les troupes. L'industrie du fruit confit subit donc cette crise économique devenue mondiale car provoquée par une guerre mondiale. L'espace commercial des confiseurs se réduisit considérablement. C'en était terminé des pays de l'Europe de l'Est, qui passaient sous domination soviétique, terminé du Commonwealth, des pays d'Afrique et du Maghreb, qui fermaient leurs importations ou imposaient des licences d'importation hors de prix, les États-Unis et les pays d'Amérique du Sud augmentaient leurs droits de douane ; le prix du sucre (indispensable) ne cessait de grimper et les récoltes et cueillettes de fruits dans la vallée du Calavon périclitaient.

Les confiseurs d'Apt perdirent l'essentiel de leurs débouchés. Ils durent en trouver de nouveaux, se reconvertir ou périr. Le fruit confit est un produit de gourmandise et de luxe et, en cette période de disette, où le premier souci de la population était de trouver du pain (à condition de pouvoir le payer), on comprend très bien qu'acheter des fruits confits relevait d'une chimère.

Apt, enclavée entre le Luberon et les Monts de Vaucluse, était très mal desservie en raison de sa situation géographique éloignée des grands axes de communication et des grandes villes. Se rendre à Apt était une petite aventure ; hormis la route, la gare de chemin de fer n'apportait pas grand mouvement, car elle n'était reliée à aucune grosse agglomération.

En revanche, cette petite cité fut bénie par les dieux. Apt possédait son industrie pluriséculaire du fruit confit, et Roussillon et Gargas, deux villages voisins, possédaient d'immenses carrières d'ocre à ciel ouvert. Un vrai Colorado avec ses gigantesques falaises de terre rouge exploitées dès le XVIIIe siècle et, avantage rarissime, la couleur de l'ocre de Roussillon demeurait inaltérable sous n'importe quel climat. L'exportation pouvait s'effectuer dans le monde entier. Pendant longtemps, l'ocre rouge, transformée en poudre, fut mise en sac ou en baril de bois et voyagea à dos de mulet jusqu'au port de Marseille et dans le monde entier. L'euphorie et la fortune de la région !

Cette activité de « la terre » avait son roi (comme le charbon en Lorraine). En 1940, il se nommait Henri Lecourtois. Il représentait la cinquième génération du plus puissant des exploitants de carrières d'ocre. On le surnommait « le Roi Soleil », car il pouvait tout acheter et commander à tout le monde.

Ces deux industries bien distinctes ne faisaient que des heureux dans la population d'Apt, car elles étaient miraculeusement complémentaires. En effet, l'ocre employait exclusivement une main-d'œuvre masculine, car le travail de mineur était pénible, en revanche le fruit confit employait énormément de femmes, de la cueillette dans les champs ou dans les arbres à l'équeutage, le dénoyautage, la mise au sucre, etc.

Seuls le transport des fruits et la manutention en usine relevaient des hommes. Tout allait bien dans le meilleur des mondes... Sauf qu'en 1940 ce fut comme la fin des haricots pour tout le monde.

La guerre sonna le glas pour cette sous-préfecture.

L'invention des colorants de synthèse porta un coup fatal à l'exploitation des carrières d'ocre, d'autant que les propriétaires avaient attaqué les collines environnantes, massacrant le paysage et la nature. Les colorants de synthèse étaient, certes, moins efficaces que les ocres de Roussillon, mais ô combien moins chers, car ils pouvaient être fabriqués partout dans le monde. Le prix de revient élevé de l'ocre de Roussillon allait lui coûter sa survie après deux siècles de succès.

Henri Lecourtois, véritable colosse et force de la nature, alias « le Roi Soleil », commença à déchanter et indiciblement à pointer son regard vers d'autres sources d'intérêt. Il était temps d'envisager la mort prochaine de sa poule aux œufs d'or et sa reconversion. La sienne, pas celle de son personnel. À l'époque, la fabrique des fruits confits et l'extraction de l'ocre représentaient des milliers d'emplois ouvriers pour la ville d'Apt.

Le personnage, qui frisait la quarantaine, doté de surcroît d'une stature d'athlète, d'une belle gueule d'aventurier bronzé, bien marié avec trois beaux enfants, ne rechignait pas à séduire, au cours de ses sorties nocturnes, les belles demoiselles (les dames aussi) d'Apt à Marseille en passant par Aix-en-Provence au volant de son Alfa Romeo décapotable. Lecourtois profitait à fond des bienfaits de ses privilèges. Investi comme son père dans la vie de son village, il lui avait succédé à la mairie. Il inaugura son premier mandat l'année précédant la déroute de l'armée française. « Il faudra que le moment venu tu prennes ma suite à la mairie, voire que tu vises plus haut. Ça ouvre des portes, même fermées à double tour », lui avait maintes fois répété son père avant de quitter ce monde. Fervent patriote, Henri Lecourtois entendit l'appel de son père et celui du général de Gaulle et, peu à peu, depuis Roussillon jusqu'à la montagne de Lure, Banon et Forcalquier, il parvint à recruter des hommes sûrs, prêts à résister à l'envahisseur et à se lancer dans la mise en place du maquis. Restait à structurer ces réseaux diffus et parfois récalcitrants. Henri Lecourtois, passionné de chasse, connaissait tous les coins et recoins de ces montagnes où il se faisait fort de piéger l'ennemi. En cas de réussite, il pressentait déjà que son investissement dans la Résistance ne serait pas vain. Il ignorait alors qu'une fois la victoire conquise le mandat de sénateur (à vie) de la deuxième circonscription de Vaucluse lui serait réservé de droit par les grands électeurs et le peuple reconnaissants. Ce même canton le ferait, comble du succès, conseiller général, cumulant ainsi trois mandats avec celui de maire.

C'est durant l'été 1940 qu'il aperçut Clémence Massard-Notin en pleine discussion avec le maire d'Apt sur le parvis de l'église. En sa qualité d'ami et collègue du premier magistrat, il s'approcha par politesse. Depuis quelques mois, cette jeune femme dotée d'une plastique parfaite, d'une aisance naturelle et ne rechignant pas à fumer en public attisait sa curiosité. Comble de malchance, il n'avait pas été invité à son mariage, car il n'avait aucune inclination pour Fernand ; l'animosité était réciproque entre les deux familles depuis la génération précédente, sans en connaître le pourquoi du comment. Ils s'évitaient courtoisement. Le maire d'Apt fit les présentations, et Clémence, ignorant tout de cette ancienne hostilité, fut ravie de rencontrer un si bel homme en cette triste époque. Elle prit la parole :

— Justement, cher monsieur, notre maire me faisait vos éloges à l'instant. Serait-il possible que nous ayons un entretien prochainement ?

— Quand il vous plaira, chère madame, je suis à votre disposition. Il faudrait que je sois sot pour refuser de rencontrer une dame aussi charmante que vous, répondit Lecourtois en s'inclinant tel un bellâtre.

La rencontre ne tarda guère. Elle eut lieu dans le bureau de l'usine Notin, juste après l'heure de la fermeture. Comme par hasard, Lecourtois passait par là ! Clémence n'était pas dans son meilleur décor ni dans sa plus belle tenue. Elle le regretta, car elle était de celles qui préfèrent mettre tous leurs atours de leur côté pour monter au front. Elle savait ce qu'elle désirait. Finalement, elle se dit que sa tenue « négligée », digne d'une ouvrière, n'était pas pour lui déplaire, et que, contrairement à ce qu'elle avait pensé, elle l'avantageait en cet instant précis. Elle était la demandeuse.

— Votre visite me surprend, monsieur Lecourtois. Je suis désolée, mais j'en termine avec une pénible journée de travail et j'affiche une bien triste mine. Veuillez excuser cet accoutrement.

— Je sors de chez le droguiste tout proche et je me suis avancé, pardonnez cette intrusion cavalière, elle n'est due qu'au réel désir de vous revoir. Vous êtes encore plus… femme… et plus… séduisante en tenue de travail.

Avec un tel discours, Lecourtois annonçait clairement ses intentions.

— Asseyez-vous, je vous en prie. Permettez-moi de m'étonner, cher monsieur, nous sommes en guerre, la France n'a-t-elle pas voulu de vous ? Apparemment, vous n'êtes pas un vieillard !

Clémence avait glissé une pointe d'impertinence dans ses derniers mots.

— Je sais que votre mari a été mobilisé et envoyé sur le front, j'en suis désolé. Sincèrement. Pour ce qui me concerne, je suis père de trois jeunes enfants et par conséquent dispensé de guerre. Je sais, c'est un privilège énorme, mais pourquoi le nier ? Il me préserve d'une terrible calamité.

— J'irai droit au but, monsieur Lecourtois. Voilà l'objet de ma requête : vous connaissez les difficultés actuelles de ma profession en raison de ce conflit qui bloque nos relations avec nos clients européens. On ne vend plus, donc on ne fabrique plus. Nombre de confiseurs connaissent de grandes difficultés financières, pour ne pas dire que certains sont au bord de la ruine.

Lecourtois lui coupa la parole :

— Je suis moi-même en pleine régression, les envois de poudre d'ocre à l'étranger ont considérablement diminué. J'ai congédié plus de la moitié de mon personnel, je…

Clémence se leva, s'approcha de la fenêtre, lui tourna le dos et lui coupa la parole. Son ton était sec.

— Je n'ai pas besoin d'ocre, monsieur Lecourtois, j'ai besoin de votre réseau commercial.

— Expliquez-vous, chère madame.

— Appelez-moi Clémence. Si nous devons nous revoir, comme je l'espère, ce sera plus agréable. (Elle usait volontairement et insidieusement du meilleur de ses arguments : sa plastique. Seule la séduction pouvait lui venir en aide en cet instant crucial. Elle poursuivit.) Je me suis rendue dernièrement sur le port de Marseille, où j'ai rencontré plusieurs transitaires et agents commerciaux. Je leur ai remis notre catalogue de produits et nos tarifs. J'ai un début de proposition pour expédier nos marchandises au Proche-Orient, nous allons faire un premier essai dès ce mois-ci avec l'Égypte et la Syrie. Je dois retourner à Marseille le mois prochain pour de nouveaux contacts, mais je n'ai que très peu d'espoir.

— Venez-en au fait… Clémence.

— Vous disposez d'un réseau commercial de premier choix. Je le sais. Votre établissement envoie des ocres sur tous les continents depuis des lustres. Vous avez des contacts partout. Voilà, tout est dit.

Il y eut un silence. Clémence demeura immobile, debout, le nez collé à la vitre. Lecourtois contemplait ses formes vues de dos, en particulier le rebondi parfait de ses fesses que sa blouse fine et humide enserrait comme une caresse. Il parla le premier :

— Je suis disposé à vous communiquer le fichier de mes intermédiaires, transitaires en douane et agents commerciaux. Je pense néanmoins que vous devrez élargir votre gamme de produits. N'oubliez pas que je vends du minerai, pas des cerises confites.

— J'ai envisagé cette éventualité, nous sommes prêts à nous diversifier. Gustave, notre vieux collaborateur, saura fabriquer dès demain, si je le lui demande, du nougat, des dragées, de la confiture et même du chocolat. C'est un ancien pâtissier, il suffit d'adapter notre matériel.

La voix de Clémence était montée d'un ton plus haut, il exprimait l'humiliation. L'entreprise Notin maîtrisait son activité, elle l'avait prouvé depuis longtemps. Elle n'avait pas de conseil à recevoir d'un mineur de fond.

— Clémence, ne vous excitez pas. Il suffira que vous précisiez sur votre catalogue que Louis XIV raffolait de vos fruits confits, ça fouettera les commandes. Le monde entier connaît le Roi Soleil. Les Américains, les Indiens et même les Africains ! En revanche, évitez de parler du pape ! Venez me voir un samedi matin en mairie de Roussillon, c'est mon jour de permanence et je suis seul, nous ne serons pas dérangés. J'apporterai les documents et je vous établirai un courrier de recommandation à l'intention de mes contacts ; vous le joindrez à votre proposition, ça facilitera votre tâche. Ça ne peut que vous aider. Ne traînez pas, Clémence, le lancement d'une telle affaire va prendre plusieurs semaines. Les lendemains s'assombrissent en Europe. Je reconnais que votre requête est osée, je la trouve opportuniste et hardie mais superbement intelligente.

— Je viendrai à vous dès ce samedi, si vous le permettez. Bien entendu, vous me ferez connaître le montant de vos honoraires pour vos peines et soins dans cette entreprise si elle se réalise.

— Évitons ce sujet dans l'immédiat, voulez-vous... Clémence, il n'est pas d'actualité. Pensez à vous. J'ignore si ce projet sera à la hauteur de vos ambitions ; pour ma part, je me félicite que vous m'ayez sollicité, et cette aventure nous a permis de nous rapprocher et de mieux nous connaître. Je suis heureux à l'idée de vous revoir si vite. Sachez que j'apprécie votre présence et que je ne souhaite que votre bien-être.

Lecourtois se mit debout, s'approcha de Clémence, qui lui tournait toujours le dos. Il posa ses mains sur ses épaules et ajouta :

— Je désire moi aussi vous parler de quelque chose de plus risqué et de plus excitant qui me tient à cœur. Je vous dis à samedi, 11 heures, si vous le voulez bien. Je connais un petit havre de paix où il est encore possible de déjeuner très correctement et en toute discrétion.

Il s'éloigna, Clémence se retourna pour le regarder partir. Avant de passer le seuil du bureau, il se retourna et d'une voix claire et douce précisa :

— Henri ; mon prénom, c'est Henri. Il me tarde de vous revoir.

— Au revoir, Henri, s'entendit-elle murmurer comme un automate.

Bien entendu, elle connaissait déjà le prénom et la réputation de Lecourtois. Quand il eut refermé la porte, Clémence était persuadée que l'affaire était dans la poche, qu'elle allait assurer la survie de l'entreprise Notin, qui en fin de compte était aussi un peu la sienne, et demain, pourquoi pas, beaucoup la sienne. Fernand était son aîné de plus de vingt ans et le vieux Hyacinthe jouait les prolongations. Sa dernière heure n'allait pas tarder à sonner. En définitive, même vêtue d'une blouse défraîchie, sans aucun artifice sur son visage, sans ses hauts escarpins et les cheveux tirés en queue-de-cheval, elle avait quand même réussi à appâter le beau maire ténébreux du village voisin. Elle s'en félicita.

Le fichier des intermédiaires export-import de Lecourtois était comme une mine d'or salvatrice dans la situation où se trouvait Notin et Fils. Le vieux Hyacinthe ne pouvait plus lui être d'aucun secours. Quant à Fernand, son mari, il œuvrait contre l'Allemand du côté de la Meuse. Ou bien Clémence relevait le flambeau, ou bien elle serait emportée par la faillite et elle se retrouverait au point de départ, comme quand elle subissait les insultes, les brimades et les « torgnoles » de son père. Elle savait qu'elle n'obtiendrait son indépendance de femme qu'en prouvant à la ville et à son mari qu'elle avait mené la barque en ces temps difficiles et qu'elle avait sauvé l'entreprise. Son indépendance de femme, elle allait tout faire pour la conquérir. Elle savait qu'en premier lieu elle passait par son autonomie financière. Ne dépendre de personne, surtout ne pas devenir le sujet de son mari. Se comporter en capitaine.

Le lendemain, elle reçut une lettre qui venait de Glasgow. Elle l'ouvrit, pleine d'étonnement. Quand elle eut fini de la lire, son visage s'éclaira ; l'espoir ranima sa flamme. Un dénommé Griffith, citoyen britannique installé à Glasgow, la sollicitait. Il était venu se reposer quelques jours en haute Provence et elle se souvint avoir conversé avec lui et lui avoir remis sa carte sur le marché de Céreste. Il possédait plusieurs magasins en Écosse et desservait une clientèle jusqu'à Manchester et Liverpool, soit une vingtaine de boutiques. Il avait pour habitude de faire appel à une entreprise de Clermont-Ferrand dont il avait rencontré le patron il y a fort longtemps lors d'une cure thermale à La Bourboule. (Clémence se souvint d'un petit bonhomme à la chevelure blanche affichant une bonne cinquantaine d'années, très charmant et maniéré mais parlant parfaitement notre langue.) Ce brave homme précisait que ses relations, en raison de la guerre, étaient rompues avec l'Auvergne. Les routes n'étaient pas sûres et son fournisseur avait renoncé à lui expédier ses produits. Clémence répondit qu'il ne pouvait pas mieux tomber, les marchandises partiraient de Marseille sans aucun problème. Elle communiqua les coordonnées de la Griffith Biscuit Company Limited à son transitaire en douane. L'Écossais réclama également de la confiture et des calissons en sus des fruits confits. Clémence lui promit satisfaction.

Un beau matin, l'Écossais lui téléphona pour l'informer qu'il avait reçu la marchandise sans aucune difficulté ; elle lui assura que, s'il désirait du chocolat, elle pouvait également l'approvisionner.

8

L'étincelle

Septembre 1940

Le sifflement percuta les tympans de Maurice, qui revint sur ses pas et s'approcha de la Castagne, qui avait pris place sur le banc de pierre.

— Assieds-toi, ordonna le balayeur, l'air mystérieux.

Maurice, intrigué, s'exécuta.

— C'est Oswaldo qui nous a parlé de toi... En bien.

— Oswaldo... le caviste de Lumières ? demanda Maurice, que le pronom « nous » interpellait.

L'autre fit oui de la tête.

— T'en connais beaucoup des Oswaldo dans la région ?

Maurice ne répondit pas.

— Oswaldo est des nôtres. Tu vois à quoi je fais allusion ?

Maurice fit non de la tête. L'autre se pencha vers lui et colla ses lèvres à son oreille.

— La Ré-sis-tan-ce, murmura-t-il avec gravité en faisant traîner les syllabes.

Maurice pinça les lèvres et oscilla la tête en signe de connivence.

Le balayeur retrouva un timbre de voix normal.

— T'en as entendu parler, quand même ?

— Bien sûr, acquiesça Maurice. Mais je m'étonne qu'Oswaldo en fasse partie. C'est un ancien légionnaire et il est français. Pourquoi n'a-t-il pas été mobilisé comme tout le monde ? Il n'est pas si vieux que ça.

— Le gaz. En 1918, il a été gazé par les Boches. Il a tenu quelques années puis il s'est fait opérer. Il n'a plus qu'un poumon. La Légion l'a renvoyé à la vie civile avec une bonne pension.

— Oh, merde ! Je l'ignorais, pourtant on est des amis. Il m'a vraiment aidé l'an dernier. C'est même grâce à lui que je suis devenu un excellent voleur de bois. À la vitesse qu'il escalade la côte de Goult à vélo, je n'aurais jamais cru qu'il n'avait qu'un poumon. Chapeau !

— Oswaldo est un élément précieux et volontaire par rapport à moi. Moi, je sers d'éclaireur en quelque sorte. Avec mon mal de dos, je ne peux pas faire grand-chose, alors je surveille discrètement les allées et venues des Boches, j'écoute aux portes et je passe les messages. On m'appelle « l'Estafette ». Mais toi, d'après Oswaldo, tu sais tout faire de tes mains et t'es discret. On a besoin de types dans ton genre : efficaces, disciplinés et qui savent tenir leur langue. La prochaine réunion aura lieu lundi soir dans une ancienne chèvrerie du côté de Gordes, au lieu-dit la Montagnette.

— Où ça ? Je ne connais pas cet endroit.

— Un enclos perdu au milieu d'une forêt de cèdres. On y accède depuis un mauvais sentier qui démarre dans un virage sur la petite route qui relie Gordes à Goult.

— Je te remercie pour ta confiance, elle m'honore, mais faudrait d'abord que j'en parle à ma femme, si elle est d'accord.

La Castagne redressa le buste et braqua son regard dans celui de Maurice. Le ton de sa voix changea du tout au tout. Il devint hargneux.

— Si t'en parles à ta femme et qu'elle le colporte à la boulangère, à la mercière et à ses amies, dans huit jours toute la région est au courant et on saute tous ! Fusillés par les Boches comme des lapins en plein phare. Si tu veux vraiment adhérer, faut que tu fermes ta gueule, t'as compris ?

Maurice, encore une fois, se contenta d'approuver d'un mouvement de tête. L'autre reprit :

— T'en parles même pas à ton vélo. Pigé ?

— Pigé.

— Bon, venons-en au fait. Si tu désires être des nôtres, comme je l'espère, sinon ça voudra dire que je me suis trompé, que je t'ai mal jugé, va trouver Oswaldo de ma part en rentrant chez toi, il t'expliquera pour la prochaine réunion. Tu l'accompagneras, ça t'évitera de te paumer dans la brousse.

L'employé municipal marqua une pause de quelques secondes, puis il fixa Maurice dans les yeux et demanda :

— Il paraît que tu t'y connais en électricité. Paraît même que t'es un fortiche.

— Tu sais, je ne suis pas un pro... il m'arrive de pas trouver la panne et même parfois de provoquer involontairement des courts-circuits.

— Justement, les courts-jus, les gros courts-jus, les très, très gros courts-jus, c'est ça qu'on attend de toi. Faudra qu'ils soient volontaires, tu comprends ? Faudra créer l'étincelle. Tu verras que, dans le coin, y a du boulot. Allez, va-t'en vite. À lundi, Maurice... « l'Étincelle ».

En regagnant l'exploitation agricole de son patron, Maurice fut surpris que la Castagne se souvienne de son prénom après tout ce temps.

— La Résistance... répétait-il à voix haute. Me voilà dans la Résistance sans même avoir donné mon accord à ce balayeur. Embauché d'office, comme mobilisé par la Résistance.

Une petite voix intérieure lui répondit : « Eh oui, Maurizio, tu dois bien ça à la France. » C'est ainsi que Maurice Poveri fit ses premiers pas de maquisard et, très vite il allait trouver sa place dans le maquis installé à la Montagnette, un endroit reclus dans le Luberon sauvage recouvert par la garrigue, les chênes verts, les pins et les cyprès. Le vocable « l'Étincelle » s'imposa très vite pour Maurice, il devint son surnom officiel dans la Résistance et il demeurera ancré dans la mémoire des maquisards comme le symbole de l'explosion.

Dès la fin de cette même année, quand une détonation résonnait dans la région, d'aucuns, réveillés en plein sommeil, se disaient : « Nom de Dieu ! L'Étincelle a encore sévi, demain les Boches vont être de mauvais poil. » Les compétences « ès TNT » de Maurice firent de lui le roi du « boum boum » en tout genre, du plus petit pétard pour déverrouiller une entrée interdite et voler du matériel à l'ennemi jusqu'au feu d'artifice de convois allemands empruntant malencontreusement un pont fragile. Après quelques expériences d'allumage à la mèche lente, l'Étincelle travailla au détonateur bidouillé à partir d'un réveille-matin. Tout le monde savait que, quand les aiguilles allaient se chevaucher, un grand boum allait suivre. Maurice était en recherche permanente d'eau oxygénée, acétone et autres acides aux noms bizarres pour fabriquer une poudre qui ressemblait à du sucre.

Un jour que la Castagne se trouvait à la Montagnette et qu'il regardait Maurice se livrer à ses manipulations, il posa la question suivante :

— Bon Dieu ! Mais comment parviens-tu à faire de si gros pétards à partir de presque rien ?

— C'est comme les fruits confits d'Apt, c'est une alchimie.

Vexé, la Castagne ne renouvela plus jamais cette demande.

On était fin septembre de cette drôle d'année 1940 qui avait suscité l'espoir tout d'abord puis la consternation devant la puissance de l'armée allemande, puis la désolation lors de l'invasion et l'occupation de notre pays par l'étranger, puis le désespoir après la débâcle de nos troupes, et enfin la panique lors de l'exode des Français et leur précipitation vers les gares, les routes et les chemins qui conduisaient vers le sud. Sauve qui peut ! La honte d'un peuple vaincu. La honte ne se voit pas, ne se mesure pas, ne se soigne pas, ne se transmet pas ; elle se cache. Elle se vit de l'intérieur comme un poison inoculé délicatement à dose infime pour entretenir et perpétuer le déshonneur.

Fernand Notin, maître confiseur émérite, pénétra dans la gare de Reims avec son titre de transport dans la poche et l'attestation officielle de l'état-major de son régiment qui le rendait à la vie civile. « Onze mois à faire la guerre », se dit-il. Ensuite, il rectifia : « Disons deux mois de cache-cache avec l'ennemi et trois jours de combat, le reste, ce fut de la planque et de l'hosto. » Dans le hall, il constata que, pour descendre vers Avignon, étape indispensable pour espérer trouver un train ou un autocar pour Apt, il lui fallait passer par Paris.

Il aurait aimé visiter la capitale avec Clémence, découvrir ensemble tous ces monuments et tous ces lieux célèbres. C'eût été un moment grandiose et inoubliable, comme une fantastique lune de miel à retardement, mais l'instant présent n'était pas à la balade. Durant cette longue absence, il avait envoyé une quinzaine de lettres à sa femme qui disaient grosso modo la même chose à la virgule près. Il avait reçu trois lettres de Clémence, plutôt trois missives de trois lignes écrites sur un petit format de papier. Fernand en avait conclu qu'un tel format de lettre, aussi petit, ne devait circuler qu'en Auvergne, que ça devait être une de leurs spécialités avec les pâtes de fruits. À sa connaissance, excepté les cartes de visite des représentants qui venaient à l'usine, il n'avait jamais vu ni reçu courrier aussi minuscule. Même les dimensions des avis de décès étaient plus consistantes. La prose de sa chère épouse se résumait à quelques mots :

Ici tout va bien – On travaille – Les bigarreaux ont bien confit – L'état de ton père empire – Fais bien attention à toi – Je t'embrasse – Clémence.

Ça, c'était la dernière lettre qu'il avait réceptionnée à l'hôpital, quand il avait repris connaissance. Enfin, lettre est un bien grand mot, télégramme serait plus juste. Après, plus rien. Pourtant, il lui avait écrit deux fois pour lui conter ses terribles blessures au combat, son courage devant l'ennemi et enfin sa résurrection d'entre les morts grâce à son lieutenant qui l'avait sauvé *in extremis*. (Il avait usé de cette expression latine, en souvenir de son instituteur, qui l'employait souvent.)

« Si elle n'a pas reçu mes courriers, alors elle va être surprise en me voyant arriver avec une jambe folle et un pif à repiquer les salades », se dit-il.

Ce n'est qu'au moment où le train s'ébranlait qu'il se posa la question :

« Putain ! Comment vais-je l'embrasser ? Va falloir que je fasse gaffe de quel côté je pose ma bouche contre la sienne. Connard de toubib. Il aurait mieux fait de pas me réopérer. »

Fernand avait de sérieuses raisons de s'inquiéter. Le chirurgien, vu l'insistance de son patient, avait certes recommencé le travail et tenté une seconde greffe après avoir prélevé la chair de sa fesse gauche, mais, cette fois, résultat des courses : son nez obliquait dans le sens opposé et, malfaçon hideuse, il avait démesurément gagné en longueur. Quand l'infirmière lui avait ôté les bandages et tendu le miroir, il avait hurlé :

— Nom de Dieu ! C'est une trompe, un piège à mouches ! Allez me chercher le connard qui m'a fait ça !

— Il n'est plus ici, le Dr Schmitt a été transféré à Lille.

La brave femme trouva des excuses à son ancien patron.

— Il a été appelé pour une urgence pendant l'intervention.

— Avec un nom pareil, ça doit être un Boche ! Il s'est vengé sur moi.

— C'est vrai qu'il est un peu volumineux, comme celui de Cyrano, plaisanta la soignante.

— Qui ?

— Cyrano de Bergerac.

— Désolé, je connais pas ce type. Je suis pas du coin.

L'infirmière ne donna pas suite, elle sortit.

Ce n'est qu'une fois seul que Fernand Notin, soldat de deuxième classe, se mira à nouveau dans la glace puis remonta le drap sur son visage et se mit doucement à pleurer. Enseveli sous le linge, il entendit le silence. Le sifflet de locomotive quand il inspirait avait disparu. Ça le consola.

Il voyagea avec beaucoup de difficultés et dut dormir à Paris pour espérer avoir un train le lendemain. La ville occupée était grise et d'une tristesse qui lui fit penser aux fumées épaisses qui s'échappent des hautes cheminées des fabriques de fruits confits et qui planent comme des nuages au-dessus d'Apt quand les fours tournent à fond. Nuages.

Il fut contrôlé à trois reprises, deux fois dans le train et une fois parvenu en gare d'Avignon. Il tournait, virait devant la station à la recherche d'un autobus qui, peut-être, s'en irait vers Apt avant un hypothétique train. La nuit allait venir et il serait, encore une fois, contraint de chercher une chambre d'hôtel. Sa déambulation attira l'attention et donc la méfiance de deux policiers en faction. Le plus petit des deux, la cinquantaine bien sonnée, un physique fluet, l'œil noir charbon inquisiteur et le visage pointu comme le museau d'une fouine, l'interpella :

— Vos papiers, s'il vous plaît.

Fernand sortit son livret de sa musette.

— Tenez, monsieur l'agent, tout est là. Je vous laisse faire.

Le fonctionnaire prit de la distance et contempla à tour de rôle la photo de la carte d'identité de Fernand, qu'il tenait dans une main, avec son visage. Fernand lui décocha un sourire enfantin qui lui donna un air abruti. À cet instant, le petit flic à la mine fouineuse sollicita l'aide de son collègue, qui se livra au même manège et qui termina par une moue dubitative.

— Approchez, s'il vous plaît, ordonna le policier.

— C'est vous qui avez pris le large, monsieur l'agent, vous m'auscultez de loin comme si j'étais un repris de justice.

— Justement, monsieur... (Il relut le nom sur la carte.) Monsieur Notin, je me demande si vous êtes bien monsieur Notin ou si vous avez... emprunté les papiers de ce monsieur Notin.

Fernand commença à s'énerver car un bus, garé devant le parking de la gare, aux couleurs des Rapides de la Durance, s'apprêtait à partir. Il prit un ton suppliant.

— Messieurs, mon car va partir, rendez-moi mes papiers. Je suis un blessé de guerre. Des éclats d'obus dans la jambe et en pleine figure. Vous avez vu ma tronche ? On dirait un clown. Vous croyez que je me promène ? Je rentre du front.

— La guerre, il y a un brave moment qu'elle est finie.

— J'étais à l'hôpital de Reims.

— Suivez-nous au poste, on va vérifier.

— Mon autobus va partir, je vous en supplie, messieurs les policiers. Il se fait tard, y en aura plus. Ça fait deux jours que je suis dans les trains. Je suis fatigué.

— Suivez-nous ou je fais venir le fourgon pour vous emballer. Le commissariat est à cent mètres.

Une fois au poste de police, l'agent appela la gendarmerie d'Apt pour vérification de l'identité du sieur Fernand Notin, soi-disant confiseur connu et reconnu. Son collègue, à l'autre bout du fil, lui confirma qu'à sa connaissance ce brave homme n'était toujours pas rentré de la guerre et qu'effectivement il avait bien quitté la ville quelques jours après l'annonce de la mobilisation. Que Fernand Notin était grand, costaud, les cheveux toujours coupés à ras, qu'il avait un gros ventre, une grande gueule et une très jolie femme.

Fernand n'entendait pas la conversation, mais il constata que le policier souriait au téléphone. Il y vit un signe favorable. Il se trompait.

— Le nôtre de Notin, il est bien grand et le crâne pelé, mais il n'a pas de ventre… et sa femme n'est pas avec lui, ironisa l'agent.

— Quoi, ma femme, qu'est-ce qu'elle vient foutre ici ? Passez-moi l'appareil, je vais lui parler, moi, au gendarme. Ils me connaissent tous.

Fernand s'empara de l'appareil.

— Allô, ici Fernand Notin, qui est à l'appareil ?

— Maréchal des logis-chef Liotard.

— C'est toi, Ernest ? Depuis quand t'es maréchal, espèce de grand couillon ? Tu te prends pour Pétain ? Attends que j'arrive au pays, je vais te mettre une bonne branlée à la pétanque, j'ai arrêté le pastis, tu vas morfler. Tu vas *baiser Fanny*[1].

1. *Baiser Fanny : quand on réalise un score nul à la pétanque, la coutume veut qu'on embrasse le cul de Fanny (un postérieur de femme dessiné sur une pancarte) devant tout le monde.*

Le policier récupéra de force le combiné.

— Alors ?

— Pas de doute, toujours aussi con et grande gueule, c'est bien lui. Tu peux le relâcher, c'est un brave bougre un peu porté sur le pastis, mais un gros bosseur quand il est à jeun. Il fabriquait les meilleurs fruits confits de la ville.

— C'est d'accord, on va le laisser partir, mais sache qu'il n'a plus de bide, qu'il claudique et que son visage fait concurrence à Cyrano de Bergerac.

— Encore ce Cyrano de mes deux ! Qui c'est, ce type que tout le monde connaît ? Y en a marre de cet usurpateur qui se fait passer pour moi. Dites-moi où je peux le trouver, que j'aille y casser la gueule !

— Monsieur, vous allez repartir à la gare et prendre votre train pour Apt. On est désolés.

— C'est facile à dire, ça, de ces heures y a plus rien, ni train ni car. Où que je vais dormir maintenant ?

— Vous trouverez un petit hôtel pas cher dans la rue à droite en sortant. Désolé, monsieur.

— Désolé, désolé, c'est facile à dire. Répétez-y à votre Cyrano que s'il était monté jusqu'à Maubeuge pour jouer les pigeons devant les Boches, lui aussi il aurait perdu son ventre et ses cheveux et bien d'autres choses encore.

Il marqua la pause puis, en saisissant la poignée de la porte, il se retourna et il ajouta sur un ton solennel :

— Messieurs, quand on a la chance de retourner au pays vivant, on n'a plus la même gueule, alors, forcément, on n'est plus le même homme.

Il claqua violemment la porte derrière lui.

En définitive, l'ex-soldat Fernand Notin mit trois jours pour rentrer chez lui, sans avoir avisé qui que ce soit, excepté la gendarmerie par la force des choses.

Arrivé dans sa ville, il décida de s'arrêter à l'usine, beaucoup plus proche de l'arrêt du bus. Son baluchon sur l'épaule, il poussa la porte. L'atelier baignait dans l'obscurité, il faisait une chaleur étouffante, et au bout de deux minutes une humidité agressive vous lessivait la peau. Plusieurs poêlons de cuivre contenant des fruits et du sirop au sucre montaient à ébullition. Il s'agissait de la première mise au sucre, dite première « cuite », pour ramollir le fruit. Trois cuites se succédaient ainsi, avec, à chaque cuite, l'apport savant, à l'aide d'une louche (la même depuis toujours) d'une dose chaque fois différente de sirop et de sucre. Ce n'est qu'à la quatrième cuite qu'on ajoutait la « fécule » (le glucose) avant l'opération ultime de l'égouttage des fruits à travers une passoire. Le sirop recueilli était ainsi régénéré et son degré augmenté de cinq degrés Baumé[1].

Fernand ne vit âme qui bouge, il avança jusqu'au réduit qui tenait lieu de bureau, une faible lueur traversait la cloison vitrée. C'est là qu'il trouva Clémence penchée sur les livres de compte. Il frappa au carreau. Elle releva son visage et aperçut le sosie de Quasimodo adossé gauchement contre l'encadrement de la porte. Elle vint à sa rencontre, se hissa sur la pointe des pieds pour se grandir, entoura son cou avec ses deux bras et l'embrassa sur chaque joue. Deux baisers qui claquent.

— Excuse-moi, Fernand, mais je ruisselle de partout. Je viens d'allumer les poêlons.

Fernand s'en était allé au casse-pipe et, après un an d'absence, Clémence lui avait octroyé deux baisers de retrouvailles. Pas des baisers d'amour, des baisers pareils à ceux d'une simple visite, comme un cousin de passage. Il pensa qu'en définitive, pour éviter de lui percuter le nez, elle avait trouvé la meilleure des solutions : ne pas l'embrasser sur la bouche, se contenter des joues. Et dire qu'il s'était fait un sang d'encre pour imaginer la parade ! Il se traita de grand couillon.

— Où est Gustave ? Il est parti ? questionna Fernand.

— Non. Je l'ai envoyé à la poste déposer quatre factures pour faire rentrer un peu d'argent. C'est la fin du mois. Il a bien fallu qu'on tienne en ton absence.

---

1. *Antoine Baumé : pharmacien et chimiste du XVIIIe siècle. Inventeur d'une échelle de densité qui porte son nom.*

Gustave était son contremaître depuis des années. Il avait commencé à l'époque où Hyacinthe travaillait encore. Le confiseur se demanda si Clémence faisait allusion à l'absence de ses économies qu'il avait soigneusement placées (et planquées) ou bien à son absence physique. Il se tut.

— Et les ouvriers et les apprentis, où sont-ils ?

— Avec la guerre, c'est terrible, il n'y a plus personne parce qu'il n'y a plus de commandes. Un ouvrier et deux apprentis viennent le matin, c'est amplement suffisant. Les autres sont partis ; soit chez des concurrents, soit ils traînent dans les rues ou travaillent épisodiquement dans les champs. Nous ne sommes plus que cinq.

Fernand s'assit sur le cul d'une banaste. Clémence poursuivit :

— Viens t'asseoir dans le bureau, je vais nous faire un bon café. Après, tu pourras aller à la maison te reposer pendant que je m'occupe de la deuxième cuite.

Ce désastre professionnel eut le don d'énerver le confiseur.

— Nom de Dieu, mais c'est pas possible ! On était une trentaine en cette saison.

— On n'a pratiquement plus de clients. Il nous reste Boston et Chicago, un peu en Syrie et en Égypte grâce à nos agents commerciaux et au transitaire du port de Marseille ; trois ou quatre Anglais qui commandent encore un peu, mais en France on n'a plus personne. Qui peut encore se payer des fruits confits aujourd'hui ? Même nos représentants ne se manifestent plus.

Clémence préféra ne pas informer son mari de la conquête du nouveau client écossais, parce qu'elle allait fabriquer des confitures et des calissons et qu'elle pressentait sa mauvaise humeur. Le maître confiseur était sensible et pointilleux dans ce domaine, il refusait de se détourner de sa mission : le fruit confit. Tout le reste n'était que signe de déchéance professionnelle. Elle lui cacha également ses relations avec Lecourtois, parce qu'elle était en train de finaliser ses premiers contacts aux États-Unis et en Australie. Là-bas, il n'y avait pas la guerre, et le canal de Suez, pour l'instant, était sûr.

— C'est une catastrophe ! (Fernand était effondré.) Et mon père, comment va-t-il ?

— Toujours sur son fauteuil, il n'en bouge pas. Sauf le soir, quand Albertine le met au lit après lui avoir donné son bouillon.

— Il ne m'a même pas écrit. J'avais peur qu'il soit mort !

— Que veux-tu, ses mains tremblent tellement qu'il ne peut plus rien faire, surtout pas écrire.

Elle ne fit pas allusion à ses trois petites missives seulement, envoyées durant le long séjour de son mari dans le Nord. Encore une fois, lui aussi préféra garder cet épisode sous silence. Il changea de sujet.

— T'as vu la gueule qu'ils m'ont faite, les toubibs ? Un vrai clown. Les gosses vont fuir sur mon passage.

— Ton visage, on s'en fout.

Elle rit et ajouta :

— T'étais pas super beau avant d'aller visiter les Ardennes. Alors...

— Tu veux dire que ça pouvait pas être pire, c'est ça ?

Elle le réconforta aussitôt et s'assit à califourchon sur ses genoux.

— Je ne t'ai pas épousé pour ta belle gueule, je t'ai épousé pour fuir mon tyran de père et pour dépenser le magot des Notin que tu caches sournoisement.

Fernand joignit son rire à celui de sa femme. Il la releva et fit quelques pas devant elle.

— T'as vu l'estropié qu'on a fait de moi ! Encore heureux que je n'y aie pas laissé la jambe et même la vie. Sans mon lieutenant, tu serais veuve.

Clémence poursuivit sur le ton de la plaisanterie :

— Ils vont te donner une colossale pension. On va être riches !

Le confiseur parvint enfin à rire de bon cœur. Il trouva Clémence formidable. Encore plus formidable qu'avant la guerre. Même en sueur, même vêtue d'une blouse, même en négligé, comme elle disait, elle était belle et encore plus séduisante. Il était vraiment amoureux de cette femme. Ça, c'est l'aveu qu'il se fit en se remettant debout. Elle continua :

— De toute façon, Fernand, ta jambe, on n'en a pas besoin pour ce qu'on veut faire.

— ?

— Un enfant, Fernand. C'est le moment de faire un gosse. Et... si possible... une fille.

— Pourquoi une fille ?

— Parce qu'un garçon, tu ne pourras pas lui courir après !

Encore une fois, ils rirent de conserve.

— Va falloir que je change l'enseigne sur le fronton de l'usine. Notin et Fille. Je doute que ça plaise à mon père.

— Allez, va vite retrouver ta maison, je vais mettre en train les trois autres cuites et je te rejoindrai. Tu me raconteras ta drôle de guerre ce soir.

— Je vais aller exposer mon nez démesuré à toute la ville, faut bien que je m'habitue aux moqueries.

— On s'en fout. T'as qu'à leur dire que t'es un descendant de Cyrano de Bergerac.

Le confiseur se cabra. Agacé.

— Mais c'est qui, ce Cyrano ? Tout le monde m'en parle. Ras le bol !

— Le héros d'un livre de Rostand, un chevalier qu'a un long, long nez et qui tombe amoureux. Hélas, la demoiselle ne l'aime pas et lui en préfère un autre.

Fernand resta abasourdi.

— Je comprends pourquoi ils m'ont appelé Cyrano, ces connards de flics. Moi, j'ai cru qu'il existait vraiment, ce type, et qu'ils me prenaient pour lui, que c'est pour ça qu'ils m'ont contrôlé. Tu parles ! Ils se sont moqués de moi. Comme cet abruti d'adjudant à la caserne, il m'a envoyé au poste de police demander si le soldat Victor Hugo était arrivé parce qu'il était absent à l'appel et qu'il allait morfler pour son retard. Tu imagines le ridicule de la situation.

Clémence éclata de rire. Fernand reprit la parole :

— T'es comme eux. Tu te fous de moi.

— Pas du tout. C'est une bonne farce, et dis-toi bien qu'avec un nez pareil toutes les femmes d'Apt vont être jalouses de moi.

Le confiseur, ébahi, ouvrit grand ses yeux. Comme une chouette. Clémence enchaîna :

— Tu n'imagines pas tout ce qu'un homme peut faire à une femme avec un nez comme le tien...

Il secoua la tête et fit la moue, à la fois surpris et excité.

— Allez, rentre vite, rase-toi et fais-toi beau. On essaiera de trouver quelque chose de bon pour le dîner et je m'habillerai exprès pour toi.

Fernand récupéra son baluchon et prit le chemin de son domicile à travers les ruelles de la ville. Les gens se retournaient sur son passage, il s'en foutait. Il repensait aux paroles aguichantes et prometteuses de Clémence et marchait d'un pas décidé, tellement qu'il en oublia sa claudication.

L'accueil chaleureux de sa femme le surprit, il ne s'y attendait pas, surtout n'ayant reçu que trois brèves missives insipides. La trouver dans le lit d'un autre ne l'aurait pas surpris. Eh bien ! C'est l'inverse qui lui arrivait, et cette situation le comblait de bonheur. Il se parla à voix basse :

— Elle a parlé de faire un petit ensemble ! C'est merveilleux. Moi, la plus sale gueule du pays, avec la plus belle femme de la ville.

Porté par toutes les envies, il pressa le pas.

Ce n'est qu'à partir du lendemain midi, à l'heure de l'apéritif (en ville) que le surnom de Cyrano lui tomba dessus. À présent, non seulement il savait qui était ce fameux personnage, mais il s'en foutait. Il était amoureux de Clémence et, le summum, Clémence l'aimait.

9

Transition

Fin 1940

APT. LA VILLE COMMENÇAIT à puer le marasme économique. Comme beaucoup d'autres villes en France. Le marasme économique entraîne le marasme social et l'appauvrissement ; les plus pauvres s'appauvrissant en premier, les un peu moins pauvres dans la foulée, et les riches s'enrichissant par ricochet. Faut bien que les quelques richesses qui continuent à circuler tombent dans l'escarcelle de quelques-uns, sinon le monde deviendrait un autre monde. Un monde meilleur. Méconnaissable qui, à coup sûr, entraînerait une catastrophe.

À Lumières, sous la protection du clocher de Notre-Dame qu'il pouvait presque toucher depuis la terrasse du Rocail, M. Maurice poursuivait dans la débrouille grâce à ses compétences multiples en travaux manuels toutes catégories. Il devint un dépanneur-bricoleur indispensable et même recherché au village. Maurice ne faisait aucune différence dans sa clientèle, il se rendait tout aussi bien chez le père abbé du couvent, au château des Mille Roses des Vallon (le nouveau maire de Goult) que chez la fille du grand Bert, laquelle avait pris le relais au secrétariat du parti. Quelle ne fut pas sa surprise en découvrant Maurice hissé sur le vélo de son père, véritable engin de cirque reconnaissable entre tous !

— Dommage qu'il soit enfermé à l'hospice d'Apt, ça lui aurait fait plaisir. Remarquez, ils me l'ont rendu gaga, il n'aurait même pas reconnu sa bécane.

— Que lui est-il arrivé exactement ?

— C'était un mois avant les élections, les municipales, pas les dernières, celles d'avant. Ces salauds d'aristos et de bourges se sont ligués et l'ont saoulé chez le Firmin (patron du *Café de la Poste*) jusqu'à plus soif. Il buvait jamais, à cause de sa maladie des reins. Ils l'ont laissé partir complètement bourré exprès. Ils savaient qu'il allait se planter. C'est des assassins. Tous pourris. Les aristos, au poteau !

Apparemment, la fille du grand Bert, qui répondait au nom de « la Raymonde du grand Bert » (pour la différencier avec la coiffeuse qui portait un prénom identique et dont les mœurs quelque peu dissolues avaient engendré un substantif particulier : « Raymonde, celle qui montre son cul à tout le monde », il était donc fortement conseillé de préciser quelle Raymonde était concernée), n'avait même pas imaginé un instant que la chute de son père soit imputable à un défaut des freins. Pour elle, l'alcool était le responsable, et les ennemis politiques présents au bistrot ce jour-là étaient les coupables demeurés impunis par des gendarmes complices du pouvoir qui avaient bâclé leur enquête.

Lucie, en ces temps difficiles, avait trouvé un emploi à temps partiel non déclaré au couvent, et donc payé de la main à la main. C'était en plus de la cantine et des travaux des champs, beaucoup moins intensifs en cette période de disette, en raison d'une demande alimentaire en forte diminution, étant donné que l'argent se faisait rare et le rationnement omniprésent. Travailler chez les paysans lui permettait de récolter pour la maison quelques fruits et légumes de saison, et c'était toujours ça, en plus des tickets de rationnement.

— M'en parle pas, c'est comme la terrible dépression de 1929 aux Amériques, qui a fait des millions de morts... Pour nous, le pire reste à venir, ces Boches, ils vont nous saigner les uns après les autres. Ils y tiennent à leur revanche ! Ces gens du Nord, y a rien de plus *testard*. De la vraie caillasse, déclarait la veuve Tricot en posant son index sur son front.

C'était l'ancienne patronne de l'épicerie, alimentation, café, presse, tabac, etc. Un commerce qu'elle avait tenu pendant soixante ans avant de transmettre l'affaire à sa fille aînée, qui avait épousé Georges Boucicot, un fils de paysan d'Oppède[1] ; ils avaient eu un fils prénommé André, marié à une fille des Beaumettes. Tout ce petit monde travaillait dans l'entreprise, il fallait bien ça pour veiller sur tous les rayons. La population les avait estampillés Boucicot père pour Georges, et Boucicot fils pour André. D'aucuns ne savaient même plus leur prénom. La fille et la petite-fille de la mémé Tricot aidaient leur mari et exploitaient en famille ce qui était un vrai petit supermarché avant l'heure. Pour la population, l'une était devenue la femme Boucicot, et la plus jeune, la fille Boucicot. Oublié leur prénom également. La grand-mère demeurait assise tout le jour devant la vitrine du magasin sur une chaise en osier que ses fesses flétries avaient fanée. À près de quatre-vingts ans, elle tutoyait tout le monde ; quant aux Amériques, elle n'y avait jamais mis les pieds.

C'est elle qui trouva l'idée pour M. Maurice, parce qu'elle appréciait ce couple non officiel mais que l'amour soudait plus que certaines autres unions de façade. Plantée devant l'épicerie comme un zombie, elle faisait office de bureau de renseignements. Un office du tourisme avant l'heure ! On lui posait tout un tas de questions, elle adorait car c'était pour elle l'occasion de converser et d'afficher sa bonhomie et sa philanthropie. En réalité, elle trompait son monde, en fait elle surveillait son commerce et toute sa descendance qui y travaillait. Si elle apercevait son petit-fils inactif, elle tapait contre la vitrine et hurlait :

— Va passer les salades sous l'eau, ça va les rafraîchir, au lieu de parader comme un jean-foutre !

---

1. *Oppède : village sis dans le Petit Luberon et distant de cinq kilomètres de Lumières, sur l'autre rive du Calavon.*

Parmi les demandes, questions ou renseignements de la population, il en était une qui revenait très souvent :

— Z'auriez pas vu M. Maurice ? Dites, mamie, savez pas où je peux le trouver ?

Une presbyacousie, confirmée par le Dr Philibert, réduisait son ouïe, il fallait hurler sa requête, voire la répéter. Les cris sauvages de sa belle-mère importunaient Boucicot père jusque derrière le comptoir de son bistrot, surtout en été, avec les portes ouvertes. Il était évident que gravir les marches abruptes du Rocail au risque de trouver porte close ne tentait personne, l'habitude de questionner la mémé entra dans les mœurs. Celles et ceux qui avaient besoin des services de M. Maurice préféraient économiser une pénible ascension et interroger la vieille qui stationnait en face de l'escalier comme un santon. Un beau matin, lassé par les hurlements, Boucicot père sortit et se planta devant sa belle-mère avec une ardoise et une craie.

— Tenez, mémé, voilà de quoi écrire. À partir de maintenant, je veux plus vous entendre. C'est ça ou vous allez vous asseoir de l'autre côté de l'épicerie.

Boucicot père n'eut pas à se répéter, il reçut, sans attendre, en pleine figure la réponse de la vieille. Elle eut l'effet d'un coup de poing.

— Espèce de grand couillon ! Que veux-tu que je fasse, assise côté cour ? C'est le désert. En plein nord en plus. Au moins, ici, je vois les voitures et les gens passer. Y a la gendarmerie, le couvent, les commerces. Y a du mouvement et le soleil. Tu veux m'assassiner, alors que je t'ai donné ma fille et mon commerce ? Tu n'as pas honte !

— Alors prenez l'ardoise et cessez de gueuler, implora son gendre.

Encore une fois, la réponse de sa belle-mère surprit le cafetier :

— Écoute-moi, espèce de grand couillon, les gens, c'est surtout M. Maurice qu'ils demandent, parce qu'ils en ont un besoin urgent pour réparer tout et n'importe quoi et surtout leur bicyclette.

— Et alors, que voulez-vous que ça me fasse ?

— Espèce de grand couillon, je t'ai dit de m'écouter. Alors écoute-moi. Il suffit d'ouvrir le portail du garage de ce cinglé de Pichadot, en plus, M. Maurice, il pourra utiliser les outils et travailler à son aise. Comme un véritable professionnel. Il est utile au village, tu comprends pas ça ? Espèce de grand couillon d'Oppède. C'est pas demain la veille qu'il est de retour, l'Engliche ! Si ça se trouve, il est aux Amériques !

Boucicot père resta figé devant l'idée de la belle-mère. Il la trouvait ingénieuse mais risquée. Il argumenta encore une fois.

— Toute façon, l'atelier, il touche la gendarmerie, les flics vont lui demander sa patente, à ce pauvre M. Maurice. Ils vont le faire fermer aussitôt. Et le portail, comment il l'ouvre ? Il le force ? Vous vous rendez compte, travail au noir avec effraction, ce que ça peut lui coûter ?

— Espèce de grand couillon, les flics seront bien contents de faire réparer leurs vélos et leurs motocyclettes, et même leur voiture de service. Ils chercheront pas plus loin. À présent, M. Maurice, il est du village, plus que toi, espèce de grand couillon d'étranger d'Oppède.

La vieille le surprenait de plus en plus, non seulement elle avait réponse à tout, mais il n'avait pas répété son discours. Aurait-elle retrouvé l'ouïe ?

— Mémé, ça résout pas le problème de l'ouverture du portail.

— T'es encore plus couillon que je le pensais. Je me demande comment ma fille a fait pour te marier. Quand il t'arrive de dire quelque chose d'un peu intelligent, tu te retournes pour voir si c'est pas quelqu'un d'autre qu'a parlé. C'est pas Boucicot, c'est « bourricot » que t'aurais dû t'appeler !

Elle laissa un blanc, puis :

— La clef du portail, espèce de grand couillon, c'est toi qui l'as. Pichadot te l'a confiée avant de s'enfuir, je l'ai vu.

Boucicot père s'attribua l'idée de sa belle-mère et la proposa à M. Maurice qui, par scrupule, dans un premier temps, refusa. L'épicier dut revenir plusieurs fois à la charge et, finalement, convaincre Lucie en tête à tête pour en faire son entremetteuse auprès de Maurice.

Maurice accepta à contrecœur, car il avait l'impression de violer son amitié avec Pichadot en pénétrant dans le garage à son insu. Certes, son investissement devenait de plus en plus intensif pour le maquis, surtout depuis que l'agriculteur de Roussillon l'avait congédié par manque de boulot. Le fait qu'on l'aperçoive par monts et par vaux sur son grand vélo paraissait naturel, il était censé se rendre chez un client pour une bricole ; en revanche, en acceptant de travailler dans cet atelier, il craignait de se sédentariser et donc de se priver de la plus grosse part de ses activités extérieures.

Il est vrai que les réparations de bicyclettes et le montage de vélos d'occasion avec des pièces détachées piquées un peu partout marchaient bien, l'automobile se maintenait ; il avait réussi à équiper une Renault Primaquatre, l'auto de l'adjoint au maire de Goult, au gazogène. Cette activité était en plein essor, compte tenu de la rareté et de la cherté de l'essence. Cette prouesse et surtout son prix modique avaient circulé grâce au bouche-à-oreille. Le travail ne manquerait pas. Il habitait en face et pourrait ainsi consacrer plus de temps à Lucie. Il accepta la proposition de Boucicot ; néanmoins, Maurice demanda au cafetier de lui signer un papier précisant qu'il lui avait remis les clefs et que l'occupation des locaux de Pichadot avait eu lieu avec son autorisation. Boucicot père rechignait à rédiger ce document en raison d'une peur du gendarme innée chez lui. Jusqu'au jour où la voix saillante de la grand-mère, ancrée sur son postérieur depuis la rue, s'infiltra par la porte ouverte du café :

— Espèce de grand couillon ! On dit qu'à Oppède y a que des poules mouillées, je vais finir par le croire Tu vas lui faire son papier tout de suite, à M. Maurice, ou je vais venir te botter les fesses ?

Son beau-fils ne répondit pas, il se demanda depuis quand sa belle-mère n'avait pas prononcé son prénom. Depuis le jour de ses épousailles, il était son « grand couillon ». Quant à son fils, bien qu'il soit bientôt trentenaire, la grand-mère l'appelait toujours « petit ». Il se dirigea au rayon papeterie, tenu par sa belle-fille, sans dire mot il déchira la première feuille d'un bloc de papier à lettres à la vente et s'exécuta. Profitant de ce qu'il n'y avait pas de client au comptoir, il s'empressa de porter sa page d'écriture à la vieille, qui demeurait toujours immobile sur son siège, auscultant chaque mouvement sur la nationale d'est en ouest.

— Voilà, mémé, tenez votre lettre, vous pourrez la donner à M. Maurice. Je l'ai même tamponnée avec le cachet du magasin et glissée dans une enveloppe pour que ça ait l'air officiel.

— C'est très bien. Tu la lui donneras toi-même, Georges, ça fera plus sérieux, et puis, cette idée, tout le monde sait qu'elle est de toi.

Boucicot père ne dit mot. Impossible de desserrer les lèvres. La grand-mère venait de prononcer son prénom. Elle ne l'avait donc pas oublié. Pour se remettre de son émotion, il passa derrière le comptoir du bistrot et il avala cul sec un cognac de vingt ans d'âge.

C'est ainsi que M. Maurice prit possession de l'atelier précédemment occupé par Pichadot. En revanche, la maison contiguë et l'exploitation des pompes à essence ne faisaient pas partie du prêt. Maurice s'adapta très vite à cette nouvelle situation. Garagiste au noir. Ça impliquait des tarifs plus que modestes pour la clientèle. Bien sûr, il dut commencer par mettre de l'ordre dans le bordel inimaginable de Pichadot. Ça lui prit près d'une semaine pour éclaircir le local et le rendre accueillant. Il fut ravi de constater que son prédécesseur ne lésinait pas sur l'outillage, il y avait plus que le superflu pour travailler, et même de quoi fignoler la mise au point des « étincelles » qui résonnaient la nuit dans le Luberon et dont la presse locale (en vente chez Boucicot) faisait étalage.

Quand Maurice, entre deux clients ou lors de parcours à vélo sur les chemins environnants, faisait un bilan dans sa tête depuis son arrivée dans ce petit coin de Provence, il ne regrettait rien. Surtout pas d'avoir quitté son pays. Au début, il se sentit comme un heimatlos ; le courant de fraîcheur qui traverse Melara[1] et les caprices de son fleuve lui manquaient ; à présent, même en pleine sécheresse

1. *Melara : ville italienne située en Vénétie (province de Rovigo), sur la rive du Pô.*

estivale, il se sentait pleinement français et même plus provençal que français.

Il se fit deux promesses : dès que la guerre serait finie, il demanderait la nationalité française et il épouserait Lucie, qu'il aimait comme un adolescent.

Il n'aurait jamais imaginé qu'à quelque temps de là il se retrouverait papa !

Octobre 1940. Fernand Notin, alias Cyrano, était ravi d'être rentré au pays. Il était aptésien avant d'être provençal et français, il avait son clocher dans le sang, et c'est dans sa ville qu'il respirait le mieux. Dès qu'il s'éloignait, il sentait sa tension monter. Une sensation étrange qui fait que, quand on est né, qu'on a travaillé et toujours vécu dans un lieu précis, on croit qu'il nous appartient un peu et, parfois, par pur chauvinisme, on traite d'étrangers ceux qui s'y sont installés après nous, comme si en s'immisçant dans notre atmosphère ils nous volaient notre propriété.

Les Ardennes n'étaient plus qu'un mauvais souvenir et il avait chèrement payé son tribut à la patrie : une jambe folle et un nez de clown en deux mois à peine de combat. Le souvenir du pilonnage et des bombardements par l'aviation allemande lui taraudait encore l'esprit et, parfois, le réveillait en sursaut et le laissait en transe. Un vacarme soudain, quel qu'il soit et où qu'il survienne, le clouait sur place. Il tremblait quelques secondes puis il se mettait à galoper comme un dératé à la recherche d'un abri.

Les jours qui avaient suivi son arrivée avaient été comme un ravissement. Une douce palingénésie. Jamais il n'aurait imaginé un tel accueil quand il croupissait dans son lit d'hôpital.

Clémence était formidable et elle avait tout assumé quand il était au combat. Il le répétait en tous lieux, tellement il était fier de sa femme. Elle était jolie, travailleuse, intelligente, ordonnée, et elle possédait un sens de l'organisation inégalé qui l'avait ébahi. Elle allait droit au but et elle ne s'embarrassait pas de scrupules quand une décision s'imposait.

— C'est toi qu'on aurait dû avoir comme colonel là-haut, dans ce foutu pays, je suis sûr qu'on n'aurait pas détalé comme des lapins devant l'ennemi.

Clémence se contentait de sourire.

— Tu sais, ce fut un drôle de combat. On manquait de tout, au début ce fut notre poste de radio qui ne fonctionnait pas, ensuite ce fut le radio qui n'y comprenait rien. Il n'avait même pas été formé. On était tous comme des bleus devant des Teutons aguerris, un peu comme un apprenti à qui on demanderait de surveiller les bigarreaux dans les poêlons. Ce fut un combat inégal.

Fernand ne disait jamais qu'il revenait de la guerre, il employait toujours le mot « combat », qu'il trouvait plus valorisant. Le premier soir, il montra avec fierté sa médaille de bravoure à Clémence. Après, il exposa sa blessure et ses cicatrices disgracieuses à la jambe et au genou.

Ces cicatrices lui donnaient le droit, depuis son retour, de revendiquer le titre de héros de guerre. Au début, il admit s'être comporté avec vaillance, puis, au fil des jours, il raconta sa folle épopée de guerrier intrépide dans les brumes du Nord, puis il enjoliva son discours et finit par s'attribuer le terme majestueux de « héros » ; il était persuadé en être devenu un ! Personne au pays ne pouvait le démentir. Ça expliquait le nouveau comportement amoureux de Clémence à son égard. Ils avaient fait l'amour six fois depuis son arrivée, dont quatre fois le premier mois. Il ne se souvenait pas l'avoir fait autant de fois durant l'année précédant son départ au combat. Il se demandait si c'était pour le petit qu'elle désirait avoir ou bien si, d'un coup, malgré ses disgrâces, elle était tombée amoureuse de lui. Il concluait que c'était sûrement parce qu'à présent il était un héros de guerre et qu'il se baladait avec une auréole sur le crâne.

Quand il apprit par la bouche même de Clémence qu'elle était entrée en résistance en rejoignant le maquis, il ressentit une espèce de fierté qui laissa vite place à la crainte.

— Tu es folle ! Si tu te fais prendre ou si on te trahit, ils vont te fusiller. Avec tous les Juifs qui se sont réfugiés dans le Sud, la Gestapo vient de s'installer à Cavaillon. Je le tiens des gendarmes.

— Je ne fais que le messager et la coordination des maquis qui s'organisent un peu partout dans les montagnes. J'utilise la camionnette, je charge quelques colis et je dis que je vais livrer des clients. Bien entendu, je fabrique des faux bordereaux de livraison.

Il fallait bien que Clémence justifie ses nombreuses absences.

10

Une cité industrieuse

Fin 1940-1941

UNE GUERRE BIZARRE, dite d'occupation, s'installait dans le pays et semblait faite pour durer une éternité. On ne savait pas ce qu'on attendait. Certes, on attendait la libération... mais quand et comment ? La loi du plus fort (l'Allemand) réglait le quotidien du plus faible (le Français). Chez les occupés, c'est-à-dire les faibles, on trouvait une ribambelle de populations disparates qui, toutes, vaquaient dans leur monde particulier : il y avait les muets, les disciplinés, les sages, les collabos, les magouilleurs, les trafiquants, les excités, les dociles, les résistants, les Juifs errants ou pas, les voyous, les fuyards, les repris de justice... Une faune hétéroclite qui, vue de loin, subissait l'envahisseur ou en profitait.

Le sieur Zacharie Vallon, maître confiseur à Apt, avait pris sagement la succession de son père depuis une bonne dizaine d'années. Individu de corpulence menue, le crâne pelé comme un œuf, le nez pointu et l'œil fuyant, seul son argent compensait ses imperfections. Bourré d'une ambition démesurée et d'une immense envie de se venger contre cette nature qui l'avait puni à la naissance, il en voulait à tout le monde mais usait d'hypocrisie du lever au coucher pour masquer sa hargne. Il vivait et se comportait en véritable industriel. Son usine était engoncée dans les ruelles du centre-ville d'Apt et peu à peu il transférait l'essentiel de ses activités dans les locaux, plus vastes, des Ets Jussaume, qu'il avait rachetés en 1935. Racheté est un euphémisme, car il avait profité de ses liquidités et de la naïveté de la fille unique du défunt pour acquérir les Ets Jussaume pour un prix dérisoire. Feu Jussaume, usé par la maladie, avait laissé son affaire péricliter. Charles Villeroy, notaire à Apt et vieil acolyte de Zacharie depuis les bancs de l'institution scolaire d'obédience jésuite, avait contribué à faciliter cette acquisition-entourloupe. Zacharie Vallon demeurait dans la commune de Lumières et effectuait les allers-retours (une quinzaine de minutes) avec une Citroën Traction berline blanche. (Son épouse avait la même mais version cabriolet : deux portes et décapotable.) Il habitait le très agréable manoir des Mille Roses, reçu en dot (avec des terres et des champs de cerisiers par-ci par-là) de sa chère épouse qui, de nature, pratiquait le sybaritisme et la procrastination, grâce à un personnel de maison nombreux, efficace et bon marché. En ce temps-là, Maryvonne Vallon était au tout début de sa grossesse, et cet état ne lui déplaisait pas, car il conférait une espèce de solennité à sa personne, et son nouveau statut de reproductrice justifiait son oisiveté naturelle et son goût pour toutes sortes de divertissements et de caprices. Maryvonne Vallon était au sommet de sa splendeur. Son charme et sa désinvolture contrastaient avec la gravité et la disgrâce de son époux. Un couple dépareillé, à l'image de Fernand et Clémence Notin. D'aucuns ayant l'esprit mal placé auraient pu conclure que seule l'épaisseur du portefeuille donnait accès aux plus belles femmes, peu importait le minois et l'allure des prétendants.

Zacharie Vallon, précurseur de certaines méthodes testées dans ses ateliers, venait de faire l'expérience d'une découverte fondamentale dans l'histoire des fruits confits. Le stockage et les cuves en béton.

Tous les fruits sont de saison. Passé la saison : terminé. L'important est donc de conserver les fruits en l'état pour pouvoir procéder au confisage hors saison. Autrement dit : comment travailler tout au long de l'année et non seulement pendant la cueillette ?

Un fruit mûr pourrit très vite, et le bigarreau, même s'il est plus résistant, obéit à cette règle naturelle. Si on verse des fruits dans une cuve vide, ils vont s'écraser et pourrir. Si on verse ces mêmes fruits dans une cuve remplie d'eau, ils vont continuer à vivre (comme un bouquet de fleurs coupées) se gorger d'eau, se faner, leur peau va se craqueler et la fermentation va s'installer. Le contenu de la cuve serait perdu. En revanche, si on verse les fruits dans une cuve de ciment armé qui, auparavant, a été badigeonnée de paraffine bouillante et remplie à moitié avec de l'eau soufrée et recouverte par une dalle amovible, on obtient une citerne fermée munie d'une surverse et d'une vidange de fond qui permettra de la vider. Il faut s'assurer que l'on dispose d'une arrivée d'eau et d'une évacuation de l'eau soufrée (agressive, rejetée en rivière à l'époque). Les confiseurs ont donc vite compris qu'il fallait installer les cuves à l'extérieur car, dans les usines, il n'y avait pas suffisamment de place et les rejets d'eau soufrée étaient nauséeux et nocifs. Par ailleurs, on peut, avec cette méthode, installer des cuves en plein champ, à proximité des arbres fruitiers. Une telle avancée fit le bonheur de Zacharie Vallon, qui fut le précurseur de la cuve en ciment armé. Il en implanta dans toutes ses terres et put donc travailler toute l'année sur commande. Autrement dit, il pouvait confire des cerises et des abricots à Noël et conserver sa main-d'œuvre en toute saison. Il pouvait proposer un choix de fruits confits en toute période, préparer son carnet de commandes, son personnel, et fixer ses prix à l'avance. Une avancée considérable qui lui permit de prendre la tête du peloton des maîtres confiseurs et de surveiller les canards boiteux proches de la rupture financière en ces temps de guerre difficiles. Il put ainsi capter trois autres petites entreprises en difficulté et s'assurer de peser un poids énorme au sein de la très ancienne confrérie des maîtres confiseurs. À la fin de l'année 1941 (entre Noël et jour de l'An), aux élections quinquennales, il en devint sans surprise le grand maître. C'est avec fierté et orgueil que, lors de la cérémonie, tel un conclave, qui suivit le scrutin, il revêtit avec beaucoup de soin et de minutie sa nouvelle tenue d'apparat : la mitre d'évêque remplaça la barrette, la chape prélatice en soie rouge coiffée du chaperon d'hermine réservée au seul grand maître recouvrit l'aube violette de simple frère ; enfin, le grand collier vint parachever l'auguste habit du frère supérieur communément appelé « le grand maître » de la confrérie des confiseurs, dont l'acte de naissance remontait au Moyen Âge. Les récipiendaires se réunissaient une fois par trimestre pour un copieux banquet dans le salon privé de l'*Auberge provençale*, établissement gastronomique en son temps réputé, appelé restaurant des élites, situé sur les pentes du Grand Luberon, sur la route d'Aix-en-Provence. Au cours de ces libations, certaines décisions étaient arrêtées à la majorité absolue des membres présents ou représentés, telles que prix d'achat ou prix de vente minimum ou maximum de tel ou tel fruit, ou fixation du tarif horaire des équeuteuses et dénoyauteuses... En fait, la confrérie fonctionnait comme un véritable ordre professionnel. Les pouvoirs du grand maître, dans et hors la ville, étaient équivalents à ceux du maire. Il régnait sur la moitié des familles de la cité, qui dépendait financièrement du « confisage ».

Zacharie Vallon était un homme jeune, riche et heureux. La mobilisation, par un drôle de hasard (ou un savant calcul médical ?) l'avait oublié. À juste trente ans, il arborait déjà la mitre, sa jolie épouse Maryvonne était enceinte et couvait le futur grand maître des confiseurs de demain. Il lorgnait vers la mairie de Goult et, pourquoi pas, vers la députation mais, seul hic au tableau, il avait une sale gueule, et même en arborant un sourire ridicule il était encore plus déplaisant. Il regrettait que les fonctions de maire et de député se déroulent au suffrage universel et que le cens (le montant versé au titre des taxes foncières pour bénéficier du droit de vote) qui régissait les élections sous la monarchie ait disparu.

Zacharie bénéficiait du concours et des aides financières de son grand ami d'enfance Jean-Hugues Poursieu de Cambize. Celui-ci demeurait avec sa famille dans une confortable maison sise au fond d'un parc face à la cave coopérative vinicole de Lumières. Ingénieur forestier spécialisé en végétation équatoriale, il passait le plus clair de son temps en Guinée-Conakry, où il « s'occupait » des forêts et commandait à une véritable troupe indigène. On ignorait en quoi consistait sa tâche. Donnait-il des conseils aux peuples africains ou ordonnait-il la coupe sauvage des baobabs et des palmiers ? En tout cas, il n'avait pas les mains calleuses. Son épouse, qui ne travaillait pas et s'ennuyait toute la sainte journée, au seuil de l'année 1941, attendait, elle aussi, un enfant. Hortense Poursieu de Cambize avait exposé à son mari, lors d'une de ses rares visites, son ardent désir d'enfanter.

— Tu comprends, Jean-Hugues, je dois prouver à toutes et tous que je suis une vraie femme et que nous avons des rapports amoureux comme un vrai couple qui s'aime. Le mieux pour les faire taire est que nous fassions un enfant ensemble. Ça leur coupera la langue.

— Comme il te plaira, ma chère Hortense. Mais tu sais que ça ne changera rien à mes habitudes.

— Peu m'importe que tu forniques et que tu t'affiches avec tes négresses au gros cul de jument affublées de mamelles de vache laitière dans toute l'Afrique ; ce qui compte, c'est que je sois, dans mon village, considérée comme une femme digne et regardée avec respect.

La fin de l'année 1940 fit de ce millésime une année fertile (pour les naissances).

Pour cette frange étroite de la population aisée, l'Occupation ne se passait pas trop mal. Surtout dans le Sud, la France soi-disant inoccupée. Elle mangeait à sa faim sans aucun problème et disposait des mets les plus variés pour préserver l'équilibre sanitaire, surtout celui des femmes enceintes.

Il restait des fruits confits de Noël dehors, sur le rebord de la fenêtre, et le premier de l'An était encore tout frais quand Angèle frappa comme une folle à la porte de la maison des Notin un soir de janvier 1941. Elle paraissait épuisée et lasse de marcher. Elle tirait un baluchon plus qu'elle ne le portait. Clémence, malgré l'heure tardive, ouvrit sans questionner l'intrus. Quelle ne fut pas sa surprise de découvrir sa sœur cadette sur le pas de la porte ! Angèle faillit vaciller, Clémence la réceptionna dans ses bras et la remorqua jusqu'au canapé, où elle l'allongea. La scène demeura ainsi, figée comme un instantané. Angèle s'endormit profondément, comme quelqu'un qui manque vraiment de sommeil, sous les yeux de sa sœur et le regard absent d'Hyacinthe Notin, cloué sur son fauteuil d'infirme et logé dans une encoignure de la pièce tel un élève au piquet. Le vieux Notin ne parlait plus depuis longtemps et tenait de moins en moins de place. Il tentait de passer inaperçu parmi les siens. Seul son fils Fernand le saluait et lui adressait la parole à la sauvette, comme s'il attendait une réponse. Celui que la ville avait baptisé Cyrano faisait comme s'il ignorait la décrépitude du moribond. Il faut dire qu'ils ne faisaient que se croiser quelques minutes le matin et le soir. Albertine lui donnait sa soupe et allait le mettre au lit. Le matin, la brave servante le levait, le badigeonnait avec un gant de toilette, l'habillait et le posait de son mieux sur son fauteuil, telle une momie.

— Je pense pas qu'il passera l'année, disait-elle à haute voix. Le vieux captait ces paroles et clignait des yeux comme pour lui donner raison, sauf qu'elle annonçait déjà la même prophétie l'année dernière et que le père jouait les prolongations.

Albertine était friande de dictons, proverbes et autres prédictions populaires. C'est ainsi qu'à la vue du gonflement du ventre de Clémence elle répétait à qui voulait l'entendre :

— Que voulez-vous, quand un être apparaît, un autre disparaît. C'est la nature qui le veut.

Il est évident qu'en présence du vieux Hyacinthe ce genre d'annonce jetait un froid, mais la domestique s'en fichait éperdument.

Clémence accueillit sa sœur du mieux qu'elle le put et lui donna du travail, le gîte et le couvert. Angèle avait onze mois seulement de moins que sa sœur. Le père Massard avait rentabilisé le retour de couche. Angèle annonça qu'elle avait mis cinq journées entières pour venir de Clermont-Ferrand. Clémence ne posa aucune question de plus à sa sœur, elle savait. Demander les tracas qu'elle avait traversés eût été faire preuve de voyeurisme. Angèle ne ressemblait en rien à Clémence. Légèrement plus grande que son aînée, plus nerveuse, un brin garçon manqué, elle avait assumé les coups et les brimades du père jusqu'à l'épuisement devant l'impuissance et la faiblesse du frère aîné, alors cette fois elle avait eu le courage de partir. Avec un seul but, rejoindre Clémence. Aucun autre refuge. Angèle ressemblait à un cheval fougueux, un fier étalon dont la longue chevelure fauve ondulait sur ses épaules comme une crinière. Elle avait visiblement souffert, elle toisait les autres comme si elle lançait un défi permanent au monde ; en même temps, il émanait de son regard gris vert de félin un quelque chose d'angélique où surgissaient, par intermittence, des flèches d'une sensualité bestiale.

Au bout de quelques jours d'inactivité, Angèle tourna en rond. Personne ne le sut, même pas Albertine, mais c'est avec Hyacinthe qu'elle fut la plus loquace. Angèle profitait du fait que tout le monde soit absent pour s'asseoir à côté du vieux. Elle lui prenait délicatement le poignet et se mettait à lui parler de tout et n'importe quoi. Hyacinthe ne répondait jamais à la jeune fille, il se contentait de la regarder et de l'écouter pendant un temps infini. Il était devenu un exutoire muet et consentant.

Un après-midi, Clémence, assommée par une migraine carabinée, rentra plus tôt. Elle poussa inopinément la porte du petit salon sans prévenir et trouva Angèle assise près du vieux. Angèle sursauta et se leva dans la seconde. Clémence anticipa la réaction de sa cadette.

— J'ai un mal de tête affreux, va me chercher un verre d'eau, s'il te plaît, je vais prendre mes cachets sans plus attendre.

Angèle quitta la pièce et, avant qu'elle ne revienne, Clémence regarda le père dans les yeux. Il pleurait à chaudes larmes.

Le ventre de Clémence prenait de plus en plus de place, rendant Fernand Notin gai comme un pinson à la simple idée d'avoir très prochainement son fils. En revanche, l'ampleur de son abdomen nuisait à Clémence et l'empêchait de vaquer à ses occupations physiques comme il lui plaisait.

Son intérêt premier demeurait l'usine. Elle devait honorer les commandes qui peu à peu affluaient de tous les coins et recoins du monde, surtout des États-Unis d'Amérique, du Brésil, du Mexique et d'Argentine. À l'usine, les bacs chauffés au bain-marie emplis de fruits confits tournaient à fond. Le compartiment dragées et nougats qu'elle avait créé pour suppléer la baisse d'activité en 1939 continuait de produire en moindre quantité mais faisait la différence à la fin du mois. Elle s'en sortait plutôt bien.

En seconde position, après le boulot, son investissement en temps pour le maquis de la montagne de Lure et son rôle de messager-médiateur pour le compte d'Henri Lecourtois (surnommé Geronimo) avec les autres maquis lui faisait souci. Elle ne pouvait plus se déplacer aussi facilement qu'au début. L'encombrement de son ventre était devenu un réel handicap et elle ne pouvait plus prendre de risque avec un enfant dans ses entrailles. Elle savait que la réussite de ses missions résultait de la totale confiance que Geronimo avait placée en elle. Un rôle difficilement transmissible à quelqu'un d'autre. À moins que...

Quand elle repensait à sa première visite en mairie de Roussillon pour y rencontrer le maire, Henri Lecourtois, qui avait prévenu qu'il serait seul pour la recevoir, Clémence s'était imaginé tout un film.

En effet, il désirait lui parler de quelque chose de personnel et secret, mais ce n'était pas au sexe qu'il faisait allusion, c'était à la Résistance. Il lui avait expliqué qu'un général français, depuis Londres, poursuivait la guerre et qu'il appartenait aux Français de l'accompagner dans cette entreprise immensément digne mais laborieuse.

— Ce bonhomme est la survie de la France. Il est notre seule issue de secours. Il est notre Moïse, avait-il clamé avec passion.

Joignant le geste à la parole comme un adolescent, lors de ce déjeuner en tête à tête, il l'avait conquise et lui avait communiqué sa fougue. Clémence s'en était retournée convaincue et animée d'un profond désir de servir. À aucun moment Lecourtois, contrairement à ce qu'elle craignait, n'avait tenté d'abuser de la situation et de la mettre dans son lit. Au fil des mois, Lecourtois avait fait d'elle sa plus proche collaboratrice. Les petits chefs des trois maquis indépendants qu'il contrôlait écoutaient et obéissaient à cette jeune femme les yeux fermés. Elle était leur supérieur ; en matière d'organisation et de prise de décision, Clémence était l'efficience même. Jamais prise au dépourvu, elle avait toujours *la* bonne solution ou *la* bonne idée au *bon* moment. Elle était plus que l'émanation du chef de réseau sur le terrain, elle était devenue incontournable.

À présent, son ventre nuisait de plus en plus à ses déplacements, s'installer derrière le volant de la camionnette commençait à poser problème, et Fernand, qui lui accordait une complète liberté de mouvement, l'avait néanmoins mise en garde à différentes reprises : « La santé de l'enfant avant tout ! Pense à notre fils. »

De Gaulle mettait l'Empire colonial français tout entier à contribution, il souhaitait faire d'Alger la capitale de la France libre et il préparait le terrain. Alertés, des mouvements de troupes ennemies se dirigeaient vers le Maghreb et toute l'Afrique du Nord pour contrer cette opération ; les territoires du sud de la métropole s'animaient et voyaient défiler une concentration des forces allemandes et italiennes vers les ports de la Méditerranée *via* la Libye et la Tunisie. Il appartenait à la Résistance, seule force présente sur le terrain, sinon d'empêcher du moins de retarder l'avance des armées ennemies. Certaines actions des maquis, montées de main de maître et réglées au millimètre, frôlaient l'inconscience. L'important était de frapper l'ennemi par n'importe quel moyen. En ce domaine, Clémence avec ses neurones et Maurice, sur l'autre versant des Monts de Vaucluse, avec la mise au point de ses étincelles magiques, donnaient le maximum d'eux-mêmes.

Au début du mois de mars, Clémence ressentit de violentes douleurs au côté, elle dut s'aliter trois jours. Fernand, affolé, appela aussitôt le médecin, qui prescrivit un repos total. C'est alors que dans la tête de la jeune femme germa l'idée d'Angèle. Sa sœur avait intégré l'usine sans montrer un grand enthousiasme pour la fabrique des fruits confits. Déjà blasée en la matière par un travail identique chez son père, elle aspirait à autre chose. Quand Clémence la fit appeler dans sa chambre, Angèle l'écouta sans broncher. Entrer dans la Résistance ne déplaisait pas à un cheval fougueux tel qu'Angèle. Clémence dut canaliser sa fougue et son énergie et la mettre en garde contre les avances probables d'Henri, qui considérait toute femme sous ses ordres comme une domestique corvéable à merci.

Il s'imaginait (en rêve) bénéficier, comme tout seigneur, du droit de cuissage.

— Comment veux-tu que je conduise la camionnette ? Je n'ai pas de permis. Père a refusé de me présenter à l'examen.

— On te donnera de faux papiers, ne t'inquiète pas. Dès que je vais me sentir mieux, je t'emmènerai à la Bergerie.

— C'est quoi ?

— Une vieille masure perdue dans la forêt. Le siège des maquis. Je te présenterai à Geronimo et à tous les autres. Tu arrives au bon moment, on est en train de tenter une union avec nos collègues de Gordes et Fontaine-de-Vaucluse. Une rencontre entre les responsables doit se tenir la semaine prochaine, car un grand chef va débarquer de Londres à la fin du mois. Un émissaire de de Gaulle. Tu te rends compte !

C'est ainsi qu'Angèle remplaça Clémence au pied levé. Ça n'était pas pour lui déplaire, car elle se sentait plus attirée par l'aventure au grand air que par l'atmosphère moite, humide et étouffante de l'usine.

L'avion du grand chef dépêché par le Général se posa juste avant l'aube sur la piste de l'aéroclub cavaillonnais, entre Cheval-Blanc et Cavaillon, à quelques kilomètres de Gordes. Il ne vint pas sans rien : des grosses caisses furent déchargées. Il fallut faire appel à un camion planqué derrière les platanes pour les emporter. Des armes et des munitions. Le grand chef en question, en fait, était le plus proche adjoint de Rex (Jean Moulin), le « big boss » de tous les réseaux œuvrant dans le pays, le bras droit du Général. En plus des colis qu'il avait apportés, il serrait une petite serviette en cuir marron flétri par les ans. Geronimo l'attendait au volant d'une Citroën Traction noire. Il était accompagné du Castor et de Firmin, dit « le Muet », deux maquisards qui ne se séparaient jamais de leur mitraillette et qui se trouvaient là en couverture. La mission du grand chef, surnommé « le Capitaine », que Geronimo présenta à tous les résistants regroupés pour la circonstance dans l'étable aveugle de la ferme de la Montagnette, était double.

Premièrement, acheminer les armes et explosifs et ventiler l'argent convenu aux différents chefs de réseau ; deuxièmement, le capitaine devait escorter en personne jusqu'à Marseille un peintre juif français, qui répondait au nom de Marc, et son épouse recherchés par les nazis et qui résidaient à Gordes. Pour ce faire, le capitaine avait besoin d'un véhicule et d'un compagnon qui connaisse bien la région. Le trajet s'effectuerait si possible de nuit et l'opération devait se dérouler le plus vite possible.

Le dîner préparé par les maquisards regroupés pour la circonstance s'éternisa plus que d'habitude. La cause suprême rapprochait ces hommes de milieux différents. Ils ignoraient de quoi demain serait fait. Ils vivaient au présent, et le présent passe tellement vite quand on est bien ensemble.

Angèle rangea sa bicyclette dans la remise des Notin un peu avant minuit. En se mettant au lit, elle repensa à ce capitaine si proche du général de Gaulle. Elle le trouvait énormément jeune pour occuper une telle fonction au niveau national dans la Résistance. Elle le trouvait beau, grand et charismatique, et doté d'une voix grave et prégnante qui galvanisait l'atmosphère. Il suffisait qu'il ouvre la bouche pour que tout le monde se taise. Il devait tout au plus avoir dans les vingt-cinq ans. À peine plus que son âge.

Le téléphone sonna, réveillant toute la maison. Clémence décrocha. La conversation ne dura même pas une minute. Dans l'instant où elle raccrocha le combiné, elle pénétra dans la chambre de sa sœur et alluma le plafonnier sans prévenir.

— Prends la grosse camionnette et retourne vite d'où tu viens. On t'attend. C'est urgent.

— C'était qui ?

— Henri. Je prépare du café fort et le bordereau de livraison pour le voyage. J'ai fait le plein, tu pourras rouler tranquille. N'oublie pas tes papiers et ton permis.

11

Une année fertile

1941

QUAND ANGÈLE PÉNÉTRA dans la cour de la Montagnette, quelque part à côté de Gordes, Henri l'attendait sur le seuil, devant l'étable. Le capitaine se tenait à ses côtés, les mains dans les poches de son pantalon, une cigarette pincée entre ses lèvres. Geronimo le dépassait d'un demi-front seulement, preuve que l'envoyé du Général était grand. Angèle l'avait mal évalué au dîner, il était resté assis la plupart du temps. Henri s'avança vers le véhicule et s'accouda à la portière, empêchant Angèle de descendre.

— Tu vas accompagner le capitaine chez ce M. Marc, car il a une quinzaine de caisses contenant des toiles, des peintures et des tableaux qu'il tient à emporter. Il doit y en avoir pour plus de trois cents kilos. Le Muet et le Castor vont charger le camion après avoir installé un siège pour Marc et sa femme à l'avant du plateau, contre la cabine. Le chargement les dissimulera. Il ne te faudra pas traîner en route, sinon ils risquent de paniquer au milieu des caisses.

— Pourquoi, on va où ?

— À Marseille.

— À Marseille ! Tu te rends compte, ça fait plus de cent bornes, va falloir au moins deux heures.

— T'inquiète pas, tu connais la route, ça fait deux mois que t'y vas deux fois par semaine pour le boulot. Clém t'a donné les papiers pour la marchandise ?

— Parce que tu l'appelles Clém, maintenant ! répliqua Angèle en arborant un sourire canaille.

Geronimo ignora la remarque, il poursuivit :

— Pas la peine que tu repasses par ici, le Castor et le Muet se débrouilleront pour rentrer dès que M. Marc, sa femme et le chargement seront dans le camion. Ensuite, vous deux, vous foncez à Marseille. M. Marc est attendu, le capitaine connaît l'adresse. Je lui ai donné des papiers, en cas de contrôle il travaille avec toi, c'est ton manutentionnaire. T'inquiète pas, ça va aller comme sur des roulettes.

C'est ainsi qu'à plus de 1 heure du matin le camion de Notin et Fils prit la route de la cité phocéenne. Angèle était au volant, elle actionnait le levier de vitesses comme une vrai pro. À ses côtés, le capitaine, vêtu de son blouson de cuir marron aussi usé que sa serviette, qu'il tenait précieusement sur ses genoux. Derrière, entre les ridelles recouvertes d'une bâche, assis sur une banquette cachée derrière une montagne de caisses contenant toiles et autres peintures, un couple de Juifs d'une cinquantaine d'années fuyait le nazisme et la France pour les États-Unis, *via* l'Espagne et le Portugal.

Quelques kilomètres après le départ, le capitaine ouvrit la bouche le premier, il questionna Angèle :

— Vous passez par où ? Ce n'est pas la nationale 7 ?

— Non, capitaine. L'entreprise qui m'emploie est à Apt. Pour se rendre à Marseille, je passe par Pertuis, Venelles et Aix. C'est le plus court. Un autre itinéraire, en cas de contrôle, serait suspect.

— Vous avez raison, Angèle. C'est très juste. Je vous propose de nous tutoyer, après tout je ne suis pas votre aîné de beaucoup.

— J'ai vais avoir vingt-deux ans.

— Moi vingt-cinq, Angèle... Excuse ce dérangement ce soir, mais on a dû gérer l'imprévu. On ne savait pas que M. Marc avait tout ce chargement. Impossible avec la Traction, alors Geronimo a pensé à toi, car tu disposes du camion et du téléphone. Il ne savait plus qui joindre en pleine nuit. Reporter cette opération était trop risqué.

Le contrôle de police intervint à l'entrée de Venelles, un petit village situé à quelques kilomètres d'Aix-en-Provence. Angèle ralentit, stoppa le camion sur le bas-côté et descendit la vitre. Elle présenta les papiers du véhicule, sa carte d'identité et le capitaine en fit de même. Ensuite, l'un des policiers demanda à voir la cargaison. Angèle descendit du véhicule, passa à l'arrière avec les deux gendarmes et souleva la bâche. Le faisceau de la lampe électrique balaya la cargaison et s'infiltra entre les caisses, jusqu'à la banquette installée à l'avant qui servait de siège au couple de Juifs. Les fuyards, de peur, s'enlacèrent pour ne former qu'une silhouette. Très vite, le noir revint et la bâche arrière retomba. Angèle récupéra les documents et remonta dans le camion en claquant la portière.

— Que leur as-tu raconté ?

— Que j'allais au port décharger un voyage de fruits confits chez notre transitaire et que je retournais vite fait à Apt en charger un second pour être de retour avec le reste de la marchandise avant 5 heures du matin, car le bateau pour Tunis et Le Caire larguait les amarres à 6 heures.

— Très bonne idée.

— Ce n'est pas une idée. C'est la vérité. J'ai l'habitude. Ça m'a coûté deux boîtes de fruits confits. Une pour chaque flic. J'ai toujours des échantillons au fond de la camionnette.

— Très bonne idée.

— Tu l'as déjà dit. À part ça, on va où exactement, capitaine ?

— On prendra la direction de l'hôpital Laveran, c'est un hôpital militaire. De là, on filera jusqu'à l'avenue Lombard, quartier La Pomme. C'est tout droit. Je t'indiquerai le moment venu, c'est très facile, surtout de ces heures.

Cette nuit-là, Angèle emprunta des boulevards de la cité phocéenne qu'elle ne connaissait pas mais, surtout, elle découvrit l'immense bastide appelée « villa Air-Bel ». Longue et imposante bâtisse à deux étages d'une vingtaine de pièces, perchée sur la colline. Un havre de paix et de silence qu'on découvre à la sortie d'une allée majestueuse de platanes séculaires.

— C'est grandiose ! s'exclama-t-elle, émerveillée. On dirait un hôtel.

Le capitaine, visiblement en territoire connu, ne répondit pas. Il attendit que la jeune fille stoppe la camionnette devant l'entrée principale. Il contourna le véhicule, s'approcha d'Angèle, l'empoigna par le bras et tendit l'autre bras.

— Juste derrière cette haie de buis, il y a la mer. Dommage qu'il fasse nuit. C'est magnifique.

Ce mas grandiose fait partie de l'un des domaines des Castellane, une illustre famille de la vieille noblesse française. Ensuite, Angèle eut le plaisir et l'honneur de serrer la main d'un nommé Varion-Fry, un type jovial et accueillant avec un drôle d'accent d'outre-Atlantique.

— C'est un journaliste américain, le patron du CAS[1], il supervise le transfert des personnalités juives vers les États-Unis : les écrivains, savants, philosophes, artistes… tout ce que la France compte de Juifs célèbres et engagés. Albert Einstein est passé par ici il y a pas très longtemps. Et si on pensait à déterrer nos amis au fond de la caisse de ce camion ?

Une clarté aveuglante réveilla Angèle. Après plusieurs clignotements des paupières, elle parvint à ouvrir correctement les yeux, elle effectua un demi-tour d'inspection rapide de la pièce dans laquelle elle se trouvait. En fait de pièce, elle était dans une chambre, et plus exactement dans un lit. Elle ne reconnut absolument rien dans cette chambre entièrement blanche au mobilier spartiate, même le drap qui la recouvrait était d'un blanc éclatant. Elle fit un second inventaire et nota en tout et pour tout la présence d'une chaise, d'un petit bureau et d'un crucifix au-dessus de sa tête. Elle entendit le bruit d'un jet qui s'écoule. Comme celui

1. *CAS : Centre américain de secours, chargé de l'exfiltration aux États-Unis des artistes et savants recherchés par les nazis.*

d'une douche. Dans la seconde qui suivit, la tête du capitaine surgit de derrière un rideau.

— Alors, Angèle, on se réveille ! Il était temps. Il y a un soleil magnifique.

La jeune fille encaissa l'effet de surprise. Il lui fallut un temps pour répondre. Plusieurs questions affluaient et brouillaient son esprit, elle décida de procéder par ordre. (Ou par désordre ?)

— Quelle heure est-il ?

— Bientôt 10 heures. Du matin, je précise.

Le capitaine s'extirpa nu comme un ver de la cabine de douche et, en montrant son cul sans vergogne, fit quelques pas vers la chaise unique où s'entassait un méli-mélo de vêtements. Il mit la main sur son caleçon et l'enfila prestement.

— On a dormi à Marseille ? On est où exactement ?

Tout en interrogeant le capitaine, Angèle souleva le drap et s'aperçut qu'elle portait toujours sa culotte. En revanche, pas de nouvelles de son soutien-gorge.

— Nous ne sommes pas à Marseille, Angèle. Nous sommes à Lumières, plus précisément au couvent, et plus exactement dans un endroit secret du couvent. Désires-tu savoir autre chose ?

Le capitaine passa une chemise et vint s'asseoir sur le bord du lit, tout contre la jambe d'Angèle.

— Je t'invite à prendre une douche sans tarder et à te rendre au boulot, ton camion est derrière cette... annexe.

— Comment ça ? C'est vous... qui avez conduit au retour ?

— Je te signale qu'on se tutoyait avant ton grand sommeil, à plus forte raison depuis qu'on a couché ensemble. Qui veux-tu que ce soit ? Tu dormais comme un nouveau-né. À peine arrivés à Marseille, tu es remontée dans le camion pour aller chercher je ne sais quoi, tes cigarettes, je crois, on t'a plus revue. Tu t'es endormie sur le siège passager.

— Et après, c'est qui qui... qui... qui m'a...

— Que veux-tu savoir ? Qui t'a pris dans ses bras, portée du camion jusqu'ici, qui t'a ensuite déshabillée et qui t'a ensuite allongée sous les draps... et si enfin nous avons fait l'amour ?

Angèle, mal à l'aise, baissa les yeux et remonta le drap prenant soin de cacher sa poitrine. Elle susurra :

— C'est vrai ?

— Quoi ? À quoi penses-tu ? répondit le capitaine en enveloppant sa voix d'un brin de mystère.

— Nous deux... enfin, tu vois ce que je veux dire ? (Angèle éleva la voix pour masquer sa gêne.) Je me sens mal à l'aise... tu le vois pas ?

Le capitaine éclata de rire, excitant encore davantage Angèle. Il fit durer son plaisir.

— Ne t'énerve pas. Je me suis contenté de te mettre au lit, c'est vrai que, quand j'ai ôté ton soutien-gorge et que j'ai câliné tes seins, tu as émis un drôle de râle, comme si tu gémissais de plaisir, pareil quand j'ai caressé tes petites fesses...

— Espèce de salaud ! C'est pas vrai, t'as pas fait ça, dis-moi que c'est pas vrai !

Angèle leva les mains et lui martela le torse. Il sourit sarcastiquement et lui enserra fortement les poignets.

— Arrête, Angèle, calme-toi. Je ne t'ai pas violée, si c'est ce que tu veux savoir. Ce n'est pas dans ma nature. Peut-être que si tu t'étais réveillée... j'aurais...

— Qu'aurais-tu fait ?

Il se pencha sur elle et l'embrassa tendrement. De prime abord, la surprise fut de taille pour Angèle, puis elle participa activement à ce baiser. Quand il retira ses lèvres, il prononça doucement ces mots :

— J'aurais fait ça.

Ils récidivèrent aussitôt.

Quand ils furent prêts à quitter les lieux, le capitaine se rappela soudain un détail de l'épisode qu'ils avaient vécu cette nuit.

— Attends, Angèle, j'ai quelque chose pour nous.

Il sortit, elle entendit la portière de la camionnette claquer et, quand il pénétra dans la chambre, il tenait une toile sous chaque bras.

— Regarde, une chacun, c'est M. Marc qui nous les a offertes pour les avoir conduits à Marseille, lui, sa femme et toute sa cargaison de tableaux.

— C'est quoi exactement ?

— Des figurations de la persécution des Juifs, m'a-t-il dit. Une scène avec une femme, une autre avec un homme. C'est un petit format, mais sait-on jamais ? Choisis en une.

— Celle avec la femme qui pleure.

— D'accord. Je prends celle du type qui crie. On va les laisser ici, si tu veux bien. C'est un peu notre coin à tous les deux. C'est le père abbé qui m'alloue cette... cabane enfouie à moitié dans la roche au fond du parc. C'est ici que je dors quand je viens vers chez vous. À côté, il y a un petit débarras indépendant où les frères rangent le vieux mobilier, de la vaisselle désuète et l'outillage de jardin, mais il y a surtout, bien cachée dans le plancher, la trappe d'une cave immense qui sert d'entrepôt pour nos armes, nos munitions et nos explosifs en tout genre. Une galerie prolonge cette cave, cette galerie débouche sur la rive de l'Imergue et permet d'aller et venir sans être vu. Comme ça, si la Montagnette tombe, il restera cette planque pour continuer le combat. Je suis le seul à posséder la clef de la chambre ; regarde, je vais la cacher dans l'entaille de ce vieux cerisier. Tu pourras, si tu en as envie, venir patienter ici après-demain soir. Je suis attendu avec ça (il montra la sacoche) de l'autre côté du Ventoux. Geronimo m'accompagne, il est mon guide et mon alibi dans la région.

— J'ai déjà envie d'être après-demain. Envie de toi. Et toi ?

— Plus que toi, Angèle. Plus que tu ne peux l'imaginer.

Ils montèrent dans le camion dissimulé derrière la bâtisse.

— Je te dépose où ? demanda Angèle.

— À la Montagnette, le Prophète et le Muet m'attendent. Hier, Geronimo a distribué l'argent dans la montagne de Lure, aujourd'hui je vais le distribuer dans les maquis du Ventoux.

— Quel argent ?

— Le nerf de la guerre, Angèle. Hier, j'ai remis cinq cent mille francs à Geronimo pour nos amis. Dans ma sacoche, j'en ai encore autant à remettre. C'est grâce à Varion-Fry que nous avons perçu cette aide financière supplémentaire. Grâce au fric que certains pays amis envoient à Londres pour soutenir le Général.

— Ça fait beaucoup d'argent. C'est colossal !

— Comment crois-tu que fonctionne la Résistance ? Tout ça, c'est grâce à de Gaulle, et c'est grâce à l'argent qu'on emmène de Londres que nous parviendrons à faire l'unité de tous ces maquisards parfois divisés et souvent concurrents entre eux. Ils sont dépendants de nous parce que nous avons l'argent. Sans argent, ça serait l'anarchie.

Durant les deux mois qui suivirent, Angèle se rendit souvent dans la chambre de la cabane au fond du parc du couvent. Peu importait qu'elle doive parfois attendre son capitaine une heure ou deux allongée sur le lit. Elle ne sentait pas le temps passer et, quand la porte qui grinçait s'ouvrait et qu'il apparaissait enfin, aucun grincement au monde n'était aussi beau que celui de cette vieille porte de bois vermoulu.

— Qu'as-tu fait en m'attendant ?

— J'ai regardé les toiles de M. Marc. Je crois qu'à force de les regarder j'ai vraiment entendu la femme pleurer.

Angèle ne cherchait même plus à savoir comment il était arrivé jusqu'au couvent ni combien contenait cette sacrée vieille serviette en cuir fané que le capitaine transportait immuablement avec lui et qu'en arrivant il posait à ras le sol dans l'alignement des deux toiles de M. Marc.

Pendant ce temps, Fernand se contentait de travailler quelques heures le matin à l'atelier pour dispenser ses directives et vérifier l'adjonction savante de sirop lors des cuites successives. Il n'entrait même plus dans le bureau pour faire les comptes ; uniquement pour répondre au téléphone quand on insistait pour lui parler en personne. Clémence s'occupait de tout, et tellement mieux que lui ! Pourquoi se serait-il décarcassé davantage ?

Après la sieste, Fernand se rendait à pied dans un club de la ville pour y jouer au tarot (il avait horreur du bridge) avec quelques comparses acharnés puis, à l'heure de l'apéritif, il saluait tout le monde, coiffait son canotier et prenait la direction du *Café du commerce*, implanté sur la rive du Calavon, où il faisait une longue halte : son second foyer. Il vivait la grossesse de Clémence au ralenti, à son rythme de futur père qui avait délégué à sa femme l'essence même de son activité. À bientôt quarante-cinq ans, Fernand Notin s'était déchargé de tout ce qui l'encombrait. Heureusement qu'il allait être papa, se disait-il, sinon, il se serait même déchargé de sa vie. En définitive, l'opération casse-gueule qu'il avait vécue dans les champs de betteraves du nord de la France en compagnie du lieutenant Celyan demeurait la seule aventure de sa vie. Il en avait fait une épopée qu'il avait enjolivée et qu'il contait indéfiniment à qui voulait l'entendre. Il avait deviné l'activité occulte de sa belle-sœur, il soupçonnait Angèle d'avoir pris le relais de Clémence au sein de cette France insoumise qui se terrait dans l'ombre et qui n'avait jamais accepté la défaite. Lui, il avait fait son temps et donné de sa personne à la patrie. Il n'avait pas à rougir et pouvait circuler la tête haute. « Pas comme certains ici, on se demande bien pourquoi ils sont pas partis au casse-pipe. »

Ça, c'était l'attaque préférée de Fernand au club ou au bistrot en présence d'un planqué pistonné. Ce type de réflexion à voix haute déclenchait le silence général et, dans la minute qui suivait, on assistait au départ précipité d'un ou de plusieurs énergumènes. Alors Fernand pouvait terminer son discours ainsi :

— On respire mieux les amis, trouvez pas ?

C'était son petit côté vengeur.

Le fait qu'Angèle ait pris la suite de Clémence dans la Résistance le conforta, surtout à cause du petit qui n'allait pas tarder à arriver. Il n'aurait pas apprécié que sa femme prenne quelque risque que ce soit avant d'avoir mis son fils au monde.

— Après, si l'envie la reprend, elle fera comme elle voudra, claironnait-il en digne mâle prévoyant.

Et il ajoutait avec détermination :
— Après, seulement après la venue de mon héritier.

Au fil du temps, à quelques mois d'intervalle, les nouveaux venus sur cette terre firent entendre leur premier cri qui adoucit le climat maussade de cette année maussade.

12

L'enlisement

1941

Dès le début du mois de mai, Clémence ouvrit le feu la première. Elle mit au monde une jolie fille de trois kilos cinq. Une colossale déception pour Fernand Notin. À double titre. D'abord parce qu'il avait tellement espéré avoir un fils pour prendre sa suite qu'il avait fini par le croire et par s'y habituer. C'était comme si le monde s'écroulait. Terminé les rêves d'agrandissement et de transformation de l'usine. Pour qui et pour quoi faire ? Terminé ses rêves tout court.

Ensuite, Fernand n'était pas plus con qu'un autre et il maîtrisait les bases du calcul. Une grossesse dure neuf mois en principe ; il s'était servi de ses doigts pour effectuer un compte à rebours. Il se souvint être rentré de Reims fin septembre 1940. Il est vrai qu'il avait copulé aussitôt (sur l'empressement de Clémence). Une telle envie de sexe de la part de son épouse s'expliquait par une longue abstinence, quoiqu'il se souvienne qu'avant son départ Clémence n'était pas très portée sur la bagatelle, car c'était lui qui réclamait la chose au rythme pas très violent d'une fois par quinzaine. Un peu comme un gamin quémande son argent de poche à ses parents. En principe, le samedi soir, car le lendemain c'était dimanche et il se le levait une heure plus tard.

Parti de fin septembre pour son décompte, quand il changea de main il stoppa au huitième doigt, qui correspondait à la fin mai. Son fils aurait dû arriver fin juin au lieu de début mai. Il manquait un très gros mois de grossesse pour faire le compte, presque deux. La sage-femme et l'infirmière dépêchées sur place en pleine nuit pour assister son épouse avaient confirmé que l'enfant était « nettement » prématuré. Fernand se posait la question : « Qu'est-ce que c'est un nettement prématuré, exactement ? » Question qui en engendrait aussitôt une seconde nettement plus corsée : « Comment une fille de trois kilos et demi peut-elle être prématurée ? En supposant qu'elle aille à terme, elle aurait frôlé les cinq kilos ! » C'est cette deuxième interrogation qui tracassait le mental de Fernand et en induisait une troisième, la plus cruelle : « Était-il le père de cette gamine ? Autrement dit, Clémence avait-elle pris un amant en son absence ? » Une fille prématurée à deux kilos voire trois kilos en étant optimiste, ça passait ; mais à trois kilos et demi, voire quatre pour peu que la balance tremblote, ça faisait un peu bizarre. Même la plupart des garçons n'y arrivaient pas.

La population d'Apt allait (comme lui) s'interroger, mieux valait ne pas divulguer ce détail au-delà du domicile. C'est ainsi qu'il prit à part la sage-femme (une très bonne amie de Clémence, comme par hasard) et l'infirmière, qu'il n'avait jamais vue auparavant mais qui se rangeait aux ordres de la sage-femme, les priant de taire cette information. Le fait qu'il ait eu une fille suffirait à le faire passer pour un couillon dans toute la ville. Il entendait déjà les quolibets et les éclats de rire des habitués du club :

— Alors, Fernand, t'as tiré à côté ? T'as pas mis la dose suffisante ?

Clémence avait fait le même calcul que Fernand, à la différence qu'elle avait fait le compte bien avant lui ! Il n'y fit même pas allusion en regardant sa fille, Clémence n'eut même pas à trouver une justification. Fernand embrassa furtivement sa femme sur le front et ne prit pas le nouveau-né dans ses bras, prétextant qu'il était maladroit et qu'il n'avait pas l'habitude.

— Et toi, tu vas bien ? demanda-t-il par politesse.

— Oui, ça va. T'es déçu, chéri ? Je sais que t'aurais préféré un garçon, mais seule la nature dicte sa loi. Je suis désolée.

— Tu vas l'appeler comment ?

— J'ai pensé à Éliane, c'est joli, Éliane. Et toi, t'as une idée ?

Il fit non de la tête. Il avait tellement rêvé de son petit Marius qu'il s'en foutait complètement. Qu'elle l'appelle Gertrude ou Berthe lui importait peu. Il n'avait même pas imaginé un prénom féminin. Il resta silencieux et quitta la pièce.

— Je te laisse, repose-toi.

Dans le salon, sur son fauteuil, le vieux écarquilla les yeux comme des pastèques quand il apprit la nouvelle, mais cette fois il entrouvrit aussi la bouche façon cul-de-poule pour accentuer le gigantisme de sa stupeur et de sa désolation. Il allait partir sans un héritier mâle ! Un vrai désastre. Hyacinthe attendit quelques jours pour quitter cette terre.

— Par politesse, précisa Fernand à la cantonade.

Et il ajouta, au cimetière, à voix haute à l'intention de ses quelques amis (Clémence, encore alitée, n'avait pas pu accompagner son beau-père) :

— C'est la contrariété qui l'a achevé.

Albertine eut le dernier mot. Elle marmonna sa diatribe préférée :

— Un être apparaît, un autre disparaît. (En patois à l'époque.)

Le surlendemain, Fernand se rendit en mairie pour déclarer la naissance de sa fille en énonçant les deux prénoms et les deux noms : Éliane, Fernande Massard-Notin.

— Tu me montreras le certificat de naissance en revenant, y a intérêt à ce que les deux noms y figurent, et celui de Massard en premier.

Les instructions de Clémence avaient résonné comme un ordre. Fernand s'était docilement exécuté, trop heureux qu'elle ait daigné l'honorer en attribuant le prénom de Fernande en seconde position. Le sien. En revenant du cimetière, il fit une halte à l'usine sans trop savoir pourquoi. Il leva les yeux et aperçut la grande enseigne. Il songea qu'il était temps, à présent, de modifier l'enseigne ! Notin et Fille. À son âge, l'espoir de remettre le couvert avec Clémence n'était que chimère.

Quelques semaines plus tard, à Lumières, Maryvonne Vallon accoucha (à terme) également d'une fille prénommée Marie-Chantal, un beau bébé à ce qu'en dirent les visiteurs, avec de beaux cheveux blondins, comme sa mère. Dans la foulée, Hortense Poursieu de Cambize mit au monde un garçon potelé et plus grand que la moyenne appelé Pierre-Hugues. Tous les Poursieu de Cambize, depuis la nuit des temps, possédaient un double prénom composé avec Hugues.

Les mamans et les enfants, malgré les temps difficiles d'occupation-restriction, se portaient admirablement bien et ne manquaient de rien. Pour la circonstance, Jean-Hugues l'Africain se montra dans le village chez Boucicot et chez Maurice, garagiste intérimaire en lieu et place de Pichadot, au volant de sa superbe automobile, pour une vidange. Son épouse, Hortense, ne tarda pas à parader tête haute dans le village, elle venait de mettre un fils au monde, preuve que son mari ne la délaissait pas et que les ragots qui circulaient sur la séparation du couple étaient erronés. Elle était (en apparence) une femme comblée. Hortense Poursieu de Cambize avait remisé son automobile ; dorénavant, elle pilotait un superbe landau pour parcourir la distance qui la séparait du village. Pour elle, seules comptaient les apparences.

À Apt, Fernand Notin affichait une apparence de desperado, on aurait dit qu'on l'avait dépouillé corps et biens. Il passait de moins en moins de temps dans ses ateliers et de plus en plus au bistrot à ruminer sur le dernier coup bas que le destin venait de lui asséner. Parfois, il ruminait à haute voix et s'en prenait à Dieu et à tous les saints :

— Vous m'avez cabossé la gueule, vous m'avez rendu infirme, mais ça ne vous suffisait pas, il a fallu que vous anéantissiez mon avenir. Vous m'avez volé mon fils, vous avez assassiné mon nom et ma descendance.

Parfois, quand l'alcool s'ajoutait au chagrin, il pleurait ou il hurlait comme un condamné à mort.

Clémence mesura la peine de son époux et la respecta. Bizarrement, après la naissance d'Éliane, les époux Notin s'éloignèrent physiquement et sexuellement mais se rapprochèrent professionnellement en même temps qu'une espèce de complicité, d'affection, de respect, d'amitié particulière s'installèrent entre eux ; comme une convention secrète d'assistance. Ainsi que l'avait stipulé le maire à travers le Code civil lors de la cérémonie de mariage : « Les époux se doivent mutuellement fidélité secours et assistance. » Le couple Notin avait scrupuleusement respecté la seconde partie du contrat, faisant fi de la première.

Clémence, de par sa nature dynamique, fut très vite sur pied. Ça lui prit du temps, mais elle parvint à dénicher une nounou à temps complet ; logée, nourrie, blanchie et exclusivement affectée à sa fille Éliane à toute heure du jour et en tous lieux. Elle se prénommait Suzanne, elle était à demi-veuve et sans ressources. Elle avait vingt-deux ans. Issue de l'Assistance publique, elle vivait depuis un an maritalement avec un brave jeune homme qui exploitait une petite forge à l'entrée de la ville et venait de se mettre à son compte. Le forgeron n'avait pas eu la « chance » de Fernand, la bataille de la Marne l'avait emporté. Suzanne avait essayé tout d'abord d'aiguiser quelques couteaux et quelques lames, en vain. Ensuite, elle s'était adressée aux administrations pour tenter d'obtenir une rente de veuve, faisant valoir par divers témoignages son année de vie commune avec le vaillant soldat, mais, hélas, on lui fit savoir qu'officiellement elle n'avait aucun lien officiel avec le disparu. Dans la foulée, Suzanne avait été expulsée par le propriétaire, Clémence sauta sur l'occasion. Elle se faisait fort de transformer une apprentie maréchal-ferrant en excellente nurse, d'autant que Suzanne savait lire, écrire, compter et que son seul bagage était une bible.

Au début, la pauvre Albertine, qui venait de perdre son unique client (feu Hyacinthe), peinait à trouver une nouvelle fonction dans la maison Massard-Notin. Elle ne savait plus très bien à quoi occuper tout son temps une fois le ménage et la cuisine bouclés, et surtout elle ne savait plus qui était son vrai patron. Monsieur ou madame ? Albertine prit ombrage de l'arrivée de Suzanne. Le fait que Clémence embauche cette nouvelle et jeune personne l'affola. Elle eut peur de perdre sa place et de se retrouver jetée à la rue ; elle savait pertinemment que seule Clémence commandait à la maisonnée comme à l'usine. Fernand ne lui serait d'aucune aide et ne lèverait pas le petit doigt pour sauver sa tête. Albertine s'aperçut très vite que ses préoccupations étaient vaines ; elle devait suppléer la nurse dans certaines de ses tâches et prendre soin du bébé quand Suzanne s'absentait de la pièce par obligation. Albertine fut chargée de laver et repasser tous les jours le linge et les vêtements d'Éliane, de préparer les biberons conformément aux instructions de Clémence, et d'aller si besoin à la pharmacie, chez l'herboriste et chez l'épicier à n'importe quel moment, car Suzanne ne devait pas quitter le bébé des yeux en l'absence de sa mère. En définitive, Albertine avait encore plus de boulot qu'avant et la tâche était plus variée, ce qui n'était pas pour lui déplaire. En plus, elle préférait les cris et les pleurs d'enfant aux grimaces, aux borborygmes et aux flatulences du pauvre Hyacinthe.

La confiserie Notin marchait bien et mal à la fois. Clémence était satisfaite et insatisfaite. Satisfaite car les commandes et les nouveaux clients, grâce au fichier de Lecourtois, se manifestaient à un bon rythme. Elle n'avait pas eu à effectuer les relances commerciales qu'elle avait préparées. De ce côté-là, tout allait bien ; en revanche, le matériel de l'entreprise était vieillot et obsolète ; elle avait sollicité Fernand à maintes reprises pour acquérir de nouvelles machines à découper les cubes fabriquées en Italie et en Allemagne. Une seule machine valait la moitié du prix d'une belle automobile, mais elle remplaçait une dizaine d'ouvrières. La mode (et le prix) des fruits confits et autres pâtes en cube s'intensifiait, une machine à découper s'imposait. La dimension des cubes pour cakes était de douze millimètres et des demandes encore plus réduites arrivaient, les fabricants de glaces réclamaient même des cubes de six millimètres ! De même pour l'arrivée des étuves-tunnels qui peu à peu remplaçaient les bacs chauffés au bain-marie énergivores.

Toutes ces nouvelles techniques s'imposaient pour survivre. Elles supposaient un investissement considérable et Fernand refusait d'ouvrir le coffre-fort des Notin. C'était sa façon à lui de manifester son mécontentement.

En cette période de guerre, le crédit bancaire était à l'arrêt, sauf si vous attestiez de contrats signés avec la puissance ennemie. Les établissements bancaires se contentaient de gérer les économies de quelques familles fortunées en ne prenant aucun risque. « Argent pas prêté, argent pas perdu » : telle était la maxime chère aux banquiers.

Le souci pour Clémence, c'était le sucre. L'approvisionnement de son usine en sucre. C'est la matière première, après le fruit, du confiseur. Sans matière sucrante, pas de fruits confits, pas de pâtes de fruits, pas de nougats, pas de dragées, pas de bonbons... Pas de marchandise, donc plus de clients.

La décade écoulée avait engendré un surplus de sucre en raison des importations de masse depuis l'Empire colonial de la France. Le sucre de canne en provenance des Antilles, de la Réunion, de Madagascar, d'Afrique s'était ajouté à celui des sucreries et distilleries de métropole (sucre de racine de betterave) et cette surproduction avait entraîné une chute des prix. Fort heureusement, la maison Notin (qui avait déjà du nez) avait largement profité du phénomène et avait stocké à outrance, monopolisant tout un hangar à cet effet. Néanmoins, les réserves avaient fondu, et en ces temps de disette le sucre devenait une denrée rare. Depuis le début de l'année 1940, et jusqu'à ce qu'elle accouche, Clémence avait sillonné la contrée et visité tous les apiculteurs, à qui elle avait versé des avances sur leur production de miel. Elle avait anticipé le manque et la cherté du sucre. Pour le miel, elle savait qu'il serait une roue de secours le moment venu, car son père l'avait utilisé devant elle. Elle savait qu'on pouvait confire au miel tous les fruits qui se confisent avec du sucre. Autrefois, on l'utilisait « pour épargner le sucre plus rare » et fort cher. Le pouvoir sucrant du miel est beaucoup plus élevé, et en chauffant il ne se recristallise plus. Il faut le cuire à feu doux en remuant sans cesse avec une spatule de bois. On le clarifie en ôtant l'écume et les impuretés avec une écumoire.

Clémence, dans sa tête et dans ses décisions, s'était transformée en véritable chef d'entreprise, elle avait, au fil des jours, supplanté son mari. Si cette foutue guerre perdurait encore longtemps, Clémence pressentait un manque de sucre à l'échelle nationale. Il lui tardait que sa petite Éliane lui lâche le sein et se contente des biberons pour partir une semaine en Occitanie, là où les apiculteurs sont nombreux et où le miel est le meilleur de France. Elle devait poser ses jalons sans tarder pour ne pas attendre la pénurie. Les prix du sucre ne cessaient de grimper et les bateaux marchands qui osaient traverser l'Atlantique se faisaient de moins en moins nombreux. Elle préparait en secret un voyage à Toulouse, où son patronyme Massard lui serait utile. Elle avait souvent accompagné son père sur les foires et marchés de cette province.

À travers la baie vitrée du bureau dans le fond de l'usine, quand Clémence relevait la tête, elle apercevait les allées et venues d'Angèle. Vêtue d'un blouson et d'un pantalon d'homme, sa sœur démontrait une maîtrise parfaite de la « logistique » de toutes les opérations successives. Elle suivait en vraie professionnelle l'itinéraire de la blanchie[1], du confisage, de l'égouttage et du glaçage. Angèle veillait personnellement à l'emballage des fruits confits, elle avait eu l'idée (en ces temps difficiles) de fabriquer des nouveaux coffrets plus petits, donc moins chers pour la clientèle, mais avec un visuel attrayant revêtu d'un film plastique. On donna le nom de barquette à ce nouvel emballage et, très vite, il rencontra le succès. Clémence embaucha deux ouvrières qualifiées supplémentaires. L'embauche était rarissime et ce geste fut regardé avec beaucoup de suspicion par la concurrence, qui débauchait. Il était courant que des employés de l'une des usines démissionnent pour aller travailler dans une autre. Il y avait la main-d'œuvre fidèle attachée à une

1. *Blanchie : plonge des fruits dans l'eau bouillante puis dans l'eau claire pour rafraîchir les fibres.*

famille de confiseurs et une main-d'œuvre plus souple et instable qui vaquait à droite ou à gauche selon l'humeur ou une simple augmentation, même minime, du salaire.

En ville, on questionnait Fernand sur l'étonnante bonne santé de Notin.

— Demandez à Clémence, c'est elle qui s'occupe de tout. Moi, juste je surveille la première cuite, se contentait-il de répondre.

L'auditoire murmurait :

— La cuite suivante, c'est la sienne.

Faisant semblant d'être sourd, parfois il prenait la peine d'ajouter :

— Sachez que moi, je ne fraye pas avec l'ennemi. Je m'appelle pas Vallon.

Fernand, voyant que sa femme tirait son épingle du jeu, alors que nombre de ses confrères étaient sur le fil du rasoir, jouait les imbéciles heureux. Peu lui importait l'art et la manière, pourvu que l'argent rentre. Il fermait les yeux sur une petite chaîne de fabrication de dragées aux amandes et au miel que Clémence avait lancée et dont Angèle avait dessiné le petit coffret en carton avec des couleurs vives qui donnaient un avant-goût de fête. Ce type de marchandise se vendait extrêmement bien au Proche et au Moyen-Orient, surtout en Irak et en Iran, où la dragée de toutes les couleurs, lancée par l'impératrice, rencontra un succès d'époque. Ces pays ne connaissaient pas la guerre et une aristocratie de plus en plus nombreuse avait des moyens financiers élevés. Fernand faisait semblant d'ignorer cette fabrication contraire à la déontologie de l'ordre des maîtres confiseurs dont il était le garant. « La fin justifie les moyens », pensait-il.

Angèle, au volant de son camion léger Renault bâché type ADR, pouvait emporter jusqu'à deux tonnes de marchandises. Elle accomplissait un, voire deux voyages par semaine jusqu'au port de Marseille et, bien souvent, il lui était arrivé de transporter, à l'insu de tous, des personnes ou des produits clandestins destinés aux maquis. Clémence se demandait où sa sœur passait ses soirées et ses nuits. Elle connaissait son engagement dans la Résistance ; Geronimo, qu'elle rencontrait épisodiquement, lui faisait un résumé de l'activité d'Angèle, qui servait d'agent de liaison entre tous les maquis de la montagne de Lure et, parfois, ceux de Gordes et Fontaine-de-Vaucluse quand un haut responsable, émissaire du général sur le terrain, la sollicitait. Quand elle n'était pas au volant du camion, elle pilotait la fourgonnette break Renault ADV de Fernand, qui la lui confiait volontiers. Malgré ses infirmités, Cyrano allait à pied avec sa canne, à son rythme, à travers la ville. Il rencontrait ainsi beaucoup plus de monde pour papoter et, au fil du temps, il tirait une certaine fierté de ses blessures, y compris son appendice, qu'il avait élevé au rang de relique. D'ailleurs, Firmin, son collègue d'enfance qui avait eu la chance, en 1940, d'être affecté à l'intendance et planqué chez le vaguemestre de Lyon, parce qu'il était facteur dans le civil, avait déclamé, en levant son verre, la formule suivante à l'heure de pointe au *Café du commerce* (apéro copieux) :

— Moi, si j'avais un nez comme toi, j'en serais fier. Ton nez, Fernand, tu l'as conquis au champ d'honneur. Ton nez, c'est la plus belle des décorations. Il les vaut toutes. Même la nuit, tu la portes. Buvons à ton glorieux nase !

— Merci, Firmin, avait répondu le confiseur.

Et il s'était adressé au patron :

— Remets-nous la même.

À la fin de l'été 1941, un petit détail attira l'attention et la curiosité de Clémence. Angèle semblait moins alerte et son agilité à se déplacer en souffrait. Elle ne sautait plus aussi lestement du plateau du camion qu'auparavant. Clémence remarqua comme un gonflement de sa taille. Elle l'invita à venir au bureau et ferma la porte. Elles étaient seules.

— Dis-moi, Angèle, tu es enceinte ?

Sa sœur fit oui de la tête et précisa :

— J'attaque le sixième mois.

Clémence s'assit, estomaquée.

— Et moi qui n'ai rien vu. Je suis inexcusable. C'est pour quand ?

— Mi-janvier de l'année prochaine.

— Tu devrais t'arrêter, on peut trouver quelqu'un pour te remplacer.

— Pas question. Ma mission, que tu connais, est capitale, on compte sur moi. Toi, tu te contentes d'approvisionner la Bergerie, moi, je coordonne tous les maquis, tu connais l'immensité de la tâche, puisqu'avant que j'arrive c'était ton boulot.

— C'est Henri le père du petit ?

Cette question hors de propos était sortie de la bouche de Clémence par mégarde. Elle le regretta et ajouta aussitôt, pour tenter de se reprendre devant sa sœur :

— Excuse-moi, je n'aurais pas dû te poser cette question. C'est idiot.

— Je te rassure, Henri n'est absolument rien pour moi sentimentalement. C'est un ami et mon chef à la fois. J'ai une confiance aveugle en lui, mais aucune relation telle que tu l'as imaginée. Maintenant, il est vrai que nous sommes souvent ensemble et que ça peut prêter à confusion. De toute façon, je compte partir prochainement, tu pourras reprendre ma place auprès de lui, la place qui était la tienne avant que j'arrive et avant que tu accouches. Éliane pourra se passer de toi. Tu retrouveras ton héros.

La tonalité des derniers mots de sa sœur résonnait comme une prédiction pleine de sous-entendus.

Clémence décida de l'ignorer et changea de propos.

— Tu partirais quand ?

— Avant les fêtes de fin d'année. Le père de mon enfant est un militaire et résistant très impliqué. Il voyage beaucoup. Il va demeurer quelque temps à Lyon, il m'a proposé d'aller le rejoindre. J'accoucherai là-bas. Après, je ne sais pas. C'est l'aventure. Peut-être me reverras-tu à l'usine ? Il me tarde de fuir cette ville et toutes ces mauvaises langues qui scrutent mon ventre et se demandent, sur mon passage, qui est le père.

— Tu exagères !

— Ça se voit dans leurs yeux. Hier matin, au comptoir de la poste, je faisais la queue quand j'ai entendu les employées qui stationnent derrière le guichet prononcer le mot de grue et rire bêtement en me regardant. Le doute n'était pas permis. Elles se foutaient de moi. L'époque s'y prête, mais il fait pas bon être fille-mère. Vivement que je foute le camp !

— Tu vas me manquer, Angèle. Tu faisais un travail de folie à l'atelier, t'étais partout. T'étais comme mes yeux. J'ignore comment je vais te remplacer.

— Fernand devrait s'investir davantage.

— À présent, il s'en fout complètement. Seul un fils aurait pu le réveiller. Je dois tout assumer.

— J'ai vu. Tu dois être contente. À Clermont, tu n'aurais jamais pu commander. T'as eu ta revanche. Je te félicite. À propos de Clermont, tu comptes aller saluer le père ?

— Je ne l'ai même pas envisagé.

— Et toi, lui as-tu dit que t'avais eu une fille ?

Clémence fit non de la tête. Elle prononça ces mots :

— Finalement, si t'accouches avant le Nouvel An, nos enfants seront de la même année.

— Sûrement pas, c'est plutôt prévu aux alentours du 15 janvier. Un Capricorne.

À l'usine, Angèle embrassa tout le monde avant de partir, ensuite elle fit une halte à la maison pour récupérer sa petite valise et faire ses adieux à Albertine. La vieille domestique se mit à pleurer comme une Madeleine.

— Même le père vous aimait. Ce pauvre Hyacinthe aurait de la peine de vous voir partir. Revenez-nous vite.

Clémence l'emmena à la Bergerie avec le break Renault. Juste avant de se séparer, les deux sœurs tombèrent dans les bras l'une de l'autre. Clémence versa une larme sincère et déposa discrètement une enveloppe dans le sac de sa sœur. Elle y avait glissé cinq billets de dix mille francs. Une fort belle somme (environ cinq cents euros).

Angèle regarda le break s'éloigner et agita la main. Clémence fit de même à travers la vitre.

À la nuit tombée, Geronimo l'emmènerait jusqu'au couvent de Notre-Dame-de-Lumières, où elle retrouverait, comme convenu, son beau capitaine. Seul Geronimo connaissait l'existence de ce point de chute pour le chef de la Résistance. Demander à Clémence de l'emmener à Lumières n'était même pas envisageable. Soudain, le souffle froid du mistral balaya la cour de la Bergerie, Angèle releva le col de son manteau et pénétra dans la vieille masure pour attendre Henri Lecourtois. Elle trouva l'enveloppe, la décacheta et compta les billets. Elle s'exclama :

— Je suis arrivée avec un baluchon minable et je repars avec une valise pleine de billets de banque !

Elle sautilla de joie.

« Et l'enfant de l'amour de ma vie », murmura une voix intérieure.

Au même moment, par-delà les chênes verts, hors de sa vue, Clémence marqua l'arrêt au bout du mauvais chemin de terre qui conduisait à la Bergerie, puis elle obliqua sur la gauche pour rejoindre Apt.

Elles ignoraient qu'elles ne se reverraient plus.

13

Un juste retour des choses

1941

À Apt, Clémence était entrée de plain-pied dans le cercle restreint de l'aristo-bourgeoisie locale. Elle alliait tous les atouts maîtres qui en faisaient une femme désirée par tous, jalousée par toutes et détestée par certaines. C'était une travailleuse avérée et une chef d'entreprise de premier ordre, en passe de recevoir une confirmation générale de son talent. Certains mandarins locaux l'avaient sollicitée pour qu'elle postule au siège de conseiller dans la jeune chambre économique du Luberon, récemment créée et qui ne comptait que des hommes, dont Henri Lecourtois était le premier président. Le scrutin était à bulletin secret et composé uniquement de grands électeurs, c'est-à-dire tous les patrons, petits et grands, commerçants et artisans dûment répertoriés sur les registres de la jeune assemblée et à jour de leur cotisation. Clémence devança largement les deux autres candidats.

— C'est amplement mérité ! entendit-on de-ci de-là (surtout du côté masculin).

Ou bien :

— C'est une coquette, une coquine ! C'est qu'une vulgaire arriviste, une opportuniste qui avance grâce à son cul. (Ça, c'était surtout du côté féminin.)

Toujours est-il que Clémence occupa le dixième fauteuil (recouvert de cuir rouge en provenance directe de Cambridge) de conseiller dans les salons de la chambre économique. Un juste retour des choses, assura Fernand, qui conclut :

— Ça me fait drôlement plaisir que t'occupes ce poste. Je suis fier de toi. Mon père aurait applaudi de satisfaction.

Et, à l'oreille de sa femme qui portait une toilette et une coiffure de vedette lors de son intronisation, il susurra :

— Tu sais, j'ai voté et… fait voter pour toi. J'ai usé de toute mon influence.

Clémence se demanda quel service il attendait en retour. Un courant intempestif actionnerait-il un zeste de testostérone pour faire frétiller son sexe jusque dans les entrailles de son caleçon molletonné ? Ou bien, tout simplement, avait-il abusé du pastis ? Elle repensa à leurs pitoyables derniers ébats amoureux, qui dataient de… (elle avait oublié) et s'étonna de cette résurgence masculine tardive chez son mari. Elle remercia Fernand avec beaucoup de zèle et s'appliqua à calmer ses ardeurs. Elle le ménageait, car elle allait avoir, très prochainement, besoin de lui en compensation d'une source d'approvisionnement en sucre.

Depuis que Zacharie Vallon avait racheté la fabrique de feu Jussaume pour agrandir son usine et qu'il était devenu le grand maître des confiseurs d'Apt, son ambition paraissait sans bornes. L'entreprise de fruits confits des frères Rigal devenait un navire qui prenait l'eau. Depuis quelques mois, les deux frères, âgés d'une bonne quarantaine d'années, ne se parlaient plus et en étaient venus aux mains. Les épouses respectives avaient de plus en plus de mal à empêcher les frangins de s'entretuer. Tous les employés, témoins de disputes de plus en plus fréquentes, avaient préféré déserter le navire ; seuls les deux couples travaillaient à présent dans l'entreprise. Travailler est inexact, fonctionner serait plus juste. Plus personne ne répondait au téléphone quand il sonnait pour contrecarrer les plans du frère ennemi. L'entreprise fonctionnait avec quelques rares clients habitués de longue date et ignorant tout de ce différend. Le premier qui décrochait l'appareil prenait le poing de l'autre dans la figure. Ernest (l'aîné) souhaitait poursuivre l'œuvre du père et pérenniser l'affaire familiale ; Joseph (le cadet), depuis quelques mois, devant la chute des résultats et l'incertitude du lendemain, s'était remis à rêver à son bateau de pêche à La Ciotat. Il avait convaincu sa femme que la vie de pêcheur, c'était comme un rêve, c'était comme vivre d'air pur sur un nuage avec la mer tout autour plutôt que dans cette usine sinistre, surchauffée, humide, sombre et grise comme une chaussée usée. Un de ses vieux copains de régiment, marin pêcheur de son état, l'avait sérieusement encoconné et revenait à la charge fréquemment. Joseph piquait régulièrement une crise d'envie de tout quitter pour partir sur l'eau taquiner la rascasse. Seulement, pour acquérir un bateau, même petit, et surtout une place sur le port de pêche de La Ciotat, Joseph avait besoin d'un gros apport comptant. Autrement dit, il réclamait sa part d'héritage. La moitié de la valeur de l'affaire de fruits confits. Un capital que son aîné ne pouvait pas lui verser et que toutes les banques du canton, en période de guerre, avaient refusé de financer. Étant donné que la place de marin pêcheur n'allait pas rester vacante pendant des lustres, Joseph était pressé et harcelait son frère à tout bout de champ. À tel point que l'aîné, à bout de nerfs, décida de baisser les bras pour faire baisser la valeur de l'entreprise.

— Comme ça, on va faire faillite plus vite et t'auras la moitié de rien ! Zéro franc ! Ton bateau, tu pourras toujours te le mettre au c...

Et pan ! S'ensuivaient insultes, baffes et torgnoles en tout genre. Chez les Rigal, la situation était devenue catastrophique et la gent d'Apt intéressée par la reprise attendait au coin du bois que la confiserie Rigal s'écroule. On ne comptait plus le nombre d'interventions des gendarmes pour séparer les protagonistes. Tous deux non coupables, bien entendu. La rareté et le prix du sucre allaient accélérer la chute de la plus que centenaire fabrique Rigal Frères.

Zacharie Vallon surveillait et patientait en silence. Tel un félin en embuscade guettant sa proie. S'il avait pu, il aurait jeté un peu d'huile sur le feu pour précipiter l'anéantissement. Zacharie Vallon savait pouvoir compter sur l'aide financière de son ami Poursieu de Cambize, qui avait fait une excellente année grâce aux commissions prélevées sur la coupe d'une importante forêt en Guinée équatoriale vendue au prix fort au génie de l'armée allemande qui en avait cruellement besoin pour reconstruire des ponts un peu partout (que la Résistance faisait sauter) afin de faire avancer ses troupes.

La confrérie des maîtres confiseurs devait donner son avis quant au choix du successeur des Rigal. En principe, son avis seulement. En réalité, c'est la confrérie qui imposait son choix. Quiconque outrepassait sa décision s'exposait à des sanctions terribles et imprévisibles. Jusqu'à être privé de fruits ! Aucun paysan n'aurait vendu sa récolte à un dissident notoire, de peur que les autres confiseurs se liguent et aillent se servir ailleurs. Il fallait donc en passer par le bon vouloir de la confrérie. L'alliance indéfectible des anciens condamnait le nouveau venu. Dès que les frères Rigal se déclarèrent officiellement vendeurs, les confrères, accompagnés du notaire Charles Villeroy, fixèrent le prix de vente (dérisoire) conseillé par un pseudo-comptable, proche du juriste. Deux acheteurs seulement postulèrent. Le grand maître et… Henri Lecourtois. La confrérie des maîtres confiseurs comptait neuf membres, mais la voix du président comptait double, sauf s'il était candidat. Dans ce cas, il ne participait pas au vote. Ne restaient que les voix des huit maîtres confiseurs, dont celle de Fernand Notin. C'est ici que Lecourtois avait cruellement besoin de lui et donc de Clémence pour l'atteindre.

Clémence fit l'impossible pour Henri, elle alla jusqu'à donner satisfaction aux sollicitations amoureuses de son mari. À quel titre pouvait-elle refuser ? Elle profita de cette occasion exceptionnelle pour quémander des subsides nécessaires à une commande de sucre et à l'acquisition de nouveaux bacs. Ce fut pour Cyrano l'opportunité de tester et de jouer avec son opulente péninsule.

Malheureusement, Fernand ne put rallier les quatre voix nécessaires (en plus de la sienne) pour emporter la majorité. Il était persuadé qu'Ernest Rigal votait pour Zacharie Vallon et poussait certains de ses confrères à l'imiter, arguant que Vallon faisait déjà partie du sérail alors que Lecourtois n'avait vu des fruits confits que dans son assiette. Fernand le suspecta d'avoir reçu une proposition financière occulte de Vallon ou la promesse d'un poste dans la réorganisation de la future structure. Fernand ne put lui en faire reproche, il était normal qu'il tentât de sauver ses meubles. Il avait une épouse et deux enfants. C'était sa dernière séance au sein de la confrérie en qualité de maître confiseur d'Apt. Demain, il entrerait dans l'anonymat et essaierait de revendre son coûteux habit d'ex-membre de ladite confrérie.

Vallon l'emporta avec cinq voix. Lecourtois ressentit cet échec comme un camouflet, puis il parvint à faire bonne figure devant les arguments de Clémence.

— Tu n'es pas natif d'Apt et tu n'es pas du métier. Contre n'importe quel autre candidat, tu l'aurais emporté, mais pas contre Vallon. Certes, il demeure à Lumières, mais sa famille, ses ancêtres sont nés dans cette ville, ils sont confiseurs depuis des générations. Même Fernand l'apprécie malgré sa grande gueule et ses envies de grandeur.

— Il a déjà racheté Jussaume il y a quelques années seulement, il veut faire main basse sur la profession tout entière. Je me demande où il ramasse tout l'argent nécessaire. Les temps sont difficiles, et lui, il sort des millions comme des cacahuètes.

— Je sais que sa femme possède des terres un peu partout. Elle a hérité d'un immense domaine qu'elle a remis à des métayers ; peut-être ont-ils vendu du bien ?

— Tu mesures à quel point le travail est pénible en ce moment, tu cherches des clients et du sucre à cor et à cri pour limiter la casse, et Vallon, il nagerait dans l'opulence ?

— Charles Villeroy est l'instigateur de cette opération financière. C'est lui qui a fixé le prix et lancé la vente de cette entreprise avec ses acolytes, il tenait les Rigal par les tripes. Il pouvait faire traîner les choses plus d'un an, c'était condamner les frères Rigal à mort. Ils n'auraient jamais tenu aussi longtemps. Sans compter qu'il est de notoriété publique qu'il vise la mairie et même plus. Il a besoin des appuis de son ami Vallon pour y parvenir. Toi, tu es déjà maire de Roussillon et tu l'aurais gêné. Des fois que t'attrapes la grosse tête et que te vienne l'idée de prendre la place qu'il convoite ! Tu es plus connu et plus populaire que lui dans cette ville. Il a œuvré en sous-main pour t'éloigner. J'en suis persuadée.

Cette conversation se tenait en mairie de Roussillon, un samedi matin, dans le salon qui jouxte le bureau du premier magistrat. Clémence se mit debout, signe que l'entretien était terminé, elle passa son ciré noir qui relevait le blond lumineux de sa chevelure, boucla la ceinture qui lui affina la taille et se pencha vers Henri pour l'embrasser. Il haussa le menton sans bouger et prononça ces mots à l'oreille de Clémence tout en lui caressant la nuque :

— Je me demande qui de toi ou d'Angèle est la plus excitante, la plus sensuelle.

Clémence tourna les talons. Il ajouta à haute voix :

— En tout cas, t'as cent fois plus de classe que ta sœur.

La jeune femme lui fit face sur le seuil de la porte.

— J'ai appris plus vite. Vous m'avez servi de modèle. Tes compliments ne me changeront pas, Henri, tu sais que quand il le faut je suis capable de mettre les mains dans le cambouis. Au fait... j'y pense, j'ai peut-être une autre affaire à te proposer sur Apt, une affaire qui te conviendrait nettement mieux que le fruit confit.

— Dis-moi...

— J'ai remarqué dans ton fichier que tu livrais un client à Cuba.

— Un tout petit client. Et alors ?

— À Cuba, je me suis renseignée, il y a une immense plantation de cannes à sucre. Tu vois où je veux en venir ?

Henri se contenta d'osciller la tête, il avait compris. Les autorités allemandes venaient de décider la destruction des sucreries et distilleries. Le marché était complètement désorganisé, anarchique. Trouver du sucre relevait du miracle. Hors de prix.

— Si je demande à mon client de contacter le planteur et son revendeur de sucre pour en expédier un peu à Marseille... Disons que... ça t'arrangerait ?

— Exactement, mon cher, tu as tout compris.

Henri se mit debout à son tour et s'approcha de Clémence.

— Si je pensais que t'es venue à ce rendez-vous rien que pour me parler de cette affaire de Cuba...

— Tu aurais raison, mon cher.

— Maintenant, annonce... C'est qui le type à racheter sur Apt ?

— La célèbre maison Donat.

— La savonnerie du Luberon ? s'exclama-t-il, ébahi.

— Tout à fait.

— Comment est-ce possible ?

— Ne te fais pas de souci, je maîtrise la situation. Je le tiens de Germaine en personne. Elle est une très bonne amie, ma meilleure amie, devrais-je dire.

— C'est la femme de Georges, le grand patron ?

— Effectivement. Leur fils unique, qui a dix ans, s'est mal remis de la tuberculose. Il doit absolument aller vivre au grand air, à la montagne si possible. Georges et Germaine ont décidé d'acquérir un hôtel du côté du Mont-Dore ou de La Bourboule. Georges a déjà fait trois voyages en Auvergne, il prétend que la guerre est une période idéale pour acheter une entreprise. Quand elle sera finie, les affaires reprendront de plus belle. C'est une façon pour eux de joindre l'utile à l'agréable. Si tu es d'accord, je leur parlerai de toi et vous pourrez vous rencontrer avant que la ville soit au courant.

— Sa savonnerie marche du feu de Dieu !

— Le savon ne connaît pas la couleur de la peau et n'a pas de patrie. Toutes les fesses en ont besoin. Tu pourras profiter de ta clientèle existante.

— C'est une merveilleuse idée. Tu as bien fait de venir. Si je ne change pas mon fusil d'épaule maintenant, dans cinq ans je suis foutu.

Sur ce dernier point, le maire de Roussillon mentait. En réalité, compte tenu de l'état lamentable de sa trésorerie dû à une perte énorme de chiffre d'affaires en raison de la fuite de ses clients, il ne pourrait tenir guère plus d'un an. L'extraction de l'ocre devenait de plus en plus difficile et de plus en plus coûteuse. C'en était terminé des carrières à ciel ouvert, complètement asséchées. Désormais, même les galeries souterraines s'épuisaient et les mineurs avec. Le minerai se raréfiait. Le paysage ressemblait à un champ de mines. Les accidents se multipliaient. Les colorants synthétiques, certes moins efficaces mais beaucoup moins chers, avaient envahi les marchés mondiaux. Il devait se reconvertir sans tarder, tant qu'il possédait encore un pécule suffisant. Ses mines n'étaient plus négociables. Il était au bord du gouffre et il supposait que Clémence soupçonnait sa difficile situation financière, et les sentiments réciproques qui les liaient allaient bien au-delà de l'attachement. Il devait saisir cette occasion. S'emparer tant qu'il faisait encore illusion de cette savonnerie, au demeurant plus rentable et plus facile à gérer qu'une fabrique de fruits confits par les temps qui courent.

— Je te tiendrai informé, je vois Germaine dans quelques jours. Ils sont partis passer les fêtes de fin d'année chez les parents de Germaine, à Cavaillon. On sera en 1942 quand ils reviendront. Souhaitons que cette guerre se termine.

— Des nouvelles de ta sœur ?

Cette question tarauda Clémence. Elle était dans l'impossibilité de répondre. Cette situation était pour elle comme un crève-cœur.

— Aucune, hélas ! Elle devrait accoucher dans quelques jours, en tout début d'année.

— À la Bergerie, elle nous était fort utile, elle a accompli un boulot de folie pour nous. J'espère qu'à Lyon, après l'accouchement, elle pourra reprendre du service. Elle est douée pour tromper l'ennemi. Je reconnais que toutes les deux vous avez un sens inné de l'organisation et du commandement, je me demande pourquoi ton père vous a laissé partir. Il doit être un peu cinglé !

— Pour en revenir à Angèle, l'espace d'un moment, quand j'ai constaté qu'elle prenait de l'embonpoint, j'ai pensé que c'est toi qui avais semé la petite graine. Je veux bien reprendre du service pour vous dans la clandestinité, mais impossible d'en faire autant que ma sœur. Au cas où tu l'aurais oublié, j'ai une fille et elle n'a que sept mois.

— Au fait, comment va Éliane ?

— Très bien. Sa nurse la veille. Parfois, je me sens comme une mère indigne. J'ai l'impression que ce bébé n'a ni mère ni père. Tu vois à qui je fais allusion ?

Effectivement, Clémence avait davantage l'âme d'un chef d'entreprise que d'une mère présente et attentionnée.

Noël passa, puis le jour de l'An ; Angèle n'avait toujours pas téléphoné, comme promis.

14

La vie reprend

1942-1944

La France s'installait dans la morosité, Apt aussi. L'occupation ennemie nuisait à toute forme de vie économique et d'inventivité industrielle. Les sciences et techniques accumulaient du retard. Nombre d'usines en tout genre avaient été réquisitionnées par les autorités militaires allemandes. Ainsi en était-il de l'usine Vallon, qui fournissait la troupe ennemie en pâtes de fruits, nougats, bonbons et confitures.

— Il nous déshonore ! clamait Fernand dans les lieux publics de la ville dès qu'il avait éclusé quelques pastis. Ce type est indigne de porter la mitre et l'hermine de grand maître.

En effet, Zacharie Vallon profitait des subsides allemands. Ses ateliers tournaient à fond et les camions ennemis venaient charger les marchandises pour les redistribuer aux soldats. Le confiseur avait beau répliquer qu'il n'y était pour rien, que son usine avait été réquisitionnée sous la contrainte, d'aucuns se posaient des questions, car les mêmes véhicules chargeaient également fruits et légumes dans les champs et les vergers du clan Vallon tout au long de la plaine du Calavon. Non seulement les Boches avaient expédié le meilleur de notre main-d'œuvre en Allemagne au titre du

STO[1], mais ils dévalisaient nos usines et nos champs pour se remplir la panse tandis que le peuple de France jonglait avec les tickets de rationnement et entrait dans la misère.

À la confiserie Notin, Clémence supervisait tout. Elle fréquentait le monde paysan depuis plusieurs années et elle avait appris à le connaître et à l'apprécier. Elle avait su gagner sa confiance. Dès la fin de l'hiver et bien avant les premières récoltes de printemps, elle chaussait les bottes et la canadienne et elle rendait visite à ses fournisseurs sur leurs terres, dans leur ferme et jusque dans leur cuisine devant un café ou une gnole maison. Sans augurer du prix de vente du melon, de la cerise, de la poire, de la prune ou de l'abricot... elle avait la sagesse de verser avec beaucoup de délicatesse une petite avance sur la récolte à quelques paysans astucieusement sélectionnés. Sans les engager totalement, elle s'attachait leur reconnaissance et leur fidélité le moment venu. Elle savait combien la fin de l'hiver était financièrement difficile à traverser pour les agriculteurs, elle anticipait et intervenait au moment opportun, quitte à dilapider le peu de trésorerie qu'elle possédait. Comme elle le disait souvent à Fernand pour se justifier :

— Je sème pour récolter ; c'est ce que mon père, qui est un imbécile, n'a jamais compris. Tu es exactement comme lui. Vous croyez que votre notoriété suffit pour qu'on vous propose les meilleurs fruits du marché ? Vous vous trompez, les paysans se foutent de vous et vous livrent n'importe quoi. Vous êtes de gros naïfs pleins de prétention. Descendez de votre piédestal. Le client d'Écosse, d'Égypte, du Brésil et même de Paris se fout complètement de Notin, il ne sait même pas qu'il existe ! Il désire seulement déguster un *bon* fruit confit... et pas les vulgaires pâtes de fruits que vous déguisez en fruits confits. Vos clients, vous les prenez pour des idiots ? Détrompez-vous... Les imbéciles, c'est vous.

1. *STO : Service du travail obligatoire. Les ouvriers allemands ont été incorporés dans la troupe, les autorités allemandes ont réquisitionné les ouvriers français qualifiés pour venir les remplacer dans les usines et les fermes en Allemagne.*

Dans ces moments-là, Fernand ne répondait pas, il vissait son canotier sur son crâne, passait une veste, décrochait sa canne du portemanteau et s'en allait faire sa promenade quotidienne jusqu'au bistrot le plus proche. Il allait soigner sa mélancolie, sa mauvaise humeur et son atonie sexuelle, morale et intellectuelle.

Le matin, à l'atelier, il faisait bouillir le poêlon contenant les fruits pendant une heure à petit feu, sans craindre de se brûler. Ensuite, il retirait le poêlon, laissait refroidir et rajoutait du bouillon et du sirop de sucre concentré pour éviter l'évaporation. Le sirop doit pénétrer lentement dans le fruit pour atteindre le cœur. Fernand maîtrisait à la perfection l'accomplissement de cet acte qu'il aurait pu effectuer les yeux fermés.

Depuis son retour du front, il avait constaté que son nouveau nez aux formes proéminentes développait un odorat surpuissant. Il supposait que le croisement des narines, dû à une inattention volontaire du chirurgien ennemi, était à l'origine de ces nouveaux pouvoirs, de même qu'une simple inspiration suffisait pour gonfler ses poumons, nul besoin d'une inspiration profonde. Il concluait que ce nouveau nez captait mieux l'oxygène dans l'air que l'ancien. De même, le zénith de la cuisson (ce qu'il appelait « le point sublime ») des fruits lui titillait les naseaux comme jamais il ne l'avait ressenti auparavant. L'alchimie dans toute sa plénitude. Quand ce moment surgissait, l'espace de quelques secondes, il jouissait de plaisir. Le mérite du travail bien fait. C'était pour ressentir cette courte mais si prégnante émotion qu'il venait passer deux heures chaque matin dans son usine. L'aboutissement d'une longue expérience qui avait fait de lui un maître confiseur reconnu et incontesté par ses pairs.

À Lumières, Maurice avait pris tranquillement ses quartiers dans les locaux de Pichadot. Il avait équipé quelques voitures et cinq tracteurs au gazogène. Au printemps, c'était un défilé devant les pompes à essence qui demeuraient inactives. Boucicot père avait lancé plusieurs tentatives auprès du pétrolier dont le siège se trouvait à Lyon. Sans résultat. Pour sûr que la station-service aurait amené des clients à sa brasserie-épicerie-presse-tabac, etc. Il avait prêché pour rien et il avait perdu. La société de distribution de carburants avait un contrat avec Pichadot, lequel était propriétaire des volucompteurs et des cuves. Impossible de passer outre. Seul le préfet pouvait changer la chose. Boucicot renonça devant l'immensité de la tâche. Il ne savait même pas où se tenait la préfecture.

Maurice poursuivait allègrement ses activités d'artificier dans la clandestinité et mit de moins en moins de temps à fabriquer des pétards de plus en plus sophistiqués. Quand il avait une heure ou deux, il chaussait son grand vélo, longeait le mur sévère de l'église du couvent et s'infiltrait avec prudence dans l'allée étroite qui longeait l'Imergue, simple ruisseau qui se transformait en véritable torrent lors des pluies, et, par-delà la rivière, on apercevait la carcasse austère de la cave coopérative. Au bout de l'allée, passé la muraille de l'église, d'un coup surgissaient les jardins fleuris et boisés du couvent. Un parc de verdure immense rehaussé d'un gigantesque bassin implanté en son centre où frétillaient des poissons rouges. Planquée tout au fond du parc du couvent, derrière les buis épais qui marquent le début du sentier abrupt et défoncé par le ravinement des eaux qui conduit au calvaire de la Vierge Marie et à la statue de l'archange saint Michel, la grotte-cabane de Maurice. La porte de bois, voilée et dégradée par les intempéries, d'un débarras encombré et désaffecté où se cachait, dans un coin du sol difforme en terre battue, la trappe qui conduisait à la galerie servant de dépôt de munitions et d'entrepôt d'approvisionnements divers. Cette anfractuosité, longue d'une trentaine de mètres, débouchait en pleine végétation sauvage en amont, au ras du lit de l'Imergue. Quelques pierres judicieusement posées sur le fil de l'eau du ruisselet permettaient de traverser et de rejoindre la route de Goult en contournant les murs de clôture de la cave coopérative. Les armes et les munitions étaient rehaussées sur des rayonnages pour faire face aux crues soudaines de la rivière.

Maurice aurait pu fermer le garage et traverser le couvent à pied pour se rendre à sa grotte secrète, il aurait mis deux fois moins de temps qu'avec son vélo, mais si quelqu'un l'avait vu revenir à pied du couvent en plein jour il aurait pu se poser des questions. Le voir arriver juché sur son vélo hors norme, avec sa boîte à outils sur le porte-bagages, supposait qu'il revenait de chez un client.

Le capitaine, responsable de tous le maquis du grand Sud-Est, quand il venait dans le coin, dormait dans la pièce d'à côté. Mais ça, Maurice l'ignorait. Les volets et la porte de la pièce contiguë demeuraient perpétuellement fermés.

Pour Lucie et Maurice, les journées s'écoulaient dans le calme et la peur à la fois. La Gestapo installa son état-major dans les locaux de l'hôtel *Splendide*, à Cavaillon, appuyé d'une division de parachutistes Des mouvements de troupes allemandes et italiennes empruntaient les routes des Monts de Vaucluse pour éviter les grandes voies de communication le long du Rhône, de peur des attentats. C'était oublier la frappe habile de Maurice et ses camarades. Fin novembre 1942, les Allemands et les Italiens occupèrent la zone libre et réquisitionnèrent locaux, chevaux, camions. Les actes de terrorisme furent quotidiens. Dans tout le Luberon et le Ventoux, l'ennemi fusilla çà et là des résistants dont le nom de certains entra au panthéon des héros du Vaucluse.

Maurice ne relâcha jamais son attention, qu'il soit avec ses camarades, embusqué dans le maquis, ou dans le garage à Lumières, barbouillé de cambouis et vêtu du bleu de mécanicien. Il possédait de faux papiers et même une attestation du bureau de recrutement d'Avignon, qui l'avait déclaré épileptique profond et l'avait donc refusé dans ses rangs.

Lucie vaquait entre la cantine de l'école de Goult et le couvent de Lumières, où elle préparait le repas des frères oblats chaque fin de semaine et effectuait quelques heures de ménage dans les chambres. Le frère Mercier, ayant le rang de père abbé de la commnauté, dirigeait le couvent, le père prieur, répondant au nom de frère Albert, avait en charge la direction des âmes. Âgé d'une quarantaine d'années, frère Albert chevauchait lestement un vélo et ne reculait pas, soutane au vent, à rendre visite à ses ouailles les plus éloignées, conjuguant les paroles de Dieu et les messages entre les maquis. Il montait la garde devant l'entrée du couvent, bréviaire en main, lors de chaque approvisionnement de la grotte secrète. La croix du Christ était son laissez-passer.

L'étau nazi se desserra au printemps 1944. Les troupes allemandes convergèrent vers la Normandie, où ça commençait à chauffer sur terre, sur mer et dans le ciel.

Par un bel après-midi de juin, on vit débarquer la famille Pichadot au grand complet, fraîche comme un gardon dans l'eau. On voyait qu'elle rentrait d'un long séjour à l'étranger. Dès que Pichadot ouvrit la portière devant les pompes à essence décaties et posa un pied par terre, l'aîné des fils Boucicot, intrigué par l'arrêt intempestif de cette voiture chargée comme un baudet, fit irruption du café pour contempler cet équipage digne d'une roulotte de romanichels. Il s'approcha lentement de l'automobile et soudain il s'écria, tel le ravi de la crèche :

— Les Pichwater ! Les Pichwater sont de retour !

Ce nouveau sobriquet leur resta comme collé à la peau. Une alliance de français et d'anglais. Maurice, en train de bricoler au fond du garage, alerté par le brouhaha, s'approcha et reconnut le maître des lieux.

— Monsieur Pichadot, vous revoilà ! C'est quoi cette auto ? Vous avez changé ?

Le garagiste pilotait une Renault Celtaquatre (la moins chère des Renault) qui accusait quelques années de bons et loyaux services.

— M'en parlez pas, monsieur Maurice, l'Angleterre, c'est fini et bien fini.

Personne ne sut jamais ce qu'il était advenu de la famille Pichadot pendant ces quatre années d'absence. Était-elle vraiment passée chez les Anglais ? Certains racontaient que le périple s'était terminé du côté de Valence, dans la Drôme, où on leur avait volé leur automobile et leurs effets personnels, les condamnant à subir la guerre dans une ferme et dans la précarité la plus complète. Effectivement, les époux Pichadot n'avaient pas une super bonne mine, plutôt le teint blafard et pâlichon des reclus de l'Occupation.

— Et comment qu'ils auraient fait pour traverser la Manche en ces temps où même une mouette a peur d'y laisser la peau ?

Ça, c'était la vieille Tricot, assise devant le bar épicerie... qui le claironnait à tout va.

— À ce qui paraît, ils seraient revenus de nuit pour éviter les bombardements.

Ça, c'est la femme du droguiste qui le supposait à voix haute derrière son comptoir.

Celui que tout le monde surnomma « Franck Pichwater » ne prononça plus jamais un mot d'anglais. Il en fut de même pour la famille. Un grand silence recouvrit leur épopée.

— Alors, vous avez investi mon garage en mon absence, monsieur Maurice ?

Maurice fut agréablement surpris par la réaction du garagiste, qui ne parut ni étonné ni contrarié par l'exploitation de l'outil de travail à son insu.

— C'est Boucicot qui m'en a prié et qui m'en a donné la clef. Il y avait beaucoup à faire malgré la guerre. Je vous prie de m'excuser. Bien sûr, pour les pompes à essence...

— Vous avez très bien fait de prendre ma place. À présent, on va s'occuper des pompes. Vous désirez continuer à l'atelier ?

Cette aimable proposition surprit Maurice. Décidément, Pichwater n'avait plus rien de commun avec Pichadot.

— Il n'y a pas assez de travail pour deux, je vais retourner à mes petits boulots. Ne vous inquiétez pas.

— Restez quelques jours, le temps que je me réhabitue à la mécanique. Ces dernières années, j'ai vu plus de moutons que de moteurs. Vous me remettrez dans le bain.

C'est tout ce que Maurice apprit de Pichwater. Qu'il avait vu des moutons. Il en déduisit que le mécanicien et sa famille avaient séjourné dans les grands pâturages du Suffolk. Plus personne n'évoqua ou ne questionna les Pichadot à propos de leur désertion en Angleterre. Seul resta comme inscrit dans le marbre de l'histoire du village le sobriquet de Franck Pichwater[1], qui remplaça celui de Francis Pichadot.

Après ce retour pompeux, le garagiste dut patienter un mois pour parvenir à remettre la station en état de fonctionnement et en conformité avec les normes de sécurité. Maurice l'aida à nettoyer et à purger les cuves, les canalisations, les flexibles et les volucompteurs et à réarmer le système de pompage de l'installation. Après des essais désastreux, l'essence finit par arriver et par s'écouler comme avant. Pichwater retrouva le sourire et l'atelier, le fils recommença à activer les pistolets des pompes à essence (quand il y avait de l'essence, car les livraisons étaient aléatoires), et l'épouse retrouva ses livres de compte dans sa cuisine.

Quid du dictionnaire anglais-français ?

1. *Pichwater : aujourd'hui encore, il subsiste des Pichwater à Lumières. Tout le monde est persuadé qu'ils sont les descendants de colons anglais. Et qui plus est, ils ne le contestent pas.*

15

Fini la mécanique

1944

À DATER DE SON RETOUR, Maurice se rendit rarement chez Franck Pichwater. Le mécano faisait encore appel à lui pour réaliser la transformation de l'alimentation des véhicules et des tracteurs agricoles au gazogène, l'essence demeurait une denrée rare et chère, les livraisons pour alimenter les cuves de la station étaient irrégulières et en quantité limitée. De plus, Pichwater n'était pas un gros client pour la société de distribution, il faisait partie des derniers servis.

La saison s'y prêtait, mais travailler dans les champs, pour Maurice, n'était pas sa tasse de thé. Il était fait pour la bricole et la débrouillardise. La dextérité de sa cervelle, l'adresse de ses doigts et une bonne dose de savoir-faire le prédisposaient à travailler en atelier. Il avait démontré ses capacités dans la Résistance, son surnom, l'Étincelle, en était la preuve. Il était recherché par la milice et par l'armée allemande, à qui il avait infligé des pertes matérielles énormes.

Maurice s'était lié d'amitié avec Oswaldo, le caviste taciturne mais sûr et efficace, ainsi qu'avec le frère Albert, père prieur des oblats de Notre-Dame-de-Lumières, qui avait davantage l'âme d'un cénobite que celle d'un anachorète. Encore plus grand que Maurice, il lui arrivait d'emprunter son vélo de géant. Pleinement intégré depuis le début dans le maquis du Luberon, le curé utilisait la camionnette du couvent pour assumer l'approvisionnement en vivres et munitions depuis la grotte du couvent jusqu'à la Montagnette. Avec Maurice et Oswaldo, ils formaient un trio actif qui ne comptait pas ses heures, y compris la nuit.

Dès que les beaux jours revenaient, Lucie et Maurice, une fois la journée de travail terminée, se retrouvaient sur la terrasse perchoir du Rocail pour prendre l'apéritif. Quelques paysans rétribuaient Maurice en nature pour ses travaux et prestations. Il était devenu leur homme à tout réparer. C'est ainsi qu'ils lui donnaient des doses de pastis pur. De l'extrait. Avec une fiole de quinze centilitres et un peu d'alcool à quatre-vingt-dix, les anciens lui avaient donné la formule magique pour fabriquer un litre de pastis, et pour pas cher.

Maurice sortait les verres et la bouteille de pastis « maison », Lucie s'occupait de l'eau fraîche, qu'elle allait tirer d'une lessiveuse réservoir enfouie dans la roche de la montagne côté nord du logis, et, quelquefois, sans prévenir, pour agrémenter cet instant qui n'appartenait qu'à eux, elle déposait dans une soucoupe une dizaine d'olives noires de pays.

— Tu vois, Lucie, c'est le meilleur moment de la journée. Un peu de fraîcheur, un bon pastis, quelques olives et mon amour de toi.

Jamais, depuis ce bout d'année 1937, Lucie n'avait regretté d'avoir hébergé provisoirement Maurice, alias Maurizio Poveri, à l'époque. L'intéressé lui-même ne savait pas ce qui l'avait poussé à monter dans cet autorail qui reliait Avignon à Apt. Sans aucune attache familiale, il venait de fuir l'Italie fasciste, où son appartenance au Parti communiste le condamnait à un emprisonnement certain. La traque des rouges s'intensifiait. Il devait s'enfuir. Pourquoi ce matin-là le frère cadet de Lucie (qui rendait visite à sa sœur) sympathisa-t-il avec lui, dans un wagon de troisième classe, au point de l'inviter à l'accompagner au Rocail pour déjeuner ? Nul ne sait. Un courant de complicité ? Des affinités communes que l'on déguste volontiers quand on croise quelqu'un à son goût. L'envie soudaine de se rapprocher de l'autre et d'aller plus avant dans la relation. Maurizio n'avait plus quitté ni le Rocail ni Lucie ; victimes tous deux du sage coup de foudre de la quarantaine. Lucie n'avait jamais regretté la survenue de cet étranger dans sa vie et, réciproquement, Maurice remerciait le ciel (et la SNCF récemment créée) d'avoir stoppé le train en gare de Notre-Dame-de-Lumières.

Ils trinquaient en faisant fortement tinter les verres et se donnaient un baiser rapide sur les lèvres. En bas, la route nationale s'était tue, seul l'arrêt du Digne venait quelquefois trouer le silence. De l'autre côté de la terrasse, les cloches de l'église demeuraient figées dans l'embrasure du clocher et la canopée des platanes des jardins du couvent dessinait comme une mer verte à leurs pieds. Pour eux, c'était leur instant de paix, leur moment de bonheur, court mais magique. Ils se vidaient la tête, Maurice profitait de Lucie, Lucie profitait de Maurice.

— Je suis allé à la mairie ce matin pour chercher ma paye, il paraît que M. Vallon cherche un ouvrier pour son usine d'Apt. Ça pourrait t'intéresser.

Lucie savait que la campagne n'attirait pas son compagnon. En revanche, peut-être qu'un poste d'ouvrier dans une usine de fruits confits lui conviendrait-il ? Elle avait attendu cet instant privilégié pour lui délivrer l'information.

— Qui te l'a dit ?

— Le garde champêtre. Il m'a annoncé que Vallon serait candidat à la mairie dès que la guerre sera finie et que les élections pourront avoir lieu.

— Il attend au coin du bois. Vidier (le maire actuel) est vieux et usé. Il ne se représentera plus. Apt, c'est pas à côté, tout de même, il faut bien une grosse demi-heure à vélo. Ça fait plus d'une heure par jour pour les trajets.

— Je sais bien, Maurice, mais les horaires des autocars et des trains ne correspondent pas du tout. Ils sont faits pour les gamins qui vont au collège, pas pour les ouvriers. Sauf le Digne, le soir, mais dans le mauvais sens ! (Lucie sourit et but une gorgée.) Enfin, fais comme tu veux, ajouta-t-elle.

— Oswaldo va embaucher un aide pour la cave, il me l'a déjà proposé, mais ce ne sera pas avant les vendanges.

— Et c'est moins bien payé qu'un poste d'ouvrier à Apt. Tu pourrais faire jouer tes relations avant d'aller voir M. Vallon, qui est une personnalité importante au pays.

— Tu sais que je suis contre ce type d'usage. Je vais me rendre à son bureau de bonne heure, j'ai remarqué que le matin il part un peu avant 7 heures du château. Lui, il met un quart d'heure maxi avec sa Traction, moi, il m'en faudra trois avec mon vélo, et encore, parce que j'ai de grandes roues !

— Tu sais ce qu'on a décidé pour la fin de l'année, j'aimerais que d'ici là tu aies un travail fixe, ça me sécuriserait si jamais je dois m'arrêter pour une raison quelconque.

— Je comprends, Lucie, j'irai dès ce vendredi. Promis.

Le vendredi qui suivit, il faisait un temps mi-figue mi-raisin quand Maurice ouvrit les volets sur le coup de 6 heures. Il prépara un bon café et deux tartines de confiture, Lucie le rejoignit quelques minutes après. Ils passèrent un agréable moment ensemble, comme tous les matins, puis Maurice l'embrassa, enfila son imperméable de cycliste avec des entailles pour les bras et un capuchon au cas où. Quand il se hissa sur son vélo géant, il tombait quelques gouttes éparses. Il traversa le pont qui enjambe l'Imergue et prit la direction d'Apt. Le jour se levait, inutile d'enclencher la dynamo qui alimentait le phare, ça l'aurait ralenti, ni d'utiliser le capuchon de l'imper, car il suffoquait. Il préférait la pluie. Il s'en alla nez au vent.

La Citroën Traction blanche de Vallon le doubla à vive allure un peu avant le Chêne, Maurice ressentit comme un violent courant d'air qui lui fit faire un écart, il restait environ quatre petits kilomètres à parcourir dont un, le dernier, était une montée supportable jusqu'à la gare avant de plonger vers le centre-ville. Il repensa à son premier voyage dans la cité des fruits confits, quand il avait fait la connaissance de la Castagne. Il constata qu'il avait très peu vu l'employé de mairie affecté à la Bergerie, qui œuvrait dans la montagne de Lure, où les troupes italiennes et allemandes circulaient tandis que Maurice, affecté à la Montagnette, officiait dans les Monts de Vaucluse entre Calavon, Durance et Rhône, plus à l'ouest. Les maquis étaient volontairement compartimentés et indépendants les uns des autres. Une multitude de maquis disséminés un peu partout et qui, mis bout à bout, devint « l'armée des ombres ».

Quand Maurice se présenta à l'entrée des bureaux de l'usine Vallon, il était juste 7 heures. De lourds nuages noirs stationnaient juste au-dessus de la ville et menaçaient de larguer leur cargaison. Il ôta son imperméable, le plia en quatre et l'enfouit dans la sacoche de la bicyclette, qu'il appuya, par précaution, contre le mur d'enceinte, à l'abri sous la corniche. Il reconnut la Citroën du patron, rangée soigneusement sous l'auvent. Zacharie Vallon était arrivé depuis vingt bonnes minutes et dégustait un café dans son bureau quand il le reçut. Il ne l'invita même pas à s'asseoir, il était au téléphone.

— Je suis désolé, monsieur Ro... Lo... Loteri...

— Poveri, monsieur, Maurice Poveri, de Lumières, le compagnon de Lu...

— Actuellement, je n'ai aucun poste disponible digne de vos capacités. En revanche, j'envisage une extension de nos établissements très prochainement et il sera temps alors de restructurer les équipes. Je pense que cette opération aura lieu au moment des melons ou, au pire, au début des pommes. C'est-à-dire d'ici trois à quatre mois. Je vous invite à me recontacter en temps utile. C'est très aimable à vous d'être venu jusque-là. Je vous remercie de saluer pour moi notre brave (ici, brave signifie « pov' conne ») et chère Lucie, qui œuvre sans compter pour nos enfants et notre commune. Au revoir, monsieur Poterie.

Entretien terminé. Dix minutes en tout et pour tout. Maurice n'a même pas pu faire éloge de ses compétences. « Circulez, y a rien pour le moment, à la revoyure. » Drôle d'accueil pour un patron de la trempe de Vallon. Maurice s'attendait à plus de considération. Il ne l'a même pas invité à s'asseoir dans les moelleux fauteuils visiteurs. Maurice est resté debout comme un épouvantail à moineaux sans bouger et sans dire un mot. Pourtant, l'année écoulée, à deux reprises, il s'était rendu au château des Mille Roses, Mme Vallon l'avait fait appeler en dernier recours pour trouver la cause de fréquentes coupures du courant électrique. L'électricien de Goult était venu plusieurs fois et avait changé tous les fusibles et autres pièces diverses de la cave au toit. Sans succès. Maurice avait résolu le problème en une petite heure. La pompe qui alimentait le débit d'eau de la fontaine du jardin était reliée au disjoncteur du château. Un problème de corrosion de la gaine de protection entraînait ces coupures intempestives du courant. Mme Vallon l'avait félicité et gratifié royalement.

Il n'eut même pas le temps de se prévaloir de cet épisode. Quand il enjamba sa bicyclette, il ne remit pas l'imperméable, l'orage menaçait toujours mais peinait à éclater.

En quittant l'usine, il bifurqua à droite, car la rue descendait et tout en bas s'étendait le jardin public. Peut-être y rencontrerait-il une nouvelle fois la Castagne avec ses idées extravagantes ? Ce drôle de personnage, avec ses excentricités, lui regonflerait le moral.

À peine eut-il parcouru une centaine de mètres qu'il entraperçut l'enseigne. Il stoppa net. Il pénétra dans une cour entourée de murailles en brique rouges flétries par les ans. « Confiserie Notin et Fils » en lettres gothiques immenses. « Superbe », se dit Maurice. Il pénétra dans le vaste atelier, soudain l'obscurité l'envahit, il ne distinguait âme qui vive. Il s'avança jusqu'au fond de l'atelier, où la lumière illuminait une espèce de cagibi aux parois vitrées. « Sans doute le bureau », se dit-il. Il s'avança et trouva un brave homme de forte stature penché sur un journal. Il frappa au carreau.

— Pardonnez-moi, monsieur, je me suis permis.

— Asseyez-vous. Je consultais les nouvelles entre deux cuites.

Maurice, quelque peu surpris par ce genre de discours, se demanda si la personne en face de lui était le patron et, si tel était le cas, s'il était en état de lui répondre.

— Je vois que je vous dérange. Excusez mon intrusion, monsieur, je repasserai. Je désire voir M. Notin.

— Notin. C'est moi. Vous avez devant vous à la fois Notin père et Notin fils.

— Voilà. Je cherche du travail, monsieur Notin père et fils. J'habite Lumières, mais j'ai de quoi me déplacer et le travail ne me fait pas peur.

— Et vous savez faire quoi, plus précisément ?

— Tout, monsieur. Tout ce qui est manuel surtout.

— Je cherche personne en ce moment, c'est dommage parce que votre tête me plaît bien et j'aurais aimé vous tester. Les affaires sont difficiles, cette guerre qui n'en finit pas de s'éterniser pourrit le climat économique et les relations internationales.

Fernand se releva, s'empara de sa canne et contourna Maurice pour quitter la pièce, affichant sa claudication.

— Suivez-moi, faut que j'aille surveiller la première cuite. Vous savez, c'est une question de minute, faut surveiller comme de l'huile sur le feu et intervenir au bon moment, sinon, patatras... c'est foutu. Vous avez déjà travaillé dans les fruits confits ?

— Non. Jamais.

— Tant mieux ! Il n'est jamais trop tard. Moi, j'y suis tombé dedans à treize ans, ça fait plus de trente ans que je bouillonne avec mes poêlons, mes bacs et mes bigarreaux. J'ai le pif meurtri par l'odeur du sucre et les arômes de toutes sortes. Vous avez vu l'engin ?

Fernand fit face à Maurice, puis il présenta son profil, releva la tête et exposa son nez dans la lumière comme s'il affichait une œuvre d'art en ombre chinoise.

— Impressionnant, en effet ! constata Maurice avec surprise et compassion.

— Un nez difforme, comme Cyrano de Bergerac. Autrement dit, une péninsule. Vous connaissez Cyrano, monsieur... monsieur...

— Poveri monsieur, le *e* se prononce *é*, c'est d'origine italienne. Ça veut dire... pauvre.

— Sûr qu'avec un nom pareil, c'est pas facile de faire fortune. Pas vrai !

Notin se mit à rire de bon cœur. Maurice poursuivit l'échange, car cet homme bizarre avait quelque chose de séduisant. Finalement, il n'était pas ivre mais intéressant.

— Cyrano, il est aussi bouilleur de fruits confits à Apt ? C'est un collègue à vous ?

— Depuis la grande débandade de l'armée française en mai 1940 dans le nord de la France, à laquelle j'eus l'honneur...

Il marqua la pause et ajouta :

— Et le déshonneur de participer, entre deux champs de betteraves, on joue dans la même équipe, Cyrano et moi. Je vous prie de croire, monsieur Poveri, que c'est pas facile. Lui, il est né avec son appendice, moi j'ai ramassé quelques éclats d'obus dans la jambe et dans la truffe.

— Pardonnez-moi, monsieur, j'ignorais que c'était la guerre qui vous a...

— C'est pas important. À présent, je me suis habitué.

— J'ai cru que c'était le fait de respirer des fruits confits en train de bouillir toute la journée qui faisait grossir le nez. Je suis ridicule, monsieur Notin. Vous m'avez bien roulé.

— Je ne vous ai pas roulé, je vous ai trompé. Vous arrivez d'Italie, dites-vous ?

— J'ai fui le pays en 1937. Avant la guerre.

— C'est tout à votre honneur. Au fait, ne cherchez pas Cyrano de Bergerac à Apt, il a vécu au XVIIe siècle à côté de Bordeaux, et il y a belle lurette qu'il a passé l'arme à gauche. Son histoire, plutôt celle de son nez énorme (Notin enveloppe le sien avec ses doigts) a fait l'objet d'un livre écrit par un dénommé Edmond Rostand. Si vous le désirez, je vous le prêterai, enfin, si vous lisez notre langue.

Fernand prit la louche et ajusta le niveau de sirop pour entamer la deuxième cuite.

— Voilà, c'est fait. Pile au bon moment et juste ce qu'il faut.

— Bon, monsieur Notin, je vais vous laisser, puisque vous n'embauchez pas. Savez-vous où j'aurais plus de chances que chez vous ?

— Chez cet ogre de Vallon, il bouffe tout sur son passage.

— J'en viens. Il n'y a rien, hélas.

— Vous m'étonnez ! Il lorgne sur Sauget. Un petit concurrent. Il attend qu'il se casse la gueule. Les paysans vont demander à être payés à la livraison de la marchandise. Sauget n'a plus la trésorerie et Vallon le sait. Il va lui couper l'herbe sous le pied. L'autre ne s'en remettra pas. Dès les premières cerises, et surtout dès les bigarreaux, le couperet va tomber. Aucune banque ne va suivre. Vallon va racheter les créances et, en temps utile, il les présentera au fils Sauget qui vient tout juste de fêter la majorité. C'est un bleu que son père a laissé dans la merde. C'est dommage, c'est une sacrée bonne entreprise, avec des clients fidèles en Belgique, en Hollande, au Luxembourg et en Allemagne.

— C'est sûr que depuis six ans ces pays n'ont rien commandé, ils sont envahis par l'Allemagne.

— D'autant que l'armée allemande passe ses commandes chez Vallon. Sauget, disparu des fournisseurs des Boches. Il livre quelques boulangeries de la région avec sa camionnette, en plus il pratique le dépôt-vente. Il n'a plus qu'un jeune camarade avec lui qui l'aide de son mieux ; du temps de son père, ils étaient une dizaine d'ouvriers ! Bon, monsieur Poveri, vous me faites parler, parler, c'est pas pour me déplaire, mais j'ai du travail. Hélas, je vous répète que j'en ai pas pour vous. Revenez me voir dans quelque temps, on ne sait jamais.

— Je vous écoute et je vous regarde faire avec beaucoup d'attention, monsieur Notin. Je n'ai pas perdu mon temps, sachez-le. Au revoir, je reviendrai. Merci.

Quand Maurice quitta les lieux et qu'il déboucha dans la cour pour récupérer son vélo, il fut comme ébloui. Il pointa son regard vers le ciel triste, les nuages étaient toujours là. Le trop faible éclairage et le manque d'ouvertures plongeaient les locaux du confiseur dans l'obscurité. Travailler dans cette atmosphère n'avait rien à voir avec ses petits boulots chez les particuliers et la vie au grand air. Il avait promis à sa Lucie de trouver un travail régulier assorti d'un salaire avant la fin de l'année. Les récoltes allaient démarrer, c'était le moment ou jamais dans ce pays où l'activité agricole dominait la vie économique.

Maurice entendit le bruit du moteur d'une automobile dans son dos et, machinalement, il se retourna. Un break Renault se garait devant la porte de l'usine et une jeune femme en sortit. Elle l'interpella :

— Que faites-vous ici ? Vous cherchez quelqu'un ?

— Non, madame, j'allais partir. Je récupère mon vélo et je me sauve. Je suis venu demander s'il y avait du travail. Le patron, hélas, m'a répondu par la négative.

— Quel patron ?

— Un monsieur avec... avec un...

— Qui boîte. (Maurice fit oui de la tête.) Reposez votre vélo contre le mur et suivez-moi. Ici, il y a un patron mais aussi une patronne... et c'est moi.

Maurice emboîta le pas de Clémence jusque dans le bureau situé au fond de l'atelier. Le patron les regarda passer et resta planté, la louche dans une main.

— Asseyez-vous, monsieur...

— Poveri. Maurice Poveri, de Lumières.

— Peu m'importe où vous logez. Vous savez faire quoi ?

— Tout, mentit Maurice.

— Ça tombe bien, je cherche un homme à tout faire. Vous commencez dès demain matin. Ici, c'est 10 heures par jour et quatre-vingts centimes de l'heure dès que le fort de la saison attaque. Ça vous fait environ deux cent cinquante francs par mois. Cela vous convient-il, monsieur Poveri de Lumières ?

Maurice constata que cette femme relativement jeune par rapport au patron détenait en fait tous les pouvoirs. Apparemment, c'est elle qui décidait. Le ton de sa voix regorgeait d'assurance, impossible de confondre. Elle était la direction en personne. Aux yeux de Maurice, elle avait pris son époux à contrepied, l'avait désavoué, et peu lui importait qu'il passe pour un con.

— Très bien, madame. Je vous remercie. Je vais faire... quoi exactement ?

— Tout. Puisque vous savez tout faire, m'avez-vous dit. C'est pas le travail qui manque, nous sommes six, il faudrait que l'on soit dix et nous serons cinquante aux premières cerises.

— Alors à demain sans faute.

— Demain matin. 7 heures précises ici. J'y serai et mon mari aussi. Fernand Notin, que vous connaissez, n'est là que quelques heures le matin. Très tôt. Il gère ses cuites puis il vaque à ses occupations diverses.

Clémence se leva et tendit la main droite, signe que l'entretien était terminé.

Quand Maurice se retrouva en pleine lumière, il pleuvotait. Des gouttes de pluie maculaient la selle de son vélo. Fou de joie, il se hissa sans mal sur sa bicyclette et attaqua le trajet retour à fond la caisse pour porter la nouvelle à Lucie. Plus il repensait à la patronne, plus il était certain d'avoir croisé ce visage quelque part. Il se demandait où. De son côté, Clémence repensait à Maurice, elle l'avait aperçu, assise derrière la vitre de l'automobile d'Henri Lecourtois, dans la cour de la Montagnette. Maurice appartenait au maquis de Gordes, elle en était certaine. En revanche, ce qui l'intriguait, c'était cet énorme vélo. Elle l'avait repéré en un endroit qu'elle n'était pas près d'oublier.

16

Des idées nouvelles

1944

Lucie, en apprenant la nouvelle, embrassa son Maurice avec l'ardeur d'une femme amoureuse. Ils allaient pouvoir réaliser le souhait qui leur tenait tant à cœur. Ce soir-là, l'apéritif, le dîner et les ébats qui suivirent furent aussi lumineux qu'un feu d'artifice le 14 Juillet.

Peu à peu, Maurice réalisa des performances physiques sur la route. L'entraînement finit par payer. Il ne se laissait plus tromper par les faux plats qui l'épuisaient, il prenait soin d'éviter les ornières et se plaçait avec adresse dans le sillage d'une camionnette quand elle le doublait, pour s'en servir de coupe-vent, l'espace de quelques secondes, lui faisant gagner ainsi cent ou deux cents mètres. Il parvint à réaliser le trajet du matin en une courte demi-heure et réussit à tenir six mois sans une crevaison. Le trajet retour lui paraissait à la fois plus long et plus doux. Plus long, car il appuyait moins fort sur les pédales, plus doux parce que Lucie l'attendait sur le perchoir pour un agréable moment de partage qui pimentait leurs longues journées de labeur.

Il vécut sa première saison de fruits confits dans l'euphorie. Il découvrit la pénibilité du métier mais aussi le plaisir du travail soigné. Le chaleureux et agréable contact quotidien avec des dizaines de femmes qui équeutaient, dénoyautaient et pelaient des fruits toute la sainte journée pour quelques francs. Maurice apprécia la générosité et la convivialité de cette équipe qui, lors des flux les plus tendus, s'entraidait sans discourir. Il régnait dans l'usine une ambiance familiale et les sourires n'étaient pas feints. Au plus fort des chaleurs étouffantes de juillet, les plus habiles de ces femmes et les moins fragiles accomplissaient une partie du travail des plus faibles sans rechigner. Le vrai partage du meilleur et du pire. Une vraie mutuelle du métier.

Durant les premiers mois, Fernand évita Maurice tant que faire se peut. Le patron se sentait un peu honteux de l'avoir repoussé alors que son épouse l'avait embauché sans même daigner le consulter. À ses yeux et à ceux de Maurice, Fernand passait pour un « Gégé[1] » et il en souffrait en silence.

Au fil du temps et dans l'intérêt de l'entreprise, ils furent amenés d'abord à se parler, ensuite à se compléter et à s'entraider dans l'ordre des tâches à effectuer. Le travail des hommes était nettement plus pénible (allumer les feux, remplir les bacs, les porter, les vider, égoutter, empaqueter, charger le camion…) que celui des femmes, mais également nettement plus varié et moins répétitif.

Insensiblement, avec le temps, les rapports entre Fernand et Maurice s'améliorèrent et même se prolongèrent au quotidien. C'était un peu comme si ces deux-là se cherchaient pour être ensemble.

Ils avaient sensiblement le même âge, ils traversaient les mêmes incertitudes post-quarantaine. Les mêmes peurs. Fernand savait qu'il n'aurait jamais le fils qu'il avait tant désiré. Quant à Maurice, il avait renoncé à toute progéniture naturelle. Parfois, des images fugaces d'Italie lui brouillaient la vue et lui asséchaient la bouche. Sa vie d'avant. Il avait beau avoir fait une croix dessus, la conscience est comme une mémoire tenue en main, elle resurgit sans prévenir.

1. *Gégé : familièrement, en Provence, brave homme sous la coupe de sa femme ; un soumis !*

En dehors des phases de préparation telles que la récolte des fruits, leur ôter délicatement la queue (équeuter) et magiquement le noyau[1] (sans les abîmer), Maurice avait rapidement et parfaitement assimilé les quatre étapes du confisage des fruits : le pelage, le blanchi, la mise au sucre et le confisage proprement dit. La dernière étape était de loin la plus périlleuse. Il s'agissait de faire bouillir les fruits dans un chaudron (ou poêlon) pendant une heure à petit feu, puis on le laissait refroidir, puis on ajoutait du sirop de sucre concentré pour compenser l'évaporation, et ainsi de suite, autant de bouillons qu'il était nécessaire et autant de rajouts de sucre. Le sirop devait pénétrer lentement dans le fruit. Ici reposait l'alchimie du phénomène. Un art où Fernand excellait avec fierté.

Un beau matin, alors que Maurice se démenait derrière une enfilade de bacs posés au sol et chauffés au bain-marie pour veiller à ce que la température soit constante et parfaite tandis que Fernand, assis confortablement dans le bureau, prenait connaissance des nouvelles du jour, celui-ci entendit soudain son commis hurler comme un sauvage. Le maître confiseur se précipita sur le lieu d'où provenait le hurlement pour porter secours. Il découvrit son commis, allongé sur le côté, en train de soulever et pousser avec ses deux mains gantées, tel un forcené, les poêlons un à un.

— Que se passe-t-il, Maurice ? Vous êtes blessé ?

— Pas du tout, monsieur, mais j'en ai marre de me décarcasser à remplir et vider les bacs à la main dans si peu d'espace et de surcroît chauffé en les manipulant comme un galérien. Ce système d'étuve tunnel à bacs fixes est une douce folie. Je vais y remédier tout de suite.

— Et comment allez-vous faire ? Vous êtes ingénieur en la matière ?

— Non, monsieur, je ne suis pas ingénieur. Je suis ingénieux.

1. *Noyau : allez donc essayer de retirer le noyau d'un abricot ou d'une cerise sans ouvrir le fruit et sans l'abimer. Je vous souhaite bon courage !*

Maurice passa l'après-midi dans un coin de l'atelier qu'il aménagea avec la méticulosité d'un ébéniste. Il n'utilisa en tout et pour tout qu'une règle, un compas et un crayon de papier. Personne n'osa le déranger. Clémence se contenta de le saluer et Fernand faisait quelques brèves apparitions avant de disparaître incognito pour aller vagabonder en ville.

Trois jours après, Maurice sortit de son mutisme et invita Fernand à le rejoindre.

— Ça y est, j'ai trouvé. On va fabriquer des rails.

— Des rails ? Comme ceux du train ?

— Évidemment, comme ceux du train ! Et nous poserons nos bacs dessus comme des wagons. Nous n'aurons plus à les manipuler. Nos bacs seront mobiles comme des chariots bas. On va mettre les fruits dans les bacs chariots, et les bacs chariots, on va les poser sur des rails enfouis dans une étuve-tunnel chauffée à soixante-dix dont on va calorifuger les parois. On pourra mettre huit ou neuf bacs sans difficulté, reliés entre eux comme une chaîne mobile. On sort par le bout du tunnel le bac dont le contenu est confit et par l'autre extrémité on entre un bac dont le contenu est à confire. Voilà, le tour est joué, et on s'emmerde plus à faire le guet devant chaque bac et à surveiller les feux comme une vieille nourrice.

— C'est une très bonne idée, mais comment allons-nous fabriquer tout... tout ça ?

— Tout ce matériel, voulez-vous dire ? Vous n'avez pas un ami qui s'occupe de constructions mécaniques ?

— Si justement, j'en ai un bon. Un très bon, même. On a copié ensemble au certificat d'études.

— Allons-y tout de suite.

Dès lors, à partir de la mise en service de l'étuve-tunnel mobile, qui s'avéra diablement efficace, Fernand délégua les pleins pouvoirs d'invention, de modification, d'adaptation et de fabrication en tout genre à Maurice Poveri, qu'il qualifia de « maître-inventeur ». (Une espèce de Géo Trouvetou avant l'heure.) Il était fier, lors de ses promenades en ville, d'étaler et de commenter le génie des trouvailles de son commis, un peu comme si lui, Fernand Notin, était le découvreur et l'instigateur de ce petit génie. En flattant Maurice, il se flattait lui-même. Maurice s'attela ensuite à la modification du cuiseur et du fondeur, appareils indispensables utilisés quotidiennement, puis il remplaça les parois en tôle émaillée des bacs par de l'acier inoxydable. Fernand lui avait alloué tout un espace dans un coin de l'usine réservé à ses inventions, ainsi que le matériel et l'outillage pour ses travaux spécifiques. Fernand nommait pompeusement ce nouvel espace où il avait fait percer une grande fenêtre (sur demande de Maurice) : « Laboratoire de recherche industrielle ». Un écriteau apposé sur la porte confirmait cette activité spéciale n'existant que chez Notin.

Un samedi soir du mois d'octobre, Maurice pénétra dans le bureau pour encaisser sa semaine, comme tous les samedis. Fernand et sa femme étaient tous deux assis face à la porte, l'enveloppe contenant l'argent en espèces était posée sur le bureau comme d'habitude, le prénom de Maurice apparaissait bien en évidence. Il était le dernier à se présenter, tout le personnel avait déserté. Clémence profita de cet instant pour s'adresser à son commis :

— Vous constaterez que j'ai doublé votre salaire. Vous le méritez, Maurice. Fernand et moi sommes plus que satisfaits de votre travail, et même, dirais-je, de votre total investissement dans notre entreprise pour le bien de tout le monde. Vous nous avez tellement apporté qu'il est naturel que vous soyez récompensé.

— Je vous remercie sincèrement tous les deux.

— C'est normal, Maurice, ça me fait plaisir, ajouta Fernand, qui poursuivit : Depuis que tu es là, l'envie de revenir dans mon usine pour y travailler est revenue. Tes idées m'ont fait beaucoup de bien. Le fait que tu t'investisses tellement pour la confiserie Notin m'a redonné goût au travail.

Clémence, curieuse de tout, osa poser la question qui lui tenait à cœur depuis quelque temps :

— Vous faisiez quoi en Italie ?

Maurice partit dans un éclat de rire. Il répondit simplement en italien :

— *Tutto !* En découvrant ses belles dents blanches.

— C'est-à-dire ? renchérit Fernand.
— Je ne sais pas si on dit « manégeur » ou « manégiste ».
— C'est-à-dire ?
— Je fabriquais des manèges.
— Des carrousels ? s'étonna Clémence, béate d'admiration.
— Oui, madame. Le grand Léonard de Vinci a imaginé et dessiné le premier carrousel ; nous n'avons fait que le copier. Je n'étais pas tout seul. Dans mon village, on fabrique des manèges depuis toujours. On y passe sa vie. Même ceux qui travaillent dans l'administration, tels : l'instituteur, le facteur et même le percepteur... viennent nous aider après leur journée et même le dimanche. On est à la fois peintre, menuisier, électricien, ébéniste, sculpteur, mécanicien, constructeur, dessinateur, soudeur, et *tutti quanti*. Il nous faut inventer le vertige et créer la vitesse. Fabriquer des personnages et des animaux, les articuler pour les faire danser et sautiller comme les chevaux de bois sur une scène tournante. Imaginer des suspensions, des engrenages, des poulies, des turbines, des crémaillères, des potences, des plateformes mobiles ; travailler le bois, le cuivre, le fer, l'acier et toutes sortes de matériaux... Une alchimie, comme dit M. Fernand, entre les capteurs, les roulements et les pignons. Une fois, on a même fabriqué une boîte automatique pour les petites voitures, une horloge parlante, et on a remonté complètement le clavier d'un piano. Quand les manèges sont terminés, il nous faut les démonter et les numéroter en morceaux pour les transporter et les livrer aux clients en Italie et à l'étranger. Pendant vingt-quatre ans, je suis venu chaque année à la foire du Trône, à Paris, et autant à Marseille. J'y passais deux mois entre montage et démontage. C'est comme ça que j'ai appris votre langue. Un peu l'anglais aussi, et même... l'allemand.
— Bravo ! se contenta de murmurer Clémence, abasourdie.
— Madame, quand on sait fabriquer un manège, on sait tout faire. On n'est pas ingénieur, comme je disais à votre mari, on est habile par nature et on devient ingénieux au fil des ans. On est confronté à toutes sortes de difficultés à résoudre, aux plus simples comme aux plus complexes, et ce qui nous sauve, un peu comme

chez vous, c'est le travail en équipe. Certains sont d'ingénieux mécaniciens, d'autres préfèrent sculpter le bois. Mais nous apprenons tous les uns des autres.

Fernand resta estomaqué.

— Je reconnais que c'est la meilleure école pour le bricolage de haut niveau. Aujourd'hui, on découvre les montagnes russes et même les loopings, comme ils disent. Je me demande comment ils se démerdent pour que ces chariots ne se cassent pas la gueule à vingt mètres de haut.

— Tout se calcule et se teste, répondit Maurice. À Melara, en Italie, tout le village travaille depuis toujours pour les manèges. Hommes et femmes. Comme vous ici avec les fruits confits. J'ai même rencontré mon concitoyen Tomerelli[1], que vous connaissez bien ici, à Apt, puisque c'est lui qui a inventé la première machine à dénoyauter les cerises. Un génie de la débrouille.

Clémence poussa son questionnement un peu plus loin, frôlant l'indiscrétion :

— Et, en Italie, vous avez encore... de la famille ?

— Plus personne. Personne à qui je reste profondément attaché. Il y a aura huit ans, un peu avant Noël, le train reliant Melara, mon village, à Padoue, a déraillé au petit jour en raison de travaux mal signalés sur la voie. Ma femme et ma fille ont toutes deux péri dans cet accident.

— Pardonnez-moi, Maurice, je suis désolée. J'ignorais...

— J'ai fait mon deuil, madame, surtout en ces temps difficiles et cruels que nous vivons, et puis... (Il baissa la tête pour cacher son trouble intérieur.) Alors j'ai pris des trains, moi aussi, ils m'ont fait franchir la frontière et m'ont emmené jusque sur le quai de la gare de Lumières où, par le plus grand des hasards, j'ai rencontré ma Lucie.

— Qui est-ce ? Vous y semblez très attaché.

---

1. *Tomerelli : inventeur italien de la même époque qui a réalisé quelques inventions notables et quelques machines originales pour l'industrie du fruit confit, mais qui s'est toujours refusé à les vendre. Il les louait. (Les prémices du leasing longue durée.)*

— Ma compagne, ma femme, ma maîtresse, mon amie, ma confidente… mon tout. Nous habitons la colline de Lumières, juste en aplomb du couvent et sous la crête de la falaise qui porte le calvaire de la Vierge Marie. En fait… ma vraie lumière, c'est Lucie. J'ignore ce qui m'a amené dans votre belle région et dans ce merveilleux village au nom prédestiné.

— Le destin, Maurice. Nous marchons tous sur un chemin plus ou moins cabossé, nous devons rester vigilants.

Cette vitalité que Maurice apporta à l'entreprise fut comme du sang neuf pour Fernand Notin.

Le matin, il s'habillait lentement, sa jambe raide (ses blessures de guerre, comme il disait) le faisait souffrir. Il devait se frictionner longuement le genou avec une espèce d'huile de camphre avant d'attaquer la journée. Il appelait ça sa « mise en jambes ». Il possédait, par fierté, trois cannes différentes, sur lesquelles il s'appuyait dès qu'il sortait de chez lui. « Jamais sans ma canne. » Comme un slogan dans sa bouche. En réalité, cet ustensile servait davantage à afficher sa blessure qu'il ne l'aidait vraiment à cheminer. Sa canne était comme un révélateur ambulant de ses glorieux faits de guerre. L'étalage du don de sa personne à la nation, signe de supériorité suscitant le respect.

Au contact de Maurice et de ses idées nouvelles, Fernand en arriva à oublier, parfois, la friction matinale de son genou, et même à se priver de l'assistance de sa canne tant il était pressé d'arriver à l'atelier où, désormais, il séjournait beaucoup plus longtemps et participait davantage à toutes sortes de travaux manuels. Son état dépressif s'enfuyait au fil des jours, une espèce de palingénésie gagnait à la fois sa personne et son esprit. Une motivation nouvelle, tel un ado, l'animait.

Un matin, de très bonne heure, il attendit Maurice sur le seuil de l'entrée de l'usine, les mains sur les hanches.

— Maurice, nous avons des problèmes de stockage. Nous manquons de place. L'idée m'est venue d'adapter votre système de rails, mais au lieu de les poser par terre, on va les fixer au mur.

— Vous voulez dire implanter un stockage vertical au lieu d'horizontal où nous hisserions les bacs à la sortie de l'étuve-tunnel ? Un système de bacs suspendus ?

— Exactement. Venez voir, j'ai préparé une esquisse. Il faudrait fixer un double circuit de rails parallèles contre les cloisons avec l'espacement exact des bacs que nous élèverons les uns sur les autres avec une crémaillère jusqu'au plafond. Une cale sous chaque bac, on peut en mettre cinq ou six les uns sur les autres. Et ainsi de suite, rangée par rangée.

— C'est pas bête. C'est même superbement intelligent. Vous auriez pu fabriquer des manèges avec nous, monsieur Notin. Tant qu'on y est, on va utiliser le même procédé pour l'égouttage du sirop des bigarreaux, sauf qu'on va placer une cale pour incliner légèrement nos passoires. Nous allons fabriquer des passoires de la même largeur que les bacs, ainsi nous installerons des rails d'un même espacement partout. On va gagner une place immense.

Aussitôt dit aussitôt fait.

— Je file chez Pétard (le fabricant d'ossatures métalliques), déclara le patron, complètement transformé. Notin avait définitivement cédé la place à Cyrano. Il quitta le bureau en coup de vent en oubliant sa canne.

La fin d'année approchait, le sourire était revenu sur les lèvres du maître confiseur que l'on apercevait moins souvent dans les estaminets de la ville. Ses visites au siège du club de la confrérie s'étaient également espacées. Il craignait les questions indiscrètes de ses collègues à propos des nouvelles techniques d'exploitation qu'il avait élaborées avec Maurice. *Idem* ses inventions, qui suscitaient la curiosité malsaine et la jalousie de ses confrères. Ça discutait dans les chaumières et dans les tavernes. Fernand arborait le sourire de la suffisance et de la sérénité lors des réunions et déjeuners gastronomiques de la confrérie. Il savourait le plaisir conjugué de la table et de l'assistance. Le sieur Vallon regrettait immensément d'avoir loupé l'embauche de Maurice « Loterie ». Trop tard !

Une autre surprise de taille saisit Clémence au vif. Plutôt deux surprises.

Tout d'abord, une fin de matinée, croyant son mari attablé dans un café de la ville, Clémence eut la stupéfaction de sa vie. Fernand fit son entrée à l'usine (sans sa canne) en tenant sa fille par la main. Éliane avançait d'un pas guilleret. On ne savait pas qui tenait qui, mais bonheur et fierté se lisaient sur les deux visages. Éliane rayonnait ; pour la première fois, elle entrait dans cet atelier, et c'était son père qui l'accompagnait. Fernand la présenta à tous les ouvriers et ouvrières, à qui la gosse de trois ans et demi tendit franchement la main.

Elle vint ensuite se jeter dans les bras de sa mère.

— Suzanne n'est pas avec vous ? s'étonna Clémence.

— Nous n'avons pas besoin d'un chaperon, pas vrai, mademoiselle ? répondit Fernand, s'adressant à sa fille qui lui enserra la taille.

Cette visite en compagnie d'Éliane se répéta pratiquement tous les jours. Fernand quittait l'atelier vers 11 heures et revenait avec elle un quart d'heure plus tard.

La deuxième surprise intervint dans la foulée. Le maître confiseur ouvrit sa cassette personnelle et assuma toutes les dépenses nécessaires à la mise en place des idées de Maurice. Quant à la troisième surprise, c'est Maurice qui la vit en premier, en arrivant de bon matin à l'usine. Il faisait encore nuit, une nouvelle enseigne lumineuse ornait le fronton de la façade et illuminait le terre-plein de la place. En grosses lettres, on pouvait lire : « Notin et Fille – Maître confiseur ».

Le dernier déjeuner-débat de la confrérie des maîtres confiseurs eut lieu le 22 décembre, étape gastronomique précédant les fêtes de fin d'année ; Vallon en profita pour faire passer comme une lettre à la poste le rachat de l'usine Sauget par ses soins. Le zèle de Me Villeroy avait une fois encore fonctionné, le notaire avait soigné le dossier à l'intention de son client privilégié. Quant à Poursieu de Cambize, moyennant un apport en numéraire pour cette transaction en faveur de son cher ami Vallon, il avait hérité, en compensation, de vilaines terres en friche (à cette époque), anciennement propriété de l'incompétent et novice Sauget.

Lors du vote, Fernand Notin apporta sa voix à son confrère Vallon, grand maître de la confrérie, pour l'attribution de feu les Ets Sauget. Il n'évoqua même pas cette transaction devant Clémence, de peur qu'elle en parle à son ami Lecourtois qui n'appartenait pas au sérail. Le maire de Roussillon venait de récupérer une savonnerie et le savon n'avait rien à voir avec le fruit confit. Comparé au fruit confit, dans la tête de Fernand, le savon était une industrie de bas aloi. Lecourtois ne méritait pas d'entrer dans le monde émérite des maîtres confiseurs. « On ne mélange pas les serviettes avec les torchons », glissait-il à l'oreille des personnes averties.

Juste avant de fermer les portes de l'usine l'avant-veille de ce Noël 1944, au moment où Maurice enjambait la barre de son gigantesque vélo pour s'en retourner à Lumières, Fernand l'interpella :

— Nous avons quand même bien travaillé grâce à tous ces clients que Clémence nous a dégotés dans des pays que je ne savais même pas qu'ils existaient.

— La guerre touche à sa fin, ça se sent, monsieur Fernand. Ce n'est plus qu'une question de jours. Les Boches sont cuits. Les affaires reprennent.

— Faut reconnaître que, grâce à votre idée de brochettes, vous nous avez considérablement aidés, Maurice. Enfiler une brindille d'osier dans des bigarreaux confits, fallait y penser. En plus, ça planque les trous du dénoyautage. Ça a beaucoup plu aux clients et ça s'est très bien vendu. Bravo ! Heureusement que vous n'avez pas repris l'affaire de Sauget, vous nous auriez tous grillés !

Le maître confiseur laissa s'échapper un rire franchouillard empreint de malice, puis il rajusta le col de son manteau sur ses oreilles. Il empocha la clef du portail et vint se planter devant Maurice qui chevauchait sa bicyclette et peinait à assurer la stabilité de sa monture du bout du pied.

— Vous réveillonnez en famille ?

— C'est le cas de le dire, monsieur Fernand. Un vieux rêve va enfin se réaliser pour Noël.

— Tant mieux, Maurice. Les vieux rêves sont toujours de bons rêves… Je parle en connaissance de cause, croyez-moi.

Le lendemain, Maurice et Lucie montèrent dans le premier autocar qui marque l'arrêt sous l'esplanade du Rocail, en direction de Cavaillon. Ils s'en allaient tout guillerets, comme deux jeunes amoureux, honorer une vieille promesse. Quand ils furent assis côte à côte, Lucie, qui se tenait contre la vitre, tourna son visage vers Maurice et lui prit la main.

— Enfin, mon chéri ! L'heure est enfin venue.

— Les vieux rêves sont toujours de bons rêves, conclut Maurice en la regardant dans les yeux.

17

Adam, un basané

Noël 1952, huit ans plus tard

ADAM ALLAIT VERS SES ONZE ANS, c'était un garçonnet tout ce qu'il y a de plus normal tant par la taille que le poids. Il serait passé inaperçu partout si ce n'avait été son drôle de prénom (rarissime à l'époque) qui rappelait celui du premier homme qui a désobéi (en croquant la pomme) et qui s'est fait foutre dehors complètement à poil du paradis terrestre, flanqué de sa copine, Ève, tels deux malpropres.

Chaque fois qu'Adam pensait à cet épisode de la Bible que le curé lui avait conté une énième fois lors de la dernière séance de catéch', il posait toujours la même question au prêtre :

— Dites, mon père, pourquoi c'était interdit de manger des pommes à l'époque ? Surtout si Adam crevait de faim. C'est vraiment pas gentil de la part du bon Dieu.

L'ecclésiastique débitait une réponse de circonstance devant le groupe de gamins, histoire d'endormir la curiosité malsaine de la jeune assemblée et éviter que le débat ne s'envole vers des élucubrations abracadabrantesques.

— La désobéissance est un vilain péché. Faim ou pas faim, Adam a fauté, Dieu l'a puni. Avis à vous, petits garnements, si vous péchez, vous serez punis comme Adam et Ève. Point final.

— On sera privés de pommes, mon père ? ajoutait Adam pour faire rire les camarades présents à la séance du jeudi.

En réalité, quand on approchait Adam et qu'on prenait le temps de le regarder de près, en dehors de son abondante chevelure châtain blond quelque peu emmêlée, on restait cloué par son regard à la fois ombreux et gracieux. Deux pupilles vert amande logées dans un ovale démesuré dégageaient un mélange de puissance et de douceur. De longs cils noir de jais effilés comme des poils de pinceaux et deux épais sourcils d'une oblique parfaite venaient renforcer cette expression de mystère qui, bien qu'il fût un gosse, apportaient à son regard un quelque chose d'adulte. Un regard envoûtant et difficile à soutenir. Ses lèvres dessinées au scalpel comme deux quartiers d'orange pleins et gonflés de sucre donnaient à sa bouche un air coquin qui lui seyait parfaitement. Un air qui lui servait à amadouer les cris, les colères et les engueulades, d'où qu'elles viennent, à son encontre. Grâce à cet air séraphique et son gracieux sourire, on pardonnait beaucoup à Adam.

— Il est tellement affectueux, disaient les gens à son contact, et si beau. Il ne peut pas être mauvais !

Les mauvaises langues ajoutaient :

— En tout cas, il n'a pas l'air d'un vrai Français, il a quelque chose qui rappelle le type égyptien, libanais, syrien ou même hindou des hauts plateaux (ignorant où ils se trouvaient). Avouez que c'est quand même bizarre, cette peau tannée dès la naissance. Si j'osais, je dirais qu'il a des origines berbères. C'est un basané, quoi qu'on dise.

— Les Berbères et les Arabes, c'est du pareil au même, ils n'ont pas les yeux verts et les cheveux blonds ! ripostaient les bonnes langues. Et elles ajoutaient : Pour moi, ses parents devaient venir des pays de l'Est. Des migrants de Pologne ou de Hongrie, enfin, du côté des steppes... de vers là-bas. (En joignant le geste à la parole :) Peut-être même des romanichels ou des cosaques sans foi ni loi qui l'ont jeté comme un sac vide devant la porte d'une église. Pendant la guerre, y en avait plein de ces gens du voyage qui, ni vu ni connu, traversaient la région. On ne savait même pas d'où ils venaient et où ils allaient. C'était des voleurs de poules vêtus comme des gueux qui cachaient leur visage comme des parias. Ce qu'il y a de sûr et certain, c'est que ce petit, c'est un mélange d'on ne sait quoi. Il n'est pas de chez nous. C'est un basané.

D'aucuns avaient même avancé l'hypothèse que Maurizio, le compagnon de Lucie, arrivé soi-disant d'Italie à la fin de l'année 1937, comme un cheveu sur la soupe, était en réalité un Sicilien du Sud sud. Certains (peu nombreux mais les plus cultivés) prétendaient que ce type de pigmentation de l'épiderme sautait une génération. Adam avait donc tout naturellement écopé de la couleur de peau de feu sa grand-mère qui devait être brésilienne ou, pourquoi pas, canadienne.

À présent, les langues s'étaient tues. Adam faisait partie du décor local depuis des années et il s'exprimait parfaitement dans la langue de Molière, prenant soin de construire ses phrases conformément à l'ordonnancement énoncé par la maîtresse au cours moyen deuxième année : « Sujet, verbe, complément circonstanciel (de temps, de lieu ou de manière...), et si possible au présent de l'indicatif. Il est inutile d'alourdir la phrase. Sujet, verbe, complément. Point. »

Cette façon de s'exprimer était encore récente pour Adam qui, quelquefois, partait à la recherche d'une multitude de compléments circonstanciels, croyant ainsi valoriser son expression orale. Cet exercice induisait quelques secondes d'hésitation, ce qui pouvait laisser penser qu'il bégayait. Adam pensait que la perfection de la phrase était proportionnelle au nombre de compléments circonstanciels employés.

De fait, dans sa bouche, ça donnait à peu près ceci, si un camarade lui posait une question, par exemple :

— Adam, t'as pas vu mon père ?

— Si. Je l'ai vu... ce matin... au volant de sa Renault grise... avec une casquette rouge.

Une précision digne d'un horloger qui, parfois, prêtait à sourire.

Entre Maurice et Adam, Lucie était entourée de deux apprentis linguistes chevronnés qui, à trop vouloir se faire concurrence pour atteindre la perfection, sombraient le plus souvent dans le ridicule, pour le plus grand bonheur de Lucie, qui se foutait d'eux.

Adam vivait depuis plus de sept ans chez les Poveri. Lucie et Maurizio. Un couple franco-italien proche de la cinquantaine qui l'avait « adopté » pour son troisième anniversaire. Lucie était née à Lumières, une pure Provençale de souche ; elle exerçait le beau métier de cantinière à l'école communale du village qui l'avait vue naître. Son escapade la plus lointaine avait été un aller-retour à Montélimar pour visiter une fabrique de nougat lors de son vingtième anniversaire. Une sacrée excursion. Elle avait, tout le long du voyage en train, depuis la gare d'Avignon, ausculté le paysage, pendue à la vitre du couloir du wagon de seconde classe, en prenant soin de noter le nom de chaque gare où le train faisait halte, et surtout de compter les arrêts. Montélimar était le cinquième arrêt, lui avait certifié le chef de gare. Surtout, ne pas oublier de descendre, sinon elle finirait le voyage à Lyon, une ville immense remplie de voyous et de chausse-trapes à chaque coin de rue.

Maurizio, son gentil compagnon, d'une politesse exemplaire devenue légendaire, était arrivé en France bien avant le retournement de veste des Italiens durant la Seconde Guerre mondiale. Dès le début, ce communiste au grand cœur avait fui la bande des pistoléros de Mussolini. Pour Maurizio, les types vêtus d'une chemise brune ou noire ou de tout uniforme, même sans arme, mais avec une grande gueule qu'ils n'ouvraient qu'en dehors de la présence de leur femme, non seulement n'étaient pas fiables mais ils étaient même dangereux. L'avenir avait prouvé qu'il avait raison. Sans attaches familiales, il avait fait son maigre baluchon à la fin 1937 et avait débarqué un matin à Lumières. Avec son grand sourire et ses dents blanches de ténor italien, son allure d'aventurier et son visage de tomate mûre qui sentait bon le soleil, il avait séduit, en baragouinant le français sur un air chantant, la brave Lucie, venue ce jour-là attendre son frère cadet à l'autorail de la SNCF. Ensuite, ils avaient rejoint à pied le douillet appartement de Lucie tout proche. Admirablement situé, le confort de ce trois-pièces et demi, plus terrasse plein sud, devait se mériter. En premier lieu, même lesté de bagages lourds, il fallait escalader l'étroit et pénible escalier. Ce type d'accès n'était pas sans intriguer les nouveaux visiteurs. Vu d'en bas, ce logement, en partie encastré dans la roche, rappelait les maisons troglodytiques. C'est tout naturellement que Maurizio avait trouvé refuge chez ses nouveaux amis et s'était tout de suite senti à l'aise dans cet antre magnifique que Lucie nommait son Rocail. Même les jours de fort mistral, les rafales passaient au-dessus de cette semi-caverne dont le terre-plein qui s'étalait côté sud en partie recouvert d'un auvent tenait lieu d'une terrasse.

— Quel plaisir de boire l'apéritif à cette hauteur et contempler la vallée du Calavon, on se croirait dans les nuages ! déclarait Maurice.

Il ajoutait :

— Cet endroit est sublime.

Le grand cœur de Lucie, d'une alerte quarantaine mais toujours célibataire, avait eu pitié de ce brave homme si loin de sa maison et l'avait accueilli en son sein. Au propre et au figuré, car les nichons de la cantinière étaient pareils aux succulentes miches du boulanger du village : fermes, nourrissants et volumineux. Maurizio pouvait confirmer.

Lucie était une grosse travailleuse. Quand elle en avait fini de la cantine scolaire et rangé la dernière écuelle, elle quittait l'école, enfourchait sa bicyclette et s'en allait à droite et à gauche effectuer quelques heures dans les champs chez des petits exploitants agricoles. Ramasser les patates, les asperges, les melons, cueillir les cerises, les poires, vendanger et même tirer la mauvaise herbe. Sa rencontre fortuite avec Maurizio fit qu'en plus d'être bien dans sa peau elle le fut aussi contre celle de cet Italien jovial et débonnaire. Elle était seule et libre, lui aussi. Ils avaient sensiblement le même âge ; elle était pauvre, lui aussi. D'ailleurs, comme il se plaisait à le carillonner dans son accent de merle chanteur transalpin :

— *Mi chiamo Poveri,* et Poveri, en italien, ça veut dire « pauvre ».

Et il ajoutait, en français et en prenant soin d'afficher ses belles dents blanches parfaitement alignées :

— Mais je suis riche de mon envie de vivre et de mes espérances.

Au début, Maurizio a partagé la couche du jeune frère de Lucie, bûcheron dans une exploitation forestière de Lozère, qui venait profiter de quelques jours de repos chez sa sœur. Puis, quand le frangin s'en est allé, il s'est peu à peu glissé, sans futiles prolégomènes, dans les draps propres de Lucie, qui n'attendait que ça. Au fil du temps, Maurizio est devenu « M. Maurice » pour tout le monde. Cet auguste préfixe s'était imposé en raison de sa grande taille, de sa prestance naturelle, de son séduisant sourire découvrant deux rangées de dents d'un blanc de blanc à rendre jaloux le plus futé des dentistes, de sa franche gentillesse et de l'emploi d'un français, certes avare, mais clair, précis et infiniment correct, avec un profond respect des règles de grammaire. (Lucie lui avait apporté des livres de CE1 et CE2 qu'elle avait empruntés aux instituteurs et mis son vieux dictionnaire à disposition.) Une diction concise mais juste et un vocabulaire de plus en plus étoffé, à la limite de la préciosité. Si ce n'avait été un léger accent chantant qui enjolivait sa voix de baryton et attestait de ses origines, on aurait pu le prendre pour un professeur. Maurice, malgré une situation modeste qu'il assumait, affichait un comportement de gentleman et une profonde envie de vivre, la population de Lumières lui en savait gré ; chose rarissime dans ce petit bourg où tout le monde se connaissait depuis toujours, elle l'avait aussitôt adopté. De fait, le compagnon de Lucie, la bonhomie innée, ne pouvait être qu'un brave[1] homme. Et, tant à Goult qu'à Lumières, « on » faisait semblant de les croire mariés. En ce temps-là, ce qu'on baptisait vulgairement « vivre à la colle » était mal vu au plus haut point, sauf par Maurizio qui, sans aucune honte et fier comme Artaban, clamait haut et fort : « *Luciia et mé, concubini.* »

1. *Brave : attention, en Provence, ce qualificatif est très, très important. Il peut revêtir plusieurs sens. Tout dépend de la tonalité dans la voix du locuteur. Ici, il signifie généreux ou courageux ; mais il peut aussi vouloir dire « naïf », « benêt » et même « couillon », voire « crétin ». Fortement usité à toutes les sauces, il est souvent rattaché au qualificatif « con », d'où la célèbre expression : « Brave con ». (Pauvre con. Prononcer : « Pov' con ».)*

Le hameau de Lumières, placé sous la bénédiction du sanctuaire élevé à l'attention de Notre-Dame-des-Lumières parce que l'Enfant Jésus était apparu en ce lieu un jour de 1661 et avait guéri un pauvre paysan handicapé, était administrativement rattaché au gros village de Goult, distant de quelques kilomètres, perché sur les premiers contreforts abrupts des Monts de Vaucluse. Lumières s'étalait en longueur au bord du Calavon, luxuriante rivière nourricière qui irriguait et fertilisait cette vallée depuis Apt à l'est jusqu'à Cavaillon à l'ouest.

Lumières (baptisée également Notre-Dame-de-Lumières – ou « des-Lumières » –), peuplée de quelques centaines d'âmes seulement, appartenait donc à Goult, le gros bourg voisin, mais le hameau avait l'avantage d'être situé dans la plaine et d'être traversé, en son centre, par la nationale 100, parallèle à la rivière.

Lumières, tant par l'importance de sa voie de circulation que par son sanctuaire flanqué d'un couvent abritant une congrégation d'oblats et une admirable église, éclipsait fièrement sa métropole.

Adam s'épanouissait entre ces deux personnes aimantes, chaleureuses et foncièrement honnêtes. Un vrai petit Jésus bienvenu chez ce couple qui n'avait pas eu la joie de connaître la naissance d'un enfant. En avoir un, même de quelqu'un d'autre, c'était du pain béni. À cette époque, l'effectif de l'Assistance publique regorgeait d'enfants en bas âge que la guerre rejetait. La conception hors mariage était la pire des hontes pour une femme. La fauteuse cachait ses formes tant qu'elle le pouvait et s'en allait accoucher le plus discrètement du monde dans quelque lieu isolé. Le poupon finissait incognito sur les registres des nés sous X, attendant une âme charitable dans un quelconque orphelinat.

Le secret filial était préservé pour ces enfants abandonnés ou trouvés. La plupart du temps, une personne anonyme de l'Assistance publique choisissait les nom et prénom, à défaut un officier d'état civil s'en chargeait. Moyennant une indemnité modique versée par l'État jusqu'à l'âge de treize ans, ces enfants, à la campagne, étaient confiés à des agriculteurs, chez qui ils étaient nourris et logés, puis, dès leur quatorzième anniversaire, ils devenaient des domestiques. La pension stoppait quand elle était compensée par le boulot de l'enfant, prédestiné à une vie misérable. Il ne connaissait le plus souvent que mépris dans le village et subissait une exploitation au quotidien.

Adam était né la veille de Noël, d'après la directrice de l'Assistance publique du bureau de Cavaillon où Lucie l'avait récupéré. (Elle connaissait cette responsable originaire de Lumières et, bien que la cantinière ne fût pas mariée, « l'adoption », en cette période troublée, ne posa aucun problème. L'abandon de nouveau-nés au bord des chemins était légion.)

— Ce bambin nous est arrivé comme un Jésus, en 1941, le 24 décembre au matin. Quelques heures de plus et on aurait pu croire à l'arrivée d'un nouveau Sauveur, avait déclaré la directrice en lui confiant l'enfant, alors âgé de trois ans.

Et elle avait ajouté :

— Il devait avoir, tout au plus, deux ou trois jours quand on nous l'a déposé ; c'est cette brave Lulu, une de nos nourrices, qui l'a allaité. Prends bien soin de notre petit Noël.

— Tu m'as dit qu'il s'appelait Adam ? s'étonna Lucie. C'est Adam ou Noël ?

— Les deux, ma chère Lucie. Tiens, voilà la fine gourmette bracelet qu'il portait au poignet quand nous l'avons trouvé. Ce bracelet lui est à présent trop petit, je te l'ai mis avec ses affaires, dans un petit coffret. Tu remarqueras que le bijoutier a commis une faute en gravant le prénom, il a écrit « Adan » avec un *n* au lieu d'un *m*. Je pense que, si la mère le lui avait fixé au poignet, c'est qu'elle comptait garder le petit ou, du moins, qu'elle tenait à ce prénom. Il se nomme donc tout simplement Adam Noël. Adam avec un *m*. C'est ainsi que nous l'avons déclaré à l'état civil de la ville. Tu trouveras son acte de naissance avec le bracelet.

Cette scène se passait fin 1944, un peu avant Noël ; les débarquements réussis en Normandie et en Provence avaient ramené le sourire sur les lèvres du peuple de France, on sentait une odeur de fin de guerre dans l'air. Comme un souffle de liberté retrouvé au sortir d'un confinement. Adam avait échoué dans la bonne maison ; un foyer accueillant et « une mère et un père » aimants, contrairement aux autres enfants issus de l'Assistance. À trois ans, il l'ignorait. Il s'en rendit compte plus tard et mesura l'aubaine que le hasard lui avait réservée. Il n'aurait souhaité personne d'autre que Lucie comme maman et Maurice comme papa. Des parents adoptifs merveilleux.

Lucie, à bientôt quarante-cinq ans, était ravie d'avoir enfin un petit dans sa vie... et dans celle du couple qu'elle formait avec son Maurice. Ils étaient à présent une vraie famille. À son âge, il n'était plus question d'enfanter. Avant que Maurice apparaisse et vienne bousculer sa vie et son morne train-train quotidien, jamais elle n'aurait imaginé que, quelques années plus tard, un compagnon et un enfant partageraient son existence. Certes, ce n'était pas un vrai mari et un vrai fils, mais ça les valait bien. La félicité à trois était quelque chose de magnifique. D'indescriptible. Quelque chose qui se vivait de l'intérieur, quelque chose d'un peu beaucoup égoïste aussi. Quand Lucie pensait à tout ce bonheur qui lui était tombé sur la tête, elle se disait que, sans le dynamisme et surtout sans l'amour de Maurice, rien ne serait arrivé ; elle n'aurait jamais connu ces moments d'allégresse.

À Goult et à Lumières, Adam était le petit de Lucie et de Maurice. « Leur petit », disait-on. On n'employait jamais le mot « fils », mais quiconque ignorait l'adoption aurait juré que ce couple était les vrais parents de ce gosse adorable et affectueux.

18

Du côté de chez Adam

1952-1955

DEUX FOIS PAR JOUR, quand il y avait classe, autrement dit tous les jours sauf jeudi et dimanche, Adam et ses camarades (des deux sexes) de Lumières empruntaient tous les raccourcis possibles et imaginables qui rejoignaient l'école de Goult-Lumières. Les écoliers résidant à Notre-Dame-de-Lumières, située en contrebas de Goult, sur les premiers contreforts des Monts de Vaucluse, devaient, dès le matin, se faire violence pour escalader la côte ardue qui les menait jusqu'à l'école. Cette épreuve de près de deux kilomètres par la route, ramenée à un et demi grâce aux raccourcis, était comme une punition dès le matin. Un véritable parcours du combattant. Si la météo était défavorable (pluie, froid et même neige), le trajet relevait de l'exploit. Pourtant, Adam ne rechignait jamais à parcourir cette distance qui le séparait de la connaissance. Au fil du parcours, les camarades qui habitaient sur le trajet, attirés par le bruit, se joignaient au petit groupe parti de Lumières. Ils partaient à deux ou trois et arrivaient une bonne quinzaine au pied des marches de l'établissement scolaire flambant neuf. Une véritable bande de filles et de garçons âgés de six à quinze ans (les plus vieux redoublaient, voire triplaient l'année du certif) qui parvenait sur l'esplanade de l'école primaire aux alentours de 8 h 20. Les gamins, dont la plupart étaient restés silencieux tout au long du parcours, avaient encore les traits endormis. Certains poussaient le zèle en marchant les yeux fermés dans le sillage du camarade de devant. Ces raccourcis à travers la garrigue, les buissons et les pins faisaient économiser un bon tiers du chemin par la route. Leurs aînés avaient gravé ces pistes cabossées qu'ils rafraîchissaient lors de chaque rentrée scolaire.

Certains parvenaient, même essoufflés, à raconter une blague, une histoire, ou à dialoguer avec les copains. Ils prenaient du retard et le groupe se fissurait, créant comme une ribambelle dans les sous-bois. En fin d'après-midi, la côte se transformait en descente. Le retour à la maison se révélait moins pénible ; les élèves, malgré la fatigue après six heures de cours, s'élançaient à grands cris dans la pente qui prenait un goût de liberté.

Adam, du haut de ses onze ans, accomplissait une année scolaire plus que satisfaisante. C'était un bosseur et un joueur à la fois. Il adorait s'amuser avec ses camarades quand il avait l'esprit libre, autrement dit : s'il avait fait ses devoirs et appris ses leçons pour le lendemain. Maurice et Lucie lui avaient inculqué le doux plaisir du travail bien fait par rapport à l'inquiétude qu'engendre l'ouvrage non réalisé ou bâclé. Adam appliquait cette règle. Quand il était libéré de ses obligations, et si Lucie ne lui dictait pas une tâche domestique, il pouvait faire tout ce qu'il désirait dans la limite du tolérable. Lumières était l'idéal pour jouer à tout. Il y avait les copains, la rivière et la montagne. L'espace ne manquait pas. Et il y avait le couvent.

L'entrée du couvent côté route nationale était quelque peu ostentatoire. Passé le porche, une cour intérieure du type patio (réservée aux piétons) desservait la boutique des reliques, bijoux et objets religieux de toutes sortes ; des chapelets aux crucifix et jusqu'aux rameaux de buis et d'olivier bénis. À côté, immédiatement sur la gauche en entrant et tout contre la haute muraille, un comptoir discret en partie masqué par les arbres abritait le mont-de-piété où les miséreux et les personnes de tout poil en manque (passagèrement) de liquidités venaient mettre au clou leurs objets de valeur contre espèces sonnantes et trébuchantes. Face à l'entrée, l'épaisse porte de bois qui menait aux parties privatives du couvent, appartements des frères oblats de Marie, réfectoire, bibliothèque, salle de travail et de jeux de société (celle-ci était ouverte gratuitement les jeudis et samedis après-midi aux enfants de Lumières). À droite de l'entrée, les deux épais vantaux de l'immense portail en chêne qui s'ouvre sur l'église majestueuse éclairée par de gigantesques vitraux multicolores. Ça, c'est le panorama qu'Adam apercevait quand il se tenait debout dans le coin est de la terrasse du Rocail.

L'intérieur de l'église vaut le déplacement, un monumental double escalier central en pierre de Gordes apporte une espèce de lustre au décor ; entre les deux montées d'escalier, caché de prime abord aux yeux des visiteurs, les quelques marches qui descendent à la magnifique crypte dédiée à la Vierge. Et, tout là-haut, bien au-dessus de tous les toits de toutes les maisons, la flèche de l'imposant clocher qui perce le ciel comme une lance. Un discret couloir qu'il faut connaître conduit de l'autre côté des bâtiments, côté cour et jardin. À l'ombre des platanes, quelques tables destinées aux visiteurs qui, le dimanche, viennent en famille pique-niquer et jouer à la pétanque. Des fleurs et des arbres partout, de toutes les couleurs. Un parc gigantesque avec, en son centre, un immense bassin paré d'une fontaine qui crache l'eau hiver comme été. Tout au fond du parc, une ancienne verrière transformée en serre et un grand débarras désaffecté jouxtent l'Imergue, petit ruisselet qui longe le couvent à l'est et va jeter ses eaux dans le Calavon tout proche. À l'ouest, après les rangs de rosiers polychromes, les premiers raidillons de la sente qui mène au sommet de la colline où se dressent, dans l'anfractuosité du rocher, le calvaire dédié à la Vierge et la stèle portant la majestueuse statue de l'archange saint Michel.

Adam connaissait bien ce chemin étroit et caillouteux. Depuis qu'il était enfant de chœur, c'est lui qui, en tête du cortège, brandissait la grand-croix lors du pèlerinage annuel du 15 Août en l'honneur de Notre-Dame-de-Lumières. En principe, quand Adam et ses camarades s'en allaient vagabonder dans la montagne, ils devaient traverser le parc du couvent. Pour ce faire, et surtout pour ne pas être repérés par les frères oblats, ils empruntaient l'autre entrée du couvent ; celle, bien plus large et goudronnée, réservée aux véhicules, qui démarre au bord de la route nationale, longe l'Imergue et se termine tout au fond du parc. Un passage nettement plus discret pour traverser les lieux incognito plutôt que le parvis de l'église et le long couloir qui longe les bureaux du frère abbé, du frère prieur, le réfectoire et la bibliothèque. Pour Adam, le parc du couvent et les sentiers tortueux qui parcourent la colline étaient un sacré terrain de jeu avec ses camarades. Des batailles entre Indiens et cow-boys, des parties de cache-cache, des cabanes, des chasses au lance-pierre... Les jeudis et les samedis après-midi étaient toujours trop courts. L'hiver, il disposait de la salle de jeux, c'est là qu'avec les frères oblats et ses camarades il avait découvert le jeu des petits chevaux, le jeu de l'oie, de dames, la belotte, la bataille, mais aussi le mikado et les échecs... et le coin lecture-jeunesse, que les frères mettaient affablement à disposition. Deux de ses amis, « la Saucisse » (Marc, le fils du gendarme) et Guitou (le quatrième fils de l'unique maçon officiel de Lumières, qui avait cinq garçons plus une fille, la dernière de cette famille nombreuse ; il avait vaillamment persévéré ! Son épouse surtout), en plus d'être au CM2 avec lui, partageaient la même passion pour le petit Jésus, qu'ils avaient poussée jusqu'à accepter de devenir enfants de chœur. Il fallait reconnaître que le frère prieur avait quand même beaucoup insisté et les avait piégés. L'ecclésiastique avait profité d'une séance de catéchisme pour leur demander de rester après le cours. Ils venaient d'accéder au cours élémentaire deuxième année.

— Vous comprenez, mes enfants, vous habitez tous les trois le village, à quelques mètres du couvent, vous êtes de bons camarades et de fervents chrétiens. Jésus sait pouvoir compter sur vous. Vous allez, en quelque sorte, devenir ses adjoints.

— De quoi s'agit-il, mon père ? avait demandé naïvement la Saucisse.

— Vous allez servir Dieu le Père et Jésus, son Fils chéri.

— On va servir à table au réfectoire ? avait poursuivi la Saucisse, attiré par la boustifaille.

— En quelque sorte, avait répété le prieur.

La Saucisse s'était frotté les mains. Déjà, il entrevoyait une sacrée opportunité de se remplir la panse.

— Je vous laisse le soin de choisir vos jours de service entre vous. Il y a six jours actifs par semaine, vous êtes trois, ça fait deux matinées chacun. Faites-moi connaître votre décision jeudi prochain.

— Pourquoi le matin, faut être aussi présent au petit déj ? avait demandé Guitou, l'air inquiet.

Le frère prieur avait souri et en était venu au fait :

— Le petit déjeuner de Jésus commence à 6 h 30 pétantes chaque jour dans la crypte et se termine à 7 heures. Le dimanche, vous viendrez ensemble pour la grand-messe de 11 heures qui se déroule dans l'église. Il y a beaucoup plus de monde. Mais tout ça, vous le savez déjà. Je vous propose de débuter votre formation d'enfants de chœur dès ce dimanche, avec vos collègues qui nous quittent pour aller au collège d'Apt après trois ans de bons et loyaux services. Vous êtes l'excellente et charitable relève.

La tronche de la Saucisse était passée du vert au rouge en quelques secondes.

— Mon père, vous vous rendez compte de l'effort chaque matin ! Ça va nous tuer. Faut se lever à 6 heures ! N'oubliez pas qu'en plus on a demi-heure de marche à se farcir pour aller à l'école. Ça fait un peu beaucoup, mon père, vous trouvez pas ?

— Toi, Marc, tu habites en face, tu n'as que la route à traverser. Quant à Adam, il lui suffit de descendre l'escalier. Il n'y a que Guitou qui a cinquante mètres à faire. Le pauvre, c'est énorme. Venez au saut du lit, à jeun, ainsi vous pourrez prendre la communion et vous déjeunerez après la messe. Votre chocolat n'en sera que meilleur et Jésus vous en sera reconnaissant.

— La reconnaissance, c'est bien gentil, mon père, mais ça nourrit pas son homme. C'est pas une hostie à jeun qui va nous ôter la dalle ; à moins qu'on soit autorisés à en prendre une poignée, avait renchéri la Saucisse.

Le frère prieur, un brin énervé, avait levé la voix :

— Et pourquoi ne pas vous enfiler le vin de messe, tant qu'on y est ! L'hostie représente le corps du Christ qu'on donne lors de la communion. Comme son nom l'indique, à ce moment précis, chaque chrétien communie avec Jésus. Gober plusieurs hosties est un sacrilège… ça serait même dangereux, car Dieu nous surveille en permanence.

— Le gros Robert qu'est en cinquième à Apt au collège, le fils de la boulangère, les hosties, il les ingurgitait par dizaines quand il était enfant de chœur, et il s'en vantait en allant à l'école. Il lui est jamais rien arrivé.

— Ne t'inquiète pas, Marc, il ne perd rien pour attendre. Dieu est patience.

Vu comme ça, difficile de contrer le frère prieur. Si la vengeance de Dieu n'est pas limitée dans le temps, pas facile de vivre avec ça sur le dos en permanence, avaient conclu les trois camarades. Effectivement, ils étaient ceux qui habitaient tout à côté du couvent et qui, toute l'année, profitaient des largesses offertes par les frères. Ils ne purent qu'accepter cette offre alléchante.

— Rendez-vous jeudi prochain, les enfants, je vous apprendrai à *servir* la messe. Ce sera notre première répétition. Je savais que je pouvais compter sur vous.

L'ecclésiastique avait écarté les bras, regardé le ciel et, d'une voix bien claire, il avait ajouté :

— Merci, mon Dieu, je suis fier de ces enfants. Je savais qu'ils brûlaient d'envie de vous servir.

Seul le frère prieur avait dû capter la voix de Dieu, car les trois gamins étaient restés bouche bée en contemplant les nuages.

Une fois dehors, Guitou avait stoppé net sur le trottoir qui borde le couvent et s'était adressé à ses deux amis :

— Les gars, voulez que je vous dise : on s'est fait couillonner comme des bleus.

Et aussitôt, il avait ajouté :

— Prem's à décider : pour la messe, je choisis le mardi et le mercredi. Démerdez-vous pour le reste.

Guitou avait pris *illico* le relais et Adam avait hérité du lundi et du jeudi. Le plus terrible, c'était le jeudi matin, bien sûr, car il n'y avait pas école, et il devrait, malgré tout, assumer l'horaire indécent de cet office.

Adam goûtait les bons moments de cette époque en classe de cours moyen deuxième année. D'abord pour le maître, qu'il appréciait malgré une autorité et une intransigeance qui n'avaient rien à voir avec la maîtresse de l'année précédente. Il s'appelait Triolet et avoisinait les deux mètres de haut. À la récré, il dépassait d'une bonne tête tous les autres enseignants quand ils cheminaient côte à côte en discourant. M. Bourgoin, le directeur de l'école qui officiait en classe du certificat d'études primaires, prenait la retraite dans deux ans et il était convenu que c'était M. Triolet qui prendrait sa relève. Adam savait qu'il était condamné à retrouver le « Double Mètre » (c'était son surnom) sur sa route. Il se tenait sur ses gardes et rentrait dans le rang. Il fallait jouer de prudence s'il voulait obtenir le certif du premier coup. Plus que deux ans à tirer avant de rejoindre Maurice dans les ateliers Notin.

Aux récrés, mais surtout chaque fois que faire se pouvait, il lorgnait plus qu'il regardait vers Marie-Chantal Vallon, que toutes ses camarades, sur ses instructions, surnommaient « Macha ». Ça faisait plus précieux, selon le dire de sa mère, et ça flattait leur vanité. Ce diminutif de Marie-Chantal diffusait une tonalité de snobisme que Mme Vallon entretenait. Une fois pour toutes, elle avait regardé sa fille dans le fond des yeux et décrété :

— Macha fait nettement plus noble que Marie-Chantal, ma fille. Cette *contraction* donne du volume et du lustre à ta personne. N'oublie pas que nous sommes les châtelains du village, dont ton père, de surcroît, est également le maire ; nous devons entretenir et pérenniser cette image de supériorité sociale. Cette éminente *contraction* y contribue.

Tous ces mots débités avec un accent qui rappelait davantage celui de Versailles que celui de Goult.

La gamine avait cinq ans quand sa maman lui avait avoué ce beau secret et, depuis lors, elle colportait avec un brin d'arrogance dans la voix qu'elle s'appelait Macha et que, contrairement à tout le monde, elle n'était pas dotée d'un prénom mais d'une… *contraction*, ignorant le sens de ce mot.

C'est en classe de CM2 qu'Adam mesura le fossé qui le séparait de Macha. Une différence de monde. En ce temps-là et à cet âge-là, les mots « classe économique » et « classe sociale » étaient totalement méconnus. Quand Adam avait la faculté d'observer Macha (et toutes les occasions étaient bonnes), il restait béat devant les manières délicates dont usait la petite fille. Le moment le plus propice à l'auscultation, c'était la grand-messe du dimanche. La famille Vallon s'installait d'office au premier rang (allez savoir pourquoi), places réservées. Comme si les paroissiens et paroissiennes étaient installés par tranches de revenus financiers. (Les plus pauvres dans le fond de l'église et les indigents sur le parvis.) Adam profitait de ses va-et-vient devant l'autel imposés par ses hautes fonctions d'enfant de chœur pendant la cérémonie pour lorgner, à chaque déplacement, dans la direction du visage tout proche de la petite fille. La communion (qui se tient en fin d'office) demeurait le clou de la lorgnette. Les fidèles quittaient leur place et s'avançaient à la queue leu leu pour venir s'agenouiller sur la marche précédant le chœur, où régnaient Adam et ses deux acolytes. Adam avait fait sien cet intermède. Il avait imposé l'immobilité à Guitou et à Marc qui, tous deux, restaient agenouillés tels des santons devant l'autel pendant que lui, l'air grave et la mine sombre, il cheminait à côté du prêtre en portant le ciboire contenant les hosties. La coutume voulait qu'un seul enfant de chœur accompagne le prêtre. Les fidèles, agenouillés tels des domestiques, fermaient les yeux pendant que le prêtre leur déposait précautionneusement le corps du Christ sur la langue. Adam, qui suivait l'officiant comme son ombre, disposait d'une infime mais ô combien minute précieuse pour observer Macha à loisir sans qu'elle ne pût l'apercevoir. Adam avait comme l'impression de lui voler cet instant fugace, mais il éprouvait la suprême jouissance d'emprisonner ce visage pour lui tout seul. Macha lui appartenait.

Elle croisait les doigts et fermait les yeux à cinquante centimètres de lui, l'unique instant de la semaine où elle était, enfin, « à sa portée », comme soumise à son seul regard. Contrairement à ses attitudes dans la cour de récréation ou dans les rues de Lumières, le visage de Macha paraissait calme, serein et exprimait même la bonté. Elle faisait montre d'une délicatesse à nulle autre pareille pour poser ses genoux sur la marche puis pour se relever ; il la regardait s'éloigner telle une apparition pour rejoindre sa place toute proche. Ses mouvements étaient pleins d'aisance. Une fois à son siège, elle restait immobile, debout, les mains jointes et les doigts croisés, et elle baissait la tête. Son visage était comme inspiré et empreint d'un sérieux monacal. Adam, tout en achevant son périple de la communion avec les autres fidèles, gardait un œil sur le visage de Macha. Il surveillait ce furtif instant où elle allait relever la tête et rouvrir ses yeux d'un coup. Cet instant magique où l'immense éclat de ses prunelles comme baignées de soleil allait croiser son regard. Chaque dimanche que Dieu faisait, Adam attendait ces violentes mais ô combien succulentes secondes pour communier avec Macha.

« Pourquoi, elle aussi, me regarde-t-elle quand elle ouvre les yeux ? Pourquoi ne regarde-t-elle pas sa mère ou le chœur ou le plafond... ou le grand dadais ? Pourquoi moi ? »

Tout en se posant ces questions, il se faisait réponse à voix basse :

— Parce qu'elle aussi, elle m'aime, mais elle n'ose pas me le dire. Ce n'est pas Pierre-Hugues, cette espèce de grand dadais, qu'elle aime, c'est moi.

Pierre-Hugues Poursieu de Cambize, fils de l'ingénieur toujours absent mais richissime, habitait la grande demeure au fond d'un parc de l'autre côté de la route qui monte à Goult, face à la cave vinicole d'Oswaldo. C'était la seule bâtisse qui pouvait rivaliser (de loin) avec le château des Mille Roses. Ce grand et maigre échalas, que Lucie surnommait « le Nobliau », courtisait Macha, Adam en était persuadé. Entre eux, la concurrence était vive et ils évitaient de se parler. Ils évitaient même de se regarder.

Quand la communion prenait fin et qu'Adam regagnait sa place, à genoux devant l'autel, il levait les yeux vers le visage du Christ sur la croix et faisait son *mea culpa*. Il ajoutait quelques mots d'excuse, histoire d'effacer son attitude, ses mauvaises pensées et ses envies défendues en ce lieu ; acte d'autant plus gravissime qu'il se déroulait lors du moment le plus solennel et sacré de l'office : la cérémonie eucharistique. Plusieurs fois, Adam s'était même demandé si son comportement « passionné » dans la maison de Jésus, et donc sous ses yeux, ne se hissait pas au niveau du péché mortel édicté par l'Église. Jamais il n'avait osé avouer sa faute hebdomadaire en confession. C'eût été renoncer à accompagner le prêtre lors de la communion. « Ça, jamais ! » C'eût été pire que supprimer le jeudi (journée sans école). Impossible de renoncer à ce mélange furtif mais magique d'un croisement de regard avec Macha. C'était leur secret.

Ce fut cette année-là que le frère prieur proposa à Adam de lui apprendre les bases pour jouer de l'harmonium ; « à l'oreille », avait dit l'ecclésiastique. Adam n'avait pas dit non, malgré ce surcroît de travail dans son emploi du temps déjà fort chargé. Il se disait que ça ne pouvait que le valoriser aux yeux de Macha si c'était lui qui envoyait la musique avant et après la grand-messe du dimanche. Comme un petit pianiste. Lucie lui avait confirmé que les femmes (de tous âges) apprécient les musiciens. Il marquerait un point supplémentaire sur le grand dadais.

Cette année-là, aux premiers jours du printemps, un cirque itinérant envahit la grande place de la mairie de Goult. Un immense chapiteau rouge et blanc collé contre le monument aux morts transformait l'esplanade en lieu de fête. Tous les élèves, informés depuis le lundi, attendaient la grande séance du samedi après-midi. Adam, accompagné de ses camarades, accomplit la corvée de la côte deux fois ce jour-là. Lucie lui avait donné les sous pour payer l'entrée.

Des rangées de bancs étroits et quelque peu rugueux étaient installées en enfilade dans l'obscurité et dessinaient des grands cercles autour de la piste éclairée comme en plein jour. Il prit place dans le fond du chapiteau, sur le dernier banc, le plus haut. Il gardait les yeux braqués sur la porte d'entrée et attendait fébrilement l'arrivée de Macha pour changer de place et s'approcher d'elle. Une camarade lui avait attesté qu'elle serait présente. Au bout d'un long moment, une espèce de clown obtura la porte d'entrée en laissant retomber un coin de la bâche du chapiteau, et une puissante musique de trompettes et tambours assomma l'amphithéâtre. Le spectacle commençait. Une rampe lumineuse supplémentaire, depuis le plafond, illumina la piste centrale ainsi que les deux premiers rangs. C'est alors qu'Adam reconnut de dos la volumineuse et longue chevelure de Macha. Elle se tenait tout devant, au premier rang, assise confortablement dans un fauteuil. Comme un imbécile, il avait guetté en vain la porte d'entrée, espérant la voir surgir dans l'encadrement, alors qu'elle était déjà là, à quelques mètres devant lui, à côté de Pierre-Hugues Poursieu de Cambize, le grand dadais, son pire ennemi. Il s'adressa à son camarade Guitou, assis à sa droite :

— Tu m'accompagnes, on s'approche jusqu'aux fauteuils, il reste des places libres.

— Ça va pas, non ! On n'a pas le droit. C'est pas le même prix. Le fauteuil, c'est trois francs. Mon père a demandé, comme on est cinq ça lui aurait fait quinze francs. T'imagines l'addition ! Plus d'une journée de boulot. Les fauteuils, c'est pour les riches. C'est pas pour nous. Toute façon, le spectacle est le même, ils verront rien de plus que nous.

— C'est pas le spectacle que je voulais voir, répondit Adam, la mine désabusée et la voix chancelante.

— J'avais compris. Tu imagines ce que c'est trois francs pour le porte-monnaie du père de Macha ou pour celui du grand dadais ! Pour eux, ça fait moins que des figues. En plus, comme c'est le maire, il a dû avoir des places gratuites, conclut fort justement Guitou.

Adam, pour la seconde fois, prit la mesure de la cruelle différence qui s'installe dès l'enfance en fonction de la situation des parents. Cette évidence le frappa comme une injustice. Un invisible fossé se creuse, avec, d'un côté, les privilégiés, et de l'autre... le reste. Il constata malheureusement qu'il appartenait au reste.

Il ne prêta aucune attention au début du spectacle. Il se remémora l'après-midi où, à la sortie de l'école, il avait invité Macha à venir découvrir sa superbe cabane. Elle n'avait même pas daigné lui répondre. Il se fit la promesse que, quand il serait grand, il n'appartiendrait plus « au reste », il gravirait les échelons pour mériter un fauteuil au premier rang. Et pas seulement sous un chapiteau. Comme ça, Macha ferait attention à lui et, comme à l'église, en pleine messe, elle le regarderait. Il désirait sortir « du reste », surtout à cause de la réflexion du grand dadais qui, un matin, en plein devant l'école, lui avait crié :

— Tais-toi, fils de personne !

Ce à quoi Adam avait répliqué fièrement qu'il était le fils de Lucie et Maurice.

— Alors pourquoi t'as pas le même nom ? avait enchaîné l'autre, qui avait ajouté : D'ailleurs, dans cette famille, vous avez tous des noms différents. On sait pas qui est qui. Une vraie famille tuyau de poêle.

Adam n'avait pas rougi, mais il avait senti une bouffée de chaleur envahir son visage. Il avait serré les poings, pressé le pas, et s'était tu.

Adam adorait se balader dans le parc du couvent, sous le feuillage des majestueux platanes et au bord du grand bassin, à contempler les eaux qui jaillissaient de la fontaine et qui retombaient en cascade dans un nuage d'éclaboussures. L'été, une réelle impression de fraîcheur enveloppait les promeneurs. Adam passait des instants précieux à arpenter les allées bordées de cailloux blancs, seul, à goûter cet impressionnant silence en fermant les yeux. Depuis le surplomb du Rocail, la sensation était différente, la verdure des platanes masquait le parc du couvent et le trafic de la nationale nuisait au recueillement.

Un dimanche, après la messe, sur le coup de midi, quand Adam se fut délesté de sa tenue d'enfant de chœur, il quitta l'église par la porte qui donne sur le parc pour accompagner son ami Guitou jusqu'à l'Imergue. Soudain, il murmura à l'oreille de son camarade :

— Continue tout seul, je stoppe ici. Elle est là.

— Qui ?

— Macha. Là-bas, sur la balançoire, à côté du bassin.

Adam s'approcha incognito, l'air absent et l'apparence désintéressée, comme s'il passait par là par le plus grand des hasards.

— Tu veux que je te pousse plus haut ?

— D'accord, mais pas trop fort, sinon j'ai peur.

Adam s'appliqua comme jamais pour pousser la fillette en apposant délicatement ses mains contre le dos de Macha. À peine la frôlait-il.

— C'est bien comme ça ? C'est pas trop fort, ça te convient ?

— Impeccable, Adam. T'es meilleur que Pierre-Hugues.

— Le grand dadais ?

— Pourquoi tu l'appelles comme ça ? C'est pas gentil.

— Parce qu'il est grand, il est maigre et il est laid.

Macha éclata de rire.

— T'es jaloux de lui ! s'exclama-t-elle en souriant, la mine conquérante et réjouie.

— Oui, un peu, minimisa Adam, je l'avoue. T'es toujours avec lui. Moi, tu ne me regardes même pas, c'est comme si j'étais transparent. Pourtant, moi, tu ne t'en rends pas compte, mais chaque fois que je t'aperçois à l'école ou dans le village, je m'arrête pour te regarder. Même de loin… de très loin.

— Je te plais ?

Adam acquiesça de la tête. Comme il se tenait derrière elle, elle ne vit pas ce signe.

— Tu réponds pas, Adam ?

— Oui, je t'ai dit. Tu me plais beaucoup.

Il baissa la tête pour masquer son rouge aux joues.

— Beaucoup beaucoup ?

— Oui. Trop beaucoup.

Elle mit pied à terre et stoppa le jeu. Elle fit face à Adam. Son regard fixe emprisonna celui du garçon qui, comme subjugué, se laissa manipuler. Il remarqua avec étonnement que la couleur indicible des yeux de la fillette changeait.

— D'habitude, c'est Pierre-Hugues qui me pousse tous les dimanches après la messe. À partir de maintenant, ce sera toi. Je me charge de lui en faire annonce. À présent, il faut que je parte, mes parents ont dû terminer leur causerie dominicale d'après-messe avec la populace qui se tient sur le parvis de l'église. Il faut bien que mon père écoute les doléances de ses gens, tu comprends, c'est le chef du village. Ils profitent de sa présence pour solliciter quelque faveur.

— D'accord, Macha, se contenta de murmurer Adam, médusé. À dimanche prochain.

Il la regarda s'éloigner, à la fois atterré par un tel discours et heureux d'avoir été choisi comme pousseur de balançoire officiel de Sa Majesté Macha. « Après tout, les rois ne font-ils pas des princesses ? se dit-il. Autant en profiter, car l'année prochaine je ne la verrai plus, elle partira au collège. » Il se promit de suivre les conseils de frère Albert.

— Apprends l'harmonium, petit, il faudra un remplaçant au vieux Baptiste dans quelque temps... et les femmes admirent les joueurs d'harmonium.

« Pourquoi pas ? conclut Adam Elle s'enfuira à la ville pour son entrée en classe de sixième, comme tous les enfants des riches, tandis que moi je passerai le certif à l'école de Goult, comme les fils d'ouvriers. Dans tous les cas, elle continuera à venir à la messe à Lumières le dimanche, et moi, je l'attendrai. »

19

Du côté de chez Maurice...

1950-1955

— Alors, comment va monsieur Léonard, ce matin ? Mon « manégeur[1] » préféré est-il en forme ?

Fernand Notin aimait plaisanter avec son ouvrier multitâche et touche à tout de Lumières. Il employait sciemment le prénom du grand Léonard de Vinci pour le flatter, tout en y joignant un sourire taquin. Le maître confiseur louait son épouse en silence pour l'avoir recruté à son insu. Sans l'intervention *in extremis* de Clémence, Maurice serait allé proposer ses compétences à la concurrence. Quel gâchis pour l'entreprise Notin et Fille ! Fernand lui devait son renouveau humain et professionnel, sa joie de vivre retrouvée. Sa fille, Éliane, et Maurice lui avaient redonné le goût de vivre et de profiter de l'instant présent. Il en avait oublié jusqu'à son nez difforme et sa jambe folle.

Tous les jours, en pédalant gaillardement entre Apt et Lumières, Maurice revivait sa journée et échafaudait des projets de toutes

1. *Manégeur : ce drôle de nom de métier, inventé par Fernand Notin à l'intention de Maurice en mémoire de ses activités de fabricant de manèges en Italie, était prémonitoire. La fin du* XX*e siècle lui apportera ses lettres de noblesse. Elle placera le « manageur » au sommet de l'entreprise et le rendra indispensable et maître tout-puissant de la vie économique.*

sortes. Sa très chère Lucie n'était jamais loin de ses pensées. Sans elle, que serait-il devenu ? se disait-il et, une idée chassant l'autre, sa nationalité lui sautait au visage. Après plus de dix ans sur le sol français, il était toujours italien. Son glorieux passé d'artificier dans la Résistance s'était ébruité et lui servait de sésame. Les gendarmes et l'Administration le laissaient tranquille. Néanmoins, force était de constater qu'un jour cette infraction allait lui péter à la gueule. Par ailleurs, impossible de proposer le mariage à sa chère Lucie pour régulariser cette situation bancale de vie commune. Parmi ses camarades issus de la Résistance, excepté Geronimo, le chef des maquis Montagnette et Bergerie, personne n'était en mesure de le « pistonner » pour obtenir dans les meilleurs délais la citoyenneté française. En cette période troublée, il ne faisait pas bon s'appeler Poveri et être citoyen italien. Le risque de représailles subsistait et les Transalpins étaient plutôt mal vus de ce côté des montagnes. Pendant l'Occupation, les maquis fonctionnaient comme de véritables cellules indépendantes. Les hommes du maquis Montagnette, auquel avait appartenu Maurice, basés dans les Monts de Vaucluse du côté de Gordes et chargés d'intervenir sur les routes qui franchissaient la Durance et le Rhône, ne connaissaient pas les combattants du maquis Bergerie, installés à une trentaine de kilomètres dans la montagne de Lure et dont la mission était d'intercepter et de détruire l'ennemi sur la route des Alpes et sur la route dite « Napoléon », où croisaient les armées italienne et allemande. Seul Geronimo vaquait entre les deux maquis pour coordonner les expéditions et recevoir les émissaires de de Gaulle. L'indépendance des maquis garantissait leur survie, d'autant que les autorités allemandes avaient installé le siège de la Gestapo dans les locaux de l'hôtel *Splendid*, à Cavaillon, où un magnifique pont suspendu récemment inauguré permettait d'enjamber la Durance. Le risque de dénonciation entre maquis était pratiquement nul. On n'avoue pas ce que l'on ignore, même sous la torture.

Seul Geronimo, maire de Roussillon, devenu sénateur « inamovible » de Vaucluse à la Libération, pouvait venir en aide à Maurice, qui se promit de le contacter grâce à son patron qui semblait le bien connaître ou, mieux, grâce à son épouse, Clémence, que le sénateur enfouissait longuement entre ses bras immenses à chacune de ses visites.

Maurice savait pertinemment que la pseudo-adoption[1] d'Adam frôlait l'illégalité ; elle avait été consentie en temps de guerre à une époque où la pléthore des orphelins entraînait quelques écarts de l'administration de tutelle.

Il était capital qu'il régularise sa nationalité et que le mariage ait lieu sans attendre, sinon Lucie et Adam pouvaient être l'objet de tracasseries. Il représentait une véritable menace pour sa famille qui risquait l'explosion à tout moment.

Voilà à quoi Maurice occupait ses pensées, perché sur son grand vélo, pendant que les mètres et les kilomètres défilaient, deux fois par jour, entre Lumières et Apt.

À la fin de l'année 1950 (sur l'insistance de Lucie), un peu avant l'hiver, il fit l'acquisition d'un cyclomoteur d'occasion chez son voisin et ami Pichwater. Un vélomoteur du type Hirondelle, de 1932, fabriqué par Manufrance, la célèbre manufacture de Saint-Étienne. Toutes leurs économies y passèrent, mais les trajets devinrent une partie de plaisir pour Maurice qui, fièrement, enfonçait son casque et enfilait ses gants devant tout le monde tant au départ qu'à l'arrivée. Un vrai cérémonial. On aurait dit qu'il s'en allait vers quelque mission ultrasecrète.

Sur le plan économique, cette période d'immédiat après-guerre ne tenait pas ses promesses. Les confiseurs d'Apt, qui comptaient, avec la fin des hostilités, relancer la production et les échanges, déchantèrent. Ils se rendirent à l'évidence. Tous les réseaux commerciaux

1. *Adoption : à cette époque il y avait tellement d'orphelins que l'Assistance publique donnait une prime à toute personne en prenant un à charge. Il ne s'agissait pas d'une réelle adoption au sens authentique mais plutôt d'une cession provisoire reconductible si l'enfant n'était pas une tête dure. On disait de certaines familles qu'elles avaient « recueilli » un petit de l'Assistance en temps de guerre, à une époque où la pléthore des orphelins empêchait l'Administration d'ouvrir les yeux et d'être pointilleuse.*

étaient méconnaissables, car le monde était méconnaissable. Une partie de l'Europe était passée sous domination soviétique et les frontières s'étaient fermées. La France avait perdu la majeure partie de son empire colonial, y compris l'Afrique du Nord. Les États-Unis, la Grèce et l'Australie imposèrent des droits de douane exorbitants et dissuasifs. De nombreux pays étaient en proie à des problèmes locaux et se préoccupaient plus d'importer des armes que des fruits confits. L'espoir suscité par la fin des hostilités se transforma en désespoir. Il fallut attendre le début des années 1950 pour que les confiseurs aptésiens retrouvent un marché anglais florissant. Ce fascinant marché anglais était à l'origine d'une dernière génération de confiseurs. Certains d'entre eux créèrent des filiales et des marques déposées, d'autres spéculèrent sur un seul produit : le bigarreau confit égoutté, destiné au seul marché anglais. La concurrence entraîna la baisse des prix. En très peu de temps, la production dépassa la demande. Les nouveaux confiseurs inventèrent les fruits confits en cubes destinés aux glaciers et biscuitiers, dont ils fabriquaient des tonnages ahurissants venant en complément des bigarreaux. Les prix de vente baissaient, la rentabilité aussi. La crise se profilait à l'horizon, une page de l'histoire du fruit confit était en passe de se tourner.

Maurice avait fait le tour de tous les différents emplois dans et hors les murs des établissements Notin. Il maîtrisait toutes les tâches dans la chaîne de fabrication des fruits confits : les fruits confits égouttés, glacés ou cristallisés n'avaient plus aucun secret pour lui. *Idem* pour les opérations d'égouttage et de coulage ; de même que l'utilisation du cuiseur, du fondeur, du cycle des sirops ainsi que le blanchiment des bigarreaux, de tous les bigarreaux : blonds, verts ou rouges. Avec Fernand Notin comme prof de chimie et excellent pédagogue à ses côtés, il avait appris très vite… et très bien.

Zacharie Vallon stockait des fruits, autrement dit il conservait la matière première dans ses cuves spéciales implantées jusqu'à Lumières, au fin fond de sa propriété, en prévision de commandes à venir, tandis que Notin, de son côté, avait fait le choix de stocker les fruits déjà confits, autrement dit le produit fini en prévision… de commandes soudaines. L'un stockait en amont, l'autre en aval de la chaîne complexe du fruit confit. Tous deux à leur manière étaient dans les starting-blocks.

Deux politiques commerciales diamétralement opposées.

Vallon, plus vicieux que Notin, avait su varier ses produits et il s'était laissé séduire par l'envahisseur en fournissant biscuits et pâtes de fruits à l'armée allemande pour faire rentrer des deniers en période de vache maigre. Il avait succombé à la facilité et s'était acoquiné avec l'ennemi. Vallon était allé jusqu'à fabriquer des dragées et des conserves de fruits pour l'intendance ennemie.

Les aliments en tout genre issus de la manufacture Zacharie Vallon faisaient la succulence des desserts servis dans les mess des officiers de l'armée allemande, et même, parfois, dans les cantines de la troupe prussienne en récompense d'un exploit. Depuis la Libération, une partie de la population lui en tenait rigueur. Non seulement il avait pactisé avec l'envahisseur, mais il avait dévalorisé la noble industrie du fruit confit en fabriquant de vulgaires pâtes de fruits à partir de dérivés de sucre de betterave coupés avec on ne sait quoi, que l'adversaire lui procurait sous le manteau. Ce que la population d'Apt ignorait, c'est que Clémence (elle s'en était bien cachée), grâce à ses relations avec le chanoine du diocèse d'Apt, qu'elle couvait de ses bonnes manières (les deux, le diocèse et le chanoine ; en tout bien tout honneur, le chanoine !), avait obtenu l'exclusivité de la fabrication des hosties de messe pour une ribambelle de paroisses. Elle supervisait elle-même la production et se chargeait discrètement des livraisons. Il n'y a pas de sot métier quand notre survie en dépend. Qui plus est, l'intendance de l'archevêché d'Avignon payait rubis sur l'ongle, et ça, en période de disette commerciale, ça valait de l'or.

L'avenir de la profession se jouait aussi bien à Apt, où s'exerçait une concurrence exacerbée, que sur les marchés extérieurs, qui n'apportaient qu'incertitudes et mauvaises surprises.

La machine allait peu à peu repartir grâce à une entente entre les fabricants. Les quelques familles qui tenaient le marché avaient bien compris que seule l'union pouvait leur sauver la mise. Les techniques avaient considérablement évolué, la confiserie artisanale cessait d'exister, seule une usine moderne pouvait apporter la réussite industrielle. Apt lorgnait vers l'Amérique, où la frange aisée de la population affectionnait les fruits confits. À présent, le marché du sucre était à nouveau ouvert et facilement accessible à un prix raisonnable, la main-d'œuvre d'après-guerre était pauvre et pas chère et, surtout, le dollar écrasait le franc, rendant le prix des produits français dérisoire pour les riches Américains. Tous les clignotants étaient au vert, il fallait sauter sur l'occasion. Tout doucement, l'artisanat succombait.

Une époque s'éteignait, un nouveau monde apparaissait.

Juste avant les fêtes de Pâques 1955, alors qu'Adam effectuait sa dernière année scolaire en classe dite « de fin d'études », autrement dit avec l'examen du certificat en point de mire, Maurice changea de moyen de locomotion. Sans prévenir. Enfin sans prévenir Adam, qui resta bouche bée d'admiration en voyant l'engin. Sans doute son papa avait-il fomenté cette opération depuis quelque temps en secret, car il revendit son vélomoteur Hirondelle Manufrance de 1932 à un camarade d'atelier et, dès le lendemain, il enjamba une superbe motocyclette Gnome-Rhône Junior de 1945 et de trois cents centimètres cubes de cylindrée, de couleur rouge. Une superbe occasion qu'il avait bichonnée chez son ami Pichwater depuis des mois en lui versant mensuellement une quote-part de sa paie. Adam et Lucie descendirent l'escalier du Rocail à toute vitesse pour venir contempler la machine qui avait l'énorme avantage (en option) d'avoir une selle longue qui venait s'appuyer contre le réservoir (qu'on appela plus tard un biplace). Ainsi, Adam pouvait prendre place entre ses parents et les accompagner partout. Sans compter que Maurice allait, disait-il, gagner près d'une demi-heure sur ses allers-retours quotidiens jusqu'à Apt. Il omettait de préciser que la consommation en carburant de cette superbe trois cents centimètres cubes biplace était sans commune mesure avec son vélomoteur Hirondelle !

— Faut bien se faire plaisir de temps en temps ! claironnait Maurice comme une excuse en paradant avec force exubérance, le visage empourpré comme un coquelicot heureux après la rosée du matin.

Il avait offert une tournée générale au comptoir de Boucicot (même peut-être deux, dans la confusion générale, mais le patron avait eu le tact de ne lui en compter qu'une) pour arroser son nouvel engin, qu'au fond de lui-même il était fier d'exhiber à tous ses amis.

— Et c'est une trois cents centimètres cubes biplace. Elle monte jusqu'à cent vingt kilomètres-heure, vous vous rendez compte ! répétait Maurice avec son accent de chantre italien amplifié par l'effet pastis.

— Ça, c'est de la moto. Je vous le garantis, confirmait Pichwater, qui jouait les spécialistes avertis avant d'interpeller, de sa voix criarde, Boucicot, qui ne savait plus où donner de la tête derrière son comptoir.

— Remets-nous ça, c'est la mienne. Et que ça saute !

Après l'épisode moto Gnome-Rhône rouge, au tout début du mois de juillet de cette même année 1955, deux agréables nouvelles vinrent illuminer le ciel du Rocail. Adam s'était incrusté en qualité d'enfant de chœur du couvent jusqu'à en devenir le plus âgé et le responsable inamovible, pour continuer à scruter Macha Vallon à la messe du dimanche et l'éblouir à la fin de la cérémonie en rejoignant le balcon pour s'installer, telle une vedette devant l'assemblée, aux commandes mystérieuses et diablement compliquées de l'harmonium pour entonner le chant grandiose qui marque la fin de l'office et la dislocation du cortège des fidèles. Il avait très vite déchanté. Il se disait qu'être devenu le pianiste de corvée, c'était bien ; certes, ça le mettait en valeur devant Macha tel un virtuose sur la scène de l'opéra mais, en même temps, ça l'éloignait de sa dulcinée. Depuis qu'il s'excitait devant les tuyaux de cet orgue immense, il tournait le dos aux fidèles, donc à Macha, qui s'enfuyait sans qu'il pût l'approcher ou la suivre jusqu'à la balançoire. Il était cloué devant l'harmonium jusqu'à la fin du foutu chant chrétien, et quand, enfin, il détalait pour s'élancer vers le jardin, il y a belle lurette que Macha avait disparu de la balançoire. En définitive, il regretta très vite d'avoir appris à jouer de l'harmonium. C'était un mauvais calcul.

Ce n'est que bien des années plus tard, passé le temps des balançoires, qu'il prendrait sa revanche à l'harmonium devant Macha, qui ne quitterait point sa place au premier rang, jusqu'à ce qu'Adam ait envoyé la dernière note.

La première bonne nouvelle, cet été-là, fut sa brillante réussite au certificat d'études primaires. Le dimanche qui suivit, sans en informer Adam, Lucie et Maurice invitèrent quelques amis à venir déjeuner au Rocail, après la messe. Maurice se décarcassa pour fixer les rallonges à la table à manger et Lucie dressa la nappe blanche. Au dessert, il y eut un vacherin, des choux à la crème et une bouteille de vin mousseux. Un moment de bonheur inoubliable pour tous les trois, pareil que le jour où il avait fait sa communion solennelle et que tonton Jacques (le frère de Lucie) les avait pris tous les trois en photo. C'est cette photo qui, quinze années plus tard, trônait encore sur la commode de la chambre de Lucie et Maurice.

La seconde bonne nouvelle intervint quelques jours après seulement, c'était pour l'avant-dernier dimanche de juillet, au plus fort de la saison des melons. Quand, en fin de journée, on entendait dans le lointain l'élégant vrombissement des trois cents centimètres cubes du moteur de la Gnome-Rhône se rapprocher, ça voulait dire que, dans les cinq minutes qui suivaient, Maurice remisait son engin sous l'appentis, à côté du tas de bois, où il avait créé un « abri moto ». Maurice, même quand on croyait qu'il n'y avait plus de place, il en trouvait encore. D'ailleurs, il trouvait de tout ; il n'y avait qu'en face d'un champ qu'il ne trouvait pas. Maurice, c'était tout sauf un paysan. Il était tombé dans le travail manuel tout gamin, à six ans il voulait construire des locomotives, mais à plus de cinquante ans il était toujours incapable de traire une vache. Ce soir-là, il fit fissa pour ranger son engin et pour escalader l'escalier. Il ouvrit la porte d'entrée du Rocail dans la minute qui suivit et entra en trombe. Adam et Lucie furent tous deux comme frappés de stupeur.

— Que t'arrive-t-il, mon chéri ? T'as le feu au cul ? s'exclama Lucie en laissant s'échapper de sa main la patate qu'elle pelait, conservant fort heureusement le couteau dans l'autre.

— Pire que ça, ma Lucie, répondit-il en s'asseyant à table sans avoir quitté son casque, son blouson de motard et ses gants.

— Pire que le feu au cul ? Alors, c'est du sérieux sérieux, dit-elle en venant s'asseoir à côté de son compagnon, entreprenant de lui dénouer la lanière du casque, qui lui donnait un teint violacé.

— Tu ne devineras jamais.

— L'usine Notin a brûlé, osa murmurer Adam à son tour.

Après, la mère et l'enfant firent silence, ils attendirent le bon vouloir de Maurice qui, enfin, se mit à table.

— On est invités ce dimanche... C'est dans trois jours.

— On est invités tous les trois, mais où ? questionna Lucie.

— Chez les Notin, avoua Maurice comme sous la contrainte.

— Et alors, les Notin, ce sont de braves gens. Ce sont tes patrons, des industriels, mais ils t'apprécient, et moi, j'apprécie bien la femme de ton patron. Elle a une sacrée réputation, d'après le Dr Philibert, qui les connaît, elle sait tenir tête aux hommes. Le petit aussi est invité ?

Maurice fit oui de la tête et précisa :

— Leur fille a le même âge.

Puis, un ton plus bas, il ajouta :

— C'est pas tout, ma Lucie... y aura aussi... le... le sénateur et sa femme.

— M. Lecourtois ? Le sénateur, conseiller général et maire de Roussillon ?

Maurice acquiesça de la tête. Lucie poursuivit :

— Eh bien, tant mieux ! Ne m'as-tu pas dit que tu comptais sur lui pour te pistonner et te faire avoir la nationalité française au plus vite ? Mme Notin est venue à ton secours, c'est elle qui a monté ce repas pour te venir en aide. Ça ne m'étonne pas venant de cette femme, elle est bien comme on le prétend. Une femme de tête qui sait être efficace au bon moment. Bravo !

— Mais comment je vais lui présenter ça, au sénateur ? Je vais avoir l'air d'un quémandeur, d'un mendiant.

— Quand tu installais tes bombes pendant la guerre, ton sénateur, c'était bien ton chef ? C'est bien lui qui te disait où et quand les allumer, tes mèches, pour provoquer l'étincelle ? Alors, M. Lecourtois, il te doit bien ça en retour. C'est la France tout entière qui te doit la nationalité française. Tu n'as pas à avoir honte.

Quand Lucie donnait libre cours à ses envolées lyriques, son bon sens paysan paralysait l'assistance.

— Et quels habits on va mettre ?

— T'en fais pas, on mettra ce qu'on portait y a deux ans pour la communion du petit. Tu te rappelles, c'était le dimanche de la fête des Mères. Mon tailleur gris et mon beau chemisier pêche, ils doivent encore m'aller. Quant à ton veston noir et ta chemise blanche, ils feront l'affaire. T'as même pas bougé de cent grammes depuis que je t'ai rencontré. À Apt, personne ne nous a vus avec ces vêtements sur le dos. On croira qu'ils sont neufs.

— Si tu le dis, murmura Maurice en baissant la tête.

Puis, la relevant, il braqua ses yeux dans ceux de Lucie. (Il n'avait toujours pas quitté son blouson et ses gants.)

— Faudra prendre le car de 11 heures pour y aller et revenir avec celui de 15 heures. J'espère qu'on aura fini de manger.

— Ne dis pas des imbécillités, mon chéri, nous irons avec ta moto.

— Tous les trois ?

— Tu vantes partout ta selle triplace ! C'est le moment de le prouver. Ainsi, nous partirons quand bon nous semblera. À l'aller comme au retour.

Maurice ne releva pas le terme de « triplace », qu'il entendait pour la première fois, dans la bouche de Lucie, ça n'aurait servi à rien.

— Il n'y a qu'une chose qui m'ennuie...

Lucie se tut et pointa Adam du regard.

— Je te comprends. Moi aussi, répondit Maurice à voix basse en oscillant la tête.

20

L'invitation

Juillet 1955

En définitive, cette invitation chez les Notin, petits industriels qui comptaient et appartenaient à ce que Lucie appelait « le beau monde » (parfois « le grand »), s'avéra payante tant pour Maurice que pour Adam. À table, Clémence prit soin de placer Lucie entre elle et la femme du sénateur, quant à Maurice ses couverts étaient entre ceux de son patron et de l'élu. Adam et Éliane se retrouvèrent côte à côte en fond de table, isolés comme un jeune couple qui déjeunait à part.

Dès leur arrivée, Henri Lecourtois, alias Geronimo, prit Maurice dans ses bras puis lui emprisonna longuement les deux mains dans les siennes plus qu'avantageuses. L'élu, toujours aussi monumental et beau gosse qu'autrefois malgré son âge, l'avait aussitôt reconnu et appelé l'Étincelle, en souvenir de la Résistance. Manifestement, Clémence avait carrément annoncé la couleur à l'avance, la présence du sénateur à ce déjeuner était téléguidée.

— Inutile que je te recommande à notre sous-préfet, ça allongerait les délais pour rien, tu vas me communiquer les pièces que va te lister mon assistante. Je les remettrai alors au préfet en main propre. Je déjeune en Avignon, avec lui, à la fin de ce mois et, très vite, tu recevras ton acte de naturalisation puis, dans la foulée, ta nouvelle carte d'identité au nom de la République française, qui te doit bien ça.

Le sénateur avait terminé son propos par une boutade suivie d'une sermonnée :

— Grâce à toi, nos entreprises locales ont du boulot depuis dix ans, il y a des routes et des ponts à reconstruire et notre SNCF a recommandé des trains. Tu honores nos compatriotes en leur donnant du boulot. En revanche, pourquoi n'es-tu pas venu me voir à la Libération pour tes papiers ? Ça serait fait depuis dix ans ! Cette nationalité française, tu ne l'usurpes pas, la France te la doit !

Le sénateur avait conclu sa tirade ainsi :

— Allez, zou, Fernand, affaire classée, fais couler l'anis[1] !

Le voyage retour, à trois sur la moto, se déroula on ne peut mieux. Maurice ne dépassa pas le soixante-dix et ils ne rencontrèrent aucun flic pour les verbaliser. Lucie, en bout de selle, enserrait la taille d'Adam, assis au milieu, qui enserrait celle du pilote. La famille était on ne peut plus unie, les trois membres étaient comme collés entre eux sur cet engin. À un moment, Lucie se rappelle avoir fermé les yeux et s'être imaginé que, tous les trois, amarrés l'un à l'autre, ils s'envolaient ensemble vers les nuages, portés par l'immense amour qui, en cet instant, les réunissait. Un moment de plénitude. Un rêve de mère.

Vingt minutes plus tard, ils escaladaient l'escalier du Rocail.

— Dépêchez-vous d'aller vous changer, économisons nos habits du dimanche ; si ça se trouve, nous en aurons besoin très vite !

— Pour quoi faire ? questionna Adam.

— Ton père ne va pas tarder à être des nôtres. Un nouveau Français. La peur du gendarme va disparaître, on va pouvoir dormir tranquilles. Ça se fête.

Quelques minutes plus tard, ils se retrouvèrent tous les trois, attablés dans la cuisine, comme pour conclure entre eux cette belle journée. Maurice attaqua :

1. *Faire couler l'anis : en Provence, servir le pastis (l'apéro).*

— Quand même, vous vous rendez compte, c'est presque 6 heures (du soir), on n'a pas arrêté de manger, de boire… et de parler. Je ne croyais pas qu'il était si tard.

— On a bien fait d'écouter maman, je me demande quel autobus on aurait pris de ces heures. Il aurait fallu attendre le Digne de 7 heures qui va sur Avignon. Maman avait raison, heureusement qu'on a pris la moto.

Lucie prit la parole à son tour. Elle s'adressa à Maurice :

— J'ai trouvé vos fruits confits vraiment succulents, un vrai régal. J'en ai hélas abusé. Sûr qu'au retour la moto a dû sentir la différence !

— Tu as très bien fait de le clamer haut et fort à table. Mme Clémence a apprécié. À présent, c'est elle qui gère toute l'usine. M. Fernand va avoir soixante ans et avec ses blessures de guerre il fatigue vite.

— Tant mieux. C'est une femme qui a du mérite. D'abord, elle a gardé son nom de jeune fille et l'a fait précéder celui de son mari ; fallait oser le faire face au fils Notin qui, à Apt, n'était pas le premier venu. C'est courageux. Ensuite, elle a su placer tout le monde à la perfection autour de la table sans dévaloriser personne. Tout était superbement organisé, jusqu'à Adam et sa fille, installés un peu à l'écart pour pas subir les discours des adultes. Cette femme, toujours à l'affût de tout, a veillé à satisfaire les besoins et les envies de chacun ; elle n'a jamais rechigné pour se lever de table je ne sais combien de fois ! En plus, une étonnante présence avec une allure d'aristocrate dans ses mouvements et une étrange beauté qui doit fasciner les hommes. Au fait, quel âge a-t-elle, Maurice ?

— Trente-six ou trente-sept. Ils ont vingt-deux ans d'écart. Ça, j'en suis sûr, car M. Fernand le répète assez souvent.

— Une sacrée personne qu'on aime et qu'on apprécie tout de suite. Chez elle, tout paraît simple et sincère, comme inné. Néanmoins, on sent qu'elle a connu le travail pénible et la souffrance. Je comprends mieux pourquoi elle a pris du poids dans les instances de la ville et pourquoi elle suscite autant de jalousies. Elle est pétrie de qualités. Elle mériterait la mairie.

On frappa à la porte, Adam s'éclipsa pour aller ouvrir. Lucie profita de l'éloignement de son fils pour questionner Maurice.

— Pour le petit… Personne n'a parlé de quoi que ce soit. Qu'en penses-tu ?

— Aucun risque, la patronne m'a même proposé de l'embaucher dès le mois de septembre.

Adam réapparut trois minutes plus tard.

— Qui était-ce ? demanda Lucie.

— Marc, il voulait que je l'accompagne chez Guitou. Je lui ai dit non, je suis crevé.

— Et cette petite Notin, comment l'as-tu trouvée ? Elle est jolie, non ? Elle te plaît ? Il me semble que vous vous êtes bien entendus tous les deux.

— Elle est pas mal. Très sympathique… et franche. Pas du tout prétentieuse comme Macha.

— Quelle Macha ?

— Marie-Chantal Vallon, qu'était dans mon école jusqu'au CM2. Celle qu'habite le château sur la route d'Apt.

— Je vois très bien de qui tu parles. J'ignorais que vous la surnommiez Macha.

— C'est pas nous, c'est elle qui a imposé ce surnom, elle n'aime pas son prénom.

— Elle est née peu de temps après toi, en même temps que le grand échalas des Poursieu.

— Alors qu'Éliane, la fille des Notin, elle est née la même année que moi, en 1941, mais elle est du début de l'année alors que moi je suis de la fin. En plus, vous savez quoi ? Cette année, elle était en quatrième au collège, dans la même classe que Macha et ce connard de Pierre-Hugues. Elle est du même avis que moi ; lui, c'est toujours un grand bouffon. Elle l'a comparé à un paon qui, à chaque récré, fait la roue devant Macha qui joue les m'as-tu-vu. Ils sont ridicules.

— Il me semble que cette Macha, tu l'as toujours dans ta tête. Si t'en parles ainsi, c'est qu'elle te turlupine.

— Ça veut dire quoi turlupiner ?

— T'as qu'à chercher dans le dictionnaire que l'école t'a offert pour ton certificat, répondit Lucie.

Et elle ajouta :

— J'ai trop mangé au déjeuner, j'ai pas envie de cuisiner. Que diriez-vous si on se faisait un bol de café au lait ou un chocolat bien chaud avec des tartines ?

En chœur :

— Oh oui ! Bonne idée.

Ce type de casse-croûte à la sauvette, plus intime, avait le pouvoir de les rapprocher encore plus.

Tout en se restaurant en famille façon campagne, Maurice se remémora que, durant ce remarquable déjeuner dans le beau monde, le débat avait porté (incidemment) sur ce brave notaire Charles Villeroy, devenu depuis député et maire d'Apt, tandis que Zacharie Vallon commandait aux destinées de Goult-Lumières. Quant à Henri Lecourtois, pensa Maurice, il était déjà maire de Roussillon avant la guerre, mais son implication dans la Résistance en avait fait, en plus, un sénateur (sans doute à vie). Quant à Maillet, un petit épicier de Gargas qui avait, occasionnellement, joué les porteurs d'eau en faisant don de quelques provisions au maquis, il s'était fait bombarder conseiller général du canton d'Apt dès le printemps 1946. Force était de constater que ce type d'individus avaient su se caser au bon moment et faire preuve d'opportunisme. Une catégorie de gens à laquelle il n'appartiendrait jamais, comme ses amis la Castagne, Oswaldo et bien d'autres résistants, qui pour certains avaient été fusillés. Maurice se rappela l'épisode de ce maraîcher allemand installé sur le carreau du marché aux primeurs de Cavaillon, qui travaillait avec nombre de paysans et d'épiciers du cru, et qui, en fait, s'est avéré être un membre de la Gestapo.

Cet agréable casse-croûte improvisé et original clôtura cette exceptionnelle journée de façon champêtre et les rapprocha davantage tous les trois. Allez savoir pourquoi, on parle plus librement en trempant sa tartine dans un bol de chocolat chaud plutôt qu'avec un couteau dans une main et une fourchette dans l'autre. Maurice rayonnait de bonheur, entre sa moto et les paroles du sénateur qui allait prendre en main propre son dossier de naturalisation, il était aux anges. Ça se voyait, ses joues étaient couleur pivoine (quelque chose entre le rose et le rouge), et c'est volontiers qu'il croquait à pleines dents une tartine beurre confiture après l'avoir noyée dans son café au lait.

— Tu lui as dit au petit ? demanda Lucie qui faisait une pause.

— À quel propos ?

— Ce que t'ont dit les Notin ?

Il y eut un bref silence, Maurice releva la tête et fixa Adam.

— De venir travailler avec moi.

Surpris, Adam marqua la pause et questionna son père des yeux. Maurice enchaîna :

— Ça fait déjà plusieurs mois que le patron m'en cause. Je ne lui ai jamais répondu clairement. Je lui ai toujours dit que tu devais d'abord passer ton certificat, le réussir et qu'après nous aviserions. Sauf que maintenant le futur est devenu le présent, et aujourd'hui, c'est Mme Clémence qui m'a posé la question.

— C'était à quel moment ?

— Au moment du café, vous étiez sortis prendre l'air avec Éliane.

— Et qu'as-tu répondu ?

— Que je t'en parlerais prochainement, mais ta mère a anticipé le débat.

Lucie poursuivit :

— Il est vrai que leur offre est intéressante. Vous partiriez et reviendriez ensemble du travail, en plus je pense que tu pourrais faire une belle carrière chez les Notin. Ils sont tous les deux très gentils.

— Maman, on ne travaille pas pour quelqu'un parce qu'il est gentil, il faut quand même que le travail plaise et apporte une satisfaction.

Lucie enfonça le clou :

— Et leur fille a le même âge que toi. Pendant tout le repas, vous avez eu l'air de bien vous entendre tous les deux. Je vous ai vus éclater de rire plusieurs fois.

— Et puis aussi dans quelques années je pourrai épouser la fille des patrons et devenir maître confiseur pour parader dans les rues d'Apt à chaque manifestation en tenue de chef guignol du fruit confit !

Adam avait volontairement usé d'un ton railleur.

Maurice reprit la main avant que la conversation ne dérape :

— Tu feras comme tu en auras envie, petit. Ce qui est vrai, c'est que chez Notin tu ne serais apprenti que deux ans (au lieu de trois), à seize ans tu passerais demi-ouvrier et à dix-huit ouvrier, et c'est très bien payé, je peux te l'assurer. À ton retour de l'armée, tu pourrais envisager très vite un poste de contremaître. Tu te rends compte ! Moi, j'avais cinquante ans quand je suis devenu contremaître, et j'ai remercié mes patrons.

— Papa, tu oublies que toi, avec ta tête et tes mains, t'es fort en tout. Plus que la moyenne. T'as réparé des moteurs de voiture et t'as même fabriqué des bombes pendant la guerre. Si maman te le demandait, tu lui construirais un hélicoptère. Moi, je sais juste lire et écrire, à quoi ça va me servir pour faire de la confiture de cerise ?

— Et tous les livres que t'as lus sur la terrasse pendant des années ?

Maurice préféra clore ce débat.

— On en reparlera une autre fois. Te casse pas la tête, prends le temps d'y réfléchir. Tu feras comme ton envie te le dictera.

Maurice quitta soudainement la table et revint avec un paquet-cadeau mal ficelé et d'une présentation maladroite, du volume d'une paire de chaussures. Sans conteste, il avait lui-même assumé l'enveloppement et l'apparat du paquet sans y être parvenu. Il le tendit maladroitement à Adam.

— Tiens, c'est pour toi... pour ton certificat.

— Mais vous m'avez déjà fait un cadeau avec maman !

— Ce que contient ce paquet est indispensable en cette saison. Je dirais même o-bli-ga-toir'.

Tandis qu'Adam s'appliquait à ouvrir délicatement son cadeau, le poids de l'objet l'étonna.

— C'est bien lourd, ce truc !

Lucie se moquait de la présentation.

— C'est un gosse qu'a fait le paquet-cadeau ?

— C'est moi, reconnut benoîtement Maurice.

Il ajouta :

— Comme quoi on peut savoir fabriquer une bombe et ne pas savoir faire un paquet-cadeau !

— Fan ! Des boules ! C'est magnifique !

— Comme ça, tu pourras, le dimanche après-midi, faire équipe avec nous à l'ombre des platanes de l'esplanade de Boucicot, et même, dès ce dimanche, participer au concours de pétanque. Ces boules-là, je les ai trouvées à la quincaillerie d'Apt, où M. Notin m'a envoyé en course. Elles sont plus petites que les miennes, mais elles sont réglementaires. J'ai vérifié, aucun problème. On ne peut pas t'interdire de jouer en tournoi officiel.

Adam les saisit et les tourna longuement une à une dans le creux de sa main pour les essayer et, comme on dit, pour les prendre en main, tel un vrai professionnel. Elles étincelaient comme un soleil. Il regarda son père, ses yeux brillaient autant que les boules.

— Depuis que j'en désirais des comme ça ! T'es un papa... énorme.

Ils tombèrent dans les bras l'un de l'autre.

Une gouttelette perla au coin des yeux de Maurice, comme chaque fois qu'Adam (trop rarement) prononçait le mot magique de « papa ». Un mot savoureux et cruel à la fois pour lui, un mot qui ranimait ses douloureux souvenirs, mais un mot tellement doux à entendre. Il épongea discrètement ses paupières d'un revers du majeur. Adam embrassa ensuite Lucie. L'affection qui les liait tous les trois était partagée, profonde et sincère.

— Vivement dimanche ! conclut Adam. Peut-être qu'on sera dans la même triplette ? Sur ce, je vais me coucher, je suis fatigué. Bonne nuit.

— Va te coucher, toi aussi, Maurice. Demain, tu dois être au boulot à 7 heures. C'est pas tous les jours fête. Je lave ces trois bols et je te rejoins.

Maurice s'approcha de Lucie, la prit dans ses bras et lui murmura dans l'oreille :

— Finalement, si le sénateur tient parole, peut-être que très bientôt j'oserai enfin demander ta main.

— À qui ?

— À toi et à Adam ! Ensuite, nous l'adopterons officiellement et c'en sera fini de la famille tuyau de poêle.

— Ça m'est égal que tu sois italien, français ou même chinois, c'est toi que j'aime depuis dix-sept ans, pas ta nationalité. La famille tuyau de poêle, comme ils disent, elle se porte mieux qu'eux.

Ils s'embrassèrent. Lucie relâcha l'étreinte, Maurice s'éclipsa.

Dans son lit, Adam tournait et retournait la situation. Plutôt les situations : professionnelle, privée, amoureuse, et tout et tout. Dans sa tête, tout s'entrechoquait et ça l'empêchait de trouver le sommeil. D'abord cesser de jouer les enfants de chœur à son âge : démissionner dès septembre prochain ; ensuite, suivre les conseils de son père. Aller travailler chez Notin n'était pas une mauvaise idée en soi. Maintenant qu'il avait réussi au certif, la coutume voulait que les fils de paysans retournent à la terre et les fils d'ouvriers à l'usine, seuls quelques enfants de familles huppées ou de couples de fonctionnaires partaient vers le collège. Comme ses camarades, Adam devait travailler pour ne plus être un fardeau pour ses parents et mettre de l'argent de côté pour quand il partirait au service militaire, qui durait vingt-huit mois. Il préférait encore l'usine aux travaux des champs, même si l'atmosphère étouffante qui règne dans une fabrique est malsaine et difficile à supporter. Il se rappelait les discours évocateurs de son père et la difficulté pour, parfois, retrouver un second souffle dans l'atelier quand on a passé des heures d'affilée à alimenter la chaudière ou à vérifier les grilles de cuisson. L'équeutage des fruits ou le rinçage des fruits se faisaient au grand air et étaient réservés aux femmes.

Dans un coin de sa tête tournoyaient les visages de Macha et d'Éliane. Désormais, Macha avait de la concurrence. Attendre la messe du dimanche pour lui dire trois mots en poussant la balançoire comme un gosse et se contenter d'un sourire ou d'un regard, il trouva ça ridicule. À quatorze ans, il décida qu'il était temps de cesser les minauderies et les simagrées auxquelles il se pliait devant Macha. Il n'était rien d'autre que son bouffon. Il appréciait davantage ce long moment passé en compagnie d'Éliane, certes d'une beauté moins insolente que Macha, mais beaucoup plus naturelle et moins impertinente. Éliane, avec qui il avait davantage échangé en une après-midi qu'avec Macha en quatre ans ! Éliane qui, malgré la différence de rang social, l'avait longuement écouté comme un ami et comme son égal. Il sentait qu'il possédait un quelque chose qui lui plaisait, sinon, pourquoi lui aurait-elle proposé de s'échapper tous les deux dans la cour ? À force de tourner et se retourner dans son lit, la chaleur de la nuit, bien que sa couche soit dans la partie humide de la grotte du Rocail, le poussa à se lever. Quand il sortit sur la terrasse pour prendre une bouffée d'air frais, il fut surpris de constater que Lucie était assise dans son vieux fauteuil en osier adossé à la muraille et qu'elle tricotait.

— De ces heures ? T'es pas couchée ? Tu tricotes dehors en pleine nuit ?

— Oui, Adam, je n'avais pas sommeil. Cette journée m'a un peu perturbée. Je vois que toi aussi, n'est-ce pas ? C'est quoi qui te tracasse, mon petit ?

— Le boulot, faut que je fasse un choix avant le mois prochain.

— Il est vrai que ce que propose ton père peut paraître alléchant, mais tu feras comme tu le décideras. Tu as le temps, rien ne presse. On n'est pas à la rue. Ne t'inquiète pas. Pense plutôt à ta partie de pétanque de dimanche prochain et à t'entraîner un peu avec tes boules, ça va te détendre.

— Je crois que tu as raison, maman. Qu'est-ce que tu tricotes avec cette laine rouge ?

— Des chaussettes pour ton père.

— En plein mois de juillet ?

— L'hiver sera vite là.

— Un vélo rouge, une moto rouge, un pull rouge, un cache-nez rouge et à présent des chaussettes rouges. Ça fait pas un peu beaucoup ?

— Comme son visage quand il est heureux, il vire au rouge ; c'est pour ça qu'il m'a plu tout de suite. Quand nous nous sommes rencontrés, nous étions comme deux chaussettes dépareillées par la vie. Le temps a harmonisé tout ça. Quand j'aurai fini cet ouvrage, je prendrai ma laine bleue et j'attaquerai un beau cache-nez pour toi.

— Si je comprends bien, tricoter, c'est pour toi une façon de te vider la tête et trouver le sommeil ; un peu comme quand tu me conseilles la pétanque.

— Si tu veux, mon fils, avec une grosse différence. On ne tricote que pour ceux qu'on aime.

Adam regagna son lit, son cerveau se mit à tricoter. Très vite, il s'endormit comme un bébé.

21

Bonnes nouvelles. Pas que…

1956-1960

MÊME LA GUERRE une fois terminée, les confiseurs aptésiens, qui brillaient au Royaume-Uni, éprouvèrent d'énormes difficultés à expédier leur marchandise aux États-Unis. Les confiseurs américains s'étaient tournés vers les Italiens pour s'approvisionner en fruits, car ils en manquaient. Les États-Unis ne s'étaient pas contentés d'élever des barrières protectionnistes contre les Aptésiens, ils avaient inventé et imposé l'érythrosine. Cette chose au nom bizarre n'était rien d'autre qu'un colorant exigé par l'administration américaine et fabriqué par l'Amérique. *Dixit* les autorités sanitaires, aucune échappatoire. De leur côté, les Français (et Européens) utilisaient le colorant Ponceau. Qu'à cela ne tienne, les Aptésiens importèrent l'érythrosine et mirent en place un second atelier dans l'usine.

Un nouvel élément allait s'avérer très important et servir l'industrie aptésienne : le prix de la main-d'œuvre aux États-Unis ne cessait de grimper et devenait mirobolant, entraînant la cherté des produits américains. Un second atout allait venir en aide à nos confiseurs vauclusiens : la pauvreté de l'Europe d'après-guerre qui peinait à se reconstruire engendrait une main-d'œuvre pléthorique et bon marché et, enfin, un dernier élément favorable à nos confiseurs, et non des moindres, fit son apparition : l'augmentation incessante du dollar face au franc, rendant les produits « *made in America* » de plus en plus coûteux ! La voie de l'exportation aux États-Unis s'ouvrit enfin, entraînant une activité effrénée dans les usines d'Apt et, bien entendu, un afflux de richesses pour les plus entreprenants. Les exportations vers les États-Unis doublèrent en trois petites années pour atteindre les quatre mille tonnes à la fin des années 1950. Un réel exploit.

Des idées de regroupement commencèrent à circuler. On entendit dans les salons, dans les usines et jusque dans les instances professionnelles des réflexions du type :

— Au lieu de nous concurrencer, on ferait mieux de s'unir. L'union fait la force. À plusieurs, on limitera le coût des achats et on fixera ensemble les prix de vente, préservant ainsi des marges confortables, etc.

Il est vrai que le but avoué d'un regroupement mercantile est essentiellement de préserver l'avenir de l'activité et de sauver l'outil de travail ; alors que le but inavoué, celui-là, est de faire encore plus de profit qu'avant. Autrement dit de multiplier les bénéfices. On s'associe quelquefois pour éviter de perdre davantage, mais jamais pour perdre. Dans un système économique ouvertement capitaliste, il n'y a rien de surprenant dans ce type de comportement entrepreneurial. Contempler la décrépitude d'un concurrent fait partie du paysage.

L'entente s'esquissa en 1959 au travers du syndicat des confiseurs (aux mains de la confrérie) et ressemblant à une amicale plutôt qu'à un syndicat au sens noble du terme. Les grands patrons créèrent (avec beaucoup d'opiniâtreté) une société anonyme chargée de proposer un seul et même prix d'achat des fruits aux paysans et un seul tarif pour l'exportation. En Vaucluse, le système de la petite propriété domine, la paysannerie est éparpillée et chaque famille est habitée par un fort individualisme. Chaque cultivateur est un petit chef d'entreprise qui se débat tout seul dans son coin. Néanmoins, des liens de franche camaraderie se sont tissés depuis des générations entre paysans (vendeurs) et confiseurs (acheteurs), ces attaches tenaces vont être à l'origine du premier gros dérapage de cet accord symbolique. En effet, les confiseurs appliquèrent des tarifs « sous le manteau » avec leurs fidèles paysans-clients. On pourrait ainsi résumer la scène :

Le confiseur se rend chez son fournisseur de cerises et, pour être sûr d'obtenir la récolte, il tient le langage suivant :

— Écoute, ça fait des années qu'on travaille ensemble, je te donne vingt centimes de plus que les autres pour tes bigarreaux mais, surtout, tu me gardes ta marchandise pour la saison et, surtout, surtout, *tu fermes ta gueule*. Rien ne doit sortir d'ici !

— Bien entendu, tu as ma parole.

Pour sûr que le petit paysan, qui n'est pas plus idiot que le confiseur, va s'empresser de divulguer à un autre confiseur cette proposition plus avantageuse ; ce nouvel acheteur potentiel va, à son tour, ajouter vingt centimes aux vingt centimes, etc., enrayant ainsi tout espoir de mise en place d'une entente sérieuse des confiseurs.

Le deuxième loupé vint du tarif soi-disant unique pour l'exportation. En réalité, chaque confiseur fit en sorte d'en réserver la primeur (en avant-première) à sa clientèle et, surtout, aux intermédiaires et courtiers britanniques et américains pour court-circuiter les concurrents. Le tarif unique n'eut plus rien d'unique : ni la date de parution, ni les prix.

Il était trop tôt pour renoncer à certaines manies ancrées jusqu'au plus profond de l'âme des chefs d'entreprise. Le partage ne faisait pas partie de leur fonds de commerce. Un profond individualisme régnait. L'alliance, tant qu'elle ne serait pas dictée par des raisons économico-financières, ne prendrait pas.

— M'associer, je veux bien, mais comment ? Quelle va être ma place et le montant de mes parts dans cette nouvelle société ?

Voilà la question que se posait chaque confiseur en son for intérieur. Encore que le pire était ailleurs. En effet, pour prétendre posséder un pourcentage dans une nouvelle structure, encore fallait-il justifier la valeur actuelle de son entreprise pour recevoir des parts équitables dans la nouvelle. Il fallait donc assumer un grand déballage de son bilan : de ses dettes et de sa trésorerie. Afficher ses forces et ses faiblesses. Pas facile pour des chefs d'entreprise. Ce que Fernand Notin résuma de la façon suivante lors d'une énième réunion du syndicat des patrons confiseurs. Grâce à l'amplitude de ses narines, avant de s'exprimer, il ingurgitait une profonde inspiration qui lui permettait de s'exprimer d'une voix caverneuse sans reprendre son souffle.

— En définitive, si j'ai bien compris, vous voulez qu'on devienne communistes.

Ce type de réflexion à haute voix en entraîna une autre, silencieuse, dans la tête des locuteurs présents, ancrés politiquement à droite. « Cyrano est devenu fou ! »

— C'est-à-dire, explique-toi, finit par demander Zacharie Vallon, qui n'ignorait pas les sautes d'humeur et les originalités de Fernand depuis son retour du front.

— Je veux dire par là que la pauvreté a conduit les Russes au communisme, ils ont décidé de partager leur misère. Nous autres, nous voulons partager nos richesses pour nous enrichir plus encore. C'est ce que j'appelle le communisme inversé. On va mettre nos richesses en commun et partager l'avenir.

Fernand releva la tête, pointa son nez vers le plafond et s'écria jusqu'à s'étouffer :

— C'est bien du communisme, ça, nom de Dieu ! Ou alors j'y comprends plus rien en affaires.

Force fut de constater que Notin n'avait pas tout à fait tort. Son discours, telle une sentence, jeta un froid et sonna le glas de la réunion. Chaque confiseur présent convint que Fernand Notin ne délirait pas encore car, en créant une seule société à la place de dix, c'est bien leurs acquis et leur avenir financier qu'ils mettaient en commun. À bien y réfléchir, c'était bien là la raison majeure de toutes les difficultés qu'ils rencontraient pour s'unir. Détruire en eux-mêmes l'individualisme qui les rongeait pour devenir des communistes de luxe… disciplinés. N'était-ce pas demander l'impossible ? Les pourparlers, pour enfanter une seule entreprise aptésienne, ne faisaient que commencer ; ils allaient durer trois longues années.

M. Maurice reçut une convocation en mairie au début de l'année 1956, ça concernait bien sa naturalisation. Preuve que le dossier bougeait quelque part en haut lieu. L'employée qui le reçut jovialement (une amie de Lucie) s'étonna en constatant qu'il était italien alors qu'elle le croyait bon français. Elle parla aussi fort qu'un crieur de foire, ce qui eut pour effet d'informer les quatre autres secrétaires présentes et quelques administrés de passage de son statut d'étranger. Heureusement que la mairie était à Goult (village mère) et que la gendarmerie était à Notre-Dame-de-Lumières (à deux kilomètres, gros hameau rattaché à Goult), sinon les gendarmes auraient surgi avec les menottes pour l'emmener *illico*. On lui remit une liste impressionnante de documents à fournir pour espérer enfin devenir citoyen français. Parmi les nombreuses pièces à produire, la République lui réclamait un acte de naissance et un justificatif de domicile, ainsi que des témoignages crédibles attestant de son activité dans la Résistance pour étayer la recommandation du sénateur Lecourtois déposée directement auprès du préfet.

— Sans même nous en informer ! Il est gonflé, ce sénateur, je vais en toucher deux mots à monsieur le maire (le sieur Vallon !), s'offusqua la secrétaire.

Maurice quitta la maison commune, déçu et contrarié. À présent qu'il avait allumé le feu, il était obligé de l'éteindre. Il devait donc fournir à l'Administration toutes les pièces sollicitées pour ce dossier, sinon il verrait débarquer les gendarmes s'il ne donnait pas suite. Il était comme on dit « plus dans la m… » à présent qu'auparavant, quand il faisait le mort. Dix-huit ans qu'il faisait le mort : aucun contrôle. Il faisait partie du décor. Ça ne l'empêchait pas de jouer à la pétanque tous les dimanches avec quelques camarades gendarmes la semaine, de plaisanter et de boire ensemble l'apéritif chez Boucicot. À partir de maintenant, à coup sûr qu'un fonctionnaire de mairie plus zélé que les autres allait les informer qu'il n'était pas français. Qu'il n'était qu'un immigré clandestin.

— J'aurais mieux fait de fermer ma gueule, conclut-il en montant sur sa moto pour rejoindre Lumières, dépité.

Ce qui le tracassait le plus, c'était l'acte de naissance. Il allait devoir écrire à la mairie de Melara, où il était né et où il avait vécu quarante ans ; malgré le long délai écoulé depuis son départ, il n'était pas impossible que son nom réveille un délateur. Depuis, au village, on l'avait sans nul doute cru mort, lui, le pauvre veuf d'abord porté disparu puis classé déserteur par les autorités en 1939. Il se demanda si l'armée le recherchait toujours ou s'il y avait prescription. Il n'avait pour rien au monde envie de se retrouver dans les geôles italiennes.

L'acharnement de Maurice pour gravir les planches savonnées des administrations française et italienne finit par payer. Il avait tenu bon durant ces quatre années, il en avait bavé pour constituer son dossier, mais il avait enfin gagné !

Le facteur de Lumières escalada l'escalier périlleux du Rocail quatre années plus tard : en septembre 1960. Il était porteur de deux courriers recommandés et il devait recueillir les signatures des destinataires sur son carnet. Il en profiterait pour boire le pastis chez son ami Maurice. Un recommandé pour Maurice, le second pour Adam. Pour Maurice, le courrier émanait de la préfecture, il était invité à se présenter en mairie de Goult-Lumières sous huitaine pour y retirer son certificat de naturalisation et sa nouvelle carte nationale d'identité ! Quant à Adam, les nouvelles étaient moins bonnes. C'est le ministère des Armées qui le réclamait en personne. Il était convoqué début février 1961 pour partir sous les drapeaux et satisfaire à ses obligations militaires. Un appelé du contingent comme beaucoup d'autres. Un mauvais millésime. En plein dans la guerre d'Algérie. À l'époque, le service national durait vingt-huit mois et, à coup sûr, c'était... direction l'Algérie, où les combats se durcissaient de jour en jour, augmentant le nombre de victimes des deux côtés. Plus de la moitié du contingent embarquait à Marseille, direction Alger la Blanche.

Sur deux missives, une seule était bonne. On arrosa aussitôt celle de Maurice et on oublia pour l'instant le courrier d'Adam. Le jeune homme était affecté au bataillon du 4e RIMa[1], stationné à Toulon, où il effectuerait quatre mois de formation militaire avant son affectation définitive. Celle-ci serait inévitablement l'Algérie car, dans ses rangs, le bataillon du 4e RIMa comptait de nombreux harkis. Adam pourrait de cette façon se familiariser avec la langue algérienne.

Le dimanche qui suivit, par un bel après-midi d'automne, les joueurs de pétanque de Lumières se retrouvèrent sous le mince feuillage empourpré des platanes qui protégeaient l'esplanade des rayons du soleil encore agressifs, sise en contrebas du café Boucicot. Pour une fois, le tirage au sort réunit Adam et Maurice et leur joignit comme troisième joueur un nommé Polyte, agriculteur estimé à Lumières et spécialiste de l'asperge verte du Luberon. Comme portés par la grâce, les trois hommes, en finale, triomphèrent en un rien de temps de la triplette dite « de la gendarmerie » (car deux des joueurs de l'équipe étaient issus de l'illustre maison qui s'élevait tout à côté de la piste, même habillés en civil, on les reconnaissait).

— Eh ben, la gendarmerie, vous avez écopé d'une sacrée raclée. Baiser Fanny, c'est un déshonneur en Provence. J'espère que vous êtes plus adroits avec votre pistolet, sinon, la population de Lumières a du souci à se faire.

Ces mots sortaient de la bouche de Boucicot et ils suscitèrent un éclat de rire général. En fin de tournoi, tout le monde se retrouva derrière le comptoir de l'aubergiste pour clôturer cette rencontre. Les gendarmes, en bons perdants, payèrent chacun leur tournée générale. Maurice, heureux gagnant, s'approcha du gendarme Vedel et lui dit avec moult compassion dans la voix :

— Mon pauvre Ernest, je te plains, mais ne m'en veux pas. Adam n'a pas manqué une boule aujourd'hui. Et puis, tu sais, nous avons tous baisé Fanny un jour ou l'autre.

Et il ajouta, un brin moqueur :

1. *RIMa : régiment d'infanterie de marine, basé à Toulon, créé par Louis XIV.*

— Personnellement, je ne colporterai pas votre exploit, mais d'autres ne vont pas se gêner. Ça va se savoir !

Le gendarme Ernest Vedel baissa la tête, ferma les yeux, croisa les bras et resta silencieux une bonne minute. Soucieux, Maurice revint à la charge :

— Ernest, tu m'inquiètes. J'ai dit quelque chose qui t'a vexé ?

Le gendarme se redressa et lui fit face.

— Dis-moi, Maurice, à présent, on peut te contrôler, alors méfie-toi.

— Que veux-tu dire, Ernest ?

— Je veux dire qu'à partir de maintenant t'es en règle avec l'Administration. Désormais, t'es un citoyen français comme nous tous. Alors méfie-toi.

Maurice resta stupéfait.

— Que veux-tu dire, Ernest ? Tu savais que j'étais un étranger depuis tout ce temps.

— Bien entendu, toute la gendarmerie le savait, c'est même pour ça qu'on t'a jamais contrôlé, sinon on aurait dû t'embarquer.

Cette fois, la figure de Maurice vira à la catastrophe, un violent afflux de sang lui teignit le visage, on aurait dit qu'il allait prendre feu de toutes parts. Il parvint à maîtriser sa rage.

— Nom de Dieu de nom de Dieu, tu veux dire que depuis toutes ces années vous saviez…

— Bien sûr. Dès que t'as fait une demande de naturalisation, on a été mis au courant et nous avons même été chargés de faire une enquête confidentielle sur toi. C'est obligatoire quand on veut devenir français. C'est même moi qu'ai rédigé le rapport pour la préfecture. De toute façon, à la gendarmerie, le chef Chauvet, qu'est là depuis la fin de la guerre, a dit à toute la brigade que t'étais italien et qu'il fallait te laisser tranquille vu ton action dans le maquis. En tant qu'Italien, tu risquais rien, mais maintenant que t'es français tu vas avoir droit au même traitement que les autres. Plus de camaraderie entre nous, surtout après ce que tu nous as mis aujourd'hui aux boules.

Un sourire éclaira le visage du militaire, qui gratifia Maurice d'une frappe amicale sur l'épaule.

— Patron, une tournée par ici, c'est pour moi ! cria Maurice.

— C'est le gagnant qui arrose les perdants maintenant ? s'étonna Boucicot.

Ce même dimanche de septembre 1960, Adam s'était surpassé à la pétanque, il avait réalisé cent pour cent de frappe au tir et Maurice avait rayonné de fierté. La même fierté que celle d'un vrai père, plus forte même. C'est à cause d'Adam que les gendarmes avaient baisé Fanny. Ce que Maurice ignorait, c'est que pour la première fois Adam avait osé inviter Macha à se rendre au cinéma à Apt voir *Sueurs froides*, le dernier film d'Alfred Hitchcock, et la jeune fille avait accepté ! Adam, porté par la perspective d'un tel rendez-vous tellement inespéré, baignait dans l'euphorie, il se sentait transformé en dedans et au-dehors. Il était devenu un autre homme ! Il aurait déquillé un œuf à trente mètres si son père le lui avait demandé. Après presque neuf ans d'attente, la patience payait enfin. Il s'était reproché de n'avoir pas osé formuler sa proposition bien plus tôt.

Après s'être traité de tous les noms d'oiseau, le gros obstacle se dressa devant lui : quel moyen de locomotion pour aller et revenir d'Apt ? Un vrai casse-tête. Il lui restait à baratiner son père pour lui emprunter sa moto rouge. Requête plus que délicate mais facilitée par sa prestation à la pétanque. Encore heureux que les températures soient estivales, sinon il aurait dû prévoir une canadienne pour Macha. Cette situation avait quelque chose de ridicule.

Il s'entendit prononcer la terrible question dans l'escalier qui mène au Rocail. Maurice, qui le précédait, stoppa net et se retourna. Il dominait son fils d'un bon mètre.

— Pour quoi faire ?

— Pour rejoindre Macha Vallon à Apt et aller au cinéma.

— Je croyais que tu ne t'intéressais plus à cette fille. Vous avez décidé ça d'un coup ?

— Ce matin, après la messe. Ses parents discutaient avec d'autres, elle était seule, je l'ai abordée je lui ai posé la question et elle a dit oui. Je ne m'y attendais pas du tout. Je suis resté con.

— Comme tous les dimanches, tu ne crois pas que j'ai vu ton manège avec cette petite depuis que tu as cessé de faire l'enfant de chœur ? Tu ne cesses pas de la regarder et, dès que l'office se termine, tu te débrouilles pour lui tomber dessus par hasard.

— Comment veux-tu que je fasse ? On a passé l'âge de la balançoire.

— Adam, tu sais que tu n'as pas le permis. En cas d'accident, tu imagines la suite des événements. Il faut en parler à ta mère, c'est elle qui tranchera. J'espère que vous n'allez pas monter tous les deux sur ma moto. Ce serait encore plus grave. Comprends-tu, Adam ?

— Oui, papa. Elle m'attendra devant le cinéma. Elle est déjà à Apt. (Adam mentait, il devait prendre la jeune fille au « château » des Mille Roses.) C'est pas tout, p'pa, on va dîner au restaurant avant le ciné, il ne faudrait pas que je tarde.

— Viens, finissons de gravir cet escalier, allons écouter ce que dit Lucie.

Dès lors, Adam savait qu'il avait gagné, car il en avait touché un mot à sa mère avant d'aller jouer à la pétanque. Elle ne s'y était pas opposée. Elle avait trouvé bizarre ce rendez-vous soudain avec la fille Vallon, qu'Adam n'avait jamais vraiment fréquentée, même comme simple camarade. Jamais Mme Vallon n'avait proposé à Adam de l'emmener à l'école dans sa belle auto blanche, même quand elle le doublait sous la pluie en train d'escalader la côte de Goult. Lucie trancha le débat. Elle s'adressa à son Maurice :

— Écoute, laissons faire le petit comme il veut. Il va partir à l'armée et peut-être en Algérie. Il faut bien qu'il s'amuse. Quant à ses permis, il les passera à l'armée, c'est nous qui l'avons décidé pour lui. Ça ne coûtera rien. Rappelle-toi, Maurice.

— Bon, si t'es d'accord, alors moi aussi.

Il se tourna vers Adam :

— As-tu suffisamment d'argent ?

Adam acquiesça de la tête. Il était ouvrier depuis plusieurs mois chez les Notin et il gagnait la moitié du salaire de son père. À son retour du service militaire, il deviendrait ouvrier qualifié et gagnerait vingt pour cent de plus. Fernand le lui avait promis. (Un peu de piston ne fait jamais de mal.)

— Prends ton blouson d'hiver, car t'auras pas chaud pour rentrer.

— Il le porte déjà tous les matins en s'asseyant derrière toi ! rectifia Lucie.

Elle poursuivit :

— Elle est au courant, ton... amie Éliane, que tu vas au cinéma avec une autre ?

Adam, encore une fois, fit non de la tête.

— J'espère qu'elle n'aura pas la fâcheuse idée d'y aller ce soir. Ça serait un comble !

Adam ne répondit pas. Lui aussi, il avait imaginé cette scène. Il avait préféré chasser cette image de sa tête. Un rendez-vous avec Macha ne se refusait pas. Il en rêvait depuis tellement longtemps. D'autant que la vérité vraie était qu'il ne lui avait offert que le ciné, c'est elle qui, dans la foulée, avait proposé d'aller au restaurant avant la séance. Adam devait la rejoindre aux Mille Roses pour 19 heures. Il regarda l'heure, enfila son blouson, embrassa ses parents (il murmura, au passage, un merci à l'oreille de Maurice) et disparut.

— À demain. Bonne nuit.

— Sois prudent, surtout.

Ils le dirent ensemble.

Parvenu au château, Adam trouva les deux battants de l'imposant portail ouverts. Il franchit le seuil et vint arrêter sa machine devant le perron. De là, il admira les hauts cyprès qui, telles des flèches, trouaient le ciel et conféraient une majesté à ce lieu. Tout près, le jet d'eau chuchotait en bondissant dans la fontaine. N'osant aller sonner à la porte, il appuya longuement sur le klaxon de la moto. Un écho strident et disgracieux retentit. Pas très agréable ni très réussi comme entrée en matière, pensa Adam, mais efficace car l'épaisse porte de bois s'ouvrit et Macha apparut telle une fée. Toute en bleu, robe et fine gabardine bleues, assorties au bleu de ses yeux. Une tenue différente de celle qu'elle portait à la messe ce matin-là, constata Adam qui s'étonna de sa légèreté.

— Tu es splendide, mais tu devrais t'habiller plus chaudement, au retour il risque de faire un peu frais.

— Pourquoi dis-tu ça ?

— En moto, en prend le vent de tous côtés.

À ces mots, elle éclata de rire.

— Imbécile ! On prend ma voiture. Tu laisses ta moto ici, tu la reprendras au retour. Tu t'es imaginé que j'allais grimper sur ton engin en pleine nuit ! T'as rêvé, mon pauvre ami. Attends-moi ici, ma voiture est stationnée dans le garage derrière la maison, je vais la chercher.

Elle partit en maugréant. Adam se retrouva au milieu du parc, à califourchon sur sa machine tel un poirier. Il se remémora qu'il avait vérifié le niveau d'essence et astiqué la bougie pour rien du tout. « Encore plus idiot que la moyenne, pensa-t-il, une fille comme elle ne s'abaisse pas à monter sur une motocyclette. Peut-être sur une Vespa pour copier Audrey Hepburn dans *Vacances romaines*, sauf que je ne suis pas Gregory Peck. Moi qu'avais cru jouer au pilote chevronné, encore une fois, je passe pour un vrai couillon. »

Adam la vit arriver au volant d'un coupé Floride Renault blanc, lustré comme un sou neuf.

Il hissa son engin sur la béquille et prit place sur le siège passager. Il nota que la sellerie était de couleur rouge sang, en cuir véritable. Le père Vallon n'avait pas lésiné sur la marchandise.

— Tes parents ne sont pas là ? s'étonna Adam.

— Non, ils sont allés à Montélimar chez des amis, ils dorment là-bas.

Le cerveau d'Adam se mit en accéléré. « Montélimar, le pays du nougat », il avait entendu dire à l'usine que depuis quelque temps certains confiseurs désireux d'élargir leur gamme voulaient se mettre au nougat, très rentable et à la mode. Il conclut que le sieur Vallon s'en était allé à la rencontre d'un futur associé déjà expert en la matière pour anticiper et gagner du temps sur ses concurrents aptésiens. Les usines d'Apt étaient parfaitement équipées pour réaliser du nougat du jour au lendemain, à la condition de posséder quelques secrets de fabrication pour ne pas se planter. Adam se remémora les paroles de Fernand Notin à ce propos : « Jamais je ne m'abaisserai à fabriquer du nougat ou des calissons, mon père se retournerait dans sa tombe ! » Pour Fernand, seul le fruit confit véritable, fabriqué dans les règles de l'art, faisait la noblesse du métier.

Sur instruction de Macha, Adam récupéra la moto, qu'il remisa derrière les cèdres majestueux, à l'abri des regards, et rejoignit sa place dans la Floride. Simple passager. Il pensa qu'il n'était pas nécessaire qu'il emprunte la moto de son père, il aurait pu venir jusqu'au château à pied. S'il avait su.

— Je ne savais même pas que t'avais le permis.

— Ça fait plus de trois mois déjà. J'ai eu dix-huit ans au printemps.

— C'est vraiment une superbe bagnole. La grande classe pour une fille. Pour un garçon, ça fait un brin... pédéraste, ajouta-t-il tout en caressant la planche de bord.

— Ah bon. Tu trouves que pour un garçon ça fait pédé ? Si tu veux reprendre ta moto, c'est pas trop tard.

— Je plaisantais...

Pendant ce temps, au Rocail, en l'absence d'Adam, Maurice et Lucie faisaient la conversation, histoire d'éviter que le silence ne vienne gâcher l'atmosphère et, surtout, éviter toute allusion du grand petit qui avait pris la moto de papa sans permis pour aller retrouver la fille d'une famille que ni Maurice ni Lucie n'appréciaient. Maurice se resservit un pastis, Lucie le fixa du coin de l'œil.

— Un petit léger léger, je vais le noyer, ne t'inquiète pas, chérie de moi. Tu veux boire un apéritif pour m'accompagner ?

— Pourquoi reprends-tu un pastis, puisque tu en as déjà bu trois ou quatre chez Boucicot ?

— J'en ai besoin pour ce que j'ai à te dire.

Lucie, qui s'affairait devant l'évier, se retourna et le toisa.

— Parce que pour me parler, à présent, tu as besoin de ta dose de pastis ?

— Savais-tu que, depuis le début, tous les flics du département savaient que j'étais un étranger et que c'est même pour ça qu'ils ne me contrôlaient jamais ?

— Bien sûr que j'étais au courant, les gendarmes de Lumières et d'Apt, mais pas toutes les brigades du Vaucluse. Tu exagères, Maurice. L'alcool te monte à la tête. C'est ça qui te tracasse le bulbe et que tu voulais me dire ?

— Non, chérie, viens t'asseoir à côté de moi, ça m'aidera.

Lucie prit place à table et Maurice, après avoir bu une bonne gorgée de pastis, lui enserra les mains dans les siennes et se lança :

— Voilà... J'ai l'honneur de te demander ta main.

Lucie accusa le coup. Il y eut un long silence, puis elle se leva.

— Finalement, je crois que moi aussi je vais prendre un pastis. Un double, s'il te plaît.

Maurice se releva et servit copieusement sa compagne, puis il se planta derrière elle lui entoura le cou de ses bras. Il se mit à parler avec un tremblement dans la voix :

— Ma chérie de moi, ça fait vingt-trois ans que j'ai débarqué à Lumières comme un va-nu-pieds, tu m'as accueilli et ouvert ta porte d'abord, puis ton cœur et enfin ton lit sans me poser de questions. On a échappé à la guerre, on a travaillé, on a recueilli ce petit qu'on a voulu parce que c'est toi qui l'as pratiquement mis au monde, alors, à présent, j'aimerais qu'on se marie parce que ça fait vingt ans que j'attends ce moment. (Maurice tenta d'élever la voix, mais elle frissonna davantage encore.) J'étais un étranger, je ne pouvais pas, à présent je suis français ; on peut se marier dans un mois ou deux, c'est possible, la secrétaire de mairie me l'a confirmé. Depuis tout ce temps, je rêve que Dieu bénisse notre amour et que la République française l'écrive sur son registre. Ça fait un bail que j'ai dépassé les soixante ans, chérie de moi, je suis vieux, mais mes sentiments pour toi sont plus forts que ceux d'un jeune de vingt ans... Veux-tu m'épouser ?

Maurice stoppa là son monologue, car l'émotion emmagasinée et l'effort qu'il venait de produire l'étouffaient. Lucie se releva, lui fit face et l'enfouit dans ses bras.

— C'est pour me dire ça que t'as bu tous ces pastis ! Imbécile, moi aussi... tu m'as plu dès que je t'ai aperçu à la gare, avec ton allure de dégingandé, tes joues rouges et tes dents plus blanches qu'un cachet d'aspirine ; et je crois qu'il a suffi du trajet de la gare au Rocail pour que je tombe amoureuse de toi. Oui, je l'avoue, je t'ai aimé dès le premier jour et, malgré tout ce temps passé, je t'aime encore comme une gamine.

Leurs joues collées l'une à l'autre mélangèrent leurs larmes.

Ce même soir, décision fut prise que, dès le lendemain, Lucie se rendrait en mairie pour demander la marche à suivre afin que les bans soient publiés au plus tôt. Pour la cérémonie religieuse, c'était beaucoup plus simple, le père abbé avait répondu à Maurice, qui l'avait déjà questionné :

— Mon cher Maurice, ce sera quand vous voudrez et ce sera un honneur pour moi de vous unir enfin tous les deux devant Dieu. Il était temps que vous vous décidiez !

En fait, avant que n'arrive l'acte de naturalisation, rien ne pressait, mais, à présent, l'officialisation de cette union revêtait pour tous deux un impératif de première urgence.

La cérémonie fut fixée au second samedi de novembre. Aux premières gelées de l'hiver si proche. À toutes celles et ceux qui les interpellaient sur cette soudaine précipitation (tardive pour d'autres après vingt-trois ans de vie commune qui ignoraient l'ex-nationalité de Maurice), Lucie prétendait que c'était la période la plus creuse de l'année dans les champs, et qu'inversement Maurice serait trop occupé avant les fêtes de fin d'année, propices à la consommation de fruits confits. Ce n'était pas tout à fait faux, mais la raison principale à l'origine de cette impatience, c'était le prochain départ d'Adam pour l'armée qui, s'il était envoyé en Algérie, pouvait, comme beaucoup d'autres jeunes appelés du contingent, ne jamais en revenir. Il fallait faire vite, tant pis si certains invités déclinaient l'invitation en cette saison. Lucie n'avait qu'un frère, Maurice n'avait pas de famille.

— Le tour de table sera vite fait, conclut Lucie. Ce mariage ne nous coûtera pas cher. On louera la salle de Boucicot qui jouxte le jeu de boules, c'est chauffé et on peut y cuisiner. Mes amies de la cantine prépareront le repas. Elles seront ravies. Ce sera leur cadeau de noce.

— Et Oswaldo amènera son accordéon et Polyte sa trompette. Quant à Boucicot, ça m'étonnerait qu'il nous fasse payer la salle, avec les services que je lui ai rendus. Il va falloir qu'on l'annonce au petit. Tu veux bien t'en charger ? Ça me gêne un peu, à mon âge ! Tu sais quoi, chérie de moi ? À présent, je vais m'occuper de l'adoption officielle d'Adam.

Ils demeuraient enlacés, debout au milieu de la pièce, et se parlaient à l'oreille.

— Ma parole, Maurice, je vais finir par croire que t'es vraiment bourré. Le mariage et l'adoption le même jour, j'en suis *stomaquée* ! Pour l'adoption, je te souhaite bien du courage. Crois-tu que ça en vaille encore la peine ? Dans un an il sera majeur, et je suppose que cette adoption va être un vrai parcours du combattant.

— Maintenant, j'ai l'habitude des administrations, il faut les avoir à l'usure. Comme ça, plus jamais on ne nous traitera de famille « tuyau de poêle ».

Dans l'auto, au même moment, Adam gardait poliment ses mains sur les genoux et regardait Macha à la dérobée. Elle conduisait lentement, car le jour tombait et l'éclairage des phares était inutile.

— Tu fais quoi pour cette rentrée ? Tu vas aller à l'université ?

— Je redouble ma terminale, murmura Macha sans cesser de fixer la route.

Adam était déjà au courant. Éliane Notin, qu'il voyait fréquemment à l'usine ou en dehors des ateliers, l'en avait informé. Éliane avait réussi au bachot et elle était inscrite en première année de droit à la faculté d'Aix-en-Provence. Il décida de simuler la surprise.

— Ah bon ! Comment ça se fait ?

— J'ai rien fait de toute l'année, je n'ai eu que ce que je mérite. Même pas le rattrapage.

— Je suis désolé pour toi. Tâche de ne pas faire de même cette année.

— Tu devais déjà le savoir. Je suppose que ton… ton amie Éliane a dû te le dire.

Macha avait volontairement accentué la tonalité du mot « amie » et du prénom « Éliane », en prenant soin de les envelopper d'un zeste de dédain.

Adam contesta cette affirmation et mentit pour la seconde fois :

— On se voit très peu avec Éliane. Je suis un ouvrier de ses parents au même titre que les autres.

— Et Mme Notin, l'Auvergnate, comme dit mon père, c'est bien elle qui commande la boîte ? T'es sous ses ordres ? Il paraît que c'est un sacré gendarme au boulot et que quand elle décide quelque chose, tout le monde exécute, même son mari.

— Ce que tu dis est faux. Les Notin gèrent la boîte ensemble. Lui le côté technique, elle l'administratif. Quant à Éliane, je ne la vois pas souvent. Elle vient parfois à l'atelier après le lycée. Ça s'arrête là. Pourquoi, t'es jalouse ? Tu me surprends. Excepté quelques sourires pendant la messe et quelques poussées de balançoire après l'office, on ne s'est pas trop parlé durant ces dernières années.

Adam se demanda si Macha n'avait pas monté cette escapade à Apt dans le seul but qu'Éliane les voie ensemble. Pour détruire l'amitié qui les liait tous deux depuis ce fameux repas avec le sénateur, et surtout depuis qu'Adam travaillait lui aussi à l'usine Notin. Depuis cinq ans à présent, et l'existence d'Éliane n'y était pas pour rien. Macha pouvait-elle être perverse à ce point ? Ou bien avait-elle un réel penchant pour lui ? Ils venaient de doubler le panneau « Apt », ils approchaient du but. Il changea volontairement de propos et l'attaqua sur son registre :

— Tu vois toujours Pierre-Hugues ? À l'époque, il faisait des ronds de jambe comme un saltimbanque dès qu'il te voyait. C'était ton chouchou. Je suppose que Poursieu *de* Cambize fils l'est toujours ? (Il avait insisté sur la particule.)

— Oui. Je vois souvent celui que tu nommais le grand dadais. Il a réussi au bac, au rattrapage, mais il a réussi quand même. L'an prochain, il continue ses études à Aix. Je vais rester seule comme une gourde dans ce lycée pourri.

— C'est pas si grave, moi, je pars à l'armée en février prochain, j'ai reçu ma convocation pour me rendre à Toulon, mais ensuite, à coup sûr, j'aurai droit à l'Algérie.

— Pierre-Hugues a la chance d'être sursitaire en qualité d'étudiant, mais son père est en train de le faire réformer.

— Je constate que le « piston » fonctionne toujours dans certains milieux. Je me demande ce que tu fous avec moi avec ta belle robe, ta belle voiture et ta figure peinte comme une vedette de cinéma. Je ne peux t'être d'aucune utilité, je ne suis qu'un pauvre ouvrier.

Macha prit le temps de se garer devant la brasserie *Le France*, en plein centre, là où il y avait du monde. Son côté exhibitionniste. De nombreux petits restaurants décoraient les rues adjacentes et le cinéma était à deux pas. Elle coupa le moteur et lui répondit enfin avec emphase et sur un ton un brin narquois et philosophe :

— Mon cher Adam, tu sais combien je t'ai… t'estime. Sache que je n'ai rien contre les pauvres ouvriers. Au contraire. Dans chaque monde il faut des pauvres pour faire la différence avec les riches et, surtout, il faut des ouvriers, beaucoup beaucoup d'ouvriers, sans quoi il n'y aurait pas de patrons.

La soirée se déroula on ne peut mieux. Adam était fier d'être vu en compagnie de la fille Vallon. À aucun moment il n'aperçut Éliane Notin ; quand il remonta dans le coupé Floride à 11 heures du soir, il fut totalement soulagé. À Apt, il n'était qu'un illustre anonyme, aucun risque que cette sortie en soirée ne parvienne jusqu'aux oreilles d'Éliane.

Quand il arriva au niveau du couvent, à quelques mètres du Rocail, il coupa le moteur de la moto pour éviter de réveiller les riverains et surtout ses parents. Il évita également d'allumer, la lueur des lampadaires suffit. Quand il s'enfouit au fond de son lit, il était minuit. La nuit serait courte. Il s'endormit en se demandant une énième fois qui d'Éliane ou de Macha était la plus belle et laquelle il préférait. Heu-reux ! À deux cents pour cent, s'il n'y avait pas eu l'armée en point de mire.

22

Un grand millésime

1962

Après moult palabres et beaucoup d'efforts, l'entente entre les confiseurs indépendants d'Apt finit par se réaliser mais, hélas, l'union ne fut pas générale, car deux maîtres confiseurs firent sécession.

Le syndicat des confiseurs (qui doublonnait en partie avec la confrérie chargée des activités ludiques et représentatives), résolument tourné vers l'avenir, désirait créer une situation de monopole qui pourrait contrôler à la fois les prix d'achat et de vente, et donc la marge brute, c'est-à-dire les bénéfices.

L'estimation des fonds de commerce des confiseurs ne fut pas chose facile, il fallait tenir compte des éléments corporels et incorporels : l'outil, les hommes, les réseaux commerciaux et la clientèle. Certains eurent l'impression d'être dépossédés de leurs entrailles familiales, d'anéantir purement et simplement le travail effectué par leurs aïeux depuis la nuit des temps. Comme un viol. Un sentiment de culpabilité voire de honte régna sur l'aréopage. Le comportement physique de deux confiseurs un peu plus fragiles suscita quelques craintes pour leur santé chez leur entourage, on parla même de dépression nerveuse subite et profonde. Il fallut quérir d'éminents spécialistes parisiens en droit des sociétés et en droit fiscal. Si la nouvelle structure rachetait les fonds, il y aurait obligatoirement une taxation fiscale colossale. Qui paierait ces sommes faramineuses ?

Après des mois de tractations stériles qui coûtèrent des honoraires mirobolants pour les nombreux experts-comptables, fiscaux, financiers consultés, il fallut se rendre à l'évidence : pas de solution claire et nette qui emporte une adhésion complète. Le président du syndicat fit un second appel de fonds auprès de ses membres pour inviter de nouveaux spécialistes parisiens à venir sur place aux frais de la princesse (soi-disant plus compétents et imaginatifs que les précédents, donc plus chers) à statuer sur leur cas précis. Lors de cette réunion houleuse, Fernand refusa de passer à la caisse et fit savoir à l'assemblée que non seulement il présentait sa démission, mais que de surcroît il renonçait à devenir membre du futur groupement des confiseurs sous quelque forme que ce soit, si tant est que ce syndicat parvienne à créer quelque chose d'intelligent.

Zacharie Vallon, en sa qualité de président, intervint aussitôt. Il sentait bien que d'autres pouvaient suivre le vieux Cyrano et faire sécession.

— C'est ta chère et tendre épouse qui t'a dicté ton discours ? Elle a tenu à peu près le même en début de semaine, lors de la séance de la chambre économique du Luberon. Depuis quand laisses-tu une femme décider à ta place ? Comment crois-tu que ton pauvre père aurait réagi ?

Zacharie Vallon usait de tous les arguments pour éviter ce départ, y compris le plus ridicule. Fernand était attaché par tous ses sens à Clémence et il avait pleine confiance en elle et en sa clairvoyance. Zacharie Vallon savait qu'au bout du compte il serait le président de cette nouvelle structure, car il était le plus fort parce qu'il pesait le plus lourd financièrement. Il savait pertinemment que leurs usines actuelles et leurs ateliers encombrés et vétustes coincés intra-muros seraient remplacés à brève échéance par la construction d'un nouvel ensemble immobilier moderne et fonctionnel à la périphérie de la ville. La réalisation de ce projet ne pouvait s'envisager que sur les immenses terrains captés en son temps par son ami et associé Jean-Hugues Poursieu de Cambize. Ça serait pour lui un double jackpot.

Zacharie Vallon poursuivait deux projets immenses : 1. Contrôler toute l'industrie du fruit confit d'Apt. 2. Encaisser, grâce aux futurs loyers, sa part des royalties immobilières au sein d'une SCPI[1] où seul le nom de son ami Poursieu de Cambize apparaissait, pas le sien. Pour lui, le temps pressait, il fallait conclure sans tarder, sinon Notin ferait des émules.

Les confiseurs, en sus de la valeur de leur fonds, étaient propriétaires d'une bonne centaine de marques et sous-marques déposées, or la nouvelle structure n'avait pas un sou ! Difficile de demander aux confiseurs de mettre la main à la poche pour financer le capital de la nouvelle société, lequel capital leur serait rendu pour racheter leur propre fonds, à charge par eux d'honorer, au passage, l'impôt mirobolant au fisc ! Les nouveaux « spécialistes » parisiens comprirent très vite qu'il était impossible de racheter tous les fonds de commerce existants : trop cher et trop d'impôts. On en arriva à la conclusion qu'il fallait créer non pas une, mais deux sociétés. La valeur du fonds (outil de travail et clientèle) de chaque confiseur fut estimée et gelée au premier janvier 1962, il en demeurait propriétaire. En contrepartie de cette valeur, on allouait à chaque confiseur un pourcentage équivalent dans le capital des nouvelles sociétés. L'une, dite « Société d'exploitation en participation des confiseries d'Apt », allait réellement travailler en reprenant une partie des machines, du personnel, des contrats commerciaux et la clientèle. En fait, cette société (constituée sous forme de SA) que seuls le grand public et la clientèle connaîtraient, prendrait le nom de « La Grande Fabrique », avec en prévision de nouveaux locaux, un outillage tout neuf et un regroupement du personnel, tandis que

1. *SCPI : la société civile de placement immobilier naquit dans les brumes des années 1960. C'est une société de gestion qui investit dans l'immobilier l'argent que lui confient des investisseurs dont on ignore l'identité et qui récupèrent leur argent sous forme de dividendes en partie défiscalisés.*

dans l'ombre une SARL (réunissant les confiseurs fondateurs en qualité d'associés ainsi que quelques fiscalistes de renom investis des pouvoirs de direction) basée à Paris superviserait toutes les opérations financières de La Grande Fabrique. (Quelques années plus tard, on américanisera le nom de ce type d'établissement chapeau sous le terme de « *holding* ».)

C'est donc sous deux formes que cette nouvelle structure naquit. Une grande entreprise physiquement bien présente à Apt, à l'enseigne de La Grande Fabrique, appelée à devenir le plus gros employeur de la ville et, dans l'ombre, une SARL « *holding* » contrôlant toutes les opérations et dotée d'une direction générale avec tous les pouvoirs financiers et administratifs.

Les problèmes n'étaient, sur le papier, réglés qu'en apparence. Quid du personnel, qui allait être bousculé et en partie supprimé, du devenir de la valeur comptable figée en 1962 des ex-fonds de commerce, des anciens locaux industriels à présent inoccupés, du vieil outillage voué à l'obsolescence, etc. ?

Et surtout quid de la nouvelle clientèle de La Grande Fabrique ? À qui et comment allait être affectée et rétrocédée cette plus-value ? Avec application de quels pourcentages à chaque confiseur ?

Trop de points demeuraient abscons. Une drôle d'association où chaque patron confiseur avait l'impression d'avoir été rétrogradé au rang de simple chef de service qu'on avait racketté à merci car, comble de la farce, quand La Grande Fabrique (*The Great Factory*, écrit en anglais également sur l'étiquetage pour les produits destinés à l'exportation, selon une idée géniale et novatrice d'un expert parisien) s'était tournée vers les banques pour emprunter et construire son nouveau siège, patatras ! Refus catégorique des banques : La Grande Fabrique ne possède rien, elle n'est pas solvable. Les prêts vont être libellés et garantis par les familles de confiseurs qui ont dû s'endetter à contrecœur.

Depuis leur vieil atelier, Notin et Bidault, les deux « indépendantistes », assistèrent (de loin) à la grandiose inauguration des locaux flambant neufs de La Grande Fabrique, qui eut lieu le 1er juillet 1962 en présence de toutes les gloires (grandes et petites) régionales, et même d'une paire de secrétaires d'État venus dans le Sud prendre quelques heures de vacances au soleil et repartis avec un colis personnel de premier choix empli de délicieux fruits confits. Vu de loin, les nouveaux bâtiments, grandioses et majestueux, implantés à l'entrée de la ville, couronnés par leur haute cheminée qui trouait le ciel, avaient comme un air de paquebot qu'on venait de mettre à la mer.

— « La Grande Fabrique, porte-drapeau de la ville d'Apt dans le monde, avait déclamé Zacharie Vallon dans son discours d'inauguration digne d'un commandant de bord... Rassemble tellement de compétences qu'elle ne peut que prospérer et réussir. "*Dzzeu Grit Factory*" va très vite, de par sa puissance de frappe, conquérir le monopole de l'industrie du fruit confit et maintenir sa place de capitale mondiale. »

Il restait à présent à maîtriser les tempêtes, et surtout à éviter le naufrage.

Le jeune Adam prit le bateau deux fois en un an d'intervalle. En juillet 1961 et en août 1962. La traversée Marseille-Oran fut comme un cauchemar qui dura près de deux jours, la traversée Oran-Marseille (le retour du soldat) fut comme une excursion sur la « route » des vacances.

Débarquer en plein Oranais en 1961 n'était pas une partie de plaisir pour un soldat de l'armée française qui n'avait pas choisi la destination de ce voyage. « Le quarteron[1] de quatre généraux félons français », qui avait fomenté un putsch en Algérie pour s'emparer du pouvoir, au mois d'avril précédent, pour conserver une Algérie française, avait échoué. Désormais, les rancœurs et les haines entre les deux peuples en furent exacerbées et la guérilla ne fit que croître.

Après quelques mois de classe à Toulon, où il saisit le sens des mots « discipline » et « hiérarchie » ainsi que les bases du maniement

1. *Quarteron de généraux : expression employée par le général de Gaulle pour qualifier les quatre généraux français ayant fomenté ce putsch raté.*

du fusil MAT 49, Adam, vêtu de l'uniforme de jeune troupier du 4ᵉ RIMa, comprit et mémorisa que l'ennemi à abattre était le *fellagha*[1]. (Sauf qu'on ne savait pas comment le reconnaître sur le terrain, car il ne portait pas d'uniforme et aucun signe distinctif.)

Après avoir posé ses pieds en Algérie, voici ce qu'Adam écrivit à ses parents :

Si vous saviez comme c'est un sacré beau pays, ici tout est clair et limpide, même les maisons ont l'air gai. Les portes et les volets sont toujours ouverts, ils ont de sacrées bonnes pâtisseries et y a du miel succulent. Les gosses circulent de partout comme si la guerre n'existait pas... la plupart parlent en français mais, dès qu'ils s'expriment en algérien, on ne comprend plus rien. C'est pour cela qu'il faut rester méfiant... on ignore ce qu'ils complotent, même à deux pas de nous...

Adam effectua en camion le voyage d'Oran à Sidi Bel Abbès (soixante-dix kilomètres au sud), un vrai départ vers l'aventure. En fait, cette petite ville était aux mains des légionnaires parachutistes qui œuvraient côté français. C'était leur ville, car c'est la Légion qui l'avait construite au siècle précédent. Ce fut pour Adam un cantonnement de tout repos, avec des légionnaires aux mines effrayantes pour rempart face à l'ennemi. Étant donné qu'il était « dans l'alimentaire » dans la vie civile, déclara le major, lequel plaçait le fruit confit au même rang que les pâtes ou la côte de porc, Adam fut affecté aux cuisines du mess des officiers et sous-officiers. Un boulot pénard et sans aucun risque physique. Il en oublia même jusqu'à son fusil, qui croupit au fond de son casier de longs mois. Il avait tout le temps de lire les lettres de ses parents, mais surtout d'Éliane, de Marc la Saucisse et de Guitou. Sidi Bel Abbès, sorti des cuisines, ce fut pour lui le temps de la clope et du transistor, des premières chansons rock et des actualités qu'avec quelques camarades ils suivaient en permanence dans leur chambrée. Eux, ils n'entendaient

1. *Fellagha, fellouze : guerrier-soldat algérien révolutionnaire combattant l'armée française.*

aucun coup de fusil ; de temps en temps, une explosion lointaine et un immeuble qui partait en fumée. Monter la garde devant les guérites de la caserne ne faisait pas peur, car aucun « fellouze » n'était assez fou pour provoquer la Légion étrangère dans son fief : les représailles auraient été terribles.

Peu avant Noël 1961, Adam embarqua, avec une centaine d'hommes, à bord d'un convoi de camions, direction les Aurès. Une zone montagneuse hostile et froide où quelques commandos de fellaghas se terraient. Adam, en principe, était là pour subvenir à l'intendance à chaque étape du convoi. Ils essuyèrent plusieurs attaques surprises et à maintes reprises il sentit son cœur s'emballer. Il comprit le pourquoi de la présence d'une ambulance, de deux infirmiers et d'un médecin parmi eux. Il découvrit la ville de Constantine au premier jour de l'année 1962. Le danger était permanent et une attaque pouvait subvenir n'importe où et n'importe quand. Elle pouvait émaner aussi bien d'un gamin que d'un vieillard. Les pièges se dissimulaient dans les plus beaux endroits de cette ville splendide. La ville des ponts suspendus et du vieux clocher entourée de montagnes et, comble de tout, en ce premier jour de l'année, la neige s'était mise à tomber. Il se souvint, quand il était en classe du certificat d'études, avoir entendu le maître décrire l'Algérie comme un pays possédant un désert immense : le Sahara. Adam avait assimilé l'Algérie à une vaste étendue de sable. Quelle surprise de voir une si belle et grande cité ! Dès qu'il le pouvait, il écrivait à ses parents. Quoi qu'il écrive, il était certain que ses lettres leur faisaient un plaisir énorme. Sur l'enveloppe, il n'écrivait plus qu'un seul nom : celui de Poveri. Ça clarifiait les échanges et la présentation du destinataire. S'il s'était contenté d'écrire « Lucie et Maurice » au Rocail à Lumières, Adam était persuadé que sa lettre serait arrivée à destination.

Quand Lucie ouvrait la boîte à lettres et qu'elle découvrait une missive de son fils, elle la posait bien en vue sur la table et attendait le soir que son Maurice rentre du travail pour la décacheter avec soin en usant de la pointe d'un couteau. Ils s'asseyaient chacun dans un fauteuil pour déguster ensemble la prose de leur fils comme un véritable dessert. Lucie entamait la lecture à haute voix. Un véritable cérémonial, même si le contenu n'était pas sans rappeler en partie celui de la missive précédente. Une fois qu'elle l'avait lue pour Maurice, elle la relisait pour elle seule en silence.

— Pourquoi fais-tu ça, chérie de moi ? Tu l'apprends par cœur ?

— Parce que, quand je lis qu'avec ma tête, j'arrive encore à entendre sa voix.

Adam, durant cette année passée en Algérie, n'avait bénéficié que d'une permission de dix jours, amputée de trois journées passées à naviguer ou derrière la vitre de l'autorail reliant Marseille à Apt à l'aller et au retour.

En rentrant de son long périple dans les Aurès, où les embuscades et les barrages se succédèrent, le régiment prit ses quartiers à Tlemcen, une belle petite ville située au sud de Sidi Bel Abbès, en Oranie. Ils envahirent l'internat d'un lycée où, il y a quelques mois, résonnaient encore les cris des adolescents. Leur tâche était essentiellement de la surveillance, les pourparlers de paix avaient lieu entre les responsables des deux pays. On parlait d'une trêve militaire dans un proche avenir.

Le fameux traité intervint le 18 mars 1962. Pour le grand public, il porta le nom des « accords d'Évian » et ordonnait la fin des hostilités. L'Algérie devenait une nation et un pays indépendant. Les deux pays s'engageaient à respecter des contrats et des directives spécifiques, dont, entre autres, l'accompagnement par l'armée française de l'armée algérienne vers le désarmement et la paix avant de rentrer en France. C'est ainsi que, pour Adam, la mauvaise nouvelle fut qu'il ne rentrait pas encore au pays, même si la guerre était finie, mais la grande et colossale information tomba quelques jours après. Il l'entendit, l'oreille rivée au transistor : le ministre des Armées en personne annonçait que le service armé du contingent était ramené à dix-huit mois. Ce soir-là, il y eut une fête grandiose dans les chambrées. Adam était directement concerné, ça voulait dire qu'il serait définitivement de retour au pays en août prochain. Plus que quatre mois à tirer.

Malgré la signature du traité, les coups de feu et les explosions soudaines se multipliaient un peu partout en Algérie. Ces dissidences émanaient tant du côté algérien que des sympathisants de l'OAS[1]. L'Algérie glissait vers l'anarchie et la guerre civile. Elle voulait punir les harkis et les Algériens pro-français. On tirait n'importe où et on tuait n'importe qui. Ce fut le début de l'exode des Français d'Algérie, de ceux que les Français de métropole appelèrent poliment les « rapatriés » et plus vulgairement « les pieds-noirs ». Le grand retour vers la mère patrie de plus de deux millions d'individus. Il allait falloir bâtir du logement à la vitesse grand V, car on n'avait rien prévu pour accueillir tout ce monde.

Ce fut un gros mois à peine avant de reprendre le bateau du retour qu'Adam la rencontra. Au café, un après-midi de juin. Pourquoi elle et pourquoi justement dans ce bistrot où, avec ses amis Félix et Bernard, ils étaient entrés tout à fait par hasard ? C'est la musique qui s'échappait d'un juke-box qui les avait stoppés net.

Be-bop-A-Lula, une chanson de Gene Vincent, résonnait à fond la caisse.

— Venez, les gars, je vous paye en verre, avait proposé Bernard, intrigué.

Les deux autres avaient suivi par curiosité.

Une bande de garçons et de filles à peine plus jeunes que lui dansaient, rigolaient, buvaient et s'éclataient comme des gosses en cette période d'insécurité générale.

Adam, une tasse de café à la main, aborda timidement une fille accoudée au juke-box.

— C'est super, entendre du Gene Vincent à Tlemcen en cette période, ça cogne fort.

— Nous avons aussi Eddie Cochran, Little Richard et Elvis. On n'est pas des sauvages, qu'est-ce que tu crois !

1. *OAS : Organisation armée secrète. Organisation politico-militaire composée de membres d'extrême droite anti-indépendantistes employant le terrorisme pour parvenir à leurs fins.*

La jeune fille avait de longs cheveux cuivrés qui lui recouvraient une bonne partie du dos et des yeux bleu nuit en forme de soucoupes volantes quand elles scintillent à l'atterrissage. Le summum, c'était sa bouche, ses lèvres plutôt. Pleines et bien gonflées, d'un mélange de rose et de mauve. Quand elle buvait, elles formaient comme un cœur aimanté qui faisait bondir le pouls d'Adam. Une folle envie de les croquer et de les savourer. Encore plus belle que Shirley MacLaine, qu'il avait vue au cinéma d'Apt.

Après trois cafés chacun, Adam apprit qu'elle s'appelait Lisa, que le bac, elle le passerait peut-être un jour, mais elle ne savait pas où car, au train où allaient les choses, le seul problème de ses parents, qui tenaient les valises prêtes, était d'embarquer au plus tôt sur un rafiot en direction de la métropole. Ses parents avaient fermé ce qui restait de leur pharmacie et priaient, cloîtrés dans leur appartement situé sur l'officine, en écoutant les mauvaises nouvelles à la radio. Alors, les jeunes sortaient et faisaient fi du danger. Ils désiraient avant tout s'amuser une dernière fois avant de se séparer définitivement. Ils étaient pleinement conscients que leur départ sonnerait le glas de toute une époque formidable en même temps que celui de leur jeunesse.

Adam (même seul) fréquenta ce café autant qu'il le put dans le seul but de rencontrer Lisa et de l'écouter divinement en fixant son visage comme on regarde *La Joconde* au Louvre.

— Qu'est-ce que tu fais ? Tu m'auscultes ? demanda la jeune fille. Tu veux devenir docteur ?

— Pas du tout, je t'épie et je te savoure.

Dans ces moments-là, elle souriait, découvrant des dents pareilles à de la neige fraîche.

— Tu me gênes, Adam, quand tu me regardes comme ça. Tu me fais peur. On dirait que tu vas me sauter dessus ou me croquer comme une pomme.

— Justement, tu ne peux pas imaginer l'envie de te croquer que je ressens. C'est immense. J'ignore ce qui me retient.

Pendant des heures, lors de ce mois de juillet, Lisa lui parla de Tlemcen : sa ville au milieu des hauts plateaux avec son palais, sa grande mosquée, sa mairie grandiose, ses oliveraies, ses vergers, ses vignobles, ses potagers… son paradis depuis sa naissance. Puis, quand elle évoquait son retour en métropole, l'ovale de ses yeux rapetissait et s'humidifiait, le bleu nuit lumineux des prunelles virait à l'indigo triste.

Adam lui prenait les mains et la réconfortait. Il lui parla de Lucie, de Maurice, du Rocail, sa caverne dans le rocher, du couvent de Notre-Dame-de-Lumières, des fruits confits, de l'usine, de Fernand et de Clémence, ses adorables patrons. Bref, il lui parla de lui et du Luberon, un peu jaloux de l'amour de cette fille pour sa ville et sa région.

Dès qu'Adam pouvait se libérer, il se précipitait au café, et Lisa, l'apercevant, quittait son groupe de camarades pour venir s'asseoir à côté de lui à leur table habituelle : la plus isolée, planquée derrière le pilier. Ils consommaient du café comme jamais, Macha et Éliane étaient loin dans sa mémoire, très loin. Adam lui fit part de ses projets.

— En arrivant au pays, je vais travailler encore une paire d'années à l'usine pour économiser un peu plus. Je veux monter une fabrique d'anisette.

— Notre pastis ! Crois-tu que ce soit judicieux ?

— J'en suis certain. En métropole, il n'y en a pas.

— Je te souhaite bonne chance.

Quand Adam reçut sa feuille de route et connut la date de son départ, il se précipita au café. Lisa avait disparu, ses camarades aussi. Seul demeurait le patron du bistrot.

— Ils ont tous embarqué ce matin à l'aube. J'espère qu'ils réussiront.

Adam rejoignit la base à contrecœur, tête baissée et les mains dans les poches. Tout en marchant, il ferma les yeux quelques secondes et revit le merveilleux visage de Lisa. Alors seulement il se rendit compte qu'en un mois ils avaient uniquement échangé des bisous d'amitié ; ils ne s'étaient pas embrassés sur la bouche comme les amoureux, même pas un petit baiser à la sauvette ! Tout juste un effleurement des lèvres. Lui qui rêvait du baiser de feu comme au cinéma, du baiser d'amour fou. Hélas ! Malgré cette retenue lors de leurs rendez-vous, Adam était persuadé que ce sentiment bizarre qui lui étreignait les entrailles quand il était près d'elle, Lisa le ressentait également. Chaque jour, il s'était dit : « Demain, je l'embrasserai demain. » À présent, il n'y aurait plus jamais de demain.

En arrivant à la caserne, il trouva une lettre sur son lit. Le bourgmestre était passé en son absence. Elle émanait de Macha. Surprise ! Au moment où il l'avait presque oubliée. Il regarda la date d'oblitération, quinze petits jours seulement. Il se demanda comment elle s'était procuré son adresse. Un relent de fierté et même d'orgueil le fit saliver. Dans l'instant, cette lettre arrivait trop tard, le visage de Lisa lui emplissait complètement la tête et le cœur. L'armée possède un sacré avantage sur toutes les postes du monde, c'est qu'elle trouve son destinataire n'importe où, même en temps de guerre ! Il avait parcouru ce beau pays, le fusil le plus souvent en bandoulière, dans tous les sens, mais il avait toujours reçu son courrier où qu'il fût.

Il embrassa ses deux très chers amis, Félix et Bernard ; aux autres collègues du régiment, une poignée de main suffit et, le paquetage sur l'épaule, il partit pour le port d'Oran, direction Marseille. De cette drôle de guerre, il ramenait quatre choses essentielles. Trois dans son cœur : la luminosité incomparable des paysages de ce beau pays, la solide et véritable amitié de Félix et Bernard, l'harmonieux visage et le regard sublime de Lisa. La quatrième reposait dans sa poche : les permis de conduire au complet. Moto, auto et poids lourd. Ses parents seraient comblés.

À Apt, Zacharie Vallon fut très facilement élu président de La Grande Fabrique. (Il n'eut pas d'adversaire pour ce poste.) Un Parisien issu de Polytechnique et n'ayant encore jamais goûté de fruit confit de sa vie devint son directeur général (avec les pleins pouvoirs), tandis que les sept patrons confiseurs furent, chacun, doté du titre gonflant de directeur technique. La Grande Fabrique était sur les rails, son épopée pouvait commencer.

Côté Clémence, rien de changé, elle cheminait à son rythme.

23

Une belle fête

22 août 1965

L'IMMENSE SALLE DES FÊTES de la mairie avait été préférée à celle, nettement plus restreinte, de la sous-préfecture. Le général de Gaulle en personne, accompagné par sa garde rapprochée et quelques barons du gaullisme, dont Chaban-Delmas, le président de l'Assemblée nationale, honorait de sa visite le département de Vaucluse. Après la matinée et le déjeuner réservés à la cité des papes, il faisait halte pour le reste de la journée dans la capitale du fruit confit, où il passerait la nuit avant de repartir à la tête de son cortège le lendemain de bonne heure, en direction de Marseille. Une longue visite de la nouvelle usine ultramoderne des fruits confits d'Apt, signe du nouveau rayonnement national de cette activité et fanion de la réussite de l'industrie locale, implantée à l'entrée de la petite sous-préfecture, précéderait un bain de foule suivi d'un discours du Général en place publique. On attendait du monde, beaucoup de monde. Les enfants des écoles, en première ligne derrière les barrières de protection, avaient été briefés et coiffés d'un calot en papier aux couleurs de la patrie ainsi que d'un petit drapeau national dans une main. Pour une première visite du président de la République, la ville tout entière se devait d'être à la hauteur de l'événement et d'afficher l'honneur que lui faisait le Général.

Les élections présidentielles étaient fixées au 5 décembre prochain et le Général, pour soigner sa popularité, avait lancé une véritable campagne à travers le pays, désireux, comme il déclarait, d'aller au contact de la France profonde. Apogée de cette visite, elle coïncidait pile-poil (c'était un fait exprès) avec l'anniversaire de la libération de la ville d'Apt, le 22 août 1944.

Toute la population avait été conviée à participer, mais seules les personnalités les plus représentatives, triées sur le volet, assisteraient au dîner de gala. Après un choix cornélien et une liste souvent remaniée en fonction des interventions des uns et des autres et de l'influence de Pierre et de Paul sur les décideurs, la liste fut enfin communiquée, une semaine avant la cérémonie ; juste le temps nécessaire pour les femmes et épouses conviées de trouver la toilette adéquate. Les petits nobliaux et aristos de bas aloi ne figurant pas sur la liste accusèrent le coup et jouèrent les grands seigneurs faisant mine de s'en foutre. Néanmoins, leur honneur en prit un sacré coup, car leur absence fut comme inscrite dans le marbre ; des années plus tard, les cancans précisaient encore : « Vous vous souvenez, les Bertrand, ceux qui n'ont pas été invités au dîner du Général. »

Une véritable tare !

Fernand Notin portait son costume bleu police et ses sempiternels boots en peau de buffle marron foncé à bouts fanés par l'usure (il les avait lustrés pour la circonstance avec du cirage noir) de vieux cow-boy égaré. Il arborait fièrement sa décoration sur la poitrine : la croix de guerre 1939-1945. C'était son unique costume, qu'il appelait son « habit du dimanche », réservé aux mariages, aux enterrements et aux grandes occasions. Ce dîner en était une. L'opportunité, surtout, d'afficher sa médaille et son nez glorieux. Nombre d'autres invités exposaient avec fierté et vanité leur quincaillerie. Pensez donc ! En présence du Général. C'était le jour de gloire tant espéré. La grande parade, comme un 14 Juillet. Son long et triste nez ainsi que sa boiterie étaient la preuve de son engagement pour la patrie. Il n'avait pas à en avoir honte. Aujourd'hui, il était le soldat Notin qui avait courageusement combattu contre l'envahisseur, oublié Cyrano et les quolibets.

Il était accompagné de sa chère épouse, la resplendissante Clémence, vêtue d'une robe longue serrée impeccablement à la taille et d'une étole fuchsia sur laquelle scintillait la médaille de la Résistance avec rosette qui faisait grand nombre de jalouses en ville. Pour rien au monde elle ne se serait privée d'un tel plaisir en pareille circonstance. Elle avait chaussé ses plus hauts escarpins, qui la hissaient à la hauteur de son mari. À près de cinquante ans, Clémence Massard-Notin demeurait plus séduisante que jamais. Elle savait afficher, quand elle le désirait, un port de tête qui conférait une espèce de grâce naturelle à sa silhouette ; une vraie diva qui savait manier le charme et le franc-parler. Elle formait avec Fernand un couple que toute la ville jugeait dépareillé, la beauté côtoyait la disgrâce, pourtant, nul ne pouvait reprocher un écart à l'épouse du confiseur depuis son arrivée à Apt. Elle avait réussi dans une entreprise où bon nombre d'hommes avaient perdu leur chemise. Elle avait, seule, refusé de rejoindre le conglomérat fondé en 1962, sous le vocable La Grande Fabrique, qui réunissait tous les plus grands maîtres confiseurs. La confiserie Notin et Fille se portait mieux que jamais alors que La Grande Fabrique commençait à montrer quelques failles dues à la mésentente d'une multiplicité de patrons.

Par la force des choses, Celyan Malik (alias Simon Constant), de passage à Apt, accompagnait le couple Notin pour cette soirée. Fernand avait chaudement recommandé son ancien lieutenant au maire de la ville et avait insisté pour qu'il figurât sur la liste des invités (soumise aux services de sécurité de la Présidence) triés sur le volet pour ce grand dîner de gala. Celyan, en tout et pour tout, n'avait cousu qu'un seul ruban à sa boutonnière. Depuis la guerre d'Algérie, un seul et grand pays, la France, avait enfanté deux nations ennemies. Depuis près de dix ans, Celyan avait remisé ses décorations au placard, qu'elles fussent françaises ou algériennes. Il n'en arborait plus qu'une. Il avait lui-même cousu le ruban à sa boutonnière. Un discret liseré vert et noir qui passait inaperçu mais auquel il attachait une importance capitale.

Après un discours empreint du glorieux passé de la ville : les fruits confits du Moyen Âge, le zèle et le courage de la Résistance durant l'Occupation, dont le Général (qui était en tenue militaire), à la vue des décorations, félicita les hommes et femmes présents, il évoqua ensuite l'effort économique qu'il allait demander au pays pour faire de la France une grande nation dans le monde. Il ajouta qu'il portait toutes les compétences pour réussir et qu'il l'avait déjà prouvé par le passé.

Les élections présidentielles, les premières au suffrage universel, approchaient. La campagne électorale était ouverte. Le Général conclut :

— Ce millésime coïncide avec le vingtième anniversaire de la victoire contre l'ennemi, il sera aussi celui de notre victoire à cette élection. Vive Apt, vive la France !

S'ensuivit une salve d'applaudissements interminable. Le Général, après un long bain de foule (qu'il affectionnait), se dirigea ensuite vers le majestueux escalier de l'hôtel de ville et pénétra dans le grand salon où était servi un apéritif de bienvenue. Dans la galerie adjacente, on avait installé pour la circonstance une immense table rectangulaire revêtue d'une nappe blanche où l'on avait dressé soixante couverts (dix étaient réservés aux personnalités accompagnant la tournée du Général à travers le pays). La sous-préfecture avait fourni les couverts et l'argenterie. Tous les lustres illuminaient la vaste pièce. Cette année-là, l'anniversaire de la libération de la ville, à laquelle le président avait longuement fait allusion, connut un faste jamais égalé.

Les invités se tenaient debout, sur trois rangs, dans le fond de la salle, entre deux baies vitrées, quand le président s'approcha, flanqué d'un côté du sous-préfet d'Apt en tenue d'apparat et, de l'autre, du député-maire Charles Villeroy (qui avait revêtu l'écharpe tricolore), chargé de faire les présentations nominatives des principales personnalités réunies au premier rang. Charles Villeroy commença par son épouse, puis suivirent le sénateur inamovible de la circonscription également maire de Roussillon, Henri Lecourtois, que le Général connaissait bien car l'élu local appartenait depuis toujours au parti présidentiel et ses responsabilités de chef de la Résistance locale lui avaient permis de côtoyer le président dans le passé. Le Général prit chaleureusement sa main, une immense fierté et un brin d'orgueil brillèrent dans l'œil du sénateur. Après les maires des villages voisins vint la présentation des industriels. Le défilé se poursuivit et Villeroy, tel un vassal adoubé, précédait le président. Le maire se tenait droit comme un I et fier comme Artaban. Vint ensuite le second rang, celui que Villeroy nomma les industriels : Zacharie Vallon, Jean-Hugues Poursieu de Cambize, Léopold Cavalier, le PDG de La Grande Fabrique et les sept patrons de La Grande Fabrique, véritables porte-drapeaux dans le monde du célèbre fruit confit et de la ville, flanqués de leurs épouses. Enfin arriva le tour du troisième et dernier rang, celui des petits notables : les présidents et responsables d'associations, les hauts fonctionnaires locaux, les militaires gradés et autres professions honorifiques, ainsi que les sportifs locaux de quelque renommée. À ce niveau des présentations, le président se contentait d'une brève poignée de main et d'un simple mouvement de tête.

C'est ainsi qu'il serra la main en premier de Fernand Notin, conseiller municipal, dont il savoura le nez des yeux et qu'il gratifia d'une cordiale poignée de main à la vue de sa médaille. En revanche, il s'attarda plus longuement pour saluer son épouse. Clémence eut droit à un baisemain du Général et à ses félicitations pour son éclat et pour son courage dans la Résistance :

— La France a grand besoin de femmes telles que vous, madame. Vous êtes la fierté et l'avenir de notre pays et vous demeurez un exemple pour notre jeunesse. Merci d'être des nôtres aujourd'hui.

Autant dire que cette halte prolongée et ces mots choisis accordés par le Général à voix haute et intelligible à Clémence Massard-Notin firent se lever une vague de jalousie silencieuse dans toute l'assistance, surtout chez les femmes et épouses se considérant de plus noble qualité.

La satisfaction de Clémence atteignit en cet instant précis son paroxysme. Un ravissement énorme l'enveloppa, une félicité jusqu'alors inconnue s'empara de tout son être, se propageant jusqu'à ses joues qui s'empourprèrent pour former une harmonie parfaite avec sa toilette. Elle ne put contenir son émotion, visible aux yeux de toutes et tous. Encore une fois, elle avait relevé le défi, elle avait assumé les forces et les faiblesses de son sexe et de son travail devant le cénacle régional en conquérant la considération du président de la République. Encore une fois, elle avait gagné. Une belle victoire pour celle qu'on qualifiait de « vulgaire Auvergnate » ou de « parvenue » dans les salons de la bonne société locale. (Dans son dos, bien entendu.)

Le temps tournait et le Général n'était pas particulièrement friand des dîners mondains, de même qu'il aimait se coucher tôt, après avoir parcouru quelques lignes, pour se lever tôt. Alors qu'il s'éloignait de son guide Charles Villeroy pour enfin clore ce défilé, le magistrat de la commune le retint par le bras pour lui présenter le directeur du musée du Fruit confit, qui était également son adjoint à la culture. C'est en saluant cet illustre inconnu que les yeux du Général captèrent le liseré vert barré de noir du ruban fixé sur la poitrine de Celyan Malik (alias Simon Constant), à demi masqué par un pan de l'imposant rideau rouge de la baie vitrée. Le Général connaissait bien cette décoration, car il l'avait lui-même créée en 1940. Il s'agissait de l'ordre de la Libération. Il n'en avait décerné qu'un millier et il y avait eu forclusion en 1946. Malgré son âge, son esprit fonctionna à la vitesse de l'éclair.

« Il ne doit rester, vingt ans après, au grand maximum que cinq cents récipiendaires qui portent le titre envié de compagnon de la Libération, pensa-t-il. Et c'est moi qui les ai tous décorés. »

Le président écarta poliment deux personnes, fixa Celyan dans les yeux qui, instinctivement, se mit au garde-à-vous, tête droite[1].

1. *Tête droite : un militaire ne salue jamais quand il est en civil ou quand il ne porte pas de couvre-chef. Seul le coup de tête, appelé « tête droite » (redressement du menton d'un coup sec), s'impose en signe de respect envers un supérieur.*

Alors le Général prit acte de la position et il effectua le salut militaire en portant la main à son képi, signe qu'il rendait le salut à un subordonné. Une fois ce cérémonial militaire terminé, le Général s'approcha de Celyan et lui donna l'accolade, comme le veut la coutume entre compagnons.

— Que faites-vous ici, colonel el Malik ? Je vous croyais en opération de l'autre côté de la Méditerranée.

Il s'agissait là d'un trait d'humour du président comme il appréciait en délivrer quelquefois. Il connaissait le parcours du lieutenant Celyan Malik, frais émoulu de Saint-Cyr qui l'avait rejoint dès 1940 à Londres, en compagnie de son ami Jacques Delmas, plus connu ensuite sous le nom de Chaban-Delmas. Tous deux avaient œuvré sans cesse pour discipliner tous les réseaux de Résistance éparpillés dans tout le pays et rassemblant des centaines de maquis. Sans ces centurions directement rattachés à Jean Moulin, jamais l'unité et la force de l'armée de la Résistance n'auraient contribué à la victoire finale. C'est sur ce genre de maillons sûrs bénéficiant de la totale confiance du Général que ces quelques hommes de l'ombre avaient, au péril de leur vie et jour après jour, fédéré toutes les forces vives de la Résistance pour n'en faire qu'une seule aux côtés des Alliés.

Le président accéléra la tournée des poignées de main, qui touchait à sa fin, et fit signe à Chaban de s'avancer. Celui-ci, alors président de l'Assemblée nationale, qui était du voyage, le rejoignit.

— Oui, mon général, qu'y a-t-il pour votre service ?

— Un vieil ami à vous se cache derrière ce rideau. Allez le saluer, il n'osera pas s'avancer.

Le président s'adressa ensuite à son hôte Charles Villeroy.

— Monsieur le maire, voulez-vous avoir la gentillesse de placer le colonel Celyan el Malik entre Chaban et moi-même ? Nous avons de vieux souvenirs de soldats à faire remonter à la surface. Vous me pardonnerez si ce soir nous ne parlons pas de politique.

— Certainement, monsieur le président, répondit le premier magistrat, qui chamboula le plan de table.

Il en voulait énormément à Fernand, son conseiller municipal (qu'il supportait en raison de la notoriété de ses ancêtres), qui lui avait caché la véritable identité de son ami auvergnat, lequel se trouvait être non seulement un colonel, mais surtout un ami personnel des présidents de la République et de l'Assemblée nationale.

— Manque plus que le pape fasse son entrée et vienne faire un bisou et des chatouilles à cet énergumène, dit-il à mi-voix.

— Que dis-tu à propos du pape, mon cher mari ? demanda son épouse, Joséphine, pharmacienne diplômée de l'université de Marseille.

Le maire, notaire successeur de son père, ne prit même pas la peine de lui répondre, il se faufila comme il le put vers le couple Notin pour réclamer une mise au point, juste au moment où Chaban-Delmas et Celyan se donnaient l'accolade entre deux vieux compagnons de la Libération et, comble de surprise, ils se tutoyaient. En fait d'accolade, c'était plutôt une embrassade de frères d'armes, signe de sincères retrouvailles tellement le lien d'amitié était fort entre ces hommes.

Ils étaient tous deux anciens élèves de la promotion « 39 » de l'ESM Saint-Cyr, promotion dont Chaban-Delmas était sorti premier, alors que Celyan n'avait obtenu que la cinquième place. Ces deux jeunes lieutenants s'étaient ensuite retrouvés à Londres dès l'été 1940, au côté du Général. Jacques Delmas avait choisi le surnom de Chaban, il fut nommé, à vingt-quatre ans, patron du COFI[1], organisme indispensable créé par de Gaulle. Seul Chaban détenait délégation de signature sur tous les mouvements de fonds alloués à la Résistance et rétrocédés à ses cinq émissaires de confiance, dont Rex et Celyan, qui, parachutés sur la France, apportaient les fonds et les moyens matériels nécessaires aux maquisards, décidaient des événements les plus importants et dictaient les ordres du Général. Ils étaient la voix de de Gaulle sur tous les terrains où la Résistance agissait, chapotant ainsi la nébuleuse des maquis et des combattants de tous horizons qui les composaient :

1. *COFI : Comité financier de la Résistance. Cet organisme rassemblait les fonds destinés à être redistribués aux réseaux de la Résistance. Certains émissaires transportaient des sommes très importantes avoisinant plusieurs millions de francs.*

FFI, FFL, FTP, communistes, extrémistes de droite et de gauche, cagoulards, gaullistes, bolcheviks, anarchistes, bonapartistes… Une nébuleuse difficile à régenter. Un travail harassant que Celyan et Chaban avaient mené de conserve. Le plus important, claironnait inlassablement le Général, c'est de préserver l'unité des réseaux jusqu'à la victoire finale. Il avait créé le CNR et mis Jean Moulin à sa tête pour légitimer la Résistance de Londres. Chaban et Celyan en étaient les chevilles ouvrières sur le territoire français. Chaban à la tête du COFI, Celyan comme responsable du BCRA[1].

Chaban avait été nommé général en 1944 par de Gaulle. À vingt-neuf ans, il était le plus jeune général français depuis Bonaparte. Celyan, qui désirait conserver son prénom dans la Résistance, fut élevé au grade de commandant. Sitôt la paix revenue en France, il s'envola pour l'Indochine, où un nouveau conflit qui allait durer dix ans affichait les prémices de la contestation. Il fut promu au grade de colonel durant la campagne d'Indochine, où il s'illustra maintes fois. À la fin des hostilités en Indochine, quand il regagna sa Kabylie, le conflit franco-algérien débutait. Il choisit son camp.

Il ne rejoignit jamais son régiment. Au bout de quelques mois, il fut porté déserteur, condamné par contumace et rayé des cadres de l'armée française. En Algérie, les forces de police cessèrent de rechercher le colonel Celyan el Malik pour la simple et bonne raison qu'il était devenu l'un des chefs du FLN et que, désormais, la tâche de Celyan était, encore une fois, de sauver sa vraie patrie.

Il devait, avec les siens, reconstruire l'Algérie, à laquelle étaient liés le peuple et le destin de sa grande et belle Kabylie. En cette année 1955, Celyan, qui avait guerroyé près de dix années en Indochine, ignorait qu'il partait à présent pour sept années supplémentaires à la conquête de l'indépendance de son pays. Il fallut énormément de temps, d'obstination et de courage pour délivrer son pays du joug de la France. Pour enfin s'émanciper.

1. *BCRA : Bureau central du renseignement et de l'action. Créé par de Gaulle en 1940, il commande et supervise les actions clandestines de la France libre.*

Celyan eut la naïveté de croire que l'indépendance de l'Algérie ferait le bonheur de sa Kabylie. Il comprit très vite qu'il s'était trompé. La lutte des clans commença. Ben Bella, le nouveau chef de la République démocratique algérienne, et son ministre de la Défense, le colonel Boumediene[1], se rapprochèrent des marxistes : Russie, Cuba et Chine. Peu à peu, l'Algérie colonisa la Kabylie en lieu et place de la France. Un envahisseur en chassait un autre. Cette situation entraîna un soulèvement kabyle contre le nouveau pouvoir qui lui avait confisqué son indépendance et le cœur berbère de la nation kabyle. Celyan était un Berbère au plus profond de son être, il lança l'insurrection qui fut matée dans le sang par l'armée algérienne (été 1962, appelé « l'été de la discorde »). La Kabylie, vaincue, se soumit ; Celyan, recherché pour rébellion par les autorités algériennes, émigra clandestinement en France, et tout naturellement à Clermont-Ferrand, dont sa mère était originaire. Désormais, sa tête était mise à prix.

C'est ainsi qu'il devint Simon Constant. Il avait lui-même choisi ce nouveau nom, car c'était le nom de jeune fille de sa mère. Il retrouva des anciens camarades de la Résistance et n'eut aucune difficulté pour prendre un emploi de cadre chez un grand manufacturier de la ville. En 1963, à quarante-sept ans, une nouvelle vie commençait pour lui. Après avoir guerroyé près de vingt-cinq ans à travers le monde, banni de l'armée française, il s'était exclu de l'armée algérienne. Il retrouvait la vie civile sous une fausse identité.

Au dessert, le général de Gaulle revint sur l'actualité politique. Il s'adressa à Celyan :

— Dites-moi, cher ami, à présent c'est Boumediene qui a pris le pouvoir dans votre pays, je le connais fort bien. Désirez-vous que j'intercède en personne ? Il me réclamera trois ou quatre de ses compatriotes enfermés dans nos prisons et il vous oubliera. Votre affaire sera définitivement réglée, vous pourrez revivre au

1. *Boumediene : colonel, ex-chef du FLN, a fomenté et réussi un coup d'État le 20 juin 1965.*

grand jour chez nous. Certes, il est trop tôt pour retrouver vos racines en Kabylie, mais l'espoir demeure. Boumediene occupe aujourd'hui le poste suprême qu'il a tant désiré, il faut savoir patienter.

Le président termina cet aparté par cette remarque :

— Savez-vous pourquoi j'ai choisi le noir et le vert pour la croix de l'ordre de la Libération ?

Aucune réponse ne vint. Le Général poursuivit :

— Ils sont comme deux symboles : le noir représente le deuil quasi présent en temps de guerre, le vert symbolise l'espérance qu'il nous faut en toute occasion garder chevillée au corps. Pour vous, mon cher ami, aujourd'hui, vous devez garder espoir de revoir les ponts de Constantine et le sable blond de Bougie[1].

Avant de s'échapper en compagnie de Clémence et Fernand, Celyan fut encerclé par les notables de la ville qui, à présent, désiraient comme par enchantement faire sa connaissance. Celyan venait de passer de l'ombre à la lumière. Il devenait comme le marchepied indispensable pour accéder aux plus hauts personnages de l'État. À présent, on devait le ménager, le considérer et le compter au nombre de ses relations, espérant le compter très vite au nombre de ses amis. Même le sénateur Lecourtois, personnage haut en couleur, industriel chevronné et chasseur de sangliers renommé, n'attendit pas. Il court-circuita tout le monde et l'invita à un grand dîner qu'il donnait prochainement.

— J'espère, colonel, que vous voudrez bien honorer cette petite réception entre amis de votre présence, dit-il cérémonieusement.

— Avec grand plaisir… Geronimo, répondit Celyan, prouvant ainsi qu'il l'avait reconnu.

Celyan se dit que le temps des fourberies démarrait. Ça n'était pas pour lui déplaire et ça faciliterait sa tâche.

En définitive, il apprécia cette soirée et ce somptueux dîner coincé à table entre Chaban et le Général. Jamais, en descendant de Clermont-Ferrand pour rendre visite à Fernand Notin, il n'aurait

1. *Bougie : en français. En kabyle, Béjaïa, ville et région de Kabylie en bord de mer.*

imaginé de telles retrouvailles tellement inattendues mais tellement chaleureuses.

Il n'avait pas répondu à la dernière proposition formulée par le Général. Celyan savait qu'en regagnant l'Élysée de Gaulle intercéderait aussitôt en sa faveur auprès du gouvernement algérien. Les mots suivants prononcés par le Général, alors qu'il n'était encore qu'un jeune sous-lieutenant débarquant à Londres, lui revinrent en mémoire :

— Lieutenant, abstenez-vous d'ouvrir la bouche si c'est pour ne rien dire.

Il savait que, ce soir, le Général n'avait pas ouvert la bouche pour ne rien dire.

Une fois installés tous trois dans la 404 Peugeot de Fernand, qui avait pris place à l'avant côté passager, à cause de sa jambe folle (il laissait volontiers le volant à son épouse), Celyan, assis sur la banquette arrière et protégé par l'obscurité de l'habitacle, profitait de la lumière cendrée dispensée par les lampadaires implantés récemment pour contempler le profil du visage de Clémence qui conduisait. Son parfum capiteux envahissait l'habitacle. Elle faisait preuve de la même maestria pour piloter que celle qu'elle manifestait dans le travail à l'usine. Il avait l'impression d'être vautré sur un matelas et non sur le siège d'une voiture en mouvement. Il pensa que cette femme, sensiblement du même âge que lui, était douée pour tout. Il comprit mieux son rôle capital d'organisatrice dans le maquis. Un nouveau mot, issu des États-Unis, venait d'enrichir récemment le vocabulaire des entreprises françaises : *chief manager*. Clémence en était une jusqu'au plus profond de ses gènes et jusqu'au bout de ses ongles peints.

Il ausculta en premier la perfection de ses lèvres, gonflées et bien dessinées, il la suspecta d'avoir rajusté son maquillage au cours du dîner, un fard discret et sensuel à la fois. Il constata néanmoins que des ridules entouraient ici et là sa bouche, il éleva ensuite son regard et s'aperçut qu'elle plissait les sourcils, créant ainsi comme un fagotin de rides au coin de ses yeux ; il mit ce réflexe sur le compte de la fatigue. Il redescendit ensuite en empruntant l'arête de son nez, droit, un tantinet coquin et rieur, qui lui donnait cet air de gamine espiègle indescriptible et diablement séduisant. Il s'apprêtait à terminer son examen par le menton et la naissance du cou quand, soudain, il croisa le regard fugace de Clémence dans le rétroviseur. Elle n'avait que l'œil droit en pleine lumière, l'autre baignait dans la nuit mais l'intensité claire et lumineuse de cette prunelle l'emprisonna d'abord puis le contraignit à baisser les yeux, tel un coupable. L'espace d'un éclair, il eut l'impression d'entrevoir le visage d'Angèle. Clémence le sortit de son nuage.

— J'ignorais que vous étiez un héros de guerre et que vous copiniez avec notre président. Mon mari ne me l'a jamais dit.

Elle tourna la tête vers Fernand comme un signe de reproche.

— Parce que je n'en savais rien ! Pour moi, le lieutenant Celyan a toujours été un héros, il m'a sauvé la vie, se défendit Fernand.

— Colonel, pas lieutenant ! ironisa Clémence en s'emparant une nouvelle fois du regard de Celyan par rétroviseur interposé.

— Vous savez, Clémence, après vingt ans à guerroyer, quand on est issu de Saint-Cyr, si on n'est pas colonel, c'est qu'il y a eu un gros problème quelque part. Par ailleurs, je vous signale que j'ai été rayé des rôles de l'armée et déchu de tous mes droits et titres, y compris ma pension. Je ne suis plus rien.

Celyan eut le temps de regarder les épaules de son ami Fernand au moment où la voiture entrait dans la cour de sa maison. À présent, le confiseur, bientôt septuagénaire, s'était enrobé ; il avait une allure pataude, lourde même, et le crâne à demi pelé, sans ajouter à ce tableau son infirmité à la jambe et son nez disgracieux. Il avait fortement diminué sa consommation quotidienne de pastis depuis le décès de son père, Hyacinthe, qui, frappé d'une cirrhose carabinée, s'en était allé dans des souffrances pires que celles d'un accouchement. (Hyacinthe lui-même avait clamé cette affirmation en son temps et, apparemment, il connaissait le sujet.) Décidément, ce couple était vraiment dépareillé, pourtant il tenait droit depuis vingt-cinq ans.

Celyan savait que Fernand était un homme simple, jovial et parfois rustre, mais il avait mesuré son dévouement et sa fidélité sur les champs de bataille. Il n'était pas de ceux qui reculent, qui se cachent ou qui trichent. Celyan avait pleinement confiance en lui. Notin, tel un soldat, aurait exécuté toutes ses directives sans discuter.

Quand Cyrano ouvrit la portière pour regagner sa chambre, la fraîcheur de la nuit lui rafraîchit les neurones. Clémence porta une cigarette à ses lèvres et l'alluma avec son inséparable briquet tempête, dont elle ne se séparait plus depuis l'Occupation. Elle fumait de longues et fines cigarettes américaines à bout filtre qu'un client lui envoyait régulièrement par cartouches depuis Chicago. Celyan constata que, chez Clémence, une cigarette à la bouche n'avait rien de vulgaire, c'était tout le contraire, ce défaut se transformait en vertu et ajoutait à son charme.

— Ce fut une très belle soirée, dit Clémence, visiblement comblée, en rejetant une longue traînée de fumée dans l'air. Je vous remercie d'avoir bien voulu nous accompagner.

— Moi aussi, je suis ravi, mon lieutenant ! ajouta Fernand, visiblement encore plus heureux que sa femme. Tu te rends compte, je suis l'ami de l'ami de de Gaulle. Demain, toute la ville sera au courant, je risque plus rien, même si je roule en sens interdit et bourré comme un Polonais, les flics n'oseront plus m'arrêter.

Cette fois, il se mit à rire aux éclats, fier de sa trouvaille, et dans la foulée il gratifia Celyan d'une bonne bourrade qui le fit chanceler.

— Quant à moi, ajouta Clémence, toutes ces dames vont me jalouser et me haïr davantage maintenant qu'elles savent que je suis l'épouse de l'ami du « chouchou » du président de la République. Ça promet. Mes oreilles ne vont pas cesser de siffler.

Quand Celyan referma enfin la porte de sa chambre, une pensée lui traversa l'esprit : « Ce n'est pas le moment d'oublier le vrai motif de ma venue dans cette ville. Je ne suis pas en simple visite. »

Ensuite, l'agréable moment passé ce soir avec son ami Chaban lui revint en mémoire, ils avaient parlé de tout, mais à aucun moment ni l'un ni l'autre n'avait fait allusion à ce triste épisode qui s'était déroulé à quelques kilomètres de là, près d'un quart de siècle plus tôt, et qui, un temps, les avait éloignés.

Ses vieux réflexes militaires resurgirent aussitôt, il rectifia à voix basse :

— Je ne suis pas en villégiature, je suis en mission.

Il avait bien fait d'accepter d'accompagner les Notin à ce dîner (mais ne l'avait-il pas fait à dessein ?), grâce à quoi il avait entraperçu des personnages dont le visage ne lui était pas inconnu. Des personnages dont l'un détenait la clef de l'énigme qui le taraudait depuis près de vingt-cinq ans, depuis cette nuit de décembre 1941 où, hélas, il n'avait pas pu honorer son rendez-vous avec Angèle dans une cabane-grotte vétuste plantée au fin fond du parc du couvent de Notre-Dame-de-Lumières.

24

Investigations

23 août 1965

LE LENDEMAIN, Celyan se leva de bonne heure. Une habitude. Fernand le trouva assis dans un fauteuil du salon en train de lire.

— Bonjour, mon lieutenant. Excusez-moi, je voulais dire : mon colonel.

— Notin, je vous l'ai dit hier, je ne suis plus rien. Ni colonel ni lieutenant. Je m'en vais vous dévoiler la vérité. En 1955, en rentrant d'Indochine, quand je suis arrivé chez moi, en Algérie, je n'ai retrouvé ni mes parents ni notre maison. J'étais parti depuis dix ans et je n'avais pas pris la peine de venir les voir. J'aurais pu. Je ne l'ai pas fait. Mon père était un pur Kabyle, un vrai Berbère, ma mère était institutrice et elle était de souche française. Elle s'appelait Mathilde Constant, ce qui explique que je circule avec des papiers à ce nom, ce ne sont donc pas totalement des faux papiers. J'ai trahi la France en combattant au côté des Algériens et, en 1962, après la proclamation de l'indépendance de l'Algérie, je me suis insurgé avec la Kabylie contre notre nouvelle république populaire conduite par Ben Bella et Boumediene, qui ont tenté de nous asservir. On n'asservit pas un Berbère. Nous n'allions pas remplacer le joug de Paris par celui d'Alger. Je suis donc recherché par le gouvernement algérien pour trahison et condamné à mort par contumace. C'est sur ce point que le général de Gaulle va intervenir pour faire en sorte que l'Algérie me laisse tranquille et que mon grade et mes annuités sous le drapeau français me soient rendus, vous comprenez à présent pourquoi je me cache sous un nom d'emprunt. Le président va très vite lever la menace qui pèse sur moi, j'en suis certain.

Fernand servit le café qui fumait et proposa du pain, du beurre et de la confiture. Celyan n'accepta que le café. Il était 6 heures du matin. Fernand remplit un bol de café et beurra copieusement une tartine. Avant d'attaquer son petit déjeuner, il regarda Celyan et avoua :

— Il n'y a pas si longtemps, je me serais servi un verre de rouge. C'était avant…

Celyan poursuivit :

— Si je suis revenu ici, c'est qu'il y a une bonne raison. J'y suis déjà venu dès le mois de juillet 1940 pour implanter et structurer nos maquis au nom de la Résistance et du général de Gaulle, que je représentais. On m'appelait « le Capitaine ». J'ai rencontré une femme, plutôt une jeune fille, dont je suis tombé amoureux. Elle aussi, je pense, fut amoureuse de moi. Notre amour fut soudain mais sincère et véritable. Nous nous sommes rencontrés à plusieurs reprises et la folie de nos sentiments a voulu que nous concevions un enfant. C'est cette jeune fille de l'époque que je recherche, et notre enfant bien entendu. C'est uniquement dans ce but que je me suis permis de vous rendre visite comme vous m'y aviez invité… et bien sûr pour goûter enfin vos célèbres fruits confits dont vous n'avez cessé de me faire l'éloge en 1940, même sous la mitraille.

— Quand même, mon lieutenant (Celyan ne releva pas), vous auriez pu vous avancer quand vous êtes venu dans le coin pour les maquisards. Ça me déçoit un peu.

— Notin, la priorité de ma fonction était d'être en contact avec le moins de monde possible et de changer d'endroit le plus souvent possible. On ne devait pas connaître mon visage. Je transmettais les instructions de Jean Moulin et je veillais à alimenter nos maquis. J'apportais vivres, argent, armes et munitions pour que nos hommes puissent combattre et user l'ennemi.

— Je comprends, mon lieutenant. Sur ce point-là, ma femme Clémence pourra vous être plus utile que moi. Marchons jusqu'à l'usine, je vais vous montrer l'outil de travail qui fait ma fierté, c'est à côté. Dans une heure ou deux, Clémence nous rejoindra sans doute. J'ai honte de vous le dire, mais c'est elle qui s'occupe de tout, de la fabrication à la vente. Je ne connais même plus mes plus gros clients. Si, durant la guerre, je ne l'avais pas eue, les établissements Notin n'existeraient plus. Ma fille, Éliane, finit des études de droit, elle désire se présenter au concours de la magistrature. Elle vit à Aix-en-Provence et elle est toujours, officiellement, célibataire. J'aurais espéré qu'elle prenne ma suite, plutôt celle de sa mère, devrais-je dire, c'en est la copie conforme. Une grosse capacité au travail, une intelligence pratique, un sens inné de meneuse et la prise de décision instantanée mais calculée. Toutes les qualités pour devenir un bon patron. Je dois pourtant déchanter. Par ailleurs, je doute qu'un hypothétique gendre prenne ma suite à l'usine. La confiserie Notin existe depuis près de deux siècles ! J'ai pas été foutu de faire un fils ; quant à moi, je suis fatigué, au bout du rouleau. Je vais sur mes soixante et dix ans. Vous avez bien fait, mon lieutenant, de venir me rendre visite, rien que vous voir m'a projeté vingt-cinq ans en arrière. Vous m'avez regonflé le moral.

Effectivement, quand ils eurent fini la visite de l'usine et que Celyan s'attabla dans le petit salon de dégustation où Fernand déposa, délicatement et avec fierté, un éventail de ses fruits confits pour son visiteur, Clémence fit son apparition. On aurait dit une tout autre femme que la veille. Pourtant, sa tenue vestimentaire beaucoup plus pratique ne diminuait en rien sa grâce naturelle et son insolente élégance. Quand elle s'avança pour lui serrer la main, Celyan remarqua ses longues mains aux ongles parfaitement peints en rouge. Elle prit place face à lui et proposa un café. Son parfum, moins intense que la veille dans l'auto, l'emprisonna agréablement.

— Fernand, je te prie, apporte-nous un café avant de te sauver.

Cyrano s'exécuta aussitôt. Celyan, tout en jouant les indifférents, fixa l'ourlet voluptueux des lèvres de Clémence parfaitement recouvertes de rouge. « Une bouche diablement sensuelle ! » pensa-t-il. Et, quand elle baissa les yeux, il remarqua ses paupières teintées discrètement de bleu. En buvant son café, elle avait une façon étrange de bouger, inversement mais dans un même temps, son buste et son cou, de sorte que Celyan crut assister à une chorégraphie hindoue. Il se demanda quel âge elle pouvait bien avoir. Fernand lui avait avoué qu'il était de plus de vingt ans son aîné. Clémence devait osciller entre quarante-quatre et quarante-sept ans. Une sacrée belle femme !

— J'ai à faire en ville, vous voudrez bien m'excuser.

Fernand s'éclipsa. Avant de disparaître, depuis la porte, il lança à son ami :

— Je vais mesurer ma toute fraîche notoriété en qualité d'ami de l'ami du président. De nouvelles mains vont se tendre vers moi. Je m'en délecte d'avance.

Il sourit et disparut. Celyan profita du départ de Fernand pour s'adresser à Clémence et entrer dans le vif du sujet qui l'avait amené à Apt. Elle le devança :

— Alors, monsieur Constant... ou colonel Malik, je ne sais comment je dois vous appeler, notre région et ses congénères vous plaisent-ils ?

— Appelez-moi tout simplement Celyan, voulez-vous, c'est le prénom que mes parents ont choisi pour moi, j'y tiens. C'est la seule chose dont je suis certain. Il est d'origine kabyle, c'est pourquoi j'y suis doublement attaché. Durant un quart de siècle, j'ai guerroyé sur trois continents et je reconnais qu'aujourd'hui je ne sais plus réellement ni qui je suis ni d'où je suis. Un Français, un Algérien, un immigré, un émigré, un rebelle, un étranger, un expatrié, un rapatrié... Je n'ai pas de maison et je ne sais plus où est ma vraie patrie ; parfois même je me demande si j'ai été un soldat ou simplement un mercenaire. Ce dont je suis certain, c'est que mes vraies racines sont en Kabylie, à Béjaia, au bord de la Méditerranée, parce que c'est la terre de mon enfance, celle qui m'a vu naître et grandir.

Clémence ressentit le tourment qui habitait Celyan qui, sous sa carapace de guerrier, venait de dévoiler son trouble. Il lui fit penser à un gosse perdu au milieu de la foule, à la recherche de ses parents et de sa maison. Elle eut à peine le temps de lui répondre. Elle trancha le problème :

— Je vous appellerai Celyan... Appelez-moi Clémence.

Son assistante vint la réclamer, un client important désirait lui parler au téléphone. Elle s'excusa et quitta le salon de réception.

Resté seul, Celyan décida de se rendre en mairie de Roussillon où, à coup sûr, il trouverait Henri Lecourtois, qu'il avait parfaitement reconnu lors du dîner de gala de la veille.

Le sénateur le reçut chaleureusement, à bras ouverts, et l'invita à déjeuner chez *David*, une table déjà chaudement recommandée au guide Michelin.

— J'espère te compter au nombre de mes invités pour notre grand banquet du mois prochain. Il a lieu le samedi qui précède l'ouverture de la chasse. Toutes les meilleures gâchettes de la région y participent, ça fait du beau monde. Je serais fier que tu sois des nôtres. Ça se déroule dans ce même restaurant, dans le salon d'honneur. La vue sur les gigantesques falaises d'ocre est magnifique. Un flamboiement allant du jaune au carmin. Ce fut le plus important gisement d'ocre au monde. Un précieux pigment qui a fait la richesse de notre beau village. Un contraste impressionnant avec les vertes pinèdes quand le ciel est bleu. Il paraît qu'on se croirait au milieu du Colorado. C'est paradisiaque.

Celyan s'aperçut que Geronimo ne mentait pas. Depuis la terrasse du restaurant, la vue était à couper le souffle. Le regard, depuis le ciel, plongeait dans le vide. Il revint à ce qui le préoccupait.

— Rappelle-toi, fin décembre 1941, sur mes instructions, tu as conduit, ou fait conduire peut-être, une jeune fille au couvent de Notre-Dame-de-Lumières, à l'abri situé au fond du parc où j'avais pour habitude de coucher lors de mes visites. Je ne suis revenu dans la région qu'au mois d'août 1942 et nous ne nous sommes rencontrés que quelques instants sur l'aérodrome de Cavaillon, où nous n'étions pas seuls. Ensuite, Jean Moulin m'a envoyé sous d'autres cieux. Sais-tu ce qu'est devenue cette jeune fille qui se prénommait Angèle et qui était enceinte ?

— Je n'en ai aucune idée, capitaine, pardon, colonel. Je me souviens que j'ai dû moi-même m'absenter brusquement ce soir-là. Nous avons appris qu'une colonne allemande en provenance de Marseille devait faire une halte au siège de la Gestapo à Cavaillon. J'ai rejoint nos camarades à la Montagnette et nous sommes allés saluer les Boches avant qu'ils ne franchissent la Durance. Je me souviens qu'Angèle a tenu à nous accompagner, ce n'est qu'au retour qu'on l'a déposée à Lumières. Je ne me souviens plus qui de l'Étincelle ou du Légionnaire l'a ramenée, car ils habitaient tous deux le hameau. Arrivé à l'intersection du Coustellet, mon groupe a filé tout droit vers Gordes tandis que ceux de Lumières et des Beaumettes ont pris la route d'Apt. Effectivement, je me souviens qu'elle tenait une valise à la main. (Lecourtois baissa la tête et ferma les yeux.) Je la revois avec sa valise dans une main et son autre main plaquée sur son gros ventre, comme pour protéger le bébé. Un drôle de spectacle. Durant l'attaque surprise, elle a patienté dans l'auto.

Celyan quitta Roussillon en fin d'après-midi ; il récupéra sa Citroën DS19 devant la mairie. Il aperçut sur sa gauche le beffroi et l'église puis, continuant à descendre, il emprunta des ruelles et des placettes pittoresques bordées de maisons aux teintes variées pour enfin dépasser les remparts qui cernaient ce beau village. Le sénateur Lecourtois avait cent fois raison, Roussillon, planté en hauteur et dominé par les carrières d'ocre, était un havre de paix et un véritable plaisir pour les yeux du visiteur, sans compter son restaurant de renommée régionale. (Justifiée.) Celyan rangea son véhicule sur le parking de l'usine Notin. Il souhaitait rencontrer Clémence pour une explication et passer un coup de fil à son dépôt de Clermont-Ferrand. Ni Fernand ni son épouse n'étaient présents, il prit place à l'un des bureaux et téléphona longuement. Un instant plus tard, Fernand fit son apparition et, visiblement, il n'avait pas bu que de l'eau.

— Alors, mon lieutenant, une bonne journée chez nous ?

— Oui, Notin, je suis allé à Roussillon, chez... votre sénateur pour tenter de comprendre certaines choses. Votre femme n'est pas là ?

— Non, elle est à une réunion de la chambre économique du Luberon. Le sénateur ne vous l'a pas signalé ? Il en fait également partie. Il en est même le président. Encore une fois, je suis seul ce soir.

— Je me suis permis d'utiliser votre téléphone. Je suis descendu à Marseille pour résoudre un problème de marchandises injustement stockées sur le port depuis plus de quinze jours. Le différend est à présent réglé, je viens d'en avoir confirmation.

— Vous travaillez avec le port autonome de Marseille ? Comme nous ?

— Oui, tout au long de l'année. Je vous ai dit que j'étais d'origine kabyle, c'est-à-dire algérienne, si vous préférez, et vous n'ignorez pas que la France et l'Algérie sont à présent séparées. J'ai donc, à côté de mon activité salariée dans une entreprise, monté une affaire d'import-export avec la Tunisie. Les marchandises sont ensuite expédiées vers la Kabylie, car il est fortement déconseillé de faire du commerce avec l'Algérie ; les banques françaises ne veulent pas entendre parler du nouveau dinar algérien, qui n'est par ailleurs même pas convertible. La Kabylie manque de tout, elle est dévastée et isolée sur les plans alimentaire et sanitaire. J'essaie d'y remédier à ma façon. La Tunisie n'est qu'une étape, les marchandises repartent ensuite pour Bejaïa et Constantine. Je vais pouvoir retourner en Auvergne, mais je souhaite auparavant avoir une discussion avec votre épouse... à propos d'une vieille histoire, une histoire qui remonte à la Résistance.

— Alors, c'est vraiment son domaine, mais il vous faudra attendre demain, mon lieutenant. Si vous m'autorisez, je suis prêt à expédier, gratuitement, des fruits confits en Kabylie à vos compatriotes, faites-moi passer les coordonnées de votre intermédiaire à Tunis.

— C'est très généreux à vous, Notin. Cette proposition ne me surprend pas. Je l'accepte bien volontiers et je vous en remercie sincèrement. Allons dîner quelque part, si vous le voulez bien, je vous invite.

Les deux amis regagnèrent la maison du confiseur un peu avant 10 heures du soir. Fernand alla tout droit au lit, dans sa chambre située au premier étage. Dix minutes après, les ronflements résonnèrent. Celyan avait remarqué que les époux faisaient chambre à part. « Depuis longtemps », lui avait avoué Fernand. Celyan entra au salon et alluma le téléviseur (un Continental Edison noir et blanc grand écran), une lumière d'ambiance pour ne pas rester dans le noir, et se cala sur le canapé. Il était plus de 11 heures quand il allait, à son tour, monter se coucher ; c'est alors qu'il entendit une voiture se garer dans la cour. Un bruit de pas rapides et légers sur le carrelage de la terrasse et la porte s'ouvrit. D'abord, depuis le vestibule, Clémence ne vit pas Celyan par la porte du salon entrouverte. Elle suspendit sa veste à la patère, éteignit le hall et gravit les deux premières marches de l'escalier. Soudain, elle stoppa net et, attirée par la faible lueur du salon, elle fit marche arrière, pensant que Fernand avait omis d'éteindre. Alors seulement, elle l'aperçut dans la semi-obscurité.

— Vous, Celyan ? J'entends d'ici les ronflements de mon mari. Vous n'avez pas sommeil ?

— Je vous attendais, Clémence.

— J'avais une réunion et… un ordre du jour chargé.

— Vous n'avez pas à vous excuser devant moi. Je souhaiterais qu'on parle d'une vieille histoire, une histoire qui nous concerne tous les deux de près, de très près, dirais-je. Ce matin…

Clémence se tenait debout au milieu de la pièce, elle lui coupa la parole. Elle affichait une étonnante désinvolture qui le surprit.

— Désirez-vous un digestif ? Moi, j'en ai très envie.

Sans attendre sa réponse, elle prit deux verres appropriés dans le buffet et versa une bonne rasade de cognac. Il faisait chaud, une chaleur moite, le parfum suave de Clémence l'atteignit et l'enivra. Elle tendit un verre à Celyan et prit place à côté de lui sur le canapé ; elle allait porter le breuvage à ses lèvres quand elle déclara :

— Trinquons, Celyan, voulez-vous ?

— À quoi ?

— À la vie, tout simplement. À nous, pourquoi pas ?

Celyan, quelque peu décontenancé par le comportement de Clémence, goûta le cognac à son tour.

— Qu'en pensez-vous, Celyan ? C'est un très bon client et ami qui me l'envoie de Cognac. De sa propre réserve !

Une espèce de mal-être l'envahit, il ne savait quel discours tenir devant l'attitude plus que bizarre de Clémence, qui ne cessait de prononcer son prénom. Une posture et des mots qui le prenaient par surprise. Tout, chez elle, n'était que sensualité. Il aurait dû, en sa qualité de chef militaire, appliquer la stratégie adéquate, trouver immédiatement la parade ; il n'y arrivait pas. Il avait l'air gauche, il affichait la mine d'un gamin surpris en train de commettre une bêtise.

— Il est excellent, s'entendit-il déclarer bêtement.

Elle se leva prestement et alla se poster devant le grand buffet, face à lui. (Elle n'était absolument pas ivre du tout, pensa-t-il, bien au contraire, ses mouvements étaient sûrs et calculés.) Elle se tenait droite et le dominait de toute sa hauteur, il eut l'impression que cette domination n'était pas que physique, c'était comme si Clémence avait pris possession de lui, comme si elle était soudain devenue sa maîtresse. Elle ouvrit en grand les portes épaisses du haut du buffet, ce geste propulsa les ombres jusqu'au plafond et illumina son visage.

— Avancez-vous, Celyan, venez-vous rendre compte par vous-même, il y a ici les meilleurs whiskies écossais et japonais de plus de vingt ans d'âge, des grands crus de vins millésimés, des cartouches de cigarettes américaines, des boîtes de cigares du Brésil et de Cuba, et même de la vodka de Saint-Pétersbourg qui date de l'époque tsariste. Un véritable trésor. Toutes ces gâteries sont des cadeaux de clients fidèles à notre maison depuis des décennies.

Celyan, tel un automate, s'exécuta et vint se planter devant les étagères du buffet pour examiner de près ces produits rares. Clémence se tenait droite derrière lui, il inhalait son parfum suave et ressentait la chaleur de sa présence dans tout son corps jusqu'au moment où, d'un simple mouvement de hanche, elle se colla à lui. Il sentit comme une onde magnétique le parcourir. Il resta ainsi figé quelques secondes, comme électrocuté par ce toucher. Il trouva la force et l'audace de se retourner et fit face à Clémence, elle fermait les yeux ; ses bras, comme deux arbres morts, pendaient le long de son corps. Une offrande.

— Votre impudeur est désarmante, murmura-t-il en effleurant son cou sans fin qu'il caressa ensuite délicatement.

Elle ouvrit les yeux, leurs regards se croisèrent. Alors il lui serra fortement le cou des deux mains et plaqua ses lèvres contre celles de Clémence. Dans la seconde qui suivit, il sentit les deux bras de Clémence lui enserrer fermement le dos. Ensuite, il écarta ses cheveux et l'embrassa langoureusement dans le cou ; ce cou qui, tel un aimant, l'attirait depuis qu'il l'avait vue.

Quand Celyan se faufila entre ses draps, il entendit le clocher de l'église Sainte-Anne, toute proche, tinter un coup bref. Il pensa que demain… tout à l'heure serait plus juste, peut-être connaîtrait-il enfin la vérité.

25

Comme un pèlerinage

24 août 1965

Clémence et Celyan avaient pris place sur la banquette avant de la camionnette Renault R4 de l'entreprise Notin. Tout l'habitacle était imprégné du parfum de Clémence. Un parfum suave avec un goût d'interdit, pensa Celyan. Inutile de demander le nom du propriétaire du véhicule. On avait l'impression d'entrer dans une roseraie. Il était un peu plus de 15 heures. Clémence tenait le volant. Ils se rendaient à Notre-Dame-de-Lumières pour y rencontrer Lucie et Maurice, au Rocail plus précisément. Clémence avait profité de ce voyage pour charger de la marchandise destinée aux boulangeries-pâtisseries de Lumières, de Goult et du couvent, où les frères oblats appréciaient les hosties mais aussi les fruits confits. Malgré l'union charnelle scellée la nuit précédente, ils avaient décidé de se voussoyer. C'est Clémence qui l'avait suggéré dès qu'ils se retrouvèrent tous les deux en voiture.

— Pour protéger Fernand, avait-elle dit simplement. Je ne souhaite pas qu'il imagine quelque chose entre nous. Tu vas repartir demain ou après-demain, je veux qu'il vieillisse en paix… Tu as l'air soucieux, à quoi penses-tu ?

— Vous souhaitez qu'on se vouvoie et tu me dis tu ! plaisanta Celyan qui poursuivit en utilisant le vous. Je trouve qu'hier soir, dans le salon, vous avez superbement joué un jeu diabolique devant moi. Vous saviez d'avance que je ne pourrais résister, parce que vous aviez ressenti ma profonde attirance pour vous.

— Effectivement. Vous avez tout à fait raison. Savez-vous pourquoi j'ai pris les devants ?

— ?

— Parce qu'Henri (Lecourtois), qui était présent à la réunion à laquelle j'assistais hier soir, m'a dit que vous vous étiez vus. Il n'a rien dit de plus. J'ai compris que vous étiez à la recherche d'une personne ; j'ignorais son identité et, surtout, j'ignorais que vous étiez le Capitaine de nos réseaux de Résistance. J'ignorais donc que vous étiez l'amant de ma sœur et que c'est de vous qu'Angèle était enceinte quand je l'ai emmenée à la Montagnette, où vous deviez vous rejoindre. J'appartenais au maquis Bergerie, et vous savez combien nous étions indépendants les uns des autres. On ne se connaissait pratiquement pas, et pourtant nous n'étions qu'à une trentaine de kilomètres. J'ignorais tout de vos relations avec ma sœur, comme vous-même ignoriez qu'Angèle était ma sœur. Jusqu'à votre entretien avec Geronimo. Hier soir, nous avons eu tous les deux une relation pleinement consentie, je reconnais que je me suis livrée au jeu de la séduction et que j'ai beaucoup apprécié... nos ébats... Mais, comment dire, c'était avant que vous m'appreniez que j'étais... votre pseudo-belle-sœur. Durant mes quatre années au maquis, je ne vous ai jamais rencontré et j'ai appris cette nuit de votre bouche que vous étiez le Capitaine, dont ma sœur fut amoureuse et dont elle porta l'enfant. En revanche, vous, vous saviez pertinemment que vous étiez un petit peu mon beau-frère. Ça ne vous a pas empêché de...

— Faire l'amour avec vous ! J'en avais une envie folle depuis mon arrivée. Pourquoi me priver, puisque vous vous êtes offerte à moi ?

— Moi également, j'en ai ressenti l'envie, cette envie a empiré d'heure en heure. Vous n'imaginez pas ce que c'est que de se passer d'un homme. Un vrai.

Celyan remarqua qu'à côté de son esprit mordant Clémence savait faire preuve de la plus grande franchise. Il apprécia et préféra changer de propos :

— L'enfant qu'Angèle portait, nous devions l'appeler Adam, avec un *n* si c'était un garçon, c'est d'origine kabyle, c'est aussi le symbole du premier homme, que ce soit dans l'Évangile ou le Coran, c'est la même chose, et Nélia, c'est-à-dire « petite fleur », si c'était une fille. J'avais sollicité un ami joaillier à Lyon, pour fabriquer les deux petits bracelets du bébé. J'ignore ce qu'ils sont devenus ; j'espère sincèrement que le dénommé Adam que vous employez est bien réellement mon fils. Fernand n'a pas cessé de me vanter ses mérites quand il m'a fait visiter l'usine. Il a l'air de vraiment l'apprécier.

— Adam est en congé pour la semaine et, d'après ce qu'il nous a dit, il s'en est allé retrouver un ami de régiment du côté de Béziers. Qu'il en profite bien car, à partir de fin septembre, plus un jour de congé jusqu'à Pâques pour personne. Il est très... proche de ma fille, Éliane, ils se connaissent et s'apprécient depuis longtemps. Chaque fois qu'elle nous rend visite, elle le réclame et ils partent se promener ensemble. Bien entendu, ils ignorent qu'ils sont cousins.

— J'espère qu'ils n'ont pas commis la même abomination que nous.

Celyan la fixa en souriant.

Clémence avait revêtu un jean Levi's délavé et un débardeur rouge qui lui donnait un air gai et malicieux. Un rose orangé à peine sensible colorait ses lèvres et ses paupières. Il la trouva encore plus ravissante dans cette tenue de manutentionnaire. Il le lui dit :

— Je vous trouve séduisante, même déguisée en déménageur.

Elle éclata de rire.

— Moi, je vous trouve un peu beaucoup décontracté pour aller rendre visite aux gens qui vous ont piqué votre gamin.

— Clémence, ces gens ne m'ont pas piqué mon fils, ils l'ont élevé à ma place. Ils se sont substitués à nous. Heureusement ! Quant à sa mère, nous ne savons même pas ce qu'elle est devenue. C'était pourtant votre sœur ! (Celyan avait élevé la voix.)

— Je n'ai pu obtenir aucun renseignement fiable à propos d'Angèle. Henri, le sénateur je veux dire, m'a indiqué la cabane du couvent où elle était censée vous rejoindre à Noël 1941. N'ayant reçu aucune nouvelle, j'y suis venue au tout début de l'année 1942, elle était fermée à clef. Je l'ai appelée et cherchée partout. En vain. Quelque temps après, nous avons appris qu'un couple de maquisards s'était fait coincer dans le train en arrivant en gare de Valence. Le temps défilait, j'étais toujours sans nouvelles d'Angèle, j'ai téléphoné à mon frère à Clermont-Ferrand qui, lui non plus, n'avait aucune information. À force, j'en ai conclu que c'était elle et son amoureux, le couple du train que les Allemands ont fusillé. J'ignorais tout du fils de Maurice et Lucie. Jamais je n'aurais imaginé qu'Adam pût être l'enfant de ma sœur ! Je savais que Maurice avait adopté ce petit, mais de là à faire le rapprochement... En plus, il a un côté... bronzé, dirais-je, ma sœur a une peau blanc de blanc. Jamais je n'aurais pu imaginer que son fils était tous les jours devant mes yeux. Croyez-moi, si tel est le cas, j'en suis la première désolée.

Ils approchaient de Lumières, Clémence plissa les sourcils, elle parut soucieuse.

— À quoi pensez-vous ? demanda Celyan.

— Je repensais à ce vélo immensément grand que j'ai vu appuyé contre le mur de cette cabane située au fond du parc du couvent en janvier 1942 ; figurez-vous que, quand Maurice s'est présenté chez nous en 1944 pour demander du travail, il chevauchait un vélo identique. Ça m'a intriguée.

— C'est normal.

— Pourquoi ça ? Il habite une niche en pleine montagne sur les hauteurs de Lumières. J'y suis allée une fois pour ramener Adam, car Maurice était resté à l'usine deux jours d'affilée pour réparer la chaîne de distribution. Cette fois-là, il nous a sauvés !

— D'après Geronimo, enfin, le sénateur, Maurice, son nom de combat, c'était l'Étincelle. Moi-même, j'ai dû l'apercevoir deux ou trois fois, soit au local du couvent, soit à l'aérodrome de Cavaillon, où nous organisions nos parachutages. C'est lui qui faisait exploser le TNT. Il était donc normal qu'il range son vélo contre la façade de l'abri-cabane car, à côté de l'espace qui me tenait lieu de chambre, il y avait une autre pièce, une espèce de cave nantie d'un souterrain dissimulé sous des caisses où nous entreposions le TNT et diverses munitions. Cette galerie plus ou moins secrète débouchait une vingtaine de mètres plus loin au bord d'un ruisseau qu'il suffisait d'enjamber pour se retrouver de l'autre côté, à l'abri et caché par la haie de cyprès qui borde la cour de la cave coopérative. Ni vu ni connu. De plus, rien de plus naturel que de voir un camion entrer au couvent livrer des marchandises.

— Je comprends maintenant.

— Le jour où vous avez aperçu son vélo, c'est tout simplement parce qu'il était venu avec. Il devait se trouver dans la cave ou la galerie. Adam, le jeune homme que vous employez, quel âge a-t-il exactement ? Vous devez le savoir, vous êtes son employeur, vous tenez un registre du personnel.

— Il serait né fin décembre 1941. À Noël. C'est d'ailleurs ce qui justifie le nom de famille dont l'a affublé l'Assistance publique. C'est Maurice qui m'a rapporté ce détail. Il est de la même année que ma fille. Ça lui fait vingt-quatre ans. Maurice et Lucie l'ont recueilli en 1944. C'est un couple âgé maintenant, mais extrêmement gentil et généreux.

— Angèle avait prévu d'accoucher mi-janvier 1942. J'ai peur qu'on se trompe de gosse. On avait rendez-vous le 23 décembre à la cabane, elle savait où je rangeais la clef. Je suis arrivé le 22, avec un jour d'avance. Hélas, j'ai dû repartir en fin d'après-midi à Marseille. C'est le père abbé qui nous servait d'agent de liaison qui m'a transmis le message qu'il a reçu de Rex. J'ai vite rédigé un mot pour Angèle, que j'ai déposé sur la table. Je lui disais que je serais de retour le lendemain soir, comme convenu. À Marseille, rien ne s'est passé comme prévu, la Gestapo a envahi notre QG et capturé cinq de nos camarades. Nous nous sommes enfuis sur un rafiot en catastrophe, et ce n'est que le 26 décembre que je suis revenu à Lumières. La cabane était déserte. Depuis le bureau du père abbé, j'ai rappelé Geronimo qui, apparemment, n'était au courant de rien. Il avait bien emmené Angèle au lieu convenu et ne l'avait plus revue depuis. Je ne suis revenu à Cavaillon qu'en août 1942 et je ne suis resté qu'une courte matinée pour un parachutage. Geronimo n'avait toujours pas revu Angèle. Ensuite, je suis parti en mission dans le Haut-Var puis dans le Vercors. Fin 1942, j'ai rappelé une nouvelle fois Geronimo, qui n'avait toujours aucune nouvelle d'Angèle. Dès lors, quelque chose de précieux s'est brisé en moi, j'ai essayé de faire mon deuil, l'action et le combat me sont venus en aide. En 1945, à la fin de la guerre, je suis aussitôt parti en Indochine, où l'état-major m'a affecté, et quand je suis rentré en 1954, c'est la guerre d'Algérie qui commençait. Je n'ai pas eu à faire beaucoup d'efforts pour isoler complètement Angèle dans un coin de ma tête. Les événements, les guerres, le brouhaha de ma vie m'ont aidé, mais oublier Angèle, ce fut et c'est impossible. Effacer son image de ma mémoire serait plus douloureux que l'amputation d'un de mes membres.

— Peut-être est-ce ma sœur que tu retrouves en moi. Tout simplement… Angèle a connu la joie immense d'être aimée. Sa vie fut courte, mais elle a connu le merveilleux.

Clémence avait prononcé ces derniers mots avec un brin de tristesse dans la voix. Elle changea de sujet :

— Allons d'abord livrer mes pâtisseries, nous irons ensuite chez Maurice.

— D'accord. Au fait, Clémence, pourquoi n'êtes-vous pas entrée dans le trust de La Grande Fabrique ? Apparemment, il révolutionne votre industrie, c'est la voie de l'avenir.

— Je ne crois pas à cette association brinquebalante où il y a une dizaine de patrons. Je pense que, pour que ce type de formule fonctionne, il faudra attendre la nouvelle génération de confiseurs. Ce sont tous d'anciens patrons transformés en contremaîtres, ça ne pourra pas marcher. Et puis vous avez vu le trésor enfoui dans le buffet de mon salon, mes clients, je les aime, Celyan, mon personnel aussi. C'est mon côté sentimental. Y renoncer serait comme renier les valeurs professionnelles auxquelles je crois. Dans une entreprise, il y a un chef, il n'y en a pas trente-six. Il est déjà difficile d'unifier les relations direction-personnel, mais si, en plus, il faut accorder les relations des directions entre elles, alors l'entreprise est ingouvernable.

Elle marqua un temps d'arrêt, puis :

— Vous imaginez Fernand renoncer à son atelier ? Accepter que le nom des Notin disparaisse des emballages et du fronton de l'usine ?

— Je conçois qu'il est difficile pour un patron de tirer un trait sur son passé et celui de ses ancêtres. Vous avez raison, je pense qu'il faudra attendre que s'éteigne une génération pour que La Grande Fabrique prenne vraiment son envol. Quand je reviendrai, si je reviens, j'irai visiter leurs nouveaux locaux. De l'extérieur, c'est impressionnant.

Clémence rangea enfin la camionnette sur le parking des Ets Tricot-Boucicot, qu'elle livra en premier. Pendant ce temps, Celyan porta deux cartons à la boulangerie située presque en face. Ensuite, ils escaladèrent l'escalier tortueux qui conduisait au Rocail. Lucie et Maurice étaient présents tous les deux. Cette étrange visite ne les surprit qu'à moitié, on aurait dit qu'ils s'y attendaient. Clémence ne les avait pas vus depuis deux ans, depuis le pot de départ à la retraite de Maurice, qui s'était déroulé dans le salon de dégustation de l'usine, et auquel Lucie avait assisté.

Fort heureusement, selon les dires du couple de retraités, Adam, qui était en congé, s'en était allé retrouver un collègue de régiment à Béziers. Ils purent discuter librement et en toute franchise, et chacun y trouva son compte. Lucie résuma le triste événement qui s'était déroulé dans la nuit du 23 au 24 décembre 1941. En rentrant de mission en pleine nuit, Maurice, en refermant la porte du local à munitions de la maisonnette, avait entendu les pleurs d'un bébé dans le local d'à côté, en principe inhabité. C'était une chambre réservée au jardinier du couvent et, depuis le début des hostilités, il n'y avait plus de jardinier au couvent. Intrigué, Maurice s'était précipité et avait découvert le triste spectacle. Une jeune femme gisait sur le lit avec un nouveau-né qui se tortillait contre elle en braillant. Il y avait du sang, beaucoup de sang. Il s'était précipité pour quérir Lucie qui, en voyant la scène, avait aussitôt galopé jusqu'à la maison du Dr Philibert, située au bout du village. Ils étaient revenus le plus vite possible et ils avaient chargé la femme et l'enfant dans l'auto du médecin et ils avaient foncé à l'hôpital de Cavaillon. À ce propos, Lucie précisa :

— Le docteur a préféré Cavaillon car, même si c'est un peu plus loin, la route est pratiquement droite. Il n'y a pas les mauvais virages de la route d'Apt, néfastes à la victime. Nous avons, Maurice et moi, patienté dans le hall des urgences, le docteur a réapparu une petite heure après environ. Il nous a dit que la dame était morte d'une hémorragie, je me souviens qu'il a appelé ça « l'hémorragie de la délivrance ». Paraît que c'est un terme médical et que, parfois, ça arrive dans les vingt-quatre heures qui suivent l'accouchement.

— Avez-vous pu récupérer son sac qui devait contenir ses papiers, sa valise, une sacoche… que sais-je… quelque chose d'autre, n'importe quoi ? L'avez-vous reconnue ?

Lucie et Maurice firent non de la tête. Ensemble.

— On n'a même pas vu son visage, il faisait nuit, déclara Lucie.

Maurice ajouta :

— Le lendemain, je suis retourné à la cabane, dans cette petite chambre improvisée, j'ai fouillé partout, y compris dans la petite salle d'eau et dans l'armoire. Je n'ai rien trouvé. Quant au père abbé, à l'époque, il n'était même pas au courant que cette personne occupait la case du jardinier.

Lucie se leva, passa dans la pièce à côté et revint avec un petit coffret en nacre ou en ivoire pas plus grand qu'une boîte d'allumettes. Elle en versa le contenu sur la table. C'était la gourmette que portait le bébé à son poignet quand ils les ont découverts. C'était bien le nom d'Adan avec un *n* qui était gravé. Le doute n'était plus permis et Lucie fit le portrait on ne peut plus précis d'Angèle.

Chaque fois que sa femme parlait, Maurice acquiesçait par des mouvements de tête, telle une marionnette.

— Que sont-ils devenus ensuite ? questionna Celyan.

— Je crois savoir, d'après le Dr Philibert, que cette dame a été ensevelie dans le carré des indigents du cimetière de la ville de Cavaillon. Quant à l'enfant, il a été transféré à l'Assistance publique, comme le voulait la coutume à l'époque. Cette nuit-là, en rentrant à Lumières, Maurice et moi avons fait le serment que, si l'enfant y était toujours, nous viendrions le chercher trois ans plus tard. Nous avons tenu parole. Je n'aurais pas su m'occuper d'un nouveau-né, il aurait fallu trouver une nourrice. Peu avant la Noël 1944, fidèles à notre serment, nous sommes allés le récupérer. Ça fait vingt et un ans que nous sommes ensemble et nous n'avons connu que des jours heureux. Adam est la lumière de notre couple et de notre vie. Un bonheur de tous les jours.

Celyan déclina sa véritable identité. Il montra ses papiers d'identité (officiels) au nom de Celyan el Malik ainsi que sa carte d'officier supérieur de l'armée française qu'il avait conservée. Sans entrer dans les détails, Clémence confirma que le colonel Celyan el Malik lui avait déjà conté l'épisode du prénom Adan, avec un *n* gravé sur le bracelet de l'enfant. Celyan el Malik était bien le père de l'enfant. Quant à la mère, elle n'était autre que sa propre sœur. Celyan ouvrit son porte-documents et rédigea, en deux exemplaires, une convention. Une espèce d'accord qu'il intitula « Protocole ». Ils datèrent et signèrent les deux exemplaires dudit protocole, Clémence y apposa également sa signature en qualité de témoin.

Il y était précisé que :

Les époux Poveri Lucie et Maurice reconnaissent sur l'honneur qu'Adam Noël, né le 24 décembre 1941 à Notre-Dame-de-Lumières, est bien le fils biologique et légitime d'Angèle Massard et de Celyan el Malik. Il est convenu qu'après le dernier décès des époux Poveri les deux exemplaires de ce protocole, ainsi que la gourmette comme élément de preuve, seront remis à Adam Noël, à qui il appartiendra de prendre la décision de son choix à l'égard de Celyan el Malik, lequel renonce formellement à contacter l'enfant avant la disparition du dernier époux Poveri. Dans tous les cas, les biens des époux Poveri demeureront la propriété pleine et entière du seul Adam Noël. Fait à…

L'entrevue avait duré à peine plus d'une heure. Chacun se trouvait pleinement satisfait du résultat et y trouvait son compte. Celyan ne désirait pas bousculer la vie de son « fils » et de ces braves gens qui l'avaient éduqué, élevé et lui avaient donné leur amour et leur affection. Tenter de leur enlever ce fils aurait été criminel. C'était comme tuer Angèle une seconde fois. Ils s'embrassèrent tous les quatre naturellement, Celyan stoppa une minute sur la terrasse, contempla l'horizon et s'adressa à Angèle à voix basse :

— Cet endroit est paradisiaque, notre gamin ne pouvait pas mieux tomber !

Ils remontèrent dans la camionnette, direction le couvent tout proche pour la dernière livraison.

— Ça s'est très bien passé. Qu'en pensez-vous, Celyan ?

— Impeccable. Ces gens sont plus que corrects. Je suis persuadé qu'ils ont été des parents remarquables avec Adam. Ils l'aiment plus que s'il était leur propre chair. En tant que père, j'aurais fait beaucoup plus mal que Maurice, c'est certain.

— Je ne les avais pas vus depuis deux ans, je trouve qu'ils ont vieilli, qu'ils sont fatigués, surtout Maurice, il parle et bouge comme un automate. Ses mains tremblent. Ce n'est plus le Maurice que nous avions à l'usine.

Clémence déposa vite fait quatre cartons au frère concierge, qui s'empressa d'aller les entreposer dans l'un des réfrigérateurs du réfectoire du couvent, puis elle reprit le volant.

— Voulez-vous aller jusqu'à la fameuse cabane au fond du parc ? demanda Celyan.

— ?

— J'aimerais la revoir. Tout simplement.

Clémence rangea la camionnette à l'ombre des derniers platanes, loin après le grand bassin. Celyan se dirigea vers le vieux cerisier et trouva la clef dissimulée au même endroit. Il ouvrit la porte en s'aidant d'un violent coup de pied et disparut à l'intérieur. Vide, aucun signe quelconque de vie. Deux couvertures rêches de couleur grise (les mêmes qu'à l'armée) pliées en quatre reposaient sur un matelas fané. Il s'assit sur la couche et ferma les yeux un instant. Quand il les rouvrit, Clémence avait pris place à côté de lui et le regardait. Son parfum avait signalé sa présence.

— Je sais à qui vous pensez, murmura-t-elle. Revoir ce lieu, c'est comme retrouver Angèle.

Il braqua son regard dans celui de Clémence, ce fut comme un enchantement. Instinctivement, ils s'enlacèrent avec fougue. Celyan promenait ses lèvres avides sur le visage de Clémence jusqu'à lui embrasser les yeux et lui mordiller le lobe des oreilles pour toujours revenir vers ce long cou gracile, le caresser et l'étreindre langoureusement. Ce cou longiligne où la gorge battait par à-coups dans un halètement proche de l'asphyxie. Clémence bascula sur le côté comme une offrande, sa passivité complice se mua en ardeur surprenante, leur folle étreinte silencieuse se poursuivit. Soudain, Celyan ressentit le frémissement brutal de Clémence en même temps que son souffle s'accélérait. Dans ses bras, elle se mit à trembler, un tremblement de désir qu'ils partagèrent aussitôt.

Quand elle put enfin, comblée, reprendre la parole, elle s'assit et tenta maladroitement de remettre de l'ordre à ses cheveux.

— Laissez tomber, Clémence, il fait chaud, vous direz que vous avez roulé vitre ouverte.

Celyan, une fois cette plaisanterie lâchée, sourit comme un enfant radieux.

— Vous êtes un chaud lapin mon ami, deux fois par jour, vous bousculez mon rythme de croisière. Je vais y perdre la santé.

— Ou y prendre goût ?

— J'ose espérer que votre fils n'est pas dans la même veine et qu'il n'a pas soumis ma fille à pareil traitement !

— Quand bien même, Clémence, on ne pourrait les condamner, ils ignorent qu'ils sont cousins.

— Je me demande quelle mouche vous a piqué.

— Vous, Clémence. La mouche qui m'a piqué, c'est vous. Pas piqué, envoûté, devrais-je dire. Vous m'avez, tout autant qu'hier soir, ensorcelé. Ce sont vos yeux qui ont éveillé au plus profond de moi cette envie brutale. Le vert de vos prunelles est tellement lumineux qu'il m'a transporté là-bas comme par magie, le seul endroit que j'ai vraiment connu et aimé : Bejaïa, la ville où je suis né et où j'ai grandi. Bejaïa qui, quand la Kabylie était encore une terre française, s'appelait Bougie, parce que la spécialité de cette ville, c'est la fabrication de chandelles et de cierges à partir de cire d'abeille. C'est de là qu'elle tire son nom. Vous avez vos Petit et Grand Luberon, nous avons la haute et la basse Kabylie. Dans vos yeux, j'ai aperçu cette espèce de mélange de vert émeraude et bleu céruléen que prennent les vagues de la Méditerranée dans la baie de Bejaia la Berbère. Plonger mon regard dans le vôtre, Clémence, ça a été comme prendre un bain de soleil sur le sable chaud de la plage de Bejaïa en faisant voyager mes yeux de la mer jusqu'aux oliviers qui surplombent la ville. Vous m'avez fait voyager. Vous m'avez fait rêver. C'était sublime. Comme un envoûtement. Je n'ose évoquer l'immense plaisir que vous m'avez donné une fois encore et qui a fait vibrer mon cœur.

Celyan perçut chez Clémence un quelque chose d'exotique et de mystérieux à la fois, qui n'avait rien à voir avec le côté sauvage, extravagant et même un peu foufou qu'Angèle affichait fièrement. Excepté une spontanéité dans l'assouvissement de leurs envies, les deux sœurs étaient complètement différentes, à moins que ce soit lui qui ait changé.

Ils furent de retour en fin de journée. Fernand regardait la télévision. Il les attendait en sirotant un énième pastis. Il écouta le récit de son lieutenant et de sa femme en silence. Stupéfait et émerveillé, il conclut ainsi d'un ton jovial en se relevant :

— Ça s'arrose. On est parents, mon lieutenant ! C'est y pas le plus beau ! Le petit Adam est donc mon neveu, si ça se trouve il prendra ma suite ! Nom de Dieu de nom de Dieu, l'espoir renaît. Ça s'arrose, qu'est-ce que je vous sers ?

— Un pastis, Notin.

— Appelez-moi Fernand et dites-moi tu, mon lieutenant. Nous voilà beaux-frères à présent. En tout cas, je trouve que vous avez passé un accord juste et sérieux avec Maurice et sa femme. C'est l'homme le plus brave que j'ai rencontré dans mon existence, et heureusement que Clémence l'a embauché, car il nous a lui aussi en quelque sorte sauvé la vie à la fin de la guerre. J'ignore si l'entreprise

Notin aurait passé ce cap, c'est pour ça que, si Adam désire prendre ma suite, je suis prêt à discuter avec lui.

Cyrano renouvelait des projets d'avenir…

Le lendemain matin, Celyan quitta Apt au lever du jour. Même au volant d'une DS19 il lui fallait plusieurs heures pour rejoindre Clermont-Ferrand. Il ne rentrait pas bredouille, il avait un fils, un garçon qui aurait vingt-quatre ans à Noël, pratiquement l'âge qu'il avait quand il s'était retrouvé sous la mitraille, dans les champs de betteraves du nord-est de cette France. Avant de quitter la maison de son nouveau beau-frère, il s'était permis de glisser une enveloppe, qui contenait quelques lignes, dans le sac de Clémence.

Cette missive racontait des trucs personnels que nous ne citerons pas ici. Celyan avait respecté le vouvoiement avec application, sauf pour la conclusion, qui était celle-ci :

À présent, tu es ma belle-sœur, on peut laisser de côté ce vouvoiement ridicule. Il me tarde de te serrer le cou…

Le plus important de ce message se cachait dans les points de suspension.

26

Et survint l'échéance

Retour en 1967, le 7 mai, 9 h 30

CHARLES DE GAULLE était sorti vainqueur des élections présidentielles de décembre 1965. De fait, le cas Celyan el Malik avait trouvé une conclusion heureuse avec l'État algérien. Le colonel avait recouvré sa véritable identité ainsi que le droit de circuler sans crainte.

Adam se tenait sur la terrasse du Rocail, il venait de terminer la lecture de cette longue lettre. Il se releva et posa les deux mains bien à plat sur la rambarde. C'est alors qu'il aperçut l'homme, l'inconnu du cimetière qui hier cheminait lentement en fin du cortège aux obsèques de Lucie. Sans doute était-ce lui son vrai père ? Pourquoi ses parents qui l'aimaient tant lui auraient-ils menti ? Cette lettre était datée du 24 août 1965 ; près de deux années s'étaient écoulées. C'est donc cet inconnu qui en était le dépositaire et qui avait calmement attendu la disparition de Lucie pour la lui poster. Adam lui adressa un grand signe de la main.

— Montez... et gaffe dans l'escalier, c'est un peu raide.

Parvenu sur la terrasse, Celyan tendit la main droite, Adam la prit dans la sienne.

— Alors, mon vrai père... c'est vous ?

Celyan fit oui de la tête.

— Vous permettez, jeune homme, je souhaiterais vous montrer quelque chose d'important qui se trouve à l'intérieur pour consolider cette hypothèse en affirmation.

Celyan le précéda dans la chambre (Adam comprit que l'inconnu connaissait la maison), il tira le plus bas tiroir de la commode et, sans aucune hésitation, il s'empara d'une enveloppe blanche qu'il tendit à Adam.

— Retournons sur la terrasse, veux-tu ?

Celyan avait osé le tutoiement. Adam décacheta cette seconde enveloppe de format classique et découvrit les quelques lignes du protocole où figuraient les quatre signatures, y compris celle de Clémence Massard-Notin, sa patronne et, de fait, sœur de sa mère, donc sa tante. Quand il eut pris connaissance de l'accord, il s'empara du petit coffret joint et découvrit la gourmette d'enfant où un prénom était gravé : le sien.

— Attends, ce n'est pas fini, dit Celyan, qui sortit de la poche intérieure de son veston le second exemplaire original du protocole, daté d'août 1965, en tout point identique à celui qu'Adam venait de consulter.

Adam avait à présent en main les deux accords signés des deux parties ainsi que la longue lettre de Lucie qui résumait les étapes importantes de sa vie et les moments formidables qu'ils avaient tous trois vécus au Rocail. Adam n'avait pu retenir ses larmes, ses yeux rouges et encore humides l'attestaient.

Celyan reprit la parole :

— Cette lettre que Lucie et Maurice t'ont écrite ensemble, en fait je n'y avais pas pensé. Ce sont eux qui m'ont demandé, quand nous avons signé cet accord, de revenir le lendemain, car ils auraient quelque chose à me remettre à ton attention. C'était cette lettre, que je n'ai pas lue. Ils ont souhaité que je te la donne après leur disparition. Je n'ai pas osé, j'ai préféré te l'expédier par la poste. Je suppose qu'ils ont mis tout leur cœur dans les mots qu'ils t'ont dédiés. De mon côté, j'ai respecté ma promesse… j'ai attendu.

— Ça ne va pas être facile de t'appeler papa !

Adam venait de le tutoyer machinalement. Un sourire (forcé ?) lui barra le visage.

— Ce n'est pas important. J'ignore si tes parents le précisent dans leur lettre, je suis français d'origine kabyle. Quand je suis né, un Kabyle était un Français, aujourd'hui un Kabyle est un Algérien. Un Arabe, comme on dit. Ça ne se voit pas, mais j'en suis un. Avec Angèle, ta vraie maman, nous avions choisi tes prénoms. Je les avais fait graver sur le bijou que tu tiens dans ta main. Ce prénom masculin est écrit sans faute. Dans ma langue, Adam s'écrit avec un *n*. C'est Lucie qui l'a conservé avec beaucoup de précaution et qui nous l'a dévoilé en août 1965 lors de notre entrevue avec Clémence, la sœur aînée de ta maman.

— Ça ne m'étonne pas, quand j'étais petit, malgré mes yeux clairs et mes cheveux blonds qui tournicotaient en boucles, on m'appelait « le basané », à cause de la couleur de ma peau. À présent, je comprends mieux pourquoi. Une question ? Si vous aviez eu une fille, vous l'auriez appelée comment ?

Celyan ferma les yeux une seconde avant de répondre.

— Nelia. Ça veut dire… « Petite fleur » en kabyle.

— Le second bracelet a disparu ?

— J'ignore où il se trouve. Il en est ainsi de toutes les affaires d'Angèle… de ta maman, voulais-je dire. Un ami nous a pris en photo à Marseille en 1941, nous avions fait une halte sur la corniche pour contempler la mer, un de nos rares moments d'évasion. Cet ami m'a remis cette photo lors d'une de mes missions à Marseille. Je me souviens l'avoir donnée à ta maman. J'ignore où elle se trouve aujourd'hui. Notre passé s'est entièrement évaporé.

Celyan ferma les yeux, serra les dents et baissa la tête. Adam remarqua qu'au même moment une contracture lui hachura le visage et froissa ses sourcils. Un très court instant. Un signe non pas de faiblesse mais d'émotion, conclut le jeune homme. Celyan poursuivit :

— Je vais avoir cinquante et un ans, je vis en Auvergne, je suis cadre dans une grosse boîte mais, si tu es d'accord, je peux venir habiter par ici. Rien ne me retient. Je suis libre et indépendant. Tu es mon unique famille. Peut-être pouvons-nous essayer de construire quelque chose ensemble, si tu estimes qu'il n'est pas trop tard. Lucie et Maurice demeureront pour toi tes vrais parents, ils t'ont veillé, ils t'ont éduqué et n'ont souhaité que ton bonheur. Ils n'en sont que plus grands et plus dignes. J'ai, un temps, très brièvement côtoyé Maurice dans la Résistance, c'était un sacré bonhomme. Toujours le sourire aux lèvres, un type prévenant, jovial, courtois. Quelqu'un dont j'aurais aimé devenir l'ami si la vie nous avait réunis. Un artificier hors pair, mais surtout un homme d'un courage exceptionnel qui ne s'est jamais défilé et d'une fidélité exemplaire. Il fut pour toi, j'en suis persuadé, un bel exemple de vie. Sache que je ne suis pas jaloux, au contraire, je les remercie tous les deux éperdument d'avoir fait de toi l'homme que tu es devenu. Je connais bien les Notin ; la guerre nous a rassemblés, Fernand et moi, quelque part dans le nord-est de la France, en 1940, avant que les Boches nous fassent détaler à coups de pied au cul. Je sais que tu es un très bon ouvrier et qu'ils ont de sérieux projets pour toi. Surtout Fernand, depuis qu'il sait que tu es son neveu.

— Viens, rentrons si tu veux bien. Allons prendre un café à l'intérieur, proposa Adam.

Ils s'installèrent dans la cuisine. Adam enchaîna, l'air un peu embarrassé :

— À propos de boulot, justement… J'ai dans l'idée de monter une fabrique… d'anisette.

— Le pastis algérien ? s'étonna Celyan.

— Oui, le pastis des Français d'Algérie, celui qui blanchit avec de l'eau au lieu de jaunir. Ici, il n'y en a pas. Bien sûr, nous fabriquerions également du pastis classique comme le Pernod.

— Tu dis « nous »… c'est qui, nous ?

— Moi et un camarade de régiment. On a fait un an ensemble en Algérie, en 1961 et 1962. Il habite Béziers. Ça fait cinq ans qu'on économise et qu'on se prive de sorties pour se payer le local, l'alambic et les machines. Maurice m'avait même indiqué l'adresse d'un vieux bouilleur de cru à Bonnieux, un type qu'est un as en la matière et qui serait prêt à nous donner un sérieux coup de main.

— Tu parles d'une vraie distillerie ?

Adam acquiesça de la tête. Celyan continua :

— Alors, si Maurice était prêt à partager cette aventure avec toi, je suis d'accord pour étudier ton projet et pour y participer.

— En qualité de cadre, tu dois avoir un bon niveau scolaire, la paperasse tu connais, tu pourrais, pour commencer, nous accompagner chez les banquiers. Il leur faut un plan prévisionnel et des tas d'autres papiers et, tout ça, ce n'est pas notre truc.

— Ne t'inquiète pas. Les projections chiffrées, les plans comptables et les montages financiers, je m'y connais un peu. Sur ce, je vais te laisser, je dois me rendre chez Notin, Clémence m'a dit que Fernand était bien fatigué.

— Il est alité depuis une bonne semaine. Son toubib voulait l'hospitaliser, mais il refuse. Il veut mourir dans son lit. Un vilain truc au ventre, j'ignore quoi. Si tu veux dormir ici, tu peux. La chambre de mes… de mes parents est libre. Je vais la vider des vieilleries, changer la literie et la repeindre. Peut-être vais-je continuer de vivre au Rocail, au moins au début, si on monte cette affaire de pastis avec Félix. C'est mon ami de Béziers, mon associé. Ici, à Lumières, je ne serai pas loin de Cavaillon et j'économiserai un loyer.

— Vous envisagez de créer cette affaire sur Cavaillon ?

— Oui, Apt est entouré de montagnes, la route est sinueuse tant vers Aix que vers Avignon. Cavaillon est au bord de la Durance, dans une plaine, avec le train et la nouvelle autoroute en construction qui va relier Marseille à Paris. Il faut que l'accès au transport soit simple, rapide et aisé. C'est la base de notre réussite.

— Effectivement, c'est très bien vu, Adam. Tu feras un bon chef d'entreprise.

Adam sortit avec son père sur la terrasse et le regarda descendre l'escalier en s'agrippant à la rampe. Il traversa la nationale et, avant de s'engouffrer dans sa DS21 à injection électronique (Adam rêvait de cette voiture), stationnée en face, devant Boucicot, Celyan fit un grand geste de la main à son fils, qui le lui rendit, puis il hurla sans gêne :

— Considère-moi comme ton premier collaborateur ! L'anisette, ça me tente déjà !

Adam se dirigea vers le promontoire est de la terrasse, le côté le plus étroit, qui jouxtait et dominait le couvent. Une luminosité incroyable dévoilait le paysage à des kilomètres à la ronde. Plein sud, il aperçut le pont du chemin de fer qui enjambe le Calavon puis, en pivotant sur sa gauche, l'imposante toiture d'ardoise grise du château des Mille Roses. Il savait que Marie-Chantal, la belle et séduisante Macha, son amie d'enfance, était là. Elle venait de rejoindre le nid parental après un divorce mouvementé. Il l'avait aperçue le dimanche précédent à la messe, elle l'avait regardé à plusieurs reprises sans aucune gêne. Il avait détourné son regard et avait, subrepticement, quitté l'office avant la fin pour éviter le contact. L'envie de pousser la jeune fille sur la balançoire l'avait quitté depuis longtemps.

Matin et soir, Adam parcourait le trajet Apt-Lumières avec sa 2 CV Citroën, acquise d'occasion par l'entremise de Maurice pour venir dormir au Rocail, où il reprenait ses habitudes d'adolescent. À Lumières, il connaissait tout le monde et tout le monde le connaissait. Après le départ subit de ses parents, il avait l'impression de vivre au milieu des siens. Il se sentait bien.

À la mi-journée, il déjeunait le plus souvent à la table des Notin (où Suzanne, la nurse d'Éliane, avait remplacé Albertine comme domestique à plein temps quand celle-ci avait rejoint l'au-delà), puisque désormais il faisait un peu partie de la famille. La première rencontre (depuis qu'ils savaient qu'ils étaient cousins) avec Éliane fut à la hauteur de retrouvailles exceptionnelles. Ils tombèrent dans les bras l'un de l'autre et restèrent ainsi, muets comme deux carpes et comme collés pendant un long moment. On eût dit qu'ils ne s'étaient pas vus depuis une éternité. Quand enfin ils s'écartèrent, l'assistance présente s'aperçut qu'ils pleuraient, et chacun se fit une raison sans oser en demander le pourquoi. Éliane et Adam avaient toujours été proches l'un de l'autre depuis leur première rencontre, c'est ainsi, certains visages s'attirent au premier regard, d'autres se rebutent ; en matière d'intimité entre ces deux jeunes gens, personne ne savait jusqu'où elle était allée. Chacun se posait intérieurement la question suivante : avaient-ils consommé l'acte d'amour ?

Dimanche 14 mai 1967

Ce fut le dimanche matin de la semaine suivante qu'Adam le découvrit. Il devait pour la première fois faire le niveau d'huile du carter de sa 2 CV ; la dernière vérification, comme toutes les précédentes, c'était le job de Maurice. Adam savait que son père rangeait les bidons d'huile dans l'appentis qui se trouve sous l'escalier, à côté de la réserve à charbon. Il n'eut pas à farfouiller longtemps, il l'aperçut, rien qu'en se penchant, derrière les bidons. Un sac, un sac à main de femme tout en cuir marron avec une anse courte. Marron, c'était beaucoup dire, car il était en partie recouvert d'une boue noire qui avait séché et durci le cuir, comme s'il avait séjourné dans la boue. Adam actionna le bouton-poussoir avec quelque difficulté. Ce qu'il trouva à l'intérieur le pétrifia. Une pièce d'identité au nom d'Angèle-Yolande Massard, domiciliée à Clermont-Ferrand et née le 4 janvier 1920 ; une photo où un jeune homme lui passait un bras autour du cou. Ils étaient tous deux assis sur un gros rocher en bord de mer, une ordonnance établie par un médecin d'Apt datée du 11 décembre 1941, un tube de rouge à lèvres et une enveloppe avec à l'intérieur cinq billets de dix mille anciens francs. Adam envoya la main bien au fond et en sortit des pièces de monnaie en vrac et un bracelet d'enfant. Il l'étala dans sa main, il distingua une fine gravure qu'il nettoya avec son pouce et un peu de salive, c'est alors qu'apparut nettement le prénom « Nélia ». Il remit le tout dans le sac, sauf la photo de ses parents, qu'il contempla longuement cette fois. Il reconnut le visage encore jeunot de Celyan, puis il détailla celui de sa mère ; pire, il ausculta le visage de cette jeune fille comme s'il avait découvert un trésor. Il s'assit par terre et, masqué de la rue par l'appentis, il sentit ses yeux s'embuer. Il resta immobile un moment. Il était certain que Maurice avait volontairement enfoui ce sac en cet endroit, pour que lui, Adam, le découvre mais que Lucie en ignore le contenu. Sans doute les raisons étaient-elles justifiées.

Il gravit lentement les marches et s'en alla fouiner dans le tiroir du buffet ; il mit la main sur la loupe que Maurice, ses derniers temps, utilisait pour compenser sa déficience oculaire pour lire le journal. Armé de ce précieux instrument, il regarda sa maman de près, de plus en plus près ; elle lui apparut immensément belle. Cette fois, il ne retint pas ses larmes qui se mirent à couler lentement sur ses joues jusqu'à ce qu'un goût de sel lui picote les lèvres.

Le lendemain, 15 mai 1967

Celyan débarqua au Rocail en début de soirée. Adam lui montra sa découverte. Ce fut comme un bonheur immense de revoir et de contempler le visage d'Angèle. La gourmette au nom de Nélia faisait plus que conforter ses dires. Il était bien le père biologique d'Adam. Le doute n'était plus permis. Adam se mit à parler :

— Je me souviens que Maurice ne désirait pas que je le rejoigne chez Notin après le certificat. Il disait que travailler au même endroit pour un père et son fils, ce n'était pas conseillé. Au début, Lucie aussi était réticente, puis elle l'a convaincu de m'embaucher quand même. On aurait dit qu'ils craignaient quelque chose. C'est ainsi que j'ai ressenti cet épisode à l'époque.

— Peut-être n'ont-ils trouvé ce sac que quelques jours après le décès d'Angèle et n'ont-ils pas osé le déposer aux gendarmes ?

— Ou alors, ma... maman, la vraie je veux dire, l'a-t-elle fait tomber dehors dans le parc quand elle s'est sentie mal ? Il a eu le temps de prendre la pluie. Vu l'état dans lequel il se trouve, Maurice n'a dû le découvrir que longtemps après et, tel que je l'ai connu, il n'a rien dit à Lucie. Il a gardé cette trouvaille pour lui. Sinon, il l'aurait caché dans l'appartement, pas ici avec l'huile et le charbon.

— Je pense que tu as raison, fiston. Dommage pour les billets, remets-les à Clémence, je pense que sa banque pourra encore les reprendre et les échanger contre des nouveaux francs. Ça te sera utile pour ta distillerie de pastis.

Sa paternité, à présent, ne pouvait plus être mise en cause. Celyan pouvait donc employer le mot « fiston » sans choquer Adam.

Quelques jours plus tard, Celyan stoppa à Lumières et gravit l'escalier du Rocail, il était à peine plus de 6 heures du matin. Il s'en retournait en Auvergne. Entre Avignon et Lyon, de nouveaux tronçons d'autoroute en fonction côtoyaient des tronçons en construction. Les chantiers se multipliaient. Bientôt, il pourrait faire le trajet sans revenir sur la nationale 7 par intermittence. Il gagnerait une grosse heure sur le temps habituel. Adam servit deux cafés bien forts.

Il s'assit.

— Je reviendrai la première semaine de juin, je dois expédier quelques affaires courantes et donner des directives à la personne chargée de me remplacer à l'usine. Je dois également prendre des dispositions pour ma société d'import-export avec le Maghreb. Je téléphonerai à Clémence, elle t'informera de ma venue. Si tu le veux bien, on reviendra plus à fond sur ton projet d'anisette et de pastis qui ne me déplaît pas. Il faudrait que tu en touches un mot à Clémence, ne dis rien à Fernand, tout juste s'il met pied à terre dans sa chambre, ça le tuerait de savoir que tu le quittes. Il a mis tellement d'espérance en toi. Surtout que La Grande Fabrique vient de créer une nouvelle gamme de produits et elle a recruté un nouveau réseau de représentants. Les nouveaux commerciaux arpentent le terrain du matin au soir comme des fantassins pour dégager un salaire tout juste correct, ils ont déjà fauché quelques clients à Fernand. Ce n'est pas le moment de s'endormir.

Depuis plusieurs nuits, Adam avait le sommeil difficile. Il n'en dit rien à Celyan. Il faisait et refaisait des plans, des calculs, des scenarii, tout en rêvant à une nouvelle vie. Ses projets et ses envies revenaient flotter dans ses songes. Il était devenu un homme, et quel homme ! Le nez altier, les yeux clairs. Une belle gueule qui dépassait le mètre quatre-vingts et qui n'avait rien de l'ouvrier docile ou du commis de commerce. On frappa à la porte assez violemment.

— Entrez ! hurla Adam, quelque peu surpris en raison de l'heure matinale.

La porte s'ouvrit, sa silhouette se découpa en pleine lumière, une jeune femme s'avança et sauta au cou d'Adam sans prendre la peine de refermer la porte. Adam, les yeux grands ouverts comme des citrouilles, resta cloué sur la chaise.

— Nom de Dieu, Lisa ! Toi ! Toi ici ? Dis-moi que je ne rêve pas. Je pensais à toi justement.

La jeune fille plaqua une main sur ses longs cheveux auburn pour les retenir avant de se baisser pour embrasser Adam pétrifié. Combien de fois l'avait-il imaginée en rêve passer cette porte, et voilà que c'était vrai ! Il balbutia pour faire les présentations :

— Une amie que j'ai connue en Algérie, à Tlemcen. Trop tard, hélas, c'était juste avant notre embarquement pour Marseille.

Il invita Lisa à prendre place à table.

— Mais comment es-tu arrivée jusqu'ici ?

— Rappelle-toi, le nombre incalculable de fois que tu m'as parlé de Lumières, de son couvent et de ta « Rocaille » perchée dans la montagne. C'était pas sorcier pour trouver ! J'ai même reconnu l'escalier tueur. Non, je plaisante, c'est le chauffeur de car qui m'a renseignée. Il te connaît bien.

— Qu'est-ce qui t'amène jusqu'ici, dis-moi ?

— Je me suis tirée de chez moi hier. Pour te résumer vite fait. Depuis Tlemcen, après être revenue d'Algérie avec mes parents, mon père est resté près de deux ans sans boulot. Soi-disant, son diplôme de pharmacien de la faculté d'Alger n'était pas valable ! Il a fini par trouver une place minable dans un laboratoire médical minable. Ma mère ne travaille pas, on n'avait plus un sou, mon bac et mes études de médecine se sont envolés. J'ai tenu un trimestre au lycée. On habite un bled minable dans la banlieue de Montpellier, un appartement minable dans un gigantesque « bloc » minable réservé aux rapatriés. Aux pieds-noirs qui sont venus bouffer le pain des Français et qu'auraient mieux fait de couler pendant la traversée.

Celyan se leva discrètement et descendit jusqu'à la boulangerie acheter des croissants et un pain au chocolat pour Lisa. Il n'avait rien dit, mais il était lui aussi comme ébloui par sa beauté hiératique et son allure naturelle et désinvolte d'aventurière. Un côté sauvageonne qui lui remémora Angèle. Celyan flaira que cette jeune fille, malgré son entrée tonitruante et sans vergogne chez Adam, cachait une nature secrète et angoissée. Il ne se trompait pas. Quand il revint prendre place autour de la table, il constata que Lisa avait pleuré en son absence. Adam était assis à côté d'elle et l'enlaçait tendrement, comme on réconforte un enfant. Elle s'était confiée à son fils ; mais n'était-elle pas venue pour ça ? Elle élevait seule sa fille de trois ans, prénommée Joyce, qu'elle avait eue sur une plage du Grau-du-Roi, une nuit d'été, avec un apollon suédois qui avait disparu sans laisser de traces une fois l'effet de la marijuana évaporé.

— La folie d'un soir… Nos moments de complicité, la sincérité de nos échanges… nos confidences dans ce modeste café de Tlemcen demeurent ce que j'ai de plus précieux. Je les garde au fond de moi comme un objet sacré. J'y pense souvent. C'est même à cause de ces moments… ou plutôt grâce à ces moments de vérité que j'ai pleinement confiance en toi, Adam. C'est pour ça que je suis là. La vie avec mes parents est devenue intolérable. J'ai confié Joyce à une copine, puis j'ai marché jusqu'à la gare routière. J'ai pris trois autobus et me voilà. J'ignore si tu es marié, si tu as des enfants, j'ignore tout de toi…

Elle reprit son souffle avant de poursuivre :

— Tout ce que je sais, c'est que d'un coup j'ai eu besoin de toi, une envie pressante de toi… et je ne veux plus retourner dans ma vie.

Celyan lui apporta un grand bol de café, il lui caressa l'épaule et l'invita à manger.

Lisa s'exécuta aussitôt et, après avoir englouti un copieux croissant au beurre, un timide sourire éclaira enfin son merveilleux visage. Adam trouva cette jeune femme encore plus belle avec les yeux inondés de larmes. Plus belle que l'adolescente qu'il avait secrètement aimée à Tlemcen. Une beauté émouvante, dramatique et solaire, pareille à celle du visage qu'il avait imaginé pour la fière Andromaque implorant Pyrrhus. Lisa, avec le même accent de tragédienne, affichait la même profondeur dramatique qu'il avait ressentie quand, pendant l'année du certif, le maître leur avait demandé de lire cette œuvre merveilleuse de Racine.

Le silence envahit le Rocail. Ils dégustèrent tous les trois ce bref instant de parfaite communion comme un moment exceptionnel frappé par une grâce sublime, parce que la même et intense émotion les reliait jusque dans leur chair. Une émotion subtile qu'un silence d'église amplifiait. La plénitude.

Adam, le premier, prit la parole :

— Ne t'inquiète pas, Lisa, nous allons aller récupérer Joyce et, si tel est ton désir, vous vous installerez toutes les deux chez moi ; il y a de la place. Il y a la vie. Une nouvelle vie.

— Que vont dire les gens ? Je suis une rapatriée d'Algérie, une fille mère, aussi bronzée qu'un chêne noir, ma fille est blonde comme une Polonaise et toi, tu ressembles à un Sicilien.

Adam s'empressa de jouer le contre :

— Mon vrai père, ici présent, est un soldat français né en Algérie mais de nationalité kabyle, quant à moi, c'est l'inverse, je suis une moitié d'Algérien né en France ; en fait, je ne sais même pas ce que je suis vraiment. À l'école, on m'a toujours surnommé « le basané » et, dans notre dos, les gens du pays nous appelaient « la famille tuyau de poêle » parce qu'avec Lucie et Maurice, mes parents adoptifs, on avait tous des noms différents. Avec ta fille et toi, on va perpétuer la tradition. La « famille tuyau de poêle » est de retour au Rocail !

Ils éclatèrent de rire.

Ils avaient tous les trois un avenir à construire ensemble. Un futur à inventer.

Adam ferma les yeux ; Lucie et Maurice lui apparurent. Un doux sourire illuminait leur visage.

FIN

Avertissement

Je précise que cette histoire est une fiction. J'ai tout inventé (excepté le décor naturel).

Les personnages, les entreprises, les groupements et associations, les noms, les surnoms, les situations, les événements, les lieux... sont imaginaires. Toute ressemblance avec des personnages, des entreprises, des noms, des situations, des événements réels, serait le résultat d'une pure coïncidence.

Précisions

1. Il va de soi que « M. Maurice » n'est pas l'inventeur du bac mobile et de tant d'autres géniales créations, c'est MM. Lucien Blanc et Auguste Michel qui réussirent à mettre au point ce nouveau système. Quant à Pomerini, l'Italien illuminé, il a bien construit la machine à équeuter et connu ses heures de gloire. Il s'est aussi consacré aux dénoyauteuses. Ce génial inventeur-constructeur n'a jamais accepté de vendre ses machines, il les louait et uniquement aux Américains. Il refusait de les vendre et de les exporter ailleurs, c'est pourquoi elles furent imitées.

2. La ville d'Apt, la plus à l'est du département de Vaucluse, s'étale sur les deux rives du Calavon, bordée d'un côté par le Grand Luberon de l'autre par les Monts de Vaucluse.

Au sud s'élève le Grand Luberon qui, en allant vers l'ouest et en suivant le Calavon, prend le nom de Petit Luberon à partir de la combe de Lourmarin. On y trouve les villages aux noms célèbres de Bonnieux, Lacoste, Ménerbes, Oppède, Coustellet et Maubec.

En revanche, au nord de la ville d'Apt et donc du Calavon, à quelques enjambées seulement et toujours d'est en ouest, on trouve les non moins célèbres villages de Gargas, Roussillon, Joucas, Saint-Pantaléon, Goult, Lumières, Cabrières, Gordes, Fontaine-de-Vaucluse… Ces villages, contrairement à ce que croient « nos chers amis de Paris et d'ailleurs » qui ont envahi cette zone, ne sont pas dans le Luberon. Ils sont situés dans les Monts de Vaucluse.

En résumé, le lit du Calavon (qui prend le nom de Coulon aux abords de Cavaillon pour aller se jeter dans la Durance) fait frontière entre, au nord, les Monts de Vaucluse et, au sud, les Luberon (le Grand et le Petit).

P.S. : En Provence, on dit le Lu*be*ron, mais les étrangers, d'où qu'ils viennent (même d'à côté) prononcent : le Lu*bé*ron, avec un *é* à la place du *e*. Ça fait class'.

Et enfin… Je remercie Élisabeth, mon exquise compagne, pour nos agréables moments de partage tout au long de l'écriture de cette histoire. Elle en fut ma vraie lumière.

D.D. 31 août 2021.

Table des matières

1 Lumières 7
2 La tomate rieuse 19
3 Le bonheur de Maurice 29
4 L'Auvergnate 43
5 Une sacrée bécane 55
6 Voyage, voyage 67
7 La confiture et le chocolat 77
8 L'étincelle 87
9 Transition 101
10 Une cité industrieuse 111
11 Une année fertile 123
12 L'enlisement 133
13 Un juste retour des choses 147
14 La vie reprend 157
15 Fini la mécanique 165
16 Des idées nouvelles 177
17 Adam, un basané 189
18 Du côté de chez Adam 199
19 Du côté de chez Maurice... 213
20 L'invitation 223
21 Bonnes nouvelles. Pas que... 235
22 Un grand millésime 253
23 Une belle fête 265
24 Investigations 281
25 Comme un pèlerinage 291
26 Et survint l'échéance 305

Avertissement 317

Achevé d'imprimer en octobre 2021
sur les presses de la Source d'Or
63200 Riom
Numéro d'impression : 109940

Imprimé en France
Dépôt légal : novembre 2021
ISBN : 978-2-8129-2735-5
ISSN : 1769-1788
www.deboree.com
livres@centrefrance.com